涵芬书坊

[英] 弗吉尼亚·伍尔夫 著

刘文荣 译

Woolf's Essays on Women

伍尔夫女性文谈

商务印书馆
The Commercial Press

Virginia Woolf

WOOLF'S ESSAYS ON WOMEN

涵芬楼文化出品

译 序

本书是译者选译的一部弗吉尼亚·伍尔夫的散文选,主题是:女性与文学,故而取名为《伍尔夫女性文谈》。弗吉尼亚·伍尔夫关于女性与文学的文章散见于她的全集,至今尚未有人辑成一集,故而本书是一个全新的选题。

本书选译的文章共有三十五篇,主要选自弗吉尼亚·伍尔夫的五部散文集,即《一间自己的房间》(*A Room of One's Own*)、《普通读者》(*The Common Reader*)、《普通读者二集》(*The Second Common Reader*)、《飞蛾之死》(*The Death of the Moth and Other Essays*)和《瞬间集》(*The Moment and Other Essays*)。这三十五篇文章,可根据其内容分为四个方面:关于女性写作、关于女性作家、关于女性作品、关于女性人物。

"关于女性写作"的重点是分析女性写作与男性写作的区别,以及女性写作的特点与意义。"关于女性作家"的重点是评述著名女作家的女性意识,以此说明她们所代表的不同历史时期的女性意识。"关于女性作品"的重点是评述女性作品的写作特点，以及从这些特点中反映出来的女性倾向。"关于女性人物"的重点是评述传记作家笔下的女性人物（历史人物，非虚构人物），以此审视女性历史人物的特性和历史价值。这四个方面虽然侧重点不同，但都旨在表明女性问题的重要性与复杂性。

弗吉尼亚·伍尔夫的这些文章虽然写于近百年前，但至今仍有现实意义。因为今天的世界各国仍或多或少存在着女性问题，即男女不平等。还有因为男女在生理上和心理上存在着巨大差异（这是自然现象，无法改变），男女是否真正能够平等？在什么程度上平等？——这类问题同样值得深思。譬如，有些表面上的男女平等，实质上是对男性的不平等（因为真正的男女平等不是女性对男性的"报复"）。在这方面，弗吉尼亚·伍尔夫的这些文章同样具有参考价值。

最后，更为重要的是，弗吉尼亚·伍尔夫这些文章并不是学术性的论文，而是艺术性的散文作品，充分体现了弗吉尼亚·伍尔夫的散文风格。这些文章除了具有理论价值，更具有文学价值——也就是说，即使不关心女性问题的读者，也可以把这些文章当作美文来欣赏。

刘文荣

2022年6月于上海

目 录

一 关于女性写作

- 5 女性与自己的房间
- 34 女性写作的局限
- 44 女性价值观
- 51 女性与莎士比亚
- 77 文学中的男女一体
- 91 女性与小说
- 104 人生的冒险
- 126 关于女人的书
- 137 书里的两种女人
- 144 女性的工作
- 152 文学与性别

二　关于女性作家

163　塞维涅夫人

171　纽卡斯尔公爵夫人

182　玛丽·沃斯通克拉夫特

192　简·奥斯汀

210　盖斯凯尔夫人

218　杰拉婷与简·卡莱尔

238　乔治·艾略特

254　莎拉·柯勒律治

263　威尔考克斯夫人

三　关于女性作品

273　《多萝西·奥斯本书信集》

285　《一位宫廷女侍的日记》

293　《伊丽莎白·霍伦德夫人日记》

308　《简·爱》与《呼啸山庄》

318　《奥萝拉·莱伊》

335　《爱伦·坡的海伦》

342 《莎拉·伯恩哈特回忆录》
353 《克里斯蒂娜·罗塞蒂传》
363 《男人和女人》

四 关于女性人物

371 伊丽莎白女王的少女时代
378 施莱尔夫人
386 伊莱扎·海伍德夫人
392 海丝特·斯坦诺普女士
402 阿德莱王后
408 两位女性

伍尔夫女性文谈

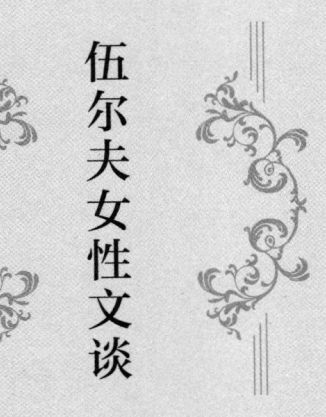

一 关于女性写作

女性与自己的房间[*]

你们可能会问："我们请你来谈女性与小说，这和自己的房间有什么关系?"我会尽力解释的。当初你们要我来谈女性与小说，我就在河边坐下来想，"女性与小说"这个题目到底怎么讲。我想，可能就是对范妮·伯尼[1]稍加介绍、对简·奥斯汀[2]稍加评论，然后对勃朗特姐妹称赞一番、对她们的那个积雪覆盖的霍沃斯[3]寓所描绘一番；如果有可能，再说几句关于米特福德小姐[4]的俏皮话，最后再对乔治·艾略特[5]和盖斯凯

---

[*] 本文是伍尔夫在妇女协会所做的系列演讲《一间自己的房间》的第一章，此标题系译者所加。——译者(本书注释若无另注，均为译者注)
[1] 范妮·伯尼：18世纪英国著名女作家，其"家庭小说"被认为是简·奥斯汀的先声。
[2] 简·奥斯汀：19世纪初英国女作家，以其长篇小说《傲慢与偏见》闻名于世。
[3] 英格兰北部一座小山边的一个村庄，勃朗特姐妹的出生地。
[4] 即玛丽·米特福德：19世纪英国著名女剧作家、女诗人。
[5] 乔治·艾略特：19世纪英国著名女作家玛丽·安·伊文斯的笔名，著有《亚当·比德》《织工马南》《米德尔马契》等。

尔夫人[1]略表敬意——这样大概就行了。但是,再想一想,好像并不那么简单,"女性与小说"这个题目可能是指女性及其现状——这或许是你们出这个题目的本意——也可能是指女性和女性所写的小说,或者是指女性和描写女性的小说;也可能出于某种原因,这三种意思都有,只是含糊地混合在一起,因而你们要我来讲清楚。这好像很有意思,但我马上意识到,如果要我这样讲的话,会遇到一个致命的问题,那就是我应该讲清楚而实际上我讲不清楚。我知道,我不可能履行所谓演讲者的第一责任,在一个小时里为你们打造出包含着真理的纯金块,好让你们夹在笔记本里带回家放在壁炉台上。我所能做的,只是和你们谈谈我对一个小问题的一点看法,那就是我认为一个女人如果想写小说,必须要有自己的一小笔钱和自己的一个房间[2],而且你们很快就会知道,就是这个小问题使得"女性的真正性质是什么"和"小说的真正性质是什么"这样的大问题至今悬而未决——因为在我看来,女性与小说至今仍是有待解决的问题,而我并不想直接回答这个问题,只是打算向你们说明我的这个想法是怎么来的。我打算在你们的面前把我的想法和盘托出,尽管我的想法可能只是我的偏见,但你们会发

---

1 盖斯凯尔夫人:19世纪英国著名女作家,著有《玛丽·巴顿》《克兰福德》《南方与北方》等。

2 "自己的一小笔钱和自己的一个房间"比喻经济上的独立和地位上的独立。

现它不仅和女性有关，也和小说有关。不管怎么说，你们这个题目很难讲——和性别有关的任何事情总是很难讲的——任何人至多只能说出自己有什么想法和为什么会有这样的想法，只能给听众一个机会，使他们听了他的一番话之后或许会有自己的想法。不管怎么说，你们这个题目太沉重，我一连几天苦苦思索、寝食难安。关于这个题目，我想，用虚构的方式或许比直白的陈述更为有效，因而我要利用小说家的特权和自由，把我这几天来的所思所虑编成故事讲给你们听。所以，我不必声明，后面讲到的事情当然都不是真的——不仅牛津大学和剑桥大学是假的，连费恩汉姆[1]也是假的，其中的"我"也只代表某个并不真实存在的人。不过，在我虚构的故事中也许含有一些真实的东西，要你们自己去分辨，并判定它有没有价值——如果没有价值，那就把它当作垃圾扔掉。

那就开始吧。我叫玛丽·贝顿，也叫玛丽·塞顿，也叫玛丽·卡米盖尔[2]，或者随便你们怎么叫，都可以，这无关紧要。一两个星期前，10月的天气晴空万里，我坐在一条河的堤岸上苦思冥想。"女性与小说"这个非常烦人的题目就像我这个硬

---

1 剑桥大学纽汉姆学院所在地。
2 此处的"玛丽·贝顿"和"玛丽·塞顿"是她随口说的，代表女人；"玛丽·卡米盖尔"则是当时一个没有名气的年轻女作家，写有一部没有名气的长篇小说《人生的冒险》（在此提到这个名字是因为伍尔夫在后面要专门分析这部作品）。

邦邦的衣领一样卡在我的脖子上，使我抬不起头来。我的左边和右边都是灌木丛，有金黄色和绯红色的，甚至还有像燃烧的炉火一样红彤彤的灌木。远处的堤岸上，柳树枝条低垂着，像是在哀叹和哭泣。河水映照着天空、桥梁和火焰般的树林。河中的倒影曾被大学生们的船划破，但是等船过去，又马上恢复原样，就像从未有大学生来过。一个人可以在这儿整天坐着沉思默想，思绪——胡思乱想的高雅称呼——就像一根钓线一样垂入水中。这根钓线轻轻地晃动，每隔一分钟晃动一次，在倒影和水草中晃动。河水时而使它浮起，时而使它沉下，而到最后——你知道，就那么轻轻一拉——这钓线就钓起一条活蹦乱跳的鱼，也就是一个油然而生的想法。然后，我把它小心翼翼地拖上来，又小心翼翼地放下。嗨，放到草地上一看，我的想法那么微不足道——那么小的一条鱼，高明一点的渔夫会把它放了，等它长大一些，或许还可以做一碗鱼汤。所以，我就不直接把我的想法告诉你们了，因为只要细心一点，你们会从我的故事中听出我的想法。

不过，我的想法虽然微不足道，却有一种独特的神秘性质——只要把它放回脑中，它就会立刻使人情绪激动，而当它发散、沉积并闪闪发光时，它会产生思想的激流与波澜，使人再也无法坐着不动。所以，我发现自己正在快速走过一片草地。但马上就有一个男人的身影出现，把我拦住了。我不知道是怎么回事,一个看上去古里古怪的男人,穿着一件常礼服,里面是一件睡衣,正对我做着手势。他脸上露出惊恐和愤怒的神情。他本能地、想都没想就来阻止我。他是教区执事,我是女人。这儿是草地,那儿才是小路。我突然想到,只有专家学者才能到这草地上来,我只能走那条碎石小路。于是我就到了那条小路上,只见那教区执事放下了手臂,脸上恢复了往日的平静。走在草地上当然比走碎石路舒服多了,但也没有什么了不起。那些专家学者,不管是什么大学的,我都要对他们提出指控。他们在这草地上横行了三百年,到现在还那么霸道,还不让我进去,还把我的一点点想法也吓得不知到哪儿去了。

我到现在也没有弄明白,当时我为什么会那么大胆,擅自闯入那片草地。宁静的天神就如天上的一片白云,而要想知道宁静的天神在哪里,我告诉你们,就在牛津大学和剑桥大学的校园里。那是10月的一个天气晴朗的下午,我漫步走过那里的古老大厅,当时我的愤恨之情似乎得到了缓和,我好像处身在一个神奇的玻璃棚里,听不到任何声音,不受任何事情打扰,于是便开始浮想联翩,而且像是出于某种机缘,我想到查尔斯·兰姆[1],想到他的那篇随笔——那篇写他在漫长的假期中重访牛津大学和剑桥大学的随笔;我还想到了萨克雷[2]把兰

---

[1] 查尔斯·兰姆:19世纪英国散文家,著有《伊利亚随笔》等。
[2] 威廉·萨克雷:19世纪英国小说家,著有《名利场》等。

姆的一封信放在自己的前额上说,查尔斯·兰姆堪称圣徒。确实,在所有已故作家中,查尔斯·兰姆是最令人愉快的——人们很想问他:"请告诉我们,你是怎么写出那些随笔来的?"在我看来,他的随笔甚至胜过麦克斯·比尔博姆[1]——尽管麦克斯·比尔博姆的随笔堪称一流——因为查尔斯·兰姆具有那种不寻常的想象力,他的天才就如雷鸣电闪,他的随笔虽有瑕疵,并不完美,但却充满了动人的诗意。大约在一百年前,查尔斯·兰姆来到牛津大学和剑桥大学。他写的那篇随笔——题目我忘记了——讲的是他在那儿看到弥尔顿[2]的一份手稿。那是《利西达斯》[3]的手稿——他写道——其中有些用词似乎并不贴切,好像可以修改一下,但当他这样想的时候,不由得感到害怕。因为在他看来,想修改弥尔顿的诗句是大逆不道的。我由此回想起《利西达斯》中的有些诗句,而且自娱自乐地想象其中的某个词很可能是弥尔顿自己就曾修改过的,再想象他为什么要修改。接着我又想到,查尔斯·兰姆看到的那份手稿的地方就在不远处,于是我步他的后尘,穿过广场,来到保存着那份珍贵手稿的那个著名的图书馆。与此同时,在我这样做的时候,我又想起那个著名的图书馆里还保存着萨克雷的《亨

---

[1] 麦克斯·比尔博姆:20世纪初英国漫画家、散文家。
[2] 约翰·弥尔顿:17世纪英国著名诗人,著有《失乐园》《复乐园》等。
[3] 弥尔顿于1637年为悼念好友而写的一首短诗,被认为是英语短诗中的杰作。

利·埃斯蒙德》的手稿。批评家经常说《亨利·埃斯蒙德》是萨克雷的最完美的小说。但是，在我的记忆中，他那种矫揉造作的风格和对18世纪小说的模仿是很不自然的——或许，他认为18世纪的风格并非不自然，但还是要看看他的手稿才会知道，他是否做了修改，那些修改是否有利于表现他的小说风格或者小说意图。当然，在另一方面，还必须弄清楚什么是小说风格、什么是小说意图，关于这个问题……我想到这里，人已到了那个图书馆的门前。我刚推门进去，就看见迎面走来一位头发雪白、态度和蔼的老绅士，好像是这里的守护天使，只是身上没有白色的羽翼，而是穿着黑色的长袍。这位老绅士一边朝我摆手示意我出去，一边和气地对我说，实在对不起，女士要有学院的学术委员会委员陪同或者有介绍信才能进入本图书馆。

一个著名的图书馆当然不怕被一个女人诅咒，它那么庄重、那么静谧，深藏着那么多珍贵的文献；它那么悠然自得地沉睡着，而且对我来说，它将永远这样沉睡不醒。我气呼呼地走下台阶，心里发誓，我再也不会走上这几级台阶，再也不会到这里来受这种待遇了。可是，离午餐时间还有一个小时，还能做点什么？到庭院里去散步，还是到河边去坐着？那是秋天的上午，气候宜人，殷红的树叶随风飘落，不论在庭院里散步，还是在河边坐着，都很舒适。然而，这时有音乐声传来，好像附近正在举行宗教仪式或者庆祝活动。我从小教堂门前走过，听见里面的管风琴正如泣如诉地弹奏着庄严的乐曲。在一片寂静中，甚至基督教音乐的忧伤曲调听起来也像是一种忧伤的回忆，甚至那古老的管风琴的琴声听起来也像是忧伤的呜咽声。我即使有权进入那个小教堂，我也不想进去；更何况，教堂司事不会让我进去，要我出示受洗证明或者教长介绍信之类的东西。好在，壮丽的建筑物外部通常和内部一样壮丽，再看看教堂外面的那些信徒也一样有趣——他们有的进、有的出，在小教堂门口忙碌，就像一群捅挤在蜂巢口的蜜蜂。不少人穿着学士长袍，戴着方顶帽；有些人披着毕业生的金色皮毛披肩；还有人坐在轮椅里被人推着；还有人未过中年就劳累得不成样子，使人想起水族馆里那些趴在沙子上吐泡泡的螃蟹和鳌虾。我沿着围墙而走，心里想，这大学就像一个避难所，养活了许多稀奇古怪的人。如若让他们到斯特兰德大街[1]去自谋生路，不用多久便会饿死。这时，我又想起了过去那些关于学究和学监的故事，但我还没有勇气吹口哨——据说，过去的教授一听见有人吹口哨就会吓得慌忙逃跑——这时，那些受人尊敬的信徒全都进了那个小教堂。那个小教堂从外面看还是老样子。你们知道，那小教堂的穹顶和小尖塔上每到晚上都要点

---

[1] 斯特兰德大街在伦敦的中西部与泰晤士河平行，以旅馆和戏院著称。

灯,在几英里外的山的那边都能看得见,看上去就像一艘不知要驶向哪里的帆船。据说,这里的广场、庭院、草坪,还有那个小教堂和其他建筑的所在地,当年是一片沼泽地,只有芜杂的水草和在杂草丛中觅食的野猪。我想,在后来的几百年间,一定有一长队一长队牛车和马车陆续从很远的地方运来一大堆一大堆石块,然后由数不尽的石匠陆续把那些灰色的石块一块一块垒起来,垒成了我现在所站之处旁边的那一堵堵石墙;然后,由木匠做好门窗,由油漆匠粉刷门窗并在窗子上装好玻璃,由泥水匠用铲子、镘刀、泥灰把房顶、墙壁装修平整。我想,那时每逢星期六总会有人拿着皮钱袋往那些工匠手里倒金币和银币,以供他们到酒馆去喝酒,到街市去寻乐。我想,那时一定还有大量金币和银币从这里源源不断流出去,以使那些石头源源不断运进来,以使那些劳工源源不断前来挖沟开渠、夯土排水。不过,那是信仰时代,视金钱为粪土,只求把石块垒在地基上把房子造起来。这之后,又有更多金钱从国王、王后和贵族士绅的金库里运来,只求这儿有人唱圣歌、有人颂诗读经。为此,有人捐赠土地,有人捐赠财物。而当信仰时代结束、理性时代[1]到来后,金币和银币依然源源不断流到这里:设立奖学金、设立课程基金——只不过,此时的金币和银币并

---

[1] "理性时代"通常指欧洲的17世纪和18世纪。

非来自国王的金库，而是来自商人的钱柜和工厂主的钱包，因为他们靠做生意发了财，在立遗嘱时就把自己的全部遗产或者部分遗产捐赠给了他们的母校，用以增设更多教席、更多课程、更多奖学金。这样一来，大学里就有了图书馆和实验室，就有了天文台，就有了那些价格昂贵的精密仪器和设备，而在几百年前，这里只有芜杂的水草和在杂草丛中觅食的野猪。看来，当我在这大学里四处走动时，这儿由金币和银币筑成的基础已足够坚实，这儿修筑在原本的荒草地上的道路已足够平坦。在这儿，头戴学士帽的男人忙忙碌碌地从这个楼梯间走到那个楼梯间；艳丽的鲜花不是在这个窗台上就是在那个窗台上盛开；留声机里的乐曲不是从这个房间就是从那个房间传来。在这儿，真是令人思绪万千——然而，万千思绪也要被打断，因为钟声响了，午餐时间到了。

　　有件事情很奇怪，小说家总喜欢使我们相信，有意思的午餐总要说些有趣的话或者做点有趣的事，而对午餐吃的是什么却总是避而不谈，好像按小说家的惯例，午餐时喝的汤、吃的鲤鱼和鸭肉，就像有人抽了一支烟、喝了一杯酒一样，根本不值一谈。不过，我在这儿有意破坏这个惯例，我要告诉你们这一天的午餐。我先吃的是一条躺在一个深盘子里的鳎鱼，学院的厨师在上面浇了一层白色的奶油，像铺了床罩似的，床罩上还有一个个棕色的圆点，像是雌鹿背上的斑点。鱼之后是烤山鹑，但不要以为是把一只拔了毛、烤得焦黄的大鸟放在盘子里端上来——不是的，那只山鹑已经被处理成一块一块了，而且是和调味料及配菜一起端来的。调味料有辛辣的，也有甜味的，随你选；配菜是切得像硬币一样厚薄的土豆片和像玫瑰花一样形状但更加美味多汁的甘蓝。吃完烤山鹑和配菜，那个一声不响、态度比教区执事还要温和的男招待把甜点放在我面前。甜点放在盘子中央，旁边围着餐巾，就像从波浪中涌现出来的一朵白莲花——如果把它称作布丁或者想到它是用米饭和木薯粉做的，那是对它的侮辱。吃甜点的同时，玻璃杯开始改变颜色——喝了浅黄色的酒，再喝红色的；刚喝光，又被斟满。所以，灵魂所在的中枢神经被点燃了，但它发出的不是通常被称作聪明才智的那种经常出现在我们嘴边的时而琐碎、时而激烈、时而还会令人讨厌的光，而是一种颇为幽暗、颇为隐秘的光，一种黄澄澄、昏蒙蒙的光。借着这种光，一个人会觉得生活没必要这么匆忙。没必要面露喜色，也没必要愁眉苦脸。没必要成为别人，你就是你。人人都能进天堂而且有凡·戴克[1]为友——同样，当一个人独自坐在窗边点上一支烟时，生活也似乎会变得那么悠闲、那么无忧无虑，怨恨和不满

---

[1] 凡·戴克：16世纪至17世纪佛兰德斯画家，晚年受聘于英国宫廷，为达官贵人画肖像。

似乎会烟消云散，朋友之情会那么令人向往。

如果手边正好有一个烟灰缸，如果不是因为没有烟灰缸而不得不朝窗外弹烟灰，如果事情稍有不同，我就不会看见那里有一只没有尾巴的猫。那只没有尾巴的动物突然出现，随后悄悄穿过了广场。这偶尔出现的情景似乎有某种潜在的灵性，改变了我的情绪状态，就像有人突然放下了一道帷幕。也许，是那些酒真使我有点醉了。一点没错，当我看见那只马恩岛猫[1]停在草坪中央时，我觉得它好像也在思考这世上似乎缺少了某种东西，似乎有什么地方不大对头。于是，我一边听着别人的谈话，一边自问：究竟缺少了什么东西？究竟有什么地方不大对头？为回答这个问题，我不得不想到外面的事情，想到过去——确切地说，想到战前[2]，想到离这儿不远的地方曾有过的一次午餐会。但和这次午餐会有所不同。那时，客人也相互交谈，也是人数众多而且很年轻，也是有这个性别的、有那个性别的；也是自由自在地、兴致勃勃地相互交谈。所以，若要把那一次交谈和现在这次交谈加以比较，从表面上看，我毫不怀疑这一次是那一次的继续，一切都似乎没有什么变化。是的，好像没什么不同，只是——我竖起耳朵仔细听，并不是听

---

[1] 一种产自爱尔兰马恩岛的短毛家猫，天生没有尾巴。
[2] 指第一次世界大战前。

他们说些什么,而是听他们说话的语气和语调。是的,就是这儿——变化就在这儿。在战前,在这样的午餐会上,人们所说的事情虽然和现在差不多,听上去却很不一样,因为在那时说到那些事情的时候,人们的语气和语调里有一种吟唱的韵味。那种吟唱的韵味虽不清晰,但还是很悦耳动听的,而且会使话语本身发生微妙变化。那么,能不能为那种吟唱的韵味配上词呢?也许,在诗人的帮助下可以一试,而我手头正好有一本诗集。随便一翻,就看到了丁尼生[1]的一首诗。他在诗中唱道:

> 门前挺立的那株西番莲花
> 落下一滴欣喜的泪珠。
> 她来了,我的心肝,我的宝贝;
> 她来了,我的生命,我的幸福;
> 红玫瑰喊道,"她来了,她来了";
> 白玫瑰哭泣,"她来晚了";
> 翠雀草聆听,"我听着,我听着";
> 百合花低语,"我等着"。

1　阿尔弗雷德·丁尼生:19世纪英国的桂冠诗人。

这不就是战前男人们在午餐会上吟唱的曲调吗?那么女人呢?

> 我的心就像一只歌唱的鸟,
> 它的巢筑在湿润的嫩枝上;
> 我的心就像一棵苹果树,
> 沉甸甸的果实压弯了腰;
> 我的心就像一个彩色的贝壳,
> 在浩瀚的大海里冲浪;
> 我的心比这一切更欢乐,
> 因为我的爱人来到我身旁。

这不就是战前女人们在午餐会上吟唱的曲调吗?

想到战前的午餐会上人们低声吟唱这样的曲调,我不仅觉得非常滑稽,不由得哈哈大笑,而且还觉得那只马恩岛猫是来为我的大笑做解释的——那只可怜的、没有尾巴的动物,站在草坪中央,确实也非常滑稽。它真的生来如此,还是偶尔丢失了尾巴?有人说这种没有尾巴的猫就生活在马恩岛上,其实它比人们认为的要罕见得多。这种奇怪的动物,与其说它美观,不如说是别致。一根尾巴竟然会有那么大的作用,真是奇怪——你们知道,这种话不过是人们在午餐会结束后穿上大衣、戴上帽子时说着玩的。

　　这次午餐会，因为主人盛情款待，到很晚才结束，那10月美好的一天已将近黄昏。我走在林荫道上，只见落叶纷纷而下。我似乎听见一扇扇门在我的身后轻声而果断地关上了。一个个教区执事用一把把钥匙锁好了一扇扇门，使这座学府又有一个平安的夜晚。我穿过林荫道，来到一条马路上——路名我忘记了——只要往右拐弯，就可到费恩汉姆去了。但时间还早，晚餐要到七点半。再说，吃了这么一顿午餐，几乎不用吃晚餐了。奇怪的是，我心里老想着那些零星的诗句，甚至双腿也似乎在用诗歌的节奏在马路上摆动。当我朝着赫丁利[1]移动脚步时，我心里唱道：

　　　　门前挺立的那株西番莲花
　　　　落下一滴欣喜的泪珠。
　　　　她来了，我的心肝，我的宝贝……

　　然后，到了河堤拦住河水的地方，我又换一种曲调唱道：

　　　　我的心就像一只歌唱的鸟，

---

[1] 剑桥大学附近一地名。

它的巢筑在湿润的嫩枝上；

我的心就像一棵苹果树……

  人在黄昏时，常会诗兴大发。我就是那样，心里默默地呼喊：多么伟大的诗人啊！多么伟大的诗人啊！

  我知道我此时怀着一种我们这个时代的嫉妒心理，继而我又想到——虽然这想法不仅愚蠢而且荒谬——现在有没有人能老老实实地告诉我，我们这个时代有没有两个像丁尼生和克里斯蒂娜·罗塞蒂[1]一样伟大的诗人。但是，当我望着翻滚的河水时我又想，这是完全不可能的。他们的诗句之所以激动人心、使人心醉，是因为他们吟唱的是那时人们常有的（也就是战前午餐会上有的）某种情感，人们自然而然就会做出反应，既不用多想那是怎样一种情感，更不必把它和其他情感加以比较。现在的诗人则不然，他们所吟唱的其实是一种此刻正在形成而又即刻遭受压制的情感。起初，人们并没有意识到这种情感，后来又由于某种原因而害怕这种情感。人们急切地注视着它，同时又疑虑重重地把它和旧时的种种感情加以比较。当代诗歌的难题就在这里，而正因为有这一难题，即便出自当

---

1 克里斯蒂娜·罗塞蒂：19世纪英国女诗人、"罗塞蒂兄妹"中的妹妹，其兄但丁·加伯利尔·罗塞蒂是著名画家、"拉斐尔前派"的代表人物。

代杰出诗人之手的诗句，人们也记不住两行。正因为如此——即对当代诗歌的记忆力的丧失——关于当代诗歌的争论其实是很无聊的，因为相关诗句都没有记住，还争论什么？不过，尽管如此，我继续朝着赫丁利走，继续问道：为什么我们在午餐会上不再低声吟唱？为什么我们的丁尼生[1]不再吟唱"她来了，我的心肝，我的宝贝"？为什么我们的克里斯蒂娜·罗塞蒂[2]不再回答"我的心比这一切更欢乐，/因为我的爱人来到我身旁"？是不是可以把这归咎于那场战争[3]？是不是1914年8月枪炮声响起时，男男女女的脸上和彼此的目光中都清楚地表明浪漫精神已经被杀？显然，我们在炮火中惊讶地看清了那些统治者的嘴脸（尤其是女人，特别惊讶，因为她们对教育最存幻想），他们——那些德国的、英国的、法国的统治者——是那么丑陋、那么愚蠢。但是，不管将此归咎于什么事、什么人，反正丁尼生和克里斯蒂娜·罗塞蒂热情吟唱的那种情感、那种对亲爱之人的期待、那种幻觉，如今已消失得难觅踪迹了。人们只能在书里读到、在戏里看到、在别人嘴里听到，或者在回忆时想到那种情感。但是，为什么要说"归咎"？既然那是幻觉，为什么不去赞美那场使幻觉破灭、使人们重新面对事实的

---

1 "我们的丁尼生"代指当代男诗人，喻当代男性。
2 "我们的克里斯蒂娜·罗塞蒂"代指当代女诗人，喻当代女性。
3 "那场战争"即第一次世界大战。

一 关于女性写作

灾难？要知道，事实……这六个点表示我正在考虑事实，但却忘了应该拐弯才能到费恩汉姆去。是的，什么是事实？什么是幻觉？——我问自己。譬如说，眼前的这些房子，它们在暮色中朦胧可见，红色的窗框给人喜庆的感觉；但是到了明天上午九点，它们里面有人在做甜点、有人在系鞋带，给人嘈杂脏乱的感觉——哪种是事实？还有那些柳树、那条河、那河边的花园，现在都静悄悄地笼罩在薄雾中，灰沉沉的；但是等明天太阳升起，它们在阳光下无不金光灿烂——哪种是事实？哪种是幻觉？你们不必等我来回答，因为我在朝着赫丁利走的时候并没有找到答案；你们最好还是为我想想，因为我发现自己忘了拐弯，只好原路退回，再拐弯到费恩汉姆去。[1]

我已经说了，那是10月的一天，所以我不敢改变季节，说墙上开满了丁香花，说番红花、郁金香和其他春天里的花卉在花园里含苞怒放，因为那会玷污小说的美名，会使你们不再尊重小说。小说要贴近现实，越是精彩的小说越贴近现实——有人这么告诉我们。所以，我只能说那是在秋天，树叶都枯黄了，要说有什么区别，那就是枯叶落得更快了，因为现在已到晚上（确切地说，是晚上七点二十三分），刮起了一点风（确

---

[1] 以上所说是伍尔夫访问一所男子学院的感受，下面将要说到她访问一所女子学院的感受（那所女子学院在费恩汉姆）。

切地说,是西南风)。但是,不管怎样,有一种东西仍在神奇地发挥作用,那就是:

>我的心就像一只歌唱的鸟,
>它的巢筑在湿润的嫩枝上;
>我的心就像一棵苹果树,
>沉甸甸的果实压弯了腰……

也许,克里斯蒂娜·罗塞蒂的这些诗句只会使我们产生一种幻觉——是的,那肯定是幻觉——花园里,墙上摇曳着丁香花,黄粉蝶四处飞舞,空气里弥漫着花香。这时,刮来了一阵风——我不知道是从哪里刮来的——把树上的嫩叶吹到空中,灰蒙蒙一片。那是黄昏时分,色彩都很浓郁,玻璃窗上晃动着绯红色和金黄色,像一颗心脏在激烈跳动;这时,不知何故,世界显得特别美,但又很快消失了,而那很快就消失的美有两面:一面是欢愉之美,一面是凄切之美,那也是心灵的两面(这时我推开一扇门走进一个花园,那扇门没有上锁,那里好像也没有教区执事)。我眼前出现了一幅黄昏时分的春天景象,荒芜而空旷,野草长很高,但很稀疏,随风摆动着。草丛中有黄水仙花和野风信子,这些花在盛开时也可能凌乱不堪,现在更是被风吹得摇摇晃晃,像要被连根拔起似的。用红砖砌成的楼房极其难看，上面的窗户像船上的舷窗一样呈圆弧形，而且在春天疾驶的白云映衬下，从柠檬色变成了银白色。好像有个人躺在帆布吊床里，好像还有个人正快速穿过草地，但在这种光照下他们只是两个影子，似有似无，一半是看见的，一半是猜测的——不会有人来阻止她[1]吧？——就这样，一个扭曲的身影出现在阳台上，她好像是偶尔出来看看花园或者透透气，很认真却很谦卑，有点头脑却衣衫破旧——这是某位著名学者呢，还是她自己？一切都很昏暗，然而又很明显，因为笼罩着花园的暮色总要被点点星光如刀剑般地刺破——因为从那春天的幻觉中有一个可怕的事实正以其自己的方式显现出来。因为年轻人……

我的汤在这儿。晚餐已经在大餐厅里摆好。现在不是春天，而是10月的一个夜晚，许多人聚集在大餐厅里。晚餐已经准备好了，这儿是汤——清淡的肉汁汤。这儿没有什么会使人产生幻觉。透过透明的汤可以清楚地看到汤盘底上的花纹。但这次没有花纹，那盘子是全白的。接下来是牛肉加土豆和绿叶菜——最常见的搭配，使人联想到脏兮兮的牛肉市场和牛的臀部，联想到蜷曲的菜叶和发黄的嫩芽，联想到讨价还价和星期一下午提着袋子买菜的女人。当然，想到眼下供应困难，想

---

[1] 这里突然从第一人称转为第三人称（就如意识流小说），实指"我"。

到煤矿工人缺衣少食，没有理由抱怨这道菜太简单或者没有烧熟。接下来是李子干和蛋糕。如果说蛋糕还可以，那么李子干就是一种守财奴似的东西了，它里面的汁水就像守财奴心脏里的血一样少，而那守财奴八十年来舍不得吃、舍不得穿，又不肯施舍穷人——如果这样抱怨的话，倒不如想想，这李子干终究比守财奴要好一点。接下来是饼干和奶酪。这时，水壶被递来递去，因为饼干的本性就是干，而现在上来的是地地道道的饼干。以上这些就是晚餐，现在吃完了。人们嘎嘎嘎地把椅子往后推，然后弹簧门嘭嘭嘭地不停弹，一会儿大餐厅里就空无一人了——毫无疑问，它为第二天的早餐做好了准备。那些年轻人穿过走廊上了楼梯，一边叽叽呱呱说着话，有人还唱着歌。我是陌生人，一个来访的客人，怎么能说"这里的饭菜不好"，或者说"最好让我单独就餐"？因为我说这种话就像说某个家庭的经济状况并不怎么样，而这个家庭还想在陌生人面前表明他们过得很舒适。所以，这种话是绝对不能说的。实际上，宾主之间也没有多少话可说。因为人的心脏、肢体、头脑是连在一起的，不是分装在不同的盒子里的（大概要过一百万年才会分开装盒），既然这样，饭吃得好不好当然会影响交谈。要知道，饭吃得不好，就会思考得不好、爱得不好、睡得不好。仅用牛肉和李子干是点不亮脑子里的那盏灯的。我们大概人人都会进天堂，人人都希望凡·戴克会在那里迎接我们——

就在那个路口,就在做完了一天的事情之后,就在牛肉和李子干吃得我们心情不爽的时候。有幸的是,我的一个科学家朋友那里有个橱柜,里面有一只大瓶子和几只小杯子——当然,首先要有鳎鱼和山鹑——于是我们就在壁炉前坐下了,对这天的不满心情稍加补救。大概一分钟后,我们就自由自在地谈起了那些稀奇古怪的事情、那些只有当事人不在场的时候才会谈起的事情和那些只有在朋友再次相聚时才会谈起的事情——譬如,某人结婚了,某人还没结婚;某人想做某件事,某人不想做某件事;某人学业有成,某人十恶不赦——同时,我们还高谈阔论,谈人性、谈这个世界多么令人费解,这好像是这类谈话必然会谈到的。只是,我不无羞愧地意识到,这类谈话总有某种倾向,总倾向于把谈话引向某件事情。人们可能会谈起西班牙或者葡萄牙、谈起读书或者赛马,但不论谈什么,真正的兴趣都不在话题本身,而是大约五百年前发生的一件事情——那时,有几个砖瓦匠站在教堂顶上,国王和贵族背着一袋袋金币和银币,打算把它们埋在地下[1]。这件事情我也一直记在心里,同时也记着另外一件事情,那就是瘦骨嶙峋的母牛、脏兮兮的市场、蜷曲的菜叶和守财奴的心脏[2]——这两件事情虽然

---

1 这件事情当然是作者虚构的,其中的砖瓦匠喻教会,国王和贵族喻权贵。
2 此处意为伍尔夫仍记着那顿晚餐,吃的是牛肉、绿叶菜和饼干。

互不相干而且都很可笑,但却总是缠在一起,总是在我心头挥之不去。所以,除非我在那里胡言乱语,否则的话,我最好还是把我心里想到的东西都说出来,就是说得语无伦次,就像人们在温莎把国王的棺材一打开,国王的脑袋就碎裂了,我也在所不惜。于是,我简单明了地对塞顿小姐[1]说,在那漫长的年代里,那些砖瓦匠一直待在教堂顶上,那些国王、王后和贵族一直背着一袋袋金币和银币,一直打算把它们埋在地下;所以,我想,我们这个时代的金融寡头和他们一样,背着支票和债券,打算埋在他们埋金币和银币的地方。我说,那些东西都埋在牛津和剑桥的那些学院下面,但是在我们现在所在的这所学院下面,在它的红砖楼房和荒芜凌乱的花园下面埋着的又是什么?也就是说,我们刚才用过的那些粗糙的餐具和(我不由自主地脱口而出)那些牛肉、蛋糕和李子干意味着什么呢?

哦,玛丽·塞顿回答说,大概在1860年那一年——哦,那件事[2]你们都知道,她说道。我想,她讲到那件事的时候有点讨厌。她告诉我说,房子租好了,委员会开会了,信封上的姓名地址写上了,通知拟定了,会议举行了,信件宣读了,某某人做了大大的许诺,某某人一毛不拔,《星期六评论》一直出

---

1 这里的"塞顿小姐"实指她自己(见前文"我叫玛丽·贝顿,也叫玛丽·塞顿……")。下文的中的"玛丽·塞顿""玛丽·贝顿"也实指她自己。
2 指那所女子学院的创建。

言不逊。她说:"我们怎样才能筹集到一笔钱?要不要搞一次义卖?我们能不能找到一个漂亮姑娘坐在前排?我们为此重温了约翰·斯图尔特·穆勒[1]所说的话。有没有人能说服某报的主编为我们刊登一封公开信?能不能请某位夫人在那封信上签个名?那位夫人眼下不在城里。"六十年前,她们大概就是那么做的,那是艰苦卓绝的努力,她们花费了大量时间,而经过不懈的努力,克服了种种困难之后,她们也就筹集到三万英镑[2]。"因而,我们当然不能喝葡萄酒、吃山鹑,也用不起戴圆筒帽的厨师。"她说。"我们也没有沙发和单间客房。'舒适的设施',"她引用了一本什么书上的话说,"'只好以后再说了'。"[3]

那些女人年复一年地工作,却发现学院很难有两千英镑的积余,因为她们竭尽全力才筹集到三万英镑。想到此,想到我们女人的穷相,不说要被男人看不起,我们自己也觉得可笑。那么,我们的母亲在做什么?为什么她们一点钱也没有留给我

---

1 约翰·斯图尔特·穆勒:19世纪英国哲学家、经济学家、逻辑学家、女权运动倡导者。
2 "我们被告知,我们起码要两万英镑。……考虑到在大不列颠、爱尔兰和各殖民地中只有一所这样的学院,考虑到为男子学校筹集巨款多么容易,两万英镑并不是一笔大数目。但是,考虑到真正希望女子受到教育的人那么少,要筹集到这笔钱看来并不容易。"(斯蒂芬夫人《艾米莉·戴维斯与格顿学院》)——伍尔夫
3 "能够积攒起来的每一个便士都被用于学院的建设,因而舒适的生活设施只好以后再说了。"(R. 斯特雷奇《事业》)——伍尔夫

们？她们是不是只知道涂脂抹粉？只知道逛商店？或者，到蒙特卡洛去晒太阳？壁炉上有几张照片。如果那是玛丽的母亲，那她一定是个放荡女人（她和一个牧师生了十三个孩子），但她脸上一点也没有放荡生活的痕迹。她是个相貌平平的老女人，披着一条用一根刻花别针别住的格子呢披巾，坐在一把柳条椅上，正拿着照相机神情紧张地在给一只长毛垂耳狗照相，好像很担心在她按下快门时那只狗会动。如果她当初是在做生意，如果她成了人造丝制造商，如果她成了证券交易所里的富豪，如果她给费恩汉姆的这个女子学院留下二三十万英镑，那么今天晚上我们就能舒舒服服地坐在这里谈天说地了，我们的话题不仅有考古学、植物学、人类学、物理学，还有原子论、数学、天文学、相对论、地理学。如果这位塞顿太太和她母亲、她母亲的母亲能像她父亲和她父亲的父亲一样掌握某种挣钱的技艺，或者能和他们一样获得奖学金、获得研究员职位和讲师职位，那么很可能，我们今天在这儿也会每人吃一只鸡、喝一瓶葡萄酒，也会信心满满地谈论各种事情，也会从事各种收入丰厚的职业而度过舒适、体面的一生。我们也会去探险或者写作，也会到世界各地去旅游观光，也会坐在帕特农神庙[1]

---

[1] 帕特农神庙是雅典卫城供奉雅典娜女神的神庙，建于公元前5世纪，被公认为是多利斯柱型发展的顶峰。

的台阶上沉思，也会上午十点到办公室上班、下午四点半按时回到家里写抒情诗。只不过，如果这位塞顿太太二十五岁时去做生意，很可能就不会有玛丽了——这是我作这番议论的最大难题。我问自己，玛丽对此会怎么想？窗外是10月的夜晚，静谧而温馨，树叶在变黄，天上有几颗星星，她愿不愿意牺牲这秋夜的宁静？愿不愿意牺牲她衷心喜爱的苏格兰？愿不愿意牺牲热闹的家庭生活（因为他们是个大家庭，一个幸福的大家庭）？她愿不愿意为了能让她母亲大笔一挥捐赠给费恩汉姆女子学院大约三万英镑而牺牲这一切？要知道，为一所学院捐款必然会对家庭产生影响，而要一个女人既发大财又生养十三个孩子，那是没有一个女人承受得了的。请考虑一下这样的事实：首先，婴儿出生前有九个月的怀孕期；然后，婴儿出生；然后，要有三四个月的哺乳期；然后，要花五年时间照料和陪伴孩子，因为总不见得让几岁的孩子独自在街上乱跑。有人在俄国确实看见有这种没人管的孩子，但那并不是什么好事——据说，人的个性就是在一岁到五岁之间形成的。所以，我问玛丽，如果你母亲——即这位塞顿太太——向来都忙于挣钱，你还会有对儿时的嬉戏和玩耍的回忆吗？你还会对苏格兰、对苏格兰晴朗的天空和苏格兰点心的回忆吗？不过，问这种问题毫无意义，因为你根本就不存在，还谈什么回忆不回忆。此外，还有一个问题——那就是问，如果这位塞顿太太和她母亲，还有她母亲的母亲，积聚了一大笔财产用来建设女子学院和女子图书馆，那情况会怎样？——也是毫无意义的。因为，首先，要积聚一大笔财产，对她们来说是不可能的；其次，即使她们有可能挣到钱，法律也不会允许她们去挣一大笔钱。实际上，这位塞顿太太只是在最近四十八年里才拥有她自己的一便士，而在此之前，就是这一便士也从来就是她丈夫的——也许，正因为这样，致使这位塞顿太太和她母亲，还有她母亲的母亲，被拒之于证券交易所的大门之外。她们或许会说，我们挣到的那一便士不仅被拿走，还被我们的丈夫按他们自己的意愿用掉了——也许，在巴利奥尔[1]学院或者国王学院里设立了一项奖学金；也许，在那里作为科研基金设置了一个研究员职位——既然这样，就算我们能挣到钱，我们也不高兴去挣钱了，还是把这件事留给我们的丈夫去做吧。

不管怎么说，不管照片上的这个正看着一只长毛垂耳狗的老女人该不该受到指责，确定无疑的是，出于某种原因，我们的母亲把自己的事情处理得很糟糕。她们没有一个便士可用于"舒适的生活"，没有一个便士可用于山鹑和葡萄酒、教区执事和草地、书籍和雪茄、图书馆和度假。她们所能做的，就是在家里洗菜做饭、生儿育女。

---

[1] 约翰·巴利奥尔：13世纪苏格兰贵族、牛津大学巴利奥尔学院的创始人。

就这样，我们站在窗边交谈，同时像成千上万的人每天晚上所做的那样，俯身望着窗外那座名城的屋顶和塔楼。那座城市在秋天的月光下显得异常美丽、异常神秘。古老的石头墙壁泛着白光，端庄而肃穆。人们想到那里有许多书，想到那些装修精致的房间和里面挂着的那些主教和名人的画像，想到人行道旁边那些奇怪的、圆形和新月形的彩色窗户，想到刻有铭文的墓碑和纪念碑，想到喷水池和青草地，想到广场四周那些静谧的住所，而我（请原谅）还想到那令人赞美的缕缕青烟，想到那令人愉快的饮料、座椅和地毯，想到那些既华美又清静的住宅和那些彬彬有礼的高雅之士。可惜，所有这些美好的事物都不是我们的母亲给予我们的——我们的母亲想积攒三万英镑都难而又难，我们的母亲只是为圣安德鲁斯的一个牧师生了十三个孩子。

就这样，就像忙碌了一天之后的人常做的那样，我一边穿过幽暗的街道回旅馆，一边想着心事。我心里想，为什么这位塞顿太太没有钱留给我们？贫穷对女人的头脑会有怎样的影响？富有对女人的头脑会有怎样的影响？同时，我还回想起了那天上午我看见的那些披着金色皮毛披肩的毕业生和那些古怪的老绅士，回想起了他们中间有人听到口哨声就会逃跑，回想起了从那座小教堂里传来的那种低沉的琴声，回想起了那个不让我进去的图书馆——想到被人拒之门外当然不会令人愉快，但想到被关在里面不让出来,那岂不更加可怕?于是,我想到,为什么一种性别的人既富裕又自在,而另一种性别的人既贫穷又局促?为什么女人没有自己的传统?这对女作家的思想有怎样的影响?最后我想到,还是算了吧,我应该把这一天的所见所闻、所思所想和喜怒哀乐统统打包扔到树林里去。幽暗的夜空中有一千颗星星在闪烁,而在这个熙熙攘攘的世界上,似乎每个人都孤苦伶仃。所有的人都睡着了——有仰卧的、有侧卧的,但都无声无息。牛津大学和剑桥大学一片寂静,不见人影。甚至旅馆的门也不再有人管,要我自己把它推开——没有门童为我拉门,更没有仆役为我掌灯带路。时间太晚了。

女性写作的局限[*]

在18世纪中期,有数百个女人翻译或者撰写了许多劣质小说,以此增加私房钱,或者在紧急时刻救助家庭。那些小说现在已不再有人提起了,不过在查令十字街[1]的廉价书摊上偶然还可以找到。在18世纪后半叶,女人们的头脑变得极其活跃——她们谈话、聚会、撰写有关莎士比亚的文章、翻译经典作品,等等——而使她们头脑活跃起来的原因,就是那个不争的事实:女人也可以靠写作来挣钱了。

钱可以使本来微不足道的事情变得似乎很重要。人们或许有理由嘲笑那些"一心想涂鸦的女学究",但不可否认的是,她们毕竟把钱放进了自己的腰包。正因为这样,到18世纪末,发生了一大变化——要是历史能重写的话,我认为这一变化比

---

[*] 本文节选自伍尔夫在妇女协会的系列演讲《一间自己的房间》,此标题系译者所加。
[1] 伦敦著名的书店街,在伦敦市中心。

十字军东征[1]或者玫瑰战争[2]更加重要，应该予以详尽记述——那就是，市民阶层的女性也开始写作了。如果说，不仅《傲慢与偏见》[3]很重要，《米德尔马契》《维莱特》和《呼啸山庄》[4]也很重要；如果说，当时不仅在乡间大院里有一些身边总有一大堆书和一大堆恭维者的贵妇人在写作，而且普通女性也开始写作了，那么，这样一件重要的事情便不是用个把小时就能讲清楚的了。反正，如果没有马洛[5]，就不可能有莎士比亚；如果没有乔叟[6]，就不可能有马洛；而如果没有那些最初把粗野的英语加以驯化的早期诗人，那么连乔叟也不可能会有。同样，如果没有那些最初敢于拿起笔的女人，如果没有那些先行者，那么无论是简·奥斯汀，还是勃朗特姐妹和乔治·艾略特，都不可能写作。要知道，一部文学杰作是不可能孤零零地从地里长出来的，而是许多人经过多年的努力才会产生。在每一个作家的

---

1 11世纪至13世纪信奉基督教的西欧各国对中东穆斯林的多次战争的总称，原因是穆斯林扩张，不仅占据了基督教圣城耶路撒冷，还对信奉基督教的东罗马帝国（也称"拜占庭"）发起进攻。
2 玫瑰战争也称"蔷薇战争"，是15世纪英国内战，由于双方都以玫瑰（蔷薇）为标识（一方为红玫瑰，一方为白玫瑰），史称"玫瑰战争"。
3 19世纪英国女作家简·奥斯汀的代表作（简·奥斯汀不是市民阶层的女性，而是乡绅阶层的女性）。
4 这三部长篇小说分别是19世纪英国女作家乔治·艾略特、夏洛蒂·勃朗特、艾米莉·勃朗特的作品（乔治·艾略特和勃朗特姐妹属市民阶层的女性）。
5 克里斯托弗·马洛：16世纪英国剧作家，被认为是莎士比亚的先驱。
6 杰弗雷·乔叟：14世纪英国诗人，有"英国诗歌之父"之称。

背后,总有别人的经验。所以,简·奥斯汀应该到范妮·伯尼的墓前敬献花圈;乔治·艾略特应该感谢伊莱莎·卡特[1]的在天之灵——这个勇敢的女人,为了一大早起床背诵希腊语,曾把一只铃系在自己的床架上;而所有的女人,都应该带着鲜花去谒拜阿芙拉·贝恩[2]的陵墓——她被葬在威斯敏斯特大教堂墓地里,当初有人觉得她不配,现在看来她当之无愧,因为是她最初为女性赢得了表达思想的权利。也许她过于多情,身世也有点可疑,然而正是有了她,我今天才敢对女人们说:"凭你们的聪明才智,你们每年也能挣到五百镑!"

我们发现,到了19世纪前半叶,女人写的书已占据了书架的好几层。但是,每当我浏览这些书的时候,总要自问:为什么几乎全是小说?(因为我们知道,最原始的创作冲动是想写诗,而真正的"诗歌之源"就是女人。所以,无论是在法国,还是在英国,都应该先有女诗人,然后才有女小说家,这才对。)此外,当我看到那四个响亮的名字时,我又想:乔治·艾略特和艾米莉·勃朗特[3],她们两人有哪一点相像?夏洛

---

1 伊莱莎·卡特:18世纪英国女学者。
2 阿芙拉·贝恩:17世纪英国女诗人和女小说家,被认为是英国历史上第一个以写作为生的职业女作家。
3 艾米莉·勃朗特:勃朗特姐妹之一,夏洛蒂·勃朗特的妹妹,其长篇小说《呼啸山庄》被认为是19世纪的小说杰作。

蒂·勃朗特和简·奥斯汀，她们之间有什么共同之处？除了她们四个人都没有孩子这一点相同，可以说任何一个房间里的任何四个人都要比她们相像——要是她们四个人在一起谈话，那情景可真古怪极了。然而，不知出于什么缘故，当她们四个人写作时，却不约而同地都去写小说。于是我又自问：这会不会和她们都出生于中产阶级家庭有关？会不会像艾米莉·戴维斯小姐[1]在她们去世后不久便证明的那样，因为在19世纪早期的中产阶级家庭，每个人都有自己的房间？因为一个女人要写作，如果不得不到全家共用的起居室里去写的话，那她总要受到干扰而不得不中断的，就像南丁格尔曾抱怨的那样，"女人从来就没法说有半个小时是属于她自己的"。不过，说得说回来，在起居室写散文或者写小说，总比写诗或者写戏要容易一点，因为不需要那么集中精力。简·奥斯汀一直到死都是这么写作的。"她能这么做真是令人惊讶，"她的侄子在回忆录中写道，"因为她没有自己的书房，大多数时间只能在共用的起居室里写作，而那里不断会有各种各样的干扰。此外，她还得小心翼翼地不让佣人、客人或者家里的其他人知道她在做什么。"她总是把稿子藏起来，倘若正在写的时候有人进来，她就赶快

---

[1] 艾米莉·戴维斯：19世纪英国早期女子教育的倡导者和实践者（详见本书第四部分中的"两位女性"）。

用吸墨纸把稿子盖住。还有，在19世纪早期，一个女人所能获得的文学经验，大多来自她自己对他人的观察和分析。然而，几百年来，女人的情感一直受家庭起居室的影响，甚至可以说，是在家庭起居室里培养起来的。他人的行为举止给她们留下深刻印象。也就是说，在她们眼前出现的往往是人们的个人交往。所以，当中产阶级家庭出生的女人开始写作时，便很自然地写起了小说。我们刚才说到的那四个有名的女人，其中至少有两个从本性上说其实并不适宜于写小说——艾米莉·勃朗特理应写诗剧；乔治·艾略特理应在历史写作或者传记写作方面施展才华——但她们最后还是成了小说家。

我从书架上取下《傲慢与偏见》，心里想：她们不仅写了小说，还写出了优秀的小说。我说《傲慢与偏见》是本好书——这大概算不上是在吹捧女人吧，男人没理由觉得不舒服。不管怎么说，简·奥斯汀在写《傲慢与偏见》时若偶然被人发觉，本不应该感到羞愧。然而，她却为起居室的门会嘎嘎作响而高兴，因为她可以在别人进来前把稿子藏起来。在她看来，写《傲慢与偏见》有点不光彩，而我想知道的是，假如她当初并不觉得有必要把稿子藏起来，《傲慢与偏见》会不会写得更精彩？

为了证实一下，我读了一两页，却没有发现任何迹象可以表明当初的写作条件对她产生了不利影响。也许，这就是《傲慢与偏见》的令人惊异之处。竟然有这样一个女人，她在1800年前后就能心平气和地写作，不怨恨、不哀诉、不恐惧、不愤怒，也不说教。我看看《安东尼与克莱奥帕特拉》[1]，心里想：莎士比亚也是这样写作的。人们常把简·奥斯汀和莎士比亚相提并论，意思就是说他们两人都不固执，没有任何想不通的东西；正因为这样，不了解简·奥斯汀，也就无法了解莎士比亚；正因为这样，简·奥斯汀就在她所写的每一个字里，莎士比亚也同样如此。如果说简·奥斯汀因环境影响而有什么局限的话，那就是她过的是一种非常闭塞的生活。那时女人要想单独出门都是不可能的。她从不外出旅行；她从未到伦敦乘过公共马车，也从未一个人在饭店里吃过一顿饭。不过，这是简·奥斯汀的天性也说不定，也许她生来就不喜欢新鲜事物。她的天性正好和她的环境完全协调。

但是，我怀疑夏洛蒂·勃朗特是否也这样——我这么说，同时翻开《简·爱》，把它放在《傲慢与偏见》旁边。

我翻到第十二章，一眼就看到了这样一句话："无论谁，想责怪我就责怪我。"我想，他们责怪夏洛蒂·勃朗特什么呢？于是，我读到了简·爱时常趁菲尔费克斯太太做果冻时爬到屋顶上去，在那儿眺望远处的田野。因为她有一种渴望——他们

---

[1] 莎士比亚所著悲剧。

就是为此而责怪她:

> 这时,我渴望有一种能超出极限的眼力,让我看到我听说过的,但从未见过的那些城镇和街区和那繁华的世界。这时,我希望自己有比现在更多的人生经验,比现在更多地和自己同类的人交往,而且比在这里更多地结识各种性格的人。我珍视菲尔费克斯太太的善良,珍视阿黛勒的善良;但是我相信,世界上一定还有更多、更善良的人和事,而且希望亲眼看看我所相信的东西。
>
> 谁责怪我呢?毫无疑问,一定有很多人;他们会说我不知足。我没办法;我生来就不能安静;有时候,这使我很苦恼……
>
> 说人们应该对平安无事感到满足,这是徒然的;人们总得有行动;即使找不到行动,也得创造行动。千百万人被注定了要处在比我的更加死气沉沉的困境中,千百万人在默默地反抗自己的命运。谁也不知道,在充斥世界的芸芸众生中,除了政治反抗,还有多少其他的反抗。女人总被认为是静心寡欲的,可是女人也有和男人一样的感觉;她们像她们的兄弟一样,需要发挥自己的才能,需要有一个奋斗的目标;她们受到过于严厉的束缚、过于绝对的控制,也会感到痛苦,正如男人感到的一样;而她们那些享

有更多特权的同类,也未免太苛刻了,说她们应该安心于做做布丁,织织袜子,弹弹钢琴,绣绣荷包。要是她们超出习俗规定的范围,去做更多的事,去学更多的东西,他们就来指责她们,嘲笑她们,那也未免太无理了。

但是,当我这样一个人的时候,却老是听到格莱斯·普尔在笑……

这干扰真烦人!我想,突然跑出来一个格莱斯·普尔,真是太扫兴!思绪全被打乱了。我把这本书放在《傲慢与偏见》旁边,接着想:有人可能会说,写出这几段文字的女人要比简·奥斯汀更有才华;但是,如果他把这几段文字仔细读一遍的话,就会注意到其中有一种愤愤不平的情绪,而就是这种情绪,使她永远也不可能把自己的才华彻底表现出来。她的书是扭曲的、变了形的。她本该平静地写作,现在却在愤怒中写作;她本该明智地写作,现在却在冲动中写作;她本该写她笔下的人物,现在却在写她自己。她在和自己的命运抗争。这样一个女人,除了精神抑郁、内心苦闷和早早地死去,结果还能怎样呢?

不妨设想,假如夏洛蒂·勃朗特——这个以一千五百英镑的低价卖掉自己小说版权的"愚蠢的女人"——每年有三百英镑的收入,事情会怎样呢?假如她真的能了解"那些城镇和街区,那繁华的世界",真的有"比现在更多的人生经验",真能"比现在更多地和自己同类的人交往,而且比在这里更多地结识各种性格的人",那么事情又会怎样呢?她这么说,其实不仅明确指出了她作为小说家的局限,同时也明确指出了当时所有女人的局限。她自己比谁都清楚,假如她不是那样只能孤独地"眺望远处的田野",假如她有更多的生活经验、能更多地外出旅行、与人交往的话,那么她的才华将会变得更为出众。然而,人们不仅没有让她如愿,甚至不给她任何机会。

这是事实,我们只能接受。那些优秀小说——《维莱特》《呼啸山庄》和《米德尔马契》——是女人写的,然而她们的生活经历确实很有限,仅限于一个可敬的牧师家庭里的生活。她们在嘈杂的起居室里写《呼啸山庄》或者《简·爱》,而且又很穷,甚至连多买一些稿纸的钱也没有。固然,她们当中有一个——乔治·艾略特——她左冲右突、历经磨难而终于逃了出来,但最后也只是逃进了圣约翰树林里的一座荒凉的小屋而已。她静静地住在那里,却仍然逃不过世人的责难[1]。"我希望得到人们的理解,"她曾这样写道,"但要是他们不愿意,我也不会乞求他们。"人们为什么要责难她呢?难道就因为她爱上了一个男人并和他生活在一起?难道她看一眼某个史密斯太

---

[1] 乔治·艾略特因为和评论家刘易斯未婚同居而备受正统派的责难。

太，她的目光就会使那个史密斯太太失去贞操吗？她没办法，在社会习俗面前她只能忍气吞声，只能"自我禁闭"。然而，与此同时，在欧洲的另一边，有个叫托尔斯泰的年轻人正在军队里服役，他自由自在地一会儿找这个吉卜赛姑娘玩玩，一会儿找那个贵族小姐谈谈，没有任何人妨碍他在多姿多彩的生活中积累丰富的人生经验，而这样的人生经验，后来就为他的写作提供了珍贵的素材。反之，如果他和某个寡妇一起隐居在某个小修道院里"自我禁闭"，我想，不管他的道德多么高尚、思想多么深刻，他也不可能写出《战争与和平》。

女性价值观*

我们知道,大多数小说都有这样那样的缺陷,小说家时而会滥用想象力,写得荒唐至极;时而会丧失观察力,再也无法把艰苦卓绝的小说写作进行下去。那么,看过《简·爱》和其他一些女作家的作品后,我在想,小说家的性别对小说又会有怎样的影响呢?难道这种性别真的会有损小说家的客观与公正?而客观与公正,我认为是小说家最重要的品质。遗憾的是,我从《简·爱》的某些片段中看出,愤怒损害了小说家夏洛蒂·勃朗特的客观与公正。她本应该专心致志地讲述故事,但她却时而中断故事,让人物抒发自己的愤怒情绪。简·爱渴望自由自在地漫游世界,但却被关在一个教区牧师的住所里补袜子,生活死气沉沉,她为自己本应有的权利被剥夺而感到愤愤不平。这使我们明显地感觉到,夏洛蒂·勃朗特的想象力因

---

* 本文节选自伍尔夫在妇女协会的系列演讲《一间自己的房间》,此标题系译者所加。

受愤怒情绪的影响而被扭曲。此外,还有一些因素也使她的想象力偏离正轨——譬如,无知。因为无知,她只能把罗切斯特的形象描绘得朦朦胧胧。[1]还有恐惧,我们也能感觉到它的影响,还有一种因压抑而造成的刻薄、一种既郁闷又焦躁的痛苦,和一种间歇性发作的怨恨——这些在即使写得很出色的同类作品中也很常见。

既然小说是和现实生活相对应的,那么在某种程度上,小说中的价值观就是现实生活中的价值观。女性的价值观不同于另一性别的价值观,这也是显而易见的,而且很自然。但是,占上风的却总是另一性别的价值观。简单说来,按这种价值观,体育——特别是足球——是"重要的",而服装——尤其是流行时装——是"不重要的"。这种价值观势必会从现实生活移植到小说中。评论家往往会因为某部小说写的是战争而认为它重要,又会因为某部小说写的是起居室里的女人而认为它不重要。写战场上的杀戮重要,还是写商店里的购物重要,两种不同的价值观不仅随处可见,而且日趋分化。对女人来说,19世纪早期的小说基本上都是从男人的头脑中孕育出来的,女人稍许要做一点补救,也因为不得不遵从男性权威而改变了初衷。这只要读一读那些早已被人忘记的女作家的作品、只要看

---

[1] 因为罗切斯特是贵族,而夏洛蒂·勃朗特对贵族一点也不熟悉,故而"无知"。

看那些小说的腔调就可以知道，女作家一旦受到批评，不是用自己的性别来自我辩护，就是用另一种性别来自我标榜。她们会说自己"只是个女人"，要不就说自己"和男人一样优秀"。她们凭着自己的性情对待批评，不是俯首帖耳，就是痛哭尖叫。态度怎样倒不重要，重要的是她们想到的都不是小说艺术，而是其他乱七八糟的事情。现在，她们的书落到了我们手上。这些霉迹斑斑的书使我想起伦敦一家旧书店，那里有许多女人写的小说，就像果园里散落一地的烂苹果，每个里面都有一条蛀虫。那些女人都因为遵从另一种价值观而偏离了自己的价值观。

不过，要她们丝毫不偏离自己的价值观，确实也难而又难。在清一色的男权社会，要她们面对批评而坚持自己的观念，毫不退缩，那需要怎样的天赋、怎样的品格！这一点，唯有简·奥斯汀和艾米莉·勃朗特做到了。这是她们值得自豪的又一个成就，说不定还是最大的成就。她们不像男人那样写作，而是像女人那样写作。在当时上千个写小说的女人当中，只有她们两人完全不顾那似乎永恒的权威不断重复的训诫——女人应该写这个，应该想那个。只有她们两人充耳不闻那些没完没了的声音——它们时而像抱怨，时而像训斥，时而像哀叹，时而像惊叫，时而像怒吼，时而又像长辈的谆谆教诲；它们使女人不得安宁；它们就像一个既严厉又死板的女教师教训一群女学生;它们就像埃杰顿·布里奇斯爵士[1]一样恳请女人要文雅一点;它们甚至在诗歌评论中也要贬低女人[2];它们告诫女人,要想举止得体而赢得某种尊重,就不应该越出那些所谓的绅士所划定的范围:"女作家只有勇敢地承认自己的性别局限,才会有所成功……"[3]——这句话说得简单明了,而我告诉你们,这句话不是在1828年8月说的,而是在1928年8月说的,你们一定很吃惊吧。我想,你们一定会同意,不管这句话我们喜欢不喜欢,反正它代表了一百年前那个有权有势的性别对我们的厉声训斥——我不是想翻旧账,只是顺手举个例子而已。若在1828年,一个年轻女人若想无视这样的训斥、这样的奚落、这样的"鼓励",那她非得异常大胆、异常刚毅才行。她非得像犯上作乱的暴徒那样,才敢对自己说:呸,难道文学也是他们一家所有!难道文学不是向每个人敞开大门的!难道他们这些教堂里的差役也能阻止我走进教堂的大院!难道他们这些图书馆的看门人也能禁止我去看书!就算他们可以把图书馆

---

[1] 埃杰顿·布里奇斯爵士:19世纪早期英国传记作家、批评家。

[2] "(她)有一种哲学上的目的,而这难免会有危险,尤其是对女人来说。因为女人很少会像男人那样具有哲学思辨力。所以,对于一个比较原始、比较肉体化的性别来说,有这种目的确实特别奇怪。"(引自《新标准》,1928年6月号。)——伍尔夫

[3] 引自《生平与书信》,1928年8月号。——伍尔夫

的门关上，没有哪扇门关得住我渴望自由的灵魂！

　　不管外在的批评和阻力对女性写作有怎样的影响——我相信影响非常大——但和女性写作时所遇到的自身难题相比（我仍以19世纪早期的女作家为例），这些影响还算不了什么。所谓自身难题，就是女性写作没有传统，或者说只有相当短暂而且残缺不全的传统，对我们没有多少帮助。要知道，女性作家没有多少前辈，只有母亲这一代人。我们固然可以从那些了不起的男性作家那里获得阅读的乐趣，但不可能从他们那儿获得写作上的帮助。兰姆也好、布朗也好、萨克雷也好、纽曼也好、斯特恩也好、狄更斯也好、德昆西也好，不管哪一个，都从未有助于一个女人写作，至多只能使她学会一点小技巧。因为他们是男人，男人的头脑在质和量上都和她不一样，这使她很难从他们那儿得到实质性的东西。仿效者和仿效对象离得太远，她学不像。也许，她拿起笔刚想写，马上就会发现没有适合她所用的句法。所有伟大的小说家，萨克雷也好、狄更斯也好、巴尔扎克也好，都有一套自然形成的句法，灵活但不含糊，生动但不做作，既有个人色彩而又有通用性质。他们都使用当时流行的句法写作，而19世纪早期流行的句法大概是这样的："他们的作品之所以伟大就在于其中的一种意味，而且意味无穷。除了展示艺术的真与美，他们不可能再有其他动机和目的。成功使人加倍努力，而成功来自坚持。"这些都是男性句法，背后有约翰逊博士和吉本[1]等人的影子，并不适合女性使用。夏洛蒂·勃朗特虽然很会写，但也时常会被那些不习惯的句法绊倒。乔治·艾略特更不用说了，常常用错词、写错句。简·奥斯汀则是摇摇头，按自己的习惯遣词造句，倒也不错。所以，她的写作天分虽不及夏洛蒂·勃朗特，却比夏洛蒂·勃朗特写得更出色。确实，小说艺术的关键在于自由而充分的表达，既然男性句法不适合女性，又没有普遍适用于女性的句法，这当然大大地影响了女性写作。当然，除了遣词造句，一部作品还要有总体形式，就如一座宫殿除了砖瓦，还要有拱廊和穹顶。然而，这些拱廊和穹顶却是男人根据自己的爱好为自己建造的。没有理由认为，史诗和诗剧这样的形式比男性句法更适用于女人。但是当女人成为作家时，所有传统文学形式都早已成形，已经难以改变。只有小说比较年轻，还有改变的余地——也许，这是女作家大多写小说的又一个原因——但时至今日，有谁能说小说这种最易驾驭的文学形式已经改造得适合于女性使用了？毫无疑问，只有当女作家可以自由施展她的才能时，我们才会看到她把小说改造成某种可以表达情意而无须使用韵文的文学形式，因为女性所要表达的大多是她心中的诗情画意。所以，我在想，如果有个女作家想写一部五幕诗悲

---

[1] 爱德华·吉本：18世纪英国史学家、散文家，著有《罗马帝国衰亡史》等。

剧，她会使用韵文呢，还是使用散文[1]？

然而，这些都是将来黎明时分的问题。现在我即使冒着离题的风险，也要走进那片没有道路、没有人迹、只有野兽出没的树林。我并不想在此讨论那个令人沮丧的问题——小说的未来将会如何。我相信你们也不想听我谈论那个问题，我只是请你们暂且注意一下，女性的生理条件势必会对女性写作的未来产生重大影响。书在某种程度上是和人的身材相对应的，因而可以冒昧地说，女人写的书势必会比较短、比较饱满，其结构比较简单，比较适合女性，不需要花很长时间和很多精力即可完成。还有，支持大脑思考的神经系统似乎也男女有别，要使神经系统工作得最为有效，就必须知道怎样适当使用它们——譬如，那套几百年前的修道士所制定的授课方式，对女人是否适当？还有，工作时间应该有多长？休息时间应该有多长？是不是男女都一样？休息时间并非什么都不做，那么男人做什么？女人做什么？应该有何不同？——所有这些，都应该予以关注、予以讨论，因为这一切都和女性写作密切相关。

---

[1] 此处"散文"一词是广义，即指一切不押韵的文体，相对于韵文（诗歌）。

女性与莎士比亚*

我在书架上不断寻找,但令人悲哀的是,找不到一本关于18世纪以前英国女人的书。没有材料,我就无法思考我的问题——为什么伊丽莎白时代[1]的英国女人没有写出一首诗?此外,我也不清楚,她们当时有没有受到教育、会不会写字、有没有自己的房间,或者,她们中有多少人是在二十一岁前就生孩子了——说得简单点,我只是想知道,她们每天从上午八点到晚上八点通常在做些什么。她们肯定没什么钱,而且,根据特里维廉教授[2]的说法,她们往往还未成年就已经嫁人,大多是在十五六岁,有的甚至更早。倘若上述情况属实,那么我敢说,假如她们当中真有人突然写出一部像莎士比亚那样的剧本来,那倒反而怪了。

---

* 本文节选自伍尔夫在妇女协会的系列演讲《一间自己的房间》,此标题系译者所加。
1 即16世纪,英国文艺复兴时期,也称莎士比亚时代。
2 乔治·特里维廉:19世纪英国历史学家,写有《英国史》。

此时，我想起了一位老先生——此人现在已经去世，但我知道他生前还是个主教——他曾宣称，不论是过去、现在，还是将来，女人都不可能拥有莎士比亚的天才。他不仅在报纸上发表这一见解，还曾对一位女士解释说，尽管猫或许也有灵魂，但事实上猫是永远进不了天国的。像这样的老先生，曾用了多少心思来拯救我们女人啊！多亏他们，我们总算摆脱了无知！现在我们懂了，猫进不了天国，所以女人写不出莎士比亚戏剧！

然而，不管怎么说，每当我在书架上看到《莎士比亚戏剧集》时，我仍不得不承认，这位主教的说法至少有一点是对的，那就是：要莎士比亚时代的女人写出莎士比亚戏剧来是不可能的——绝对不可能！既然那时的情况究竟如何现在难以得知，那就来想象一下吧——假如，莎士比亚有个妹妹，叫朱迪丝，具有惊人的天赋，那情形会怎么样呢？莎士比亚本人可能上过文法学校，因为他母亲继承了一笔遗产，还是有点钱供他读书的。他在学校里可能学过拉丁语，读过奥维德、维吉尔和贺拉斯[1]的诗作，还学会了基本语法和逻辑。他是个顽皮的孩子，这谁都知道，曾偷猎过兔子，可能还射杀过鹿，后来又

1　奥维德、维吉尔和贺拉斯：古罗马三大诗人。

年纪轻轻就结了婚,而且婚后不到十个月,他的妻子就生下了一个孩子。由于行为不轨,他受乡人鄙视,便不得不到伦敦去谋求出路。他似乎生来就对戏剧有特殊癖好,所以先在剧院门口为人家牵马,但不久便设法在剧院里找到了差使,还上台做过配角演员。他生活在伦敦这个大都市里,各种各样的人都见过,也结识了许多人;他在街上尽情发挥自己的才智,在舞台上不断操练自己的艺术,直至功成名就,最后得以进入女王的宫殿[1]。然而,我们不妨来想想,他的那个具有非凡天赋的妹妹又怎么样呢?可以肯定,她只能待在家里。她虽然像她哥哥一样充满活力、富于想象力,而且同样渴望了解世界,但是她既没有被送去上学,也没有机会学会语法和逻辑,更不用说阅读维吉尔与贺拉斯的诗作了。她有时会拿起一本书——也许就是她哥哥读过的——但没读上几页,她父亲或者她母亲就会走进来,要她去补袜子,或者要她到厨房去看一下炖肉,同时还会告诫她说,女孩子不应该痴迷于书本。他们教训她时的态度当然是既慈祥又严厉的,他们家的境况还不错,做父母的知道疼爱自己的女儿——很可能,她父亲还把她当作掌上明珠哩。有时,她或许还会躲在堆放苹果的阁楼上偷偷地写上几页。但

---

[1] 莎士比亚的戏剧曾在伊丽莎白女王的宫殿里演出过。

写好后，不是默默地烧掉，就是秘密地藏起来。不久，到了她十几岁时，她就被许配给了住在同一条街上的羊毛商的儿子。她不答应，说她讨厌嫁人。于是，父亲先狠狠地揍她一顿，然后不再惩罚她，而是乞求她，求她不要伤害他，不要在婚事上使家庭蒙受耻辱。他会许诺说，他会给她一串项链或者一条漂亮的裙子作为嫁妆，而且说着说着，他会泪流满面。对此，她还能不听从他吗？她怎么能伤他的心呢？然而，在内心深处，她却怎么也不能接受这样的安排。于是，在一个夏天的夜里，她悄悄收拾起自己的东西，从窗口挂下一根绳子，逃离了家庭。她连夜赶路，去了伦敦。那时她还不到十七岁，但才华出众——论音乐，林中的鸟儿也比不上她；论言辞，她和她哥哥不相上下；论想象力，她也是出类拔萃的；而且，和她哥哥一样，也对戏剧情有独钟。于是，她来到剧院门口，对他们说，她想为他们写戏。那些男人一听便哈哈大笑，尤其是剧院经理，一个胖胖的男人，一边狂笑，一边对她大声说，叫女人来写戏还不如叫卷毛狗来跳舞哩，所以想都别想。他还暗示说——暗示什么，不用我说大家也知道。既然她不可能写戏，还能做什么呢？不就是在酒馆里乞讨，或者半夜里在街头拉客吗？然而，她却是那样耽于梦想，那样渴望了解世界，那样渴望把自己的天赋化为不朽的艺术。我们知道，她很年轻，容貌又出奇地像她哥哥，长着弯弯的眉毛和大大的棕色眼睛，而这，终于使某个叫尼克·格林[1]的剧团老板对她动了心。她满以为就此可以发挥自己的戏剧才能了，但不久却发现，那个伪君子只是让她怀了孕！接着——接着还会怎样呢？当一个女人的胸膛里跳动着一颗诗人之心时，其结果可想而知——她痛苦不堪，最后在一个冬天的夜里自杀了，尸体被埋在城外的某个路口，也许就是今天大象城堡饭店前的那个公共汽车站所在的地方。

我想，在莎士比亚时代，要是真有哪个女人和莎士比亚一样有天才，她的故事大概就是这样。不过，就我个人而言，我还是部分地赞成那位已故主教的看法，那就是：在莎士比亚时代，女人绝对不可能具有像莎士比亚那样的天才。莎士比亚式的天才是不可能从那些既未受过教育，又整天忙碌、供人役使的人当中产生出来的；在当时的英格兰，它不可能产生于撒克逊人和不列颠人[2]中间，而在今天，它也不可能产生于贫民阶层。既然如此，它又怎么可能出现在当时的女人身上呢？要知道，按特里维廉教授的说法，当时的女人尚未成年就要干活了；不仅她们的父母会逼迫她们，法律、习俗和种种社会势力

---

1 尼克·格林：与莎士比亚同时代的"大学才子派"剧作家，曾说莎士比亚的戏剧不过是一些哗众取宠的噱头而已。

2 12世纪至13世纪，来自法国沿海的诺曼人入侵英格兰，那里的撒克逊人和不列颠人受其统治，沦为贱民。

都在逼迫她们就范——她们不可能会有别的生活。女人中间当然会有某种天才,就像在贫民阶层中也有某种天才。这样的天才有时还会显露出来,前者如艾米莉·勃朗特,后者如罗伯特·彭斯[1],他们俩就是明证。但是,这样的天才从未受到重视,这是确凿无疑的。不管怎么说,反正每当我从书上读到某个女巫遭人驱赶,或者某个女人中了邪,或者某个聪明女人竟在卖草药,甚至某个杰出的男人有个平凡的母亲时,我就会想,这些女人也许是会成为小说家的,只是她们迷了路;也许是会成为诗人的,只是她们受到了压制——她们也许就是某个因为被人忽视而默默无闻的简·奥斯汀,要不就是某个因为有才无处施展而被逼得发了疯的艾米莉·勃朗特,现在只能独自在荒野里癫狂,或者在大路旁朝人做鬼脸。说真的,我可以大胆猜测,为我们留下大量诗歌的远古无名氏多半是女人。这完全可能。我想,当时有个女性爱德华·菲茨杰拉德[2],她编出一首首民歌和民谣并对着自己的孩子吟唱,为的是在纺纱时解闷,或者借此度过冬天的漫漫长夜。

我这么说,也许是对的,也许是错的——谁说得清呢?但不管怎么说,当我回想起我刚才杜撰的那个关于莎士比亚妹妹

---

[1] 罗伯特·彭斯:18世纪苏格兰著名诗人,出身于农民家庭。
[2] 爱德华·菲茨杰拉德:19世纪英国诗人,以创作民歌和民谣而闻名。

的故事时，我总觉得，其中有一点是千真万确的，那就是：出生于16世纪的任何一个天赋出众的女人，最终必然会发疯、自杀，要不就是孤寂地在荒野茅舍里度日，像个女巫，甚或女妖，令人畏惧，又受人嘲笑。因为只要懂得心理学就会知晓，一个具有诗人天赋并想显示其天赋的年轻女人必定会被人视为怪物，同时又会被她自己的内心矛盾和痛苦折磨得死去活来，结果不是郁郁而亡，就是精神失常。没有一个女人到了伦敦，到了剧院门口，到了剧院经理面前，能免于蒙耻，免于受辱。这种耻辱也许是非理性的，但又是不可避免的，因为不知什么原因、不知什么时候，某些社会萌生出了女性贞洁观念并加以崇拜。不仅在当时，甚至到现在，贞洁在女性生活中一直都具有宗教般的重要性，而且深入人心，因而一个女人需要有天大的勇气才能摆脱这种贞洁观念。在16世纪的伦敦，即便有哪个女诗人或女作家在自谋生路，那也是极其紧张、极其艰难的，最后难免进退两难、死路一条。要是她幸运地活了下来，那她所写的任何东西一定都是扭曲的、变形的，一定都是勉强地、不正常地写出来的。我在书架没有找到一个剧本是女人写的，心里想，即便是哪个女人写的，她也不会署上真名，而会使用假名以避人耳目。这种女性贞洁观甚至到了19世纪仍有余威，迫使女作家隐姓埋名。柯勒·贝尔[1]、乔治·艾略特、乔治·桑[2]，这些笔名表明这些女作家仍受制于自己的内心矛盾：既想写作，又想躲在男性笔名背后把自己隐藏起来。这虽然并不怎么成功，但不管怎么说，她们至少向传统习俗表示了敬意——这种传统习俗即便不是另一种性别的人刻意造成的，也是另一性别的人大为赞赏的，即认为：女人不应该抛头露面（"女人应以不受人关注为荣。"伯里克利[3]说，但他自己呢，处处受人关注）。匿名成了女人的内心冲动，想把自己隐藏起来的欲望对她们来说是难以克制的。甚至到了现在，她们仍不像男人那样关心自己的声誉。当她们从墓碑或者纪念碑旁边走过时，一般说来，她们不会像男人那样渴望自己的名字为他人所铭记。她们不同于阿尔夫、伯特，或者蔡斯[4]，她们不像男人那样本能地具有占有欲，看见一个漂亮女人就想和她上床；甚至看见一只狗，心里也会想，这只狗是我的就好了。当然，男人想占有的不仅仅是狗，我想，还有议会广场和西吉斯林荫道，还有某一块领地，甚至某个头发短而卷的黑人。女人则不然，

---

[1] 柯勒·贝尔：19世纪英国女作家夏洛蒂·勃朗特最初发表作品时所用的男性笔名（她的妹妹艾米莉·勃朗特和安妮·勃朗特分别用男性笔名埃利斯·贝尔和阿克顿·贝尔）。

[2] 乔治·桑：19世纪法国著名女作家，真名为露西·奥罗尔·杜邦。

[3] 伯里克利：古希腊政治家、雅典城邦领主。

[4] "阿尔夫、伯特、蔡斯"是英国男人的常见名，此处代指男人。

英国女人若看到一个非常漂亮的女黑人,绝对不会想把她占为己有。这是女人的一大优点。

总之,出生在16世纪的女人若有诗人天赋,就会成为不幸的女人,成为和其自身相冲突的女人。因为要把她心里想的东西(不论什么东西)写出来,需要某种精神状态,而她的生活环境、她的本能都和这种状态相冲突。不过,我想问,有利于写作的是怎样一种精神状态?可不可以有意识地以某种方式使自己进入这种精神状态?我这么问,同时翻开一本《莎士比亚戏剧集》。以莎士比亚为例,他在写《李尔王》和《安东尼与克莱奥帕特拉》时处于怎样一种精神状态?那当然是一种最有利于诗歌创作的精神状态,而且古今都一样。不过,莎士比亚自己并没有说,我们只是偶然才知道他写作时"从来都不涂涂改改"。也许,18世纪之前的艺术家没有一个说到过,直到卢梭,才第一次说到他写作时的精神状态。后来到了19世纪,作家的自我意识大为增强,写回忆录、写自传成了他们表述自身精神状态的一种惯常做法。他们纷纷写自传,他们的信件也在死后出版。所以,我们虽然不知道莎士比亚写《李尔王》时的精神状态,但我们知道卡莱尔[1]写《法国大革命》和福楼拜[2]写

---

1 托马斯·卡莱尔:19世纪英国历史学家、散文家,著有《英雄与英雄崇拜》等。
2 居斯塔夫·福楼拜:19世纪法国小说家,著有《包法利夫人》等。

《包法利夫人》时的精神状态,还有济慈[1]面对死亡、面对世人的冷漠而写下那些不朽诗篇时的精神状态。

从他们的回忆录和自传中可以看出,要写出一部杰作有多难,简直是难而又难。任何干扰都会使一部杰作无法在作家的头脑中孕育而导致流产。首先,作家的生活状况可能就很不利:狗叫个不停,令人心烦;邻居时不时来问这问那,真讨厌;家里的钱快用完了,怎么办;更糟糕的是,最近还生了一场病。此外,还有世人的冷漠,使作家的写作更是雪上加霜。要知道,世人并不关心有人在写诗歌、写小说、写历史。他们也不需要这些东西。福楼拜有没有找到合适的用词、卡莱尔有没有找到有用的史料,这和他们毫不相干。他们当然也不会为他们不需要的东西付钱。因而,济慈也好、福楼拜也好、卡莱尔也好,不是注意力分散,就是心情沮丧,特别是刚从事写作的年轻时代,尤其如此。所以,他们在回忆录和自传里常常会诅咒世人,会痛苦地哀号:"伟大的诗人在不幸中死去"——这几乎是他们共同的主题。既然这样,如果他们最终还是写出了某些作品,那只能说是奇迹。所以,他们没有一本书是如愿完成的,总有这样那样的遗憾和缺陷,也就不足为怪了。

然而,看着空荡荡的书架,我心里想,对于女人来说,写

---

[1] 约翰·济慈:19世纪英国著名诗人,与雪莱、拜伦齐名,著有《夜莺颂》等。

作肯定还要难，难得简直可怕。首先，即使到了19世纪初，女人要有自己的一个房间仍然办不到，不要说要有自己的一幢安静整洁的住宅了，除非她的父母是显贵达人或者富豪大佬。她的零用钱也得靠父亲的仁慈才会有，而既然是零用钱，也就仅能买条裙子而已，其他当然不必想了。譬如，她不可能去旅游，而即使像济慈、丁尼生和卡莱尔那样的穷男人，也至少可以徒步旅行到法国去游览一番，至少可以住上一间单人客房——虽则简陋，倒也清静，至少可以免受家人的种种骚扰。这只是有形的难处，已经很可怕，无形的难处还要可怕。像济慈、福楼拜那样才华出众的男人，还每每遭世人冷落而愤愤不平，那么女人呢，遭受的不仅是冷落，还有恶意。世人对那些男人说，你们愿意写就写吧，和我们无关，而对我们女人呢，却是哈哈大笑地说，你们也想写？你们写了有什么用？我看着空荡荡的书架，心里想，看来只能请纽纳姆学院和格顿学院的心理学家来帮帮我们了，免得我们精神崩溃。现在确实到了应该对女作家所遭受的精神折磨加以评估的时候了，就如我看到一家乳品公司在老鼠身上评估普通牛奶和特级牛奶对健康的不同影响。他们把两只老鼠关在两只并排的笼子里，一只毛色暗淡、缩头缩脑，另一只毛色光亮、神气活现。那么，他们喂给我们女作家吃的是怎样的食物呢？我这么问，同时想起了那顿用李子干和蛋糕充数的晚餐。其实，要回答这个问题只需翻开晚报读一读伯肯黑德勋爵对女人的看法就可以了——当然,我并不打算把伯肯黑德勋爵的高见费力地抄在这里。我也不打算提到英奇教长[1]的言论。哈利大街[2]的专家们尽可以在那里大喊大叫,我在这里只想心平气和地引述奥斯卡·勃朗宁[3]先生的话,因为奥斯卡·勃朗宁先生曾是剑桥的大人物,曾多次担任格顿学院和纽纳姆学院的主考官。他曾说:"我看了任何一组试卷后都有这样的印象:在智力上,得最高分的女生仍不及得最低分的男生。"说了这话之后,勃朗宁先生回到办公室——正是他后面的那个举动,很大程度上使他受人尊敬,使他成了德高望重的大人物——他回到办公室,看见有个小瘪三躺在沙发上,"瘦得皮包骨,双颊凹陷,面色焦黄,牙齿发黑,手脚僵硬……""那是阿瑟,"勃朗宁先生说,"他是个有志向而且确实很讨人喜欢的年轻人。"在我看来,这真是一种奇妙的对照,而在那个时代,这种奇妙的对照往往就是现实,这从那些大人物的言行中分明可见。

现在,我们对此可能不以为然,但在五十年前,那些大人物所说的话却是令人敬畏的。不难想象,如果有个父亲出于高尚的目的不希望他的女儿去当作家、画家或者学者,他就会

---

[1] 英奇教长:18世纪末19世纪初英国新教神学家。
[2] 伦敦的一条著名街道,因住着许多外科医生而出名。
[3] 奥斯卡·勃朗宁:19世纪英国学者、教育家。

说:"你看,奥斯卡·勃朗宁先生就是这么说的。"其实,不仅勃朗宁先生这么说,还有《星期六评论》也这么说,还有格雷格先生也这么说——他曾强调说:"女人说到底要靠男人养活,要受男人支配。"还有各种各样男人都这么说,大意都是:女人智力低下,不可指望。这一点,虽然做父亲的不一定会明说,但做女儿的心里已经认可,即使到了19世纪,她仍然会因此而灰心丧气,因此而深受影响。女人不能做这个、女人不能做那个——历来都是这么说的,但也总有女人不服气,偏要做这个、偏要做那个,从而使这种说法不攻自破。现在看来,这种说法对小说创作大概不再有什么作用了,因为已经有了那么多杰出的女小说家;但是,对绘画艺术仍有一些作用,而对音乐艺术,我想,还有极大的作用——现在要做女作曲家,就像在莎士比亚时代要做女剧作家一样难。由此我想起了尼克·格林曾说女人会写戏就如卷毛狗会跳舞,想起了我刚才杜撰的那个有关莎士比亚妹妹的故事。那之后过了两百年,在说到女人布道时,约翰逊博士又说了和尼克·格林差不多的话。这儿,有一本关于音乐的书,我翻开来看,里面说到在那个体面的1882年,有人针对某个尝试作曲的女人引用了约翰逊博士的那句话。"关于热尔梅娜·泰勒费尔小姐,我们只需要重申约翰逊博士针对一个女传道士所发表的权威意见、只需要把其中的'布道'换成'作曲'就可以了:'女人作曲就像狗竖着身体跳舞，跳得并不好看，但令人吃惊的是，它竟然跳完了。'"[1]就这样，历史不断重复而且还很精确。

就这样，我合上奥斯卡·勃朗宁先生的那本传记并把它和其他传记一起推到一边，心里想，显然，即使到了19世纪，女人要做艺术家还是不被认可的，还是会被劝阻、被奚落、被非难、被训斥。由于这里遭否定、那里被反对，她必然神经紧张、身心俱疲。此处，我们再次遇到了那种含糊不清却很有趣，而且对女性行为产生巨大影响的男性情结。那是一种根深蒂固的意识，即认为女性低贱、男性高贵。出于这种意识，不论何时、不论何地，男性总是无所不在——他不仅挡在艺术面前，不让女人靠近，还拦住了女人的从政之路，无论女人怎样谦卑地恳求他，无论让女人加入对他来说是否有风险，他都不为所动。我记得，即便是贝斯巴勒夫人[2]，也因为关心政治而不得不谦卑地写信给格兰维尔·莱维森－高尔勋爵说："……虽然我关心政治事务，而且说了许多话，但我完全同意您的观点，女人不应该过多参与政治或其他重大事务，至多只能说说自己的看法（如果有人问她的话）。"这样她才得以对那个重要话题——即格兰维尔·莱维森－高尔勋爵在下议院的首次演

---

1 塞西尔·格雷，《当代音乐概述》，第246页。——伍尔夫
2 贝斯巴勒夫人：19世纪英国贵族夫人，其丈夫曾任加拿大总督。

说——继续表现出她的热情而不至于招来麻烦。我想，这真是一种奇怪的景象。男人阻挠女人解放的历史，也许比女人寻求解放的历史更加有趣。如果格顿学院或者纽纳姆学院的某个女学生，愿意收集这方面的例证并在理论上加以发挥的话，那是完全可以写出一本有趣的书来的——不过，她在这么做的时候最好戴上一副厚手套，拿好一根棍子，以防她的贞洁遭人玷污。

我合上了贝斯巴勒夫人的书，心里想，现在引人发笑的事情，那时竟然会被人那么认真对待。是的，一本现在看来毫无意义的书，那时却有许多热情的读者在夏夜里捧读，其中的许多言辞——我敢向你们保证——还曾使许多女人激动得热泪盈眶。你们的祖母和曾祖母中有许多人就曾一边读这本书一边擦眼泪，弗洛伦丝·南丁格尔[1]甚至还忍不住惊叫起来。然而，你们现在都已上了大学，是不是都有了自己的起居室？或许，只是卧室兼起居室吧？你们可能会说，天才不应该理会这些言辞，天才应该超然于世人的议论之上。不幸的是，正是天才的男人和女人最在乎人们会怎样议论他们。请想一想济慈，他自拟的墓志铭是怎么说的[2]，请想一想丁尼生，请想一想……不

---

1 弗洛伦丝·南丁格尔：19世纪英国女护士、近代护理学和护士教育的创始人。
2 济慈的自拟墓志铭是：Here lies one whose name was written in water.（此地长眠者，声名水上书。）

一 关于女性写作

过，我没必要多举例子来证明这个不可否认的不幸事实：太在乎别人会说什么正是艺术家的天性。文学中到处可见那些过于在乎别人会说什么的不幸之人。

　　回头再看前面提到的那个问题——怎样的精神状态最有利于写作——我觉得他们这种过于敏感确实很不幸。因为——我看着《安东尼与克莱奥帕特拉》心里想——作家要把自己构思的作品完整地、明白无误地表达出来，需要付出极大的努力，他的头脑必须像莎士比亚那样，既炽热又清澄，没有任何障碍，没有任何与作品无关的异物。

　　我们对莎士比亚写作时的精神状态可说一无所知，而正是这种一无所知，表明我们感悟到了莎士比亚的某种精神状态。为什么和多恩[1]、本·琼森[2]或者弥尔顿相比，莎士比亚的精神状态难以被我们觉察？也许，关键就在于，我们在他的作品中难以觉察到他本人的怨恨情绪、愤怒情绪或厌恶情绪。没有什么东西"暗示"我们，使我们想到他本人，使我们停顿下来，不再关注作品本身。抗议、说理、诉怨、反驳，所有这些想使读者对作者本人感到同情或者表示赞同的意图，在他的头脑中都被销毁了。因而，他的作品是纯正的，是自由自在地、不受

1　约翰·多恩：17世纪英国玄言派诗人。
2　本·琼森：16世纪与莎士比亚同时代的英国诗人、剧作家。

妨碍地表现出来的，其中没有任何异物。因而，如果说有谁写得十全十美，那人就是莎士比亚。我转身走到一个书架前，心里想，如果说有谁的头脑既炽热又清澄，没有一点杂质，那就是莎士比亚的头脑。

然而，要在16世纪找到有这种头脑和精神状态的女人显然是不可能的。只要想想伊丽莎白时代的那些为短命夭折的孩子所立的墓碑，只要看看他们所住的那些低矮阴暗的房子，就可以知道那时的女人是写不出一首诗来的。只是到了后来，我们才有可能看到有位了不起的夫人得益于相对自由和舒适的生活环境，冒着被人视为怪物的风险写了几十首诗，而且署上自己的名字发表了。我接着想到，男人当然不是傻瓜，他们既然会小心翼翼地避开丽贝卡·韦斯特小姐[1]的"赤裸裸的女权主义"，当然也会出于对一位伯爵夫人的敬意而装模作样地对她的舞文弄墨表示赞赏。这是可想而知的，有头衔的贵族夫人得到赞赏，当然要比平常女子简·奥斯汀小姐或者勃朗特小姐容易得多。但不难发现，她的头脑里同样受到惊恐、怨恨等情绪的干扰，而且在她的诗中表现了出来。这位温奇尔西夫人[2]生于1661年，出身贵族，嫁给贵族，但无子女——我一边想，一边

1　丽贝卡·韦斯特：20世纪英国著名女记者、女作家、女权运动倡导者。
2　温奇尔西夫人：17世纪末18世纪初英国女诗人。

从书架上取下她的诗集——她写诗，而只要打开她的诗集就不难看出，她在为女人的处境鸣不平：

> 我们多么倒霉！为错误的规则所害，
> 受再多的教育也是天生的笨蛋；
> 因为我们生来没头没脑、愚钝不灵，
> 昏蒙无用、不可救药、没有指望；
> 就算有人与众不同、出类拔萃，
> 就算有人心存憧憬、胸怀大志，
> 那反面势力无处不在、强大无比，
> 我们唯有畏惧惊恐，永无希望。

显然，她的头脑一点也没有"排除杂念而变得既炽热又清澄"。恰恰相反，因为怨恨和惊恐而变得纷扰不堪。她简单地把人类一分为二。男人是"反面势力"；男人是可恨的、可怕的，因为他们有权阻止她，不让她做她想做的事情——写诗：

> 天哪！女人想动笔写诗，
> 就是肆意妄为的孽种，
> 此种罪孽没有哪种美德可以弥补。
> 他们说我们错用了自己的性别；

> 只有规规矩矩、打扮打扮、跳跳舞,
> 才是我们应该做的分内事;
> 写诗、读书、思考,或者想探明事理,
> 那只会辜负我们的芳容、浪费我们的时间,
> 那只会使我们心神不安、心生妄念,
> 所以啊,还是乖乖地操持家务吧,
> 那才是我们的用武之地,我们的拿手好戏。

确实,她明知道自己写的东西不能出版,但她也要写,也要用一曲哀歌安慰她自己的心灵:

> 你对着三五知己戚戚哀歌,
> 从未想过要有诗人的桂冠;
> 哪怕默默无闻也甘心情愿。

然而,很明显,只要她不那么心怀怨恨和恐惧,不那么愤愤不平,她的诗情就会显露,时而会有纯正的诗句出自笔端:

> 但没有哪种彩色丝线可以绘绣,
> 那令人晕眩的玫瑰花岂能仿做。

这两行诗不仅公正地受到默里[1]先生的称赞,还为蒲柏[2]所铭记——据说,蒲柏受此启发而写出了下面的名句:

那水仙花迷住了虚弱的大脑;
我们在芳香甜蜜的痛苦中晕眩。

一个能写出这种诗句的女人,一个内心如此质朴、如此深沉的女人,竟然被逼得只能发泄悲愤,真是令人遗憾。但是,当我想到嘲笑者对她的鄙夷、阿谀者对她的吹捧和职业诗人对她的怀疑时,我不禁自问:除了发泄悲愤,她还会做什么?很可能,她会把自己关在乡间的一幢房子里继续写诗。她的丈夫虽然和蔼可亲,他们的婚姻虽然完美无瑕,但她仍会因为悲伤和绝望而精神失常。我之所以说她"很可能"会怎样,是因为当我想了解这位温奇尔西夫人的生平时不出意料地发现,世人对她几乎一无所知。我只知道她一生郁郁寡欢,而根据她留下的诗作,我又知道,她之所以郁郁寡欢的原因是:

我的诗被诋毁,我的辛勤之作

---

[1] 威廉·默里:18世纪英国著名学者、评论家。
[2] 亚历山大·蒲柏:18世纪英国桂冠诗人。

被视为无用之物乃至弥天大错。

而她的诗之所以遭此毁谤，按现在所能了解的情况看来，就是因为她喜欢在田野里闲荡并沉浸在玄妙无比的遐想中：

> 我的手轻巧地拈着不寻常之物，
> 我的手法不是一般人所能相比，
> 但没有哪种彩色丝线可以绘绣，
> 那令人晕眩的玫瑰花岂能仿做。

既然她喜欢这样，既然她有这种趣味，那么毫无疑问，等着她的就是被人嘲笑。据说，蒲柏——也可能是是盖伊[1]——曾轻蔑地称她为"一个喜欢涂鸦的女学究"。有人认为，这是因为她冒犯过盖伊，曾嘲笑盖伊《琐事》一诗写得粗俗，还说他"不太适合坐轿子，更适合抬轿子"。默里先生说，这种事情是历史上"无聊的流言蜚语"。但我并不这么认为，而是很想多收集一些这样的"流言蜚语"，因为借此我或许可以勾画出或者拼凑出这位忧郁夫人的某种形象。她喜欢在田野里闲荡，喜欢思考一些不寻常的事情，而对"操持家务"嗤之以鼻。

---

[1] 约翰·盖伊：18世纪英国诗人、剧作家。

不过,默里先生说她的才能良莠不齐,说她虽不无天赋,但她的天赋中有许多杂草和荆棘。是的,她没有机会把卓越的天赋充分展现出来。于是,我把她的诗集放回书架,目光转向另一位了不起的夫人,就是查尔斯·兰姆最喜欢的那位纽卡斯尔公爵夫人[1],那个脾气急躁、喜欢胡思乱想的玛格丽特·卡文迪什。她比温奇尔西夫人年纪稍大,但属同时代人。她们两人的个性截然不同,但她们也有相同之处,那就是:都出身豪门,都没有子女,都嫁了最好的丈夫。还有,她们两人都有写诗的激情,都因此而遭人毁谤。还有,只要看看这位公爵夫人写的东西就能看出,她和温奇尔西夫人一样愤愤不平:"女人活得就像蝙蝠或者猫头鹰,就像牲畜一样劳苦,就像虫子一样死去……"本来,这个玛格丽特应该成为诗人,譬如在我们这个时代,某种活力总能转动某个轮子,但是在那时,人们怎么会认为她那种大胆得几近疯狂的天然想象力可以被驯化、可以变得文雅而成为有用之物呢?她的想象力杂乱无章地倾泻出来,形成滔滔不绝的诗歌洪流、散文洪流和哲学洪流,在她的那些几乎没有人读的四开本和对开本书中泛滥成灾。本来,应该有人给她一副望远镜,有人教她如何观察星空、如何进行科学推

---

[1] 纽卡斯尔公爵夫人:玛格丽特·卡文迪什,17世纪英国贵族夫人,著有诗集、小说、论著等,是当时少数署名出版作品的女作家之一。关于此人,将在本书第二部分详细介绍。

理。然而，她的想象力却是靠孤独和自由来驱动的。所以，既没有人阻止过她，也没有人帮助过她。教授们刻意奉承她，大臣们刻意奚落她。埃杰顿·布里奇斯爵士甚至抱怨说，这个"出身名门又在深宅大院里长大的女人"竟然那么粗野。因此，她只好一个人独居在韦尔贝克。

想想这个玛格丽特·卡文迪什，那是怎样一幅既孤寂又不安的景象啊！她就像玫瑰园里的一根巨大无比的黄瓜，把所有的花花草草全都挤压得窒息而亡。她虽曾写道："最有头脑的女人就是最有教养的女人。"但她自己却在胡乱涂写中浪费时间，而且越来越昏聩错乱，以至于她出门时，往往有许多人站在她的四轮马车旁边围观。真是可惜啊！这位发了疯的公爵夫人成了家长们用来吓唬调皮小姑娘的怪物。于是，我把她的书放在一边，翻开了《多萝西·奥斯本[1]书信集》[2]，因为我记得，其中有一封信是多萝西·奥斯本写给坦普尔[3]的，信中谈到了公爵夫人新近出版的一本书。她说："这个可怜的女人肯定有点精神错乱了，不然的话，她不会那么荒唐，又是写书，又是写诗。我就是两个星期不睡觉，也不会那么没头没脑。"

既然有见识、有教养的女人不应该写书，而多萝西·奥斯

---

1 即坦普尔夫人，17世纪英国贵族夫人，以书信闻名于世。
2 17世纪一名外交官夫人的书信集，历代有多种版本。
3 即威廉·坦普尔爵士，17世纪英国外交官，娶多萝西·奥斯本为妻。

一 关于女性写作

本既聪明又沉着，性格上和那位公爵夫人正好相反，所以她什么都没写——除了写信。那时，一个女人可以坐在她父亲的病榻旁写信，可以坐在炉火旁一边听男人们交谈一边写信，从不打扰他们。我翻看着《多萝西·奥斯本书信集》，心里想，真是奇怪，这个贤淑文静的年轻女人竟然无师自通，似乎天生就会遣词造句、侃侃而谈。请看下面这段话：

> 午饭后我们坐在那儿说了一会儿话，说到了B先生，后来我就回房去了。天气很热，下午我读了点书，做了点针线活，大约六七点钟时，我到我们家附近的一块空地上去走走。那里有好几个乡下姑娘在放羊，坐在树底下唱着歌。我朝她们走去，看见她们的容貌，听到她们的歌声，和我在书上读到的古代牧羊女一样天真无邪。我和她们说话，发现她们很快活，唯一遗憾的是她们不知道自己是世上最快活的人。正在这时，有个乡下女人跑来，东张西望，发现她的母牛跑到麦田去了。那几个姑娘跟着她一起追，脚步轻快得像长了翅膀。我跑不快，只好跟在后面，而当我看到她们赶着牛羊回家时，我想我也该回去了。晚饭后我去了花园，又在花园里的那条小河边坐了一会儿，可惜没有你和我在一起。……

毫无疑问，她有作家的天赋，应该写作。但是，"我就是两个星期没睡觉，也不会那么昏头昏脑"。一个那么有写作天赋的女人竟然也相信女人写书是"荒唐的"，甚至是"精神错乱"，由此可见，反对女性写作的传统势力多么强大。于是，我把那本薄薄的《多萝西·奥斯本书信集》放回了书架。接着，我看到了贝恩夫人的书。

有了贝恩夫人，女性写作才出现重大转机。现在，我们可以把那些孤寂的贵族夫人抛在身后了，因为她们既不为普通读者写作，又不被批评家注意，只是自娱自乐而已。她们和她们的对开本从来都局限于她们的庄园。现在，我们来到城里，来到街上，接触到了普通人。贝恩夫人不是贵族，而是平民，具有平民的种种品质：幽默、勤奋、爽朗。由于丈夫亡故和她自己的某些不幸经历，她不得不靠写作谋生。她必须像男作家一样写作；她必须勤奋写作才能挣到足够的钱，才能维持生计。这一事实本身非常重要，比她的名作《我折磨了千百人》或者《爱神坐在神奇的胜利宝座上》更重要，比她写的任何东西都重要，因为这一事实意味着女人也有自由思想，或者确切地说，有了这样一种可能性，即随着时间的推移，女人也将逐渐获得写作权利和写作自由。既然阿芙拉·贝恩可以这么做，姑娘们在父母面前按理也可以说："你们不用管我了，我可以用我的笔养活我自己。"然而，在往后很长的年代里，姑娘们得到的回答往往是:"你想学阿芙拉·贝恩?那是在找死!想去就去吧!"——接着,门砰的一声关上了。这里,有个问题很值得注意,那就是男人对女性守则的强调对女人究竟有怎样的影响。这个问题,如果格顿学院或者纽纳姆学院的学生有兴趣探讨的话,或许可以写出一本有趣的书来。

文学中的男女一体*

  10月，弥漫着灰尘的晨光从没有窗帘的窗子里照进来，街上传来车辆和行人的嘈杂声。伦敦醒了，工厂开工了，机器转动了。我读了半天书，忍不住朝窗外张望，想看看1928年10月26日上午的伦敦是什么样。什么样呢？好像没人在读《安东尼与克莱奥帕特拉》，看来人们对莎士比亚漠不关心；更没人关心小说的未来、诗歌的没落或者某个寻常女人创造了某种精妙绝伦的散文风格。我不责怪他们，因为这些东西就是用粉笔写在人行道上也没有人会弯腰看一眼，而且在半个小时内就会被人们匆忙的脚步无情地擦掉。我看见这儿有个供人差遣的童仆走来，那儿有个用皮带牵着一只狗的女人走过，伦敦街道的有趣之处，就在于没有两个人是一样的；每个人都好像有什么特别的事情要做。那些夹着皮包的人有公事要办；那些流浪汉用

---

* 本文节选自伍尔夫在妇女协会的系列演讲《一间自己的房间》，此标题系译者所加。

木棍敲着人家院子外面的栏杆；那些喜欢交友的人在街道上聊天，把街道当作俱乐部，还时不时和车上的人打招呼，说几句好听的废话。还有人在出殡，使人突然想到自己有一天也会这样，于是便朝着出殡人群脱帽致哀。还有一位绅士气度不凡地走下台阶，见迎面有位女士匆忙走来，便停下脚步，免得和她相撞。那位女士身上穿着一件华贵的皮上衣，手里捧着一束帕尔马[1]的紫罗兰——不知是从哪里弄来的。他们互不相干，自顾自忙着自己的事情。

过了一会儿，行人、车辆都不见了——当然，是暂时的。这种情况在伦敦也是经常有的——街上空无一人。在这短暂的宁静中，街头的那棵悬铃木树上有一片树叶飘落下来。不知为何，那片树叶就像一个信号，暗示着世间似乎有一种隐而不见的力量——它就像一条河，就像牛津和剑桥的那条承载着大学生[2]和枯叶的河，在街上流动，人们随它而漂浮。现在，漂来了一个脚穿皮鞋、斜穿过马路的年轻女子，接着又漂来了一个身穿灰色大衣、横穿过马路的年轻男子，接着又漂来了一辆出租车。这三者都漂到了我的窗下。出租车停下了，那个年轻女子和那个年轻男子也停下了。他们钻进了出租车。出租车悄无

---

1 意大利的北部城市。
2 因牛津和剑桥的学生有在那条河上举行划船比赛的传统，故而如是说。

声息地漂走了。

这情景其实很平常，奇怪的是，我的想象力赋予了它不寻常的意味，因为——这样一个事实：两个人钻进一辆出租车，这一平常的情景中似乎有一种启示，似乎表明他们两人都很满意。我望着那辆出租车转了个弯匆匆离去，心里想，我看见两个人沿街走来，在街上相遇，我自己好像也觉得舒坦了许多，不再那么紧张了。也许，把一种性别想得和另外一种性别完全不同是很勉强的，而这几天我就是一直在这么想。这使我的头脑有点混乱。现在，我看见两个人走到一起，钻进了一辆出租车，那种勉强的想法也就消失了，头脑也不再混乱。我把头从窗外缩了回来，心里想，人的头脑肯定是一个非常神秘的器官，我们对它还一无所知，但我们又不得不完全依赖它。为什么我会觉得我头脑中好像有什么东西是相互隔离、相互对立的，就像有明显的原因会使身体紧张？"头脑的和谐"是什么意思？我思考着，因为头脑显然具有一种在任何时刻都能集中在任何一点上的巨大能力，因而头脑绝对不是一种简单的东西。譬如，我的头脑能把我和街上的人分开，就是当我从窗口俯视他们时，我也知道我和他们是分开的。但是，我的头脑又能和别人的头脑同时进行思考，譬如当我挤在人群中听新闻广播时，情形就是这样。我们的头脑还能通过父辈或母辈的头脑进行思考，就如我前面所说，现在从事写作的女人就是通过她们的母辈进行思考的。而且,如果一个人是个女人,她还经常会惊讶地意识到一种突如其来的分化感;譬如,当她走在怀特霍尔大街[1]上时,她本是这种文明的自然继承人,但此时她却觉得自己处身于这种文明之外,不仅与其有隔阂,而且对其大为不满。显然,人的头脑是有重要区别的,对世界会有不同感受。不过,不管是何种感受,即便是自觉的感受,也似乎总是不如人意。为了保持某种感受,人会无意识地忍耐,只是渐渐地,忍耐会变得越来越困难。但也有可能,有时人会有某种感受,不仅不用费力地忍耐,而且还会觉得很舒畅。我从窗口边回到书桌前时,我想,我就有这种感受。因为我看见两个人钻进一辆出租车,我的被分化了很久的头脑似乎一下子就自然而然地融合了。原因很明显,两性结合是天经地义的。人人都有一种内在的、自然的本能,人人都本能地赞成,男人和女人的结合会获得最大的满足和最大的幸福。不过,我看见那一男一女钻进一辆出租车不仅使我感到满足,还使我想到了一个问题,那就是:既然人的肉体有两种性别,那么人的头脑是不是也有两种性别?如果有,那么头脑的两种性别是不是也需要结合才能获得最大的满足和最大的幸福?于是,我笨拙地画了一张头脑剖析图,以此显示我们每个人头脑中的两种力:一种

---

[1] 伦敦的一条街,英国主要政府机关的所在地。

是男性之力，一种是女性之力。在男人的头脑里，男性之力大于女性之力；在女人的头脑里，女性之力大于男性之力。在正常、合理的状态下，这两种力是和谐共处、相互配合的。一个人尽管是男人，他头脑中的女性之力仍会发挥作用；一个人尽管是女人，她头脑中的男性之力仍可供她支配。柯勒律治[1]说，伟大的头脑是男女一体[2]的，大概就是这个意思。只有两性之力结合在一起，人的头脑才会变得发达，才能发挥其所有功能。我想，无论是一个只有女性之力的头脑，还是一个只有男性之力的头脑，都是不会有创造性的。不过，我们最好还是考察几个范例，先弄清楚人们常说的男性气质的女人和女性气质的男人到底是什么意思。

柯勒律治说伟大的头脑是男女一体的，并不是说某个男人的头脑特别倾向于同情女人，或者特别关心女人所做的事情，或者特别想知道女人究竟是什么。也许，和单性的头脑相比，男女一体的头脑更不具有性别特征。也许，柯勒律治的意思是说，男女一体的头脑是两性共鸣、两性交织的，它表达自身时没有性别障碍，它天生具有创造性，多姿多彩而又浑然一体。

---

1 塞缪尔·柯勒律治：19世纪英国诗人、批评家，他的女儿莎拉·柯勒律治也是一个诗人。
2 "男女一体"即理智（男）与感情（女）的平衡（一般认为，男人重理智，女人重感情）。

实际上，典型的男女一体头脑，就是男子气质的女性头脑，或者说，就像莎士比亚那样的头脑。因为要想说出莎士比亚对女人有何想法是不可能的，因为一个充分成熟的头脑并不把两性分开来思考。如果真是这样，那么现在要想有这样的头脑可说比以往任何时候都要难得多。我为此而查看了一些当代作家的作品，心中疑虑重重，不知道自己长期以来一直感到困惑的某件事情的根源是否就在于此。没有哪个时代像我们这个时代那么令人恼火地具有性意识，大英博物馆里那些数不胜数的、由男人写的关于女人的书就是明证。毫无疑问，那些书都是因为女权运动而写。因为女人要求权利，这使男人群情激昂，使他们特别需要强调自己的性别有多么重要。如果没有这样的挑战，他们是不会费心考虑这种事情的，而正因为过去从未受到过挑战，所以一旦受到挑战，哪怕只是几个头戴黑色女帽的女人的挑战，他们也要加倍予以报复。我想，这也许可以解释我曾经发现的一些事情。我这样想着，拿起了一本A先生新近出版的小说。A先生如今风华正茂，关于他的书可谓好评如潮。我翻开那本书。再次看男人写的书确实令人愉快，我发现男人写的书比女人写的书直截了当得多、坦率得多，不但显示出那么自由的思想、那么自由的人格，还那么自信。看到他具有那么修养良好而且自由、自信的头脑，读者一定相信他不但身体健康，而且头脑也从未受到过挫折或者打击，从来就享受着充分的自由，自由地凭他自己所好全面发展。所有这一切当然都很好。可是看过一两章后我却发现，书上好像有一道阴影，一道就像一个粗而黑的字母I[1]的阴影。它挡在你眼前，你得左右晃动才能看见它背后的情景。它到底像一棵树呢，还是像一个正在行走的女人，我不太确定，反正我时不时地会看到那个字母I。我渐渐对那个I感到厌烦了，可它却是一个最体面的I，真诚而合情合理。它就像一颗坚硬的果核，经过几百年的打磨而显得光滑润泽，使我内心不得不对它表示尊敬和赞赏。可是——这时我翻过去一两页，想看清楚那里到底写了什么——我却发现，情况很糟糕，在那个I的阴影中一切都像雾一样无形无状。那个I是不是一棵树？不，那是个女人！可是……我看见有个名叫菲比的女人在海滩上徘徊，我看着她，觉得她身体里好像一根骨头也没有。接着，来了一个名叫艾伦的男人，他的身影很快就把菲比挡住了。这个艾伦还很有见解，他那滔滔不绝的见解使菲比显得更加可有可无。于是我想，这个艾伦一定很有激情；于是我跳过好多页，去找那最有激情的一幕，而且找到了。那最有激情的一幕就发生在阳光下的海滩上，写得非常直白、非常有力，也非常不雅，可是……我"可是"说得太多了，不能老是说"可是"，我自责道，应该把话说完整

---

[1] 意为"我"。

才行，是不是？那我怎样把这句话说完整呢？……可是——我厌烦了！可是，我为什么要厌烦？因为那个I太强势了、太枯燥了，它像一棵巨大的山毛榉投下的一道枯燥的阴影，在那阴影下什么东西都长不出来。还有一个在某种程度上更为昏暗的原因是，A先生的头脑里好像有某种障碍物堵塞了他的创作源泉，使他的思路变得非常狭窄，因而当他写到菲比在海滩上徘徊时，除了低声吟唱"门前挺立的那株西番莲花／落下一滴欣喜的泪珠"，他还能写什么？当写到艾伦时，除了让菲比对他说"我的心像一只歌唱的鸟，／它的巢筑在湿润的嫩枝上"，他还能写什么？既然要写得真实如白昼、坦诚如太阳，他还能写什么？只有一件事可写，而说句公道话，他也确实把那件事[1]写了又写（我这么说时，一连跳过了好几页）。我知道那些事后的忏悔有多么可怕，可我还是要说，这多少有点枯燥乏味。莎士比亚的粗俗不雅不会使人想到任何其他事情[2]，所以不会枯燥乏味。也就是说，莎士比亚这样写只是为了写得有趣，而A先生这样写却是另有所指。他是以此表示抗议，表示男性的优越，表示对女性要求平等权利的不满。他因此而自我阻碍、自我抑制，因此而增强了男性自我意识。毫无疑问，如果女权运

---

1 意指男女性爱。
2 意为莎士比亚笔下的男女性爱就是男女性爱，没有其他意思。

动不是出现在19世纪而是开始于16世纪，那么伊丽莎白时代的文学就会大大改观，不会是现在这个样子。

如果人的头脑真的是双性的，那就是说，现在的男人仅具有男性自我意识，也就是说，现在的男人只用他头脑中的男性之力进行写作。如果真是这样，那么女人读他们写的书就是错误的，因为在这些书里她们肯定找不到自己想要找的东西。然而，越是找不到的东西，我们越是想找——我这样想着，拿起了批评家B先生的一本评论集，认认真真地、仔仔细细地读那些关于诗歌艺术的评论文章。那些文章都写得很出色，机敏而且博学，但问题是，那里没有透露出他的情感，他的头脑好像分隔成了几个房间，这个房间里的声音不会传到那个房间。因为没有情感，他的文章都是冷冰冰的，进入你的头脑时就像是重重地砸在地上——死了，不像柯勒律治的文章，进入你的头脑时会冒出热气，会使你产生种种想法——这才是人们所说的那种意味深长、幽远隽永的文章。反正，不管是什么原因，B先生的文章令人遗憾，这是事实。而这似乎意味着——这时我来到高尔斯华绥[1]先生和吉卜林[2]先生写的一排书面前——当今最了不起的作家写的这些最了不起的作品，也是我们不愿意

1　约翰·高尔斯华绥：20世纪英国小说家、剧作家，曾获1932年诺贝尔文学奖。
2　约瑟夫·吉卜林：20世纪英国小说家、诗人，曾获1907年诺贝尔文学奖。

读的。我们女人不管怎样努力，就是无法从这些作品中读到批评家向我们保证的那些具有永恒价值的东西。这不仅因为这些作品称颂的是男性美德、强调的是男性价值、描述的是男性世界，还因为其中所透露出来的情感对我们女人来说是不可思议的。早在小说结束前，人物就开始说，那激动人心的一刻就要来了，就要在众人面前显现。那激动人心的一刻最后出现在老乔莱昂[1]身上，他因为震惊而死去，那个年老的教堂执事为他念悼词，泰晤士河上的天鹅为他突然发出长长的哀鸣。然而，其他人呢，却在这之前都匆匆走了，匆匆躲到醋栗树丛中去了，这种对男人来说也许很深刻、很微妙、很具有象征意义的情感表达，对我们女人来说，也许只会使我们目瞪口呆。还有吉卜林先生笔下的那些常常会转过身去的军官，也是如此。还有他笔下的那些播种人、那些孤独的人和那面旗帜，也是如此——那就像是男人们在狂饮作乐，我们女人一旦偷看到了只会觉得脸红。这里的原因是，无论高尔斯华绥先生，还是吉卜林先生，他们的头脑里都缺少女性之力。正因为这样，如果可以泛泛而论的话，他们的所有作品在我们女人看来似乎都是粗糙而生硬的，都是不成熟的。它们缺少暗示，而缺少暗示的书，无论表面上多么有力，都难以打动我们女人的心。

1　高尔斯华绥《福尔赛世家》中的重要人物。

我把这些书拿出来，看了也等于没看，又都放了回去。接着，我便焦虑地想到将来，想到将来会是怎样一个纯粹由男人逞能的时代。那些学者的书信（如沃尔特·罗利爵士[1]的书信）似乎早就预示着那个时代会到来，而现在意大利的统治者[2]已经使那个时代到来了。要知道，在罗马，人们似乎都为那种逞强逞能的男子气概所感染，而且不管逞强逞能的男子气概对国家来说究竟有何价值，反正人们以此对诗歌、对艺术的价值提出了质疑。不管怎么说，据报道，意大利人对传统小说大为不满。那里的学者举行了一次会议，讨论"意大利小说的发展"。不久前，意大利"贵族、金融界、实业界人士、法西斯社团骨干"聚会讨论诗歌问题，还给他们的"领袖"墨索里尼发了一份电报，向他表示"法西斯时代一定会诞生配得上这一新时代的新诗人"。当然，人人都可以满怀希望，但诗歌能不能像母鸡孵小鸡一样孵出来，那就大为可疑了。诗歌应该只有一个父亲，也只有一个母亲。法西斯主义的诗歌恐怕迟早会流产，恐怕会产下一个可怕的畸形胎儿，就像人们在乡镇博物馆里看到的那种放在玻璃瓶里的畸形胎儿。据说，畸形胎儿是从来都活不长的；确实，人们从来没见过有畸形人在田里割草。一个身

---

[1] 沃尔特·罗利：16、17世纪之际英国探险家、作家，女王伊丽莎白一世的宠臣。他曾先后在利物浦和格拉斯哥任教，1904年出任牛津大学英国文学教授。
[2] 指当时在意大利上台执政的法西斯党。

体长两个头是活不长久的。

不过，若要对此加以责备的话，不仅男人有错，女人也难辞其咎。还有那些宣传家和改革家也都对此负有责任。还有贝斯巴勒夫人对格兰维尔勋爵说了谎[1]应对此负有责任；戴维斯小姐对格雷格先生说出了真相也应对此负有责任——凡是执着于某种性意识的人都应为此受到责备，但当我想写一本书来施展我的才能时，却正是他们驱使我去回顾那个幸福的时代，那个诗人、作家都用男女一体的头脑思考的时代。也就是说，我要回到莎士比亚那里，因为莎士比亚的头脑是男女一体的。还有济慈、斯特恩、柯珀、兰姆、柯勒律治，他们的头脑也是男女一体的。雪莱[2]也是，他的头脑没有性别。弥尔顿和本·琼森的头脑，男性之力就稍稍多了一点，华兹华斯[3]和托尔斯泰也是。在我们这个时代，普鲁斯特[4]的头脑完全是男女一体的，虽然他身上的女性气质好像多了一点。不过，有这种特点的男人实在太少，不应该责怪他。总之，没有一点女性气质的混入，男性理智就会占绝对优势，头脑的其他功能就会僵死，就会失去活力。

---

1 此处的"对格兰维尔勋爵说了谎"是指她写给格兰维尔勋爵的信（详见前篇"女性与莎士比亚"）。

2 雪莱：19世纪英国著名诗人。

3 威廉·华兹华斯：19世纪英国桂冠诗人。

4 马塞尔·普鲁斯特：20世纪法国小说家，著有长篇巨著《追忆似水年华》。

我曾许诺要把我的思想转变过程告诉你们,后来又按照我的许诺讲了不少话,但其中有些话似乎说得不合时宜。有些事情在我看来好像是熊熊大火,而在你们看来好像并非如此,因为你们还很年轻。不过,就算这样,我还是要走到我的书桌旁,拿起一张写着"女性与小说"的纸对你们说,我要在这张纸上写的第一句话是:任何人写作时若想到自己的性别,都是毁灭性的。不论是想到自己是个男人,还是想到自己是个女人,都是毁灭性的;这里应该只有女性气质的男人或男性气质的女人。一个女人即便最低限度地表示不满,不管以何种正当的理由、用何种方式有意识地显示自己的女人身份,对她来说都是毁灭性的。所谓"毁灭性"并非比喻,而是说带有性别意识写出来的任何东西都注定要死亡。它不会活得长久。尽管有可能一时花开叶茂、人人看好,但当夜幕降临时就会枯萎,因为它没有扎根在人们的头脑中。首先必须在头脑中有女性之力和男性之力的合作,然后才能创造出真正的艺术作品。男人和女人必须结合。如果我们要感受某个作家充分表达他的经历,就必须以整个身心去感受,要有自由的、宁静的心境,不能摇摇摆摆,不能恍恍惚惚。要把窗帘拉起来。我想,一个作家一旦把自己的经历表达出来,接着一定会躺下,在黑暗中默默地庆贺自己头脑中的一场婚礼。至于他所写的那些东西,他既不会再去看一眼,也不会放在心上。他此时只会剥着玫瑰花瓣[1],或者注视着河里的天鹅在安详地游动。而我,好像再次看到了那条承载着大学生和枯叶的河,看到了那个年轻男子和那个年轻女子穿过街道,心里想,那辆出租车把他们带走了。我听见远处传来伦敦的车辆和行人的嘈杂声,心里想,他们被那条河带进入了滚滚洪流。

---

[1] 剥玫瑰花瓣在西方习俗中意味着乞求好运。

女性与小说*

"女性与小说"其实有两层意思：既可以指女性与女性写的小说，也可以指女性与关于女性的小说。我在这里故意含糊其词，是因为女性小说常常和一些与小说艺术毫不相干的东西纠缠在一起。所以，在谈论女性小说时，就必须留有余地，必须要有伸缩性，这样才有可能讨论小说以外的那些东西。

只要稍稍留意一下女性写作，就会引出一连串问题。我们随即会问：为什么在18世纪以前几乎没有女性小说？为什么到了18世纪以后，女性不仅开始像男性一样写小说，而且还写出了一部又一部经典之作？为什么女性写作——不论当初，还是今天——都一直以小说作为主要表现形式？

---

* 本文是伍尔夫在妇女协会演讲《一间自己的房间》后发表的一篇文章，可说是对其演讲内容的简要概括（很可能就是她当初演讲用的提纲），要点是：女性写作的前提是女性要有"自己的空余时间、自己的一小笔钱和自己的一个房间"（即精神上的独立、经济上独立和地位上的独立）。

只要稍稍思考一下就会明白,我们若想自己来回答上面这些问题,那只会是徒劳一场。因为它们的答案一直被锁在一些陈旧的抽屉里,尘封在古人留下的那些破旧的日记里,或者只是残存在一些老人模糊的记忆里,而且很快就要被彻底遗忘了。所以,我们要想得到答案,只能返回到历史的幽深之处,到那些昏暗的过道里,在往日平凡乃至卑微的女性生活中寻找。

女人世世代代生活在昏暗中,只有极少数几个偶尔露一下身影;因此,关于过去普通女性的生活,人们知之甚少。英国的历史,历来就是男性的历史,而不是女性的历史。我们对于自己的父辈,多多少少总有点了解,特别是他们的非凡之处。他们曾当过步兵,或者曾加入过海军;曾担任过公职,或者曾制定过法律,如此等等。但是,对于我们的母亲、我们的祖母和我们的曾祖母,我们又知道什么呢?只有一些传说留下来,说她们中的某一个长得很漂亮,某一个是红头发,某一个曾被皇后亲吻过,如此而已。总之,除了她们姓什么叫什么、何时结的婚和生过几个孩子,我们对她们几乎一无所知。

正因为这样,我们要想知道某个时期的女人为什么会做这件事而不做那件事,为什么她们不写小说,或者为什么她们会写小说,而且还写出了传世佳作,确实是件很难很难的事情。不过,假如真有人去查考那些积满灰尘的书信和日记,把往日的历史彻底翻一遍,并能准确地再现出莎士比亚时代、弥尔顿时代和约翰逊博士时代[1]普通女性的日常生活,那么,我想,他或者她不仅能写出一部极为有趣的书来,而且还将为文学评论家提供一件他们迄今尚缺乏的武器。杰出女性是有赖于普通女性的,唯有对普通女性的生活状况有所了解——譬如,她有几个孩子、是否有经济来源、是否有自己的房间、是否独自照料孩子、是否有仆人、是否要承担家务,等等——也就是说,唯有当我们考察过普通女性可能有的生活方式和生活经验之后,我们才能知道,那些杰出女性——作为小说家——为什么有时会成功,有时却会失败。

在历史上,似乎有一种奇特的现象,那就是在两个女性活跃期之间常有一个女性沉默期。公元前6世纪,在希腊的某个小岛上有萨福[2]和一小群女人在写诗。后来她们沉默了。然后到了公元11世纪,我们发现在日本有个宫廷女子,即紫式部夫人[3],写了一部篇幅浩瀚而且非常优美的小说。接着,在公元16世纪的英国,男性剧作家和诗人虽然无比活跃,女性却噤若寒蝉——当时正值伊丽莎白女王时代,但文学却是清一色的男性文学。此后,到18世纪末19世纪初,同样在英国,我们又看到

---

[1] 即16世纪、17世纪和18世纪。
[2] 萨福:古希腊女诗人。
[3] 紫式部:11世纪日本宫廷女官,著有《源氏物语》。

一 关于女性写作

女性开始写作。这一次不仅写得很多，而且成就卓著。

毫无疑问，女性的这种奇特的间歇性沉默与活跃，很大程度上是由法律和习俗造成的。如在15世纪，一个女人若不愿嫁给父母为她选中的男人，父母就打她，强迫她出嫁。在这种情况下，简直不可想象她会搞什么艺术创作。又如在斯图亚特王朝[1]，一个女人嫁给哪个男人也不是由她本人决定的，而她一旦嫁给了某个男人，"至少依据法律和习俗"，那个男人便"理所当然"成了她的主人。这样的女人，恐怕也不大可能有时间和勇气去写小说。社会环境和社会导向会对人的心灵产生巨大影响，这在我们这个精神分析时代已开始为人们所认识。此外，从艺术家的回忆录和书信中，我们也开始得知，艺术创作不仅需要非凡的才能，还需要社会的呵护——这一点，只要读一读济慈、卡莱尔和福楼拜等人的传记和书信便可知晓。

所以，很显然，19世纪英国女性小说不寻常的兴起，是以法律、习俗和日常生活中的无数细微变化为前提的。当时的女性已稍有闲暇，还受到某种程度上的教育。中上等阶层的女性自己选择丈夫，也不再是稀罕事。值得注意的倒是，当时最杰出的四位女作家，即简·奥斯汀、艾米莉·勃朗特、夏洛蒂·勃朗特和乔治·艾略特，都不曾生育子女，其中有两人还

---

[1] 即1603年至1714年斯图亚特家族统治英格兰和爱尔兰时期。

从未结过婚。

那时，不准女性写作的禁令虽然已被取消，但看来仍存在着相当大的社会压力，使得当时的女性即使要写作也只能写写小说而已。那四位女作家，她们的天赋和个性其实大相径庭，相互之间的差异甚至超过任何四个普通女性。简·奥斯汀和乔治·艾略特截然不同；乔治·艾略特和艾米莉·勃朗特也毫无相似之处。可是，她们的教养却差不多，所以都从事同一种职业——写作；而且，当她们写作时，都只限于写小说。

小说对于女性来说，过去是、现在依然是一种最容易适应的文学样式。道理很简单，因为写小说不太需要精神高度集中。和戏剧创作及诗歌创作不同，写小说比较随便，有时间随时可写，没时间随时可放下。乔治·艾略特就曾一边写小说，一边照料她父亲；夏洛蒂·勃朗特也经常为了削土豆而暂时搁笔。女性生活通常局限在起居室里，那里因为有客人来来往往，这才使她有可能观察形形色色的人，了解人们不同的个性。也就是说，她的生活使她有可能成为小说家，而非诗人。

即便是在19世纪，女性的生活仍仅限于家庭生活，女性的情感也仅限于家庭情感。在这方面，19世纪英国女性小说固然表现得非常出色，但由于当时的女小说家因其性别而被排斥于其他生活领域之外，她们的小说也确有生活经验偏狭的缺憾。毫无疑问，小说家的生活经验对于写作来说是极其重要的。假如康拉德不曾当过水手,那么在他的小说中就不可能有那些精彩的海上生活描写;假如托尔斯泰不曾当过兵而且亲身经历过战争,假如他不是那么有钱而且受过良好教育,不曾接触过社会各阶层的人,没有那么丰富的人生经验和社会阅历,那么《战争与和平》就会变成一大堆空空如也的废话。

然而,对于《傲慢与偏见》《呼啸山庄》《维莱特》和《米德尔马契》的作者[1]来说,除了中产阶级家庭的起居室和客厅外,其他生活领域的每一扇大门都是紧闭着的。她们不可能有战争经验或者航海经验,也不可能有政界经验或者商界经验。不仅如此,就连她们的个人感情生活,也要受到法律和习俗的重重限制。乔治·艾略特由于和刘易斯先生未婚同居,便招来公众舆论的指责,迫使她不得不搬到城外去住,从此闭门隐居。这样的处境,当然不利于写作。乔治·艾略特曾写到,她从不邀请客人上门,除非有人主动来看望她;与此同时,在欧洲的另一个地方,托尔斯泰正活跃于军界,正和来自各阶层的男男女女交往,生活散漫而无节制,却从未受到过公众舆论的指责。而正因为托尔斯泰拥有丰富的生活经验,他的小说才会写得那么博大精深。

小说家生活经验的不足当然会影响其作品的质量,但并不

---

[1] 即简·奥斯汀、艾米莉·勃朗特、夏洛蒂·勃朗特和乔治·艾略特。

是唯一的原因。就19世纪英国女性小说而言，还有另一个与小说家性别有关的原因。我们在《米德尔马契》和《简·爱》中能感受到乔治·艾略特和夏洛蒂·勃朗特的个性，就像在狄更斯的小说中能感受到狄更斯的个性一样，但与此同时，我们却又能感受到一种在狄更斯小说里所没有的东西，即女性意识——一种因自身受到歧视而感到愤怒、因自身不受重视而想大声呼吁的女性意识。这就使当时的女性小说比一般的男性小说多了一种额外的因素，而这一因素通常会使小说扭曲，或者说，是这类小说的一大缺陷。小说家一想为自己的切身利益声辩，或者把小说人物当作发泄小说家自身不满情绪的传声筒，无疑会产生一种令人不安的副作用，那就是：读者不能单纯地把注意力集中于小说本身，而必须双重地关注那些与小说无关的问题。

简·奥斯汀和艾米莉·勃朗特则不然，她们既不热衷于这类女性吁求，也不理会男性的蔑视和责难，可谓我行我素。不过，这只能归因于她们不寻常的个性。对于一般女性来说，要想克制自己的愤怒情绪，不仅需要明澈的心境，还需要坚强的意志。女性从事写作，总不免要遭人嘲笑和受人指责，总会有人以种种方式来证明她们这也不行、那也不行。这就很自然地使她们感到愤愤不平。我们在夏洛蒂·勃朗特的怨恨和乔治·艾略特的隐忍中便可看出这样的反应。至于在一些二流女作家那里，就更容易看到这样的情绪反应了。有时，她们选择的小说题材就是情绪化的；有时，她们极不自然地逞强好胜；而有时，却又极不自然地表示温顺，以至于处处都显得虚伪做作。她们受制于男性权威，想象力不是太男性化，就是太女性化，唯独没有人性的自然本色。所以，她们的作品也就没有什么艺术性可言，因为艺术的根基恰恰在于人性的自然流露。

由此看来，女性写作若要发生什么变化的话，首先应该是写作态度的变化。将来的女作家不应再那样愤愤不平，因为她们已不必再为自己的性别请命，也不必再对男性提什么抗议。这样的时代虽说至今尚未到来，但我们至少正在接近这样的新时代，即女性写作将极少，甚至完全不受非艺术因素的影响，女作家除了专注于艺术想象，将不再受任何其他事物的干扰。过去唯有那些个性非凡的天才女性才能达到的超然境界，现在对于普通女性来说也不再是不可企及的了。现在的女性小说，较之于一百年前或五十年前的女性小说，显然更加名副其实、更加生趣盎然。

然而，即使在今天，一个女人若想自由自在地写作，还是会遇到诸多问题。首先是语言问题。也就是说，现有的语言形式对她来说并不适用。这个问题看起来似乎很简单，其实极为棘手。现有的语言是由历代男性创造的，它们过于规范、过于烦琐、过于沉重，并不适合女性使用，而小说的生活覆盖面又如此之大，小说家非得找到一种自己使用起来得心应手的语言不可，因为唯有这样，才能轻松自如地把读者从小说的第一页带到最后一页。所以，今天的女性作家不得不自己创造语言，或者说，不得不将现有的语言大大地加以改造，使之适合于女性思想的自然表述，以免现有语言歪曲她的原意，甚至压垮她的思想。

  当然，这只是实现目的的一种手段而已。要真正实现这一目的，还需要女性作家具有不畏艰难的勇气和百折不挠的自信心。小说归根结底是一种关于人、关于自然、关于神、关于大千世界的陈述，是一种力图将不同事物联系在一起的尝试。在任何一部有价值的小说中，各种不同的事物虽然都经小说家的想象而重新获得秩序，但事物的另一种秩序，即生活中的常规秩序，依然不可忽视。由于常规秩序的仲裁者历来是男性，即生活中的一系列价值秩序是由男性制定的，而小说在很大程度上又有赖于生活，所以男性价值观在小说创作中历来占主导地位。但无论在生活中，还是在艺术中，女性的价值观都可能和男性有所不同。于是，女性在写小说时就会觉得有必要更正现行的价值尺度——有些被男性认为毫无价值的事物，她觉得应该认真对待；有些被男性视为价值重大的事物，她觉得无聊至极。这样一来，她就不可避免地要受到指责，因为批评家都属另一性别，他们对她试图改变现行价值尺度的做法确实会感到大惑不解，甚至惊恐万状。他们从中看到的不仅仅是一般的见解不同，而且是一种和自己的价值观截然相反的女性价值观，于是便一致认定，这样的价值观是非理性的、武断的和混乱的。

尽管如此，女性在这方面却变得越来越有独立见解了。她们不仅开始坚持自己的价值观，她们的小说题材也开始显示出某些变化。她们似乎不再像过去那样往往只注意自己，而是开始更多地关心其他女人了。19世纪初的女性小说大多是自传性的，女性写作的最大愿望就是想倾诉自己的苦衷，并借此抒发自己的理想。现在，这一愿望已不再那样迫切了，女作家已开始冷静地反省自己的性别，而且以一种全新的方式来塑造女性自身的新形象。这是前所未有的，因为直至最近，历代文学中的女性形象几乎都是由男性作家塑造的。

这里，女作家又遇到一个棘手的难题，因为从总体上讲，女性不像男性那样容易观察。女性的日常生活过于平淡，很少给人留下深刻印象。可以说，她们生活中的每一天都不留痕迹地消失得无影无踪。煮好的饭菜被吃掉了；养大的子女离家走了，有什么引人注目的地方呢？有什么事情可让小说家大做文章呢？几乎没有。她们生来默默无闻，就如一些隐姓埋名的人，简直让你无从查找。而现在，女作家首次要在小说中探访的，就是这样一个鲜为人知的国度。此外，由于现代女性已开始涉足某些社会职业，女作家还要关注这一新的动向，观察它对女性思想和生活习惯的影响。她需要观察女性生活是如何从地下冒出来的，同时需要观察，女性暴露于外界后究竟发生了怎样的变化，如此等等。

所以，如果有人想总结一下当前女性小说的基本特征，那么不管这个人属于哪一性别，都会说这些小说是坦率的、真诚的，是和现代女性的所感所知息息相关的。它们不再愤愤不平，也不再一味强调自己的女性风格，但它们的写法，又确实和男性小说大不一样。这样的写法，如今在女性写作中已相当普及。因此，即便是现在的一些二流乃至三流的女性小说，也不无价值，也同样令人感兴趣，因为它们至少是真诚的、坦率的。

关于当代女性小说，除了上述优点，还有两个方面的情况也值得进一步探讨。英国女性过去一直生活在一种不可名状的昏暗中，现在她们已成为合法选民、有薪俸的雇员和有责任感的公民。这一变化无疑会使她们的生活和艺术都趋于非个人化。她们的人际交往不再仅限于个人情感，而更多地渗入了知识成分，甚至政治因素。以往，她们只能通过丈夫或者兄弟的眼睛模模糊糊地了解世界和表示疑问，如今她们不再诉求于他人了，而是在为自己的实际利益直接采取行动。既然如此，她们的注意力势必要从以往唯一可关注的个人生活转向非个人的社会问题，她们的小说自然也就更多地倾向于社会批评而不再那么具有个人色彩了。

牛虻[1]的角色过去一直由男性扮演，但我们可以料想，女性不久也将扮演这一角色。她们的小说除了揭露社会弊端，还将提出整治之法。她们笔下的男男女女将不再单纯地纠缠于个人情感，还将直接卷入种种社会争端、阶级冲突和种族矛盾。这是一方面的重要变化。但对于那些不太喜欢牛虻而更喜欢蝴蝶，也就是不太喜欢批评家而更喜欢艺术家的人来说，另一方面的变化也许更让他们感兴趣。那就是，迄今为止女性小说中最薄弱的一面——即缺乏诗意——将随着女性生活的日益非个人化而大为改观，因为非个人化的生活更有助于诗性的培养。女作家将不再像以往那样一味注重事实，不会再满足于准确地描述自己偶然观察到的一些生活细节。她们会越过琐碎的个人生活和乏味的政治活动，而把目光远远地投向诗人的领地，去关注过去唯有诗人予以关注的大问题，即人类的命运如何、人生的意义何在。

当然，诗性的培养在很大程度上还有赖于物质生活的富裕。要有闲暇，要有一小笔钱，要有超越个人得失而静思万物的可能。有了一点钱和足够的闲暇，女性自然会比以往更加超脱，更加用心于笔墨。她们会更加自信、更加精妙地写作。她们的技巧也会更加娴熟、更具创意。

---

[1] 牛虻有刺，此处喻指针砭社会的批评家。

以往的女性小说，若有长处，大凡也属天籁自发，就如山乌或画眉的鸣叫，不是学来的，而是生来就有的。不过，这样的鸣叫有时也过于随意、过于冗长——往往只是在纸上饶舌，把一些只言片语连在一些罢了。将来的女性，若有时间和书籍，若能在家里有一小块属于她们自己的空间，那么文学对于她们来说，就像对于男性一样，也会成为一种可以研习的艺术。女性的天赋将得到培养，而且将发挥得更好。那时，女性小说将不再是倾倒个人私情的场地；女性小说的地位将大大高于今天，将成为和其他文学体裁一样受人重视的艺术品，而且其历史和现状也将得到充分研究。

　　由此只需再往前走一小步，女性就踏入了至今还极少涉足的精深写作领域——即散文、批评、历史和传记的写作。就小说写作来说，女性涉足这些领域肯定是有益的。这样不仅有助于提高女性小说自身的质量，还能把那些本不想写小说、只因为写小说容易才写小说的女性疏散开，而当那些多余的历史遗留物被清除后，女性小说也就不会像现在这样鱼龙混杂了。

　　所以，我们或许可以预言，将来女性小说的数量会有所减少，但质量却会更好；将来的女性不仅会写小说，同时也会写诗歌、批评和历史。当然，这一预言还隐含着女性对一个美好时代的向往，即到那时，她们将拥有长期以来一直被剥夺的东西——自己的空余时间、自己的一小笔钱和自己的一个房间。

人生的冒险[*]

如今，女人写的书几乎和男人一样多了。这么说当然并不完全正确，著书立说至今主要还是男人的事，但我们至少可以说，现在女人写的书已不再仅限于小说了。譬如，我们有简·哈里森女士写的希腊考古学著作、薇尔农·李女士写的美学著作、格特鲁德·贝尔女士写的关于波斯的论著，如此等等——这类著述，就在几十年前还不是女人所能涉足的——还有女人写的诗集、剧本和评论集；女人写的史书、传记和游记，以及其他类似的学术著作，甚至还有几部女人写的哲学著作、自然科学著作和经济学著作。尽管女人写的书依然以小说为主，但由于女性小说和其他方面的著述有了联系，自身也可

---

[*] 本文是伍尔夫在某妇女团体所做的一次演讲，听众都是女性，演讲内容是当代女性小说有何突破，演讲题目"人生的冒险"是双关语，既是她用来作为范例的那部小说的书名，又暗示当代女性作家的"冒险"——在小说创作方面的大胆实验。

能发生了变化。那个以自然、纯朴作为女性写作特点的原始时代也许已经过去了。通过阅读和批评，女人的视野已有所拓展，思想已变得较为精深起来。过去想写自传的那种冲动，现在也许不再那么强烈了。女人很可能已经开始把写作当作一种艺术看待，而不仅仅是一种自我表白的手段。对于这个问题，只要读一读新近出版的那些小说，即可得到回答。

我随便挑出其中的一本，就是放在书架末端的那一本，书名叫《人生的冒险》，作者是玛丽·卡米盖尔，而且是本月出版的。我想，这大概是这位作者的第一本书，但我们必须把它看作一系列书的最后一本。也以是说，是我们所读过的那一系列书的一种继续——或者说，是温奇尔西夫人的诗集、阿芙拉·贝恩的剧作和四大女小说家[1]作品的一个续本。要知道，我们虽然习惯分门别类地讨论书，但各种各样的书其实是相互有联系的，所以我完全可以把玛丽·卡米盖尔——这个不出名的女人——看作是那些已出了名的女人的后裔。对于所有这些女人，我一直都很留意。现在我要看看，她从她们那里到底继承了哪些特点，有哪些共同的局限。为此，我拿着笔记本和铅笔坐下来读玛丽·卡米盖尔的第一部小说《人生的冒险》，看

---

1 即19世纪英国四位女小说家：简·奥斯汀、夏洛蒂·勃朗特、艾米莉·勃朗特和乔治·艾略特。

看从中能了解到什么。但我随即叹了口气，因为我知道，小说往往只是麻醉剂而非解毒剂；要想麻痹自己，使自己陷入昏睡，可以读读小说，而要想使自己清醒，使自己振作起来，读小说大概是不行的。

我打算先一目十行地把这部小说匆匆浏览一遍，因为我必须先读懂作者写的词句，然后才能记住蓝色眼睛或棕色眼睛之类的东西，以及在主人公切萝依和罗杰之间到底发生了什么事情。我先得认定作者手里拿的是钢笔还是铁镐，然后才能知道她究竟会干什么。所以，我就很快地读了几句。但马上发现有点不对劲儿：词句与词句之间的衔接都被打断了。有的地方完全断裂，有的地方像接没接；用词闪闪烁烁，像火花似的在我眼前一闪一闪，吃不准是什么意思。看来，她是像一出老戏里所说的，"要想写得自由自在"；但我想，她更像在划一根受了潮的火柴，只见火花，就是烧不起来。为什么就不能写得像简·奥斯汀那样流畅呢？——我问玛丽·卡米盖尔，好像她就在面前似的。为什么要抛弃简·奥斯汀的文风呢？难道就因为爱玛和伍德豪斯先生[1]死了？事情若是这样，那我只好叹息说，真是令人痛心！要知道，简·奥斯汀写出来的句子，就像莫扎特写出来的乐曲一样和谐，而读这本书，却像乘一只没有

---

[1] 简·奥斯汀小说《爱玛》中的男女主人公。

舵的小船出海，忽上忽下、不知东西。若说这是为了"简洁扼要"，那或许是因为她心存恐惧，害怕有人说她"无端伤感"；或者，是因为她常听人说，女性小说的通病就是写得过于柔和，于是便毫无必要地放进了许多荆棘。反正当我粗略地读完一章之后，还没有弄清楚她究竟想干什么。但是，当我细心地往下读时，却又觉得：不管怎么说，她还是很重视生活的，只是人物和情节堆积得太多。像这样篇幅的作品（这本书的篇幅大约只有《简·爱》的一半），其实只要有一半的人物和情节就足够了。然而，她却想方设法把各种各样的人物——罗杰、切萝依、奥莉维娅、托尼，还有比格姆先生等——统统装在这只独木舟里，还要拼命地把它往激流里推……后来呢，请等一下——我伸伸懒腰说——等我得把这本书仔细读完后再说。

我读着，不由得对自己说，玛丽·卡米盖尔好像有意要捉弄人似的。我的感觉是，好像坐着火车在"Z"字形路轨上爬坡，当你以为火车要往下开时，它却一个急转弯往上开了。玛丽·卡米盖尔就是这样，不断打乱预期秩序。她先打乱词句秩序，现在又打乱了情节秩序。我想：好吧，打乱就打乱，她有权这样做，只要她的目的不是为了破坏，而是为了创造。但问题是，她究竟是在破坏，还是在创造，要看她直接面对某一场景时才能确定。我说，她可以选择任何场景，这是她的自由——只要她愿意，她完全可以用废铜烂铁来制造她想要的东西——但她必须使我相信，那确实是个场景，而且她自己也不回避，敢于面对这一场景。她必须这么做。所以我决定，只要她对我尽到作者的责任，我对她也将尽到读者的责任。于是，我翻到下一页，读起来……对不起，请稍等一下！[1] 我得先问一问，这里有没有男人？那边的窗帘后面有没有躲着一个查特里斯·拜伦爵士？你们能保证，这里全是女人？好，那我就告诉你们吧！我读到的是："切萝依很喜欢奥莉维娅……"——不要惊慌！不要脸红！我们女人在私下里完全可以承认，这样的事情是经常有的——女人有时确实会喜欢女人。

所以，当我读到"切萝依很喜欢奥莉维娅……"后，便突然想到，这真是前所未有的大变化！这在我们的文学史上也许是第一次，写到一个女主人公很喜欢自己情人的妻子。克莱奥帕特拉[2]是绝不会喜欢屋大维娅[3]的，要是这样的话，那《安东尼与克莱奥帕特拉》就不会是现在这个样子了。克莱奥帕特拉对屋大维娅只会心怀嫉妒——难道她的身材比我还苗条吗？但她的头发梳得像什么样子？——除此之外，整部剧作也许就不需要别的东西了。但是，如果把这两个女人的关系写得更复杂一点，不是更有意思吗？我一边快速回想历代小说中的著名

---

[1] 这里的"对不起，请稍等一下！"显然是演讲时即兴插入的。
[2] 埃及艳后、罗马统帅安东尼的情妇。
[3] 安东尼之妻。

女性人物,一边想:过去人们把女性人物之间的关系确实处理得过于简单了——有许多东西被忽略了,未被表现出来。我尽力回想我读过的书,看看有没有把两个女人写成既是情敌又是朋友的先例。小说方面,好像只有在《十字路口的黛安娜》[1]里有过这样的尝试;戏剧呢,在拉辛[2]的悲剧和古希腊悲剧里有写两个女人是知己朋友的,偶尔甚至是母亲和女儿。但除了这些之外,几乎全都是写女人和男人的。不妨想一想,在简·奥斯汀之前,英国小说里所有的女性人物是不是全都由男人来解释的?而且,这种解释是不是还只限于女人和男人的关系?可是,和男人的关系只是女人生活中的一小部分,而且即使这一小部分也是透过男人鼻子上戴有性偏见的黑色眼镜或者玫瑰色眼镜看出来的,也是极不真实的。所以,这就决定了为什么历代小说里出现的女人总是那么奇特——不是美得惊人,就是丑得可怕;不是善得像天使,就是恶得像魔鬼——因为她们只是男情人眼中的女人,她们的美丑和善恶,完全是根据男情人的爱情成败而定的。当然,19世纪的小说家并不完全这样写。在19世纪的小说里,女人要多样一点,也要复杂一点。实际上,也许正是为了写女人,男人才逐渐放弃写诗剧而改为写小说

---

[1] 19世纪英国小说家梅瑞狄斯的长篇小说。
[2] 让·拉辛:17世纪法国古典主义悲剧代表作家。

的。因为诗剧太男性化，可以写到女人的地方太少，而小说显然比诗剧更适合写女人。不过，即使如此，我们甚至在普鲁斯特的小说里仍然可以看出，无论是男人对女人，还是女人对男人，他们的相互认识不仅非常有限，还充满了偏见。

我低头再读这一页，接着发现，女人其实和男人一样，除了关心家庭生活，也有其他兴趣。"切萝依很喜欢奥莉维娅，她们合用一个实验室……"——我往下读，读到这两个年轻女人在切猪肝，目的好像是想用猪肝来做实验，看看它能不能治疗贫血症。她们两人中一个已结了婚，还有两个孩子——确实这样，我肯定没有弄错——当然，把这些都删掉的话，其实也没多大关系。只是这样一来，文学中的女性形象就会一下子变得空空如也，什么也不是了。不妨想一想，假如在莎士比亚戏剧里男人只被表现为女人的情人，而从不被表现为朋友、军人、思想家或梦想家，那么男人在那里还会有多少活动余地呢？我们顶多只能看到大半个安东尼和半个奥赛罗，而绝不会有恺撒、布鲁图斯、哈姆雷特、李尔王和贾克斯等男性形象。假如这样的话，莎士比亚戏剧不是一下子就变得极其贫乏了吗？那么女人呢——说真的，由于她们长期被关在男人的房间里，这使文学蒙受的损失之大，实在难以估计。由于她们只有一件事可做——就是违心地嫁给男人，并就此被关在男人的屋子里——戏剧家又怎么能把她们的形象完整、生动或者真实地表现出来呢？唯一可以表现的，就是她们对男人的"爱情"。诗人若不故意"仇视女人"，常常会对女人充满幻想，甚至倾诉衷肠，但他之所以这样，多半也是因为他还没能得到他想要的女人。

既然切萝依很喜欢奥莉维娅，而且两人还合用一个实验室，那么应该说，这两个女人之间的友谊不仅有了新的内容，而且一定会非常持久，因为这样的友谊不再那么牵涉个人私情了。如果玛丽·卡米盖尔知道如何写出这种友谊，并能使我对她的风格有所欣赏；如果她有自己的房间——对此我还不太清楚；如果她每年有五百英镑可供自己支配——这当然还有待证实；如果这样的话，那么我认为这里发生了一件非常重要的事情。因为，如果切萝依很喜欢奥莉维娅，而玛丽·卡米盖尔又知道如何将此表现出来的话，那么她无疑像在一个从来没人住过的大房间里点起了明亮的火把。因为那个大房间本像一个幽深的洞穴，光线昏暗、黑影憧憧，要是只有摇曳的烛光，那准会迷失方向。

我继续读她的这本书。我读到，切萝依一边看着奥莉维娅把一个罐子放到架子上，一边对她说，应该回家去看看孩子。这样的情景，我敢说，是有史以来从未在小说中出现过的。于是，我好奇地睁大了眼睛。因为我想看看，玛丽·卡米盖尔到底是怎样来写这种从未有人写过的举动和对话的——要知道，这是两个女人单独相处时出现的举动和对话,而且没有我们习以为常的男性之光的照耀,所以很可能像天花板上的飞蛾影子一样难以捉摸。我读着,心里想:要是她真这样做的话,我一定会喘不过气来的;因为女人不仅多疑,从不相信别人会毫无自私动机地对她们感兴趣,而且还诡秘得很,只要别人多看她们一眼,她们便避闪不及。所以,我对玛丽·卡米盖尔说(好像她就在那里似的):我想,你要这样做的唯一办法就是,先朝窗外看一会儿,谈谈其他什么事情,然后就开始记——不是用铅笔在笔记本上记,而是用最快的速记法、用几乎没有音节的词语,把奥莉维娅——这个一百万年来一直住在阴暗的岩石下的生物——在感到有阳光照下来,并看到有一些陌生的食物——知识、历险、艺术——出现在她面前时所发生的一切统统记下来。我想(同时再次把目光从书页上抬起来),她会扑向那些食物,而且一定会在她体内构成某种全新的能量组合。由于她原先出于其他原因而在体内蓄积的能量已高度发达,所以当新能量被吸入旧能量时,极其微妙的整体平衡并不会被打乱。

可是,哦,我做了自己绝不想做的事。我稀里糊涂地赞美起自己的性别来了。"高度发达""极其微妙"——这当然是赞美话,而赞美自己的性别,总是不可信的,往往还是愚蠢的;再说,在这种情况下,又有谁能证明呢?你总不能走到地图前说，哥伦布发现了美洲，而哥伦布是个女人；或者拿起一个苹果说，牛顿发现了万有引力定律，而牛顿也是个女人；或者眼望着天空说，在我们头顶上飞来飞去的那些飞机，是女人发明的。墙上并没有画着一条线，可以精确测量所有女人的高矮；也没有统一的尺码，可以用来一寸一分地来衡量某个母亲是否慈祥，某个女儿是否孝顺，某个姐妹是否忠实，或者某个主妇是否能干。即使在今天，能进大学的女人还是寥寥无几；不少重要的职业，如陆军、海军、商业、政治和外交，基本上是不容许女人去试一试的。直到今天，还几乎没法对女人加以分类。反之，如果我想了解某个男人的情况，譬如霍利·巴茨爵士，只要翻开柏克编的《联合王国贵族系谱》和德布雷特编的《贵族名鉴》就行了。我会看到，他有过怎样的爵位；有一座私人府邸；有一个直系继承人；曾任某某委员会秘书；出任过英国驻加拿大公使；还获得过哪些学位、官职和奖章，以及为表彰他的功绩而授予他的其他荣誉称号，如此等等。总之，关于霍利·巴茨爵士的情况，那里全都有，如果还想了解什么，那就要去问上帝了。

然而，当我说女人"高度发达"和"极其微妙"时，却无论是惠特克编的《名人录》、德布雷特编的《名鉴》，还是各大学的毕业生名册，都帮不了我的忙——它们没法证明我说的话。遇到这种尴尬事情，我怎么办呢？我只好再次把目光转向书架。那里有约翰逊博士、歌德、卡莱尔、斯特恩、库珀、雪莱、伏尔泰和勃朗宁等人的传记。我开始想到这些名人，想到他们当中有的曾崇拜过女人，有的曾寻找过女人，有的曾和女人一起生活过，有的曾向女人倾诉衷肠，有的曾真心向女人求过爱，有的曾描写过女人，有的曾信任过女人……虽然可能出于不同的缘由，但不管怎么说，反正他们都曾对某个女人有过某种需要，或者说，曾依赖过某个女人。他们和女人的关系是不是都纯属崇高的柏拉图式精神恋爱，我不敢肯定，而且即使我敢肯定，威廉·希克斯爵士大概也会马上予以否定。但是，如果我们坚持说，这些名人想从女人身上得到的不过是一点宽慰、一点娇媚和一点肉体上的快感，此外什么也没有了，那也是大大地冤枉了他们。他们显然从女人身上得到过他们那个性别所没有的东西，那就是女性的天赋——对此，我们用不着引用诗人夸张的诗句，只要冷静思考一下就会承认，他们曾得到过女性天赋的激发，从而获得了创作灵感。不妨想一想，当一个男人推开客厅或者育儿室的门时，他也许会发现，有个女人正和孩子们在一起，或者有个女人正在静静地刺绣——这似乎很简单，但不管怎么说，不管生活有多复杂，女人做的事总是生活的根本。那个男人，他自己的世界可能是法庭或者下议院，而当他看到眼前的这个女人世界和他自己的那个世界恰成对照时，他无疑会觉得精神一振，心灵仿佛又获得了元气；而这之后，即使在最平常的谈话中，他也会感到自己的头脑好像不再那么迟钝了，各种各样的想法就像刚施过肥的种子一样不断萌生。再说，看到女人用一种和他自己全然不同的方式充实着生活，也会极大地激励男人的创造力，使他日趋贫瘠的头脑再度获得生机——他很可能会突然想出一句妙语或者构思好某个场景，而在这之前，在他还未戴上帽子去看望某个女人之前，是怎么也想不出来的。每一个约翰逊博士都有自己的施莱尔夫人[1]，而且都会和他一样仰慕她、依赖她。施莱尔夫人后来嫁给了一个意大利乐师，约翰逊博士为此烦躁、痛苦得几乎发疯，因为一旦没有了斯特里汉姆[2]的那些美好的夜晚，他的生命之火便"像熄灭了一样"，暗淡无光。

其实，不用说约翰逊博士、歌德、卡莱尔或者伏尔泰这样的非凡之人，普通人——尽管感觉远不如他们敏锐——也同样能领悟到女人身上那种极其微妙的天赋和高度发达的创造力。就说一个人走进房间吧，这太简单了——但对于一个女人来说，要她说出自己走进一个房间时的感受，不仅英语词汇需

---

1 施莱尔夫人：18世纪英国伦敦酿酒业富商亨利·施莱尔之妻、大文豪塞缪尔·约翰逊博士的密友，以其绰约丰姿和倾城之貌名噪伦敦社交界（她二十四岁时认识五十五岁的约翰逊博士；三十七岁时，丈夫去世；四十岁时，她和约翰逊博士分手，嫁给了旅居英国的意大利乐师加伯里尔·皮奥齐，故而也称为皮奥齐夫人）。
2 施莱尔夫人的住地。

要大大增加,还需要打破常规,让词语像鸟一样自由飞翔,自由着陆。房间和房间是大不一样的;有的安静,有的热闹;有的面对大海,有的正相反,通往一个小庭院;有的挂满要洗的衣物,杂乱无章;有的饰有丝绸帷幔,生趣盎然;有的像马鬃一样粗硬,有的像羽毛一样细软——总之,只要你随便走进哪一条街上的哪一个房间,马上就能感受到那种复杂、微妙至极的女性天赋。这不是理所当然的吗?因为数百万年来蛰居室内的是女人,所以到了今天,房间里的每一堵墙上都浸透了她们的创造力;确实,这种女性创造力现在已非家庭的砖墙所能承受了,所以它必须寻找新的领地——那就是写作、绘画、商业和政治。尽管女性创造力和男性创造力大不相同,但可以肯定的是,假如轻视或者浪费这种创造力,那实在愚蠢至极,因为这是女人经过几百年最严酷的磨难才获得的,是任何其他东西所无法取代的;反之,假如女人和男人一样生活,一样写作,甚至长得也像男人一样,那也同样愚蠢,因为只要考虑到世界之大和事物之多,我们就会明白,没有两性各有的优势,单靠一种性别能对付得了吗?教育的目的难道不就是要使人与人之间的区别凸现出来吗?总不见得是要把所有的人都弄得差不多吧?事实上,我们所有的人本来就是差不多的;所以,如果真有探险家能带回消息说,某地有和我们截然不同的两种性别的人,他们蹲在和我们这儿截然不同的树枝上望着和我们截然不同的天空，那么这位探险家倒真是对全人类做出大贡献了；而且，还可让我们额外地开心一阵，看看某教授听到这消息后怎样气急败坏地自量身高，并以此来证明他要比那些人"高一等"。

我坐直着身体，依然停留在那一页上，心里想：玛丽·卡米盖尔只要作为一个观察者便可完成自己的作品。当然，我也有点担心，怕她会受到诱惑，会成为那种我觉得没多大趣味的自然主义小说家，而不是那种思想深沉的小说家。对她来说，有那么多新事物可以观察。她将不必再限于那些体面的中上层家庭。她将不再好像是自降身价，而是完全以伙伴的态度走进那些洒过香水的房间，那里正坐着交际花、妓女和抱着哈巴狗的女人。她们穿着俗里俗气的现成服装坐在那儿，若是个男作家进来，当然只能拍拍她们的肩膀；但玛丽·卡米盖尔却可以拿出自己的剪刀，把她们的服装修剪得处处合身。而当这些女人显露出她们本来的样子时，那情景一定会令人惊讶——但我们必须稍等一下，因为玛丽·卡米盖尔仍可能抱着强烈的自我意识，仍可能会在我们野蛮的性传统所认为的"罪恶"面前停下来。她仍可能戴着那副古老而丑陋的等级脚镣。

然而，大多数女人既不是妓女，也不是交际花，她们在夏天也不会呆坐一个下午，还把一只哈巴狗抱在自己脏兮兮的丝绒胸衣上。那么，她们在做什么呢？我脑子里立即出现了河南岸的某个地方,那里有一条条长长的街道,有无数排房子,住着无数的人。在我的想象中,我看见有个很老很老的女人和一个中年女人——大概是她的女儿——手挽着手穿过街道。她们穿着靴子和毛皮大衣,很得体,看来那天下午她们一定非常隆重地把自己打扮了一番,身上的毛皮大衣是每年夏天收放在柜子里的,所以现在还散发着樟脑味。她们穿过街道时,路灯亮了(因为她们喜欢黄昏),这时她们必定出来散步,而且年复一年永不改变。那个年老的女人差不多有八十岁了;但是你若问她这一辈子什么事最有意思,她会说,她记得巴拉克拉瓦战役胜利时,街上到处都点着灯;或者说,爱德华七世出生时,她听到人们在海德公园里放礼炮。然而,要是你正好知道这两件事的准确日期,接着问她:那么在1868年4月5日或者1875年11月2日,你在做什么?她一定会露出一副茫然的神色,说她根本就不记得了。因为她每天做的事都一样,做饭、洗杯碟、送孩子上学,最后把孩子养大成人。她所做的一切没有留下任何痕迹。一切都消失得无影无踪了。关于她,没有哪一本传记或者史书会提一词;历代的小说呢,虽非本意,却又不得不说谎。

所以,我对玛丽·卡米盖尔说——仿佛她在我面前似的——关于这种默默无闻的生活,确实还没有人真实地记录过。而当我沿着伦敦的这条街继续思考下去时,我在想象中感觉到了这种默默无闻生活的巨大分量,感觉到一种沉重的压力。这种压力，或许来自那些正双手叉着腰站在街上的女人，她们大多长得肥胖臃肿，手指上戴着廉价的戒指，说起话来手舞足蹈，仿佛在念莎士比亚的台词；或许来自那些正在叫卖紫罗兰花的女孩，那些卖火柴的女孩，还有那些枯坐在屋门前的、瘦弱的老女人；或许来自那些正在逛街的年轻姑娘，她们脸上的表情就像多云天气里的波浪一样瞬息万变，看到男人一个样，看到女人一个样，看到橱窗里的灯光，又是一个样。所有这一切，我对玛丽·卡米盖尔说，就等着你举起火把去查看。特别是，你还必须照亮自己灵魂的深邃之处和浅显之处、虚妄之处和仁爱之处；必须说出，你美貌动人或者相貌平平，对你意味着什么；以及，你和这个到处是坛坛罐罐、充满了琐碎杂物和古怪气味，而且时时刻刻都在变化着的世界，究竟有何关系。因为在我的想象中，我这时正好走进了一家商店。那里不仅有各种手套和鞋子，还有各种布料，甚至还可闻到从药水瓶里发出来的淡淡的药水味，大理石地板是黑白相间的，墙上挂满五颜六色的彩带，真是令人眼花缭乱。我想，假如玛丽·卡米盖尔走过那里，应该仔细看看，因为那里的景象和安第斯山的雪峰或者峡谷一样值得一写。还有柜台后面的那个姑娘——既然人们已经写出第一百五十种拿破仑传记，既然有关济慈及其对弥尔顿式倒装句用法的论著已有六十九种，而像Z教授之类的人还在写第七十种，那么我想，也应该有人来写写她的生活经历了。我这么想着,踮起脚小心翼翼地朝前走(我非常胆怯,生怕有人再朝我背上抽一鞭子),边走边默默地说,玛丽·卡米盖尔还应该懂得怎样不带嫉恨地嘲笑男性的虚荣心——或者说,他们的怪癖吧,这听上去会舒服一点。因为一个人的后脑勺上若有一块硬币大小的斑点,这个人自己是永远也看不见的,而男女之间可以相互做到一件好事,就是能相互指出对方后脑勺上的那块硬币大小的斑点。请想一想,尤维纳尔[1]对女性的评论,还有斯特林堡[2]对女性的批评,已使多少女人受益匪浅?请想一想,自古以来,男人曾有多少次凭着他们的仁爱之心和聪明才智,为女人指出过,她们的后脑勺上有块黑乎乎的东西!所以,如果玛丽·卡米盖尔既有勇气又很坦诚的话,就应该走到男人背后去,然后告诉我们,她在那儿看到了什么。要把男人的形象完完全全地、真实地描绘出来是不可能的,除非有女人把他们后脑勺上的那块斑点也描绘出来。伍德豪斯先生和卡索朋先生[3]的后脑勺上就有这么大小的一块斑点,因为他们的肖像就是由两个女人——简·奥斯汀和乔治·艾略特——先后描绘出来的。当然,任何有理智的人都不会怂恿女人去恶意讥诮和嘲弄男人;文学也一样,凡抱着这种

---

1 尤维纳尔:古罗马讽刺作家、西方最早的"仇女者"之一。
2 奥古斯特·斯特林堡:19世纪末瑞典剧作家、著名的"仇女者"之一。
3 乔治·艾略特《米德尔马契》中的人物。

想法写出来的东西,都是毫无意义的。只有出于真诚——就如人们所说——嘲讽才有振聋发聩的作用,才有丰富的喜剧性,才能不断发现新的事实。

不过,现在应该回到玛丽·卡米盖尔的书上来了。我们最好还是不要去猜测她会怎么写,或者建议她怎么写,而应该看看她实际上是怎么写的。所以,我接着往下读。我还记得,我在前面对她说过几句表示不满的话。我说她的句子写得断断续续,不像简·奥斯汀那么流畅,所以读起来好像很刺耳,不合我的口味。现在,我不得不承认,她们两人其实根本不能相提并论;既然如此,那么还说"是啊,是啊,这很好,但和简·奥斯汀不能比"之类的话,就没有什么意义了。我又说她不合常规地打乱情节秩序——也就是说,不按一般的预期顺序来叙述情节。现在看来,她这么做也许是无意识的——既然她是个女人,就会像女人那样写作,而女人的叙事顺序往往就是事物的自然顺序,所以她只不过是还事物的本来面目罢了。但是,事物的本来面目却总让人觉得乏味;人们既看不到高潮的涌动,也看不到危机的预兆,就会感到失望。所以,我就不敢(因为我是女人)自夸感觉敏锐,或者说,我对人心的奥秘了如指掌。因为,每当我在日常生活中体会到某些普普通通的感觉——譬如关于爱、关于死的感觉时,冥冥中好像总有一个人(大概就是我的"女性"吧!)会把我稍稍拉开一点,好像

"她"总使我差那么一点,不让我去把握"重点"。这么一来,我就不可能去高谈阔论,大谈什么"基本情感""普遍人性"或者"人心深度"之类的东西了。这类东西使一般人相信,人在表面上虽然那么轻浮,内心还是很严肃、很深沉和很有人性的。然而,"她"却使我觉得,人其实并不是严肃的、深沉的和有人性的,或许仅仅是生性懒惰的和因循守旧的也说不定——当然,这种感觉未免大煞风景。

但我继续读着,而且注意到了其他一些事实。玛丽·卡米盖尔绝非"天才"——这是显而易见的。她并不像她的前辈温奇尔西夫人、夏洛蒂·勃朗特、艾米莉·勃朗特、简·奥斯汀和乔治·艾略特那样热爱自然,那样具有丰富的想象力、激越的感情、横溢的才华和深沉的智慧;她也不像多萝西·奥斯本那样写得既庄重又富有音乐之美——说实在的,她至多只是个聪明的年轻女人,她写的书十年后肯定会被送进造纸厂里打成纸浆。但不管怎么说,她仍具有某些优点。这些优点,如在五十年前,就是在那些比她更有天赋的女人身上也是找不到的。因为对她来说,男人已不再是"对立面"了;她不必浪费时间去抱怨他们;她不必爬到房顶上去了,也不必再因为别人反对而不惜毁掉自己平静的心境,为的只是能外出旅行、体验一下生活和多了解一点世界。在处理异性人物时,几乎可以说她已完全没有了那种敌意和恐惧感,即便有一点痕迹,那也只是在渲染女性自由的欢畅时才稍稍显露出来，而且倾向于挖苦和嘲讽，而非抗争与反叛。毫无疑问，作为小说家，她本质上就具有某些高层次的优点。她有一种非常广泛、同时又非常专注和非常自由的感受能力。凭借这种感受能力，她就像新生植物那样，对周围空气中偶尔出现的一点点变化都很敏感，对几乎不可察觉的轻微触动都会做出反应，而且还非常奇妙地把触角伸向未知的或者未曾记录过的事物。她不仅能注意到一些小事，而且还能使人相信，小事的意义也许并不小；她不仅能把被人遗忘的东西重新发掘出来，而且还能使人反省，人们为什么要把它们遗忘。她虽然写得很笨拙，而且也没有那种天生的大家遗风，如像萨克雷或者兰姆那样妙笔生花，但我还是认为，她已经学到了重要的第一课。她是个女人，但在写作时却能忘记自己是个女人，所以在她笔下处处显示出那种奇妙的、只有在没有意识到自己是女性时才会显示出来的女性味。

这些当然都很好，但问题是，她还要能用自己的感性材料营造出一座经久不倒的大厦，否则的话，那些飘忽不定的个人材料再多、再细腻，也是没用的。我已说过，我要等着看到她直接面对"某一场景"。我的意思就是，要看她如何召唤和吸引读者，并以此证明她并不仅仅是个只看表面的人，而是朝下看到了深度。现在是时候了——到了某一时刻她应该对自己说，我不用大肆渲染，也可以把这一切的意义揭示出来。于是——她便应该马上开始召唤读者——没错,是这么快!于是,前面的章节里那些快要被人遗忘的、也许非常琐碎的事情便再次呈现在读者的记忆中了。她要尽可能自然地让它们呈现出来,就如某人在做针线活或者某人在抽烟斗一样;而且,随着她往下写,要让人觉得自己好像被带到了世界的顶端,正俯视着下面大片大片的土地。

不管怎么说,她正在做这样的实验,而当我看着她专心做着这个实验时,我又看到——但愿她自己没有看到——那些主教和教长、博士和教授,还有家长和教师,正在对她大喊大叫:"你不能这样做!你不该那样做!那块草地只有专家学者才能进去!没有介绍信,女士不得入内!高雅的女小说家们,请这边走!"他们这样朝她喊着,就像人们看赛马时围在栅栏边上大声喊叫,而关键还在于,她到底能不能一往直前,越过那道障碍。我对她说:要是你停下来和他们吵,你就输定了!要是你停下来笑,你也输定了!要是你犹犹豫豫,那就全完了!什么也别想,只管往前跳!——我在求她,好像我把钱全都押在她身上了。而她,果真像鸟一样飞过了那道障碍。可是,前面还有一道障碍;再前面,又有一道障碍……她有没有这样的耐力呢?我有点怀疑。因为我知道,掌声和喊声都会使人神经疲劳。不过,她已经尽力了。因为她并不是什么天才,而只是个不出名的年轻女人。她既没有多少钱,又没有多少空闲时间，竟能在一个既是起居室又是卧室的房间里写出自己的第一部长篇小说——我想，这已经相当不错了。

我读到最后一章——这时有人把客厅的窗帘拉开了，我看到天上的星星，也看到了人们的鼻子和赤裸的肩膀——我最后得出结论说：若再给她一百年时间，若她有自己的房间和每年五百英镑的收入，若能让她把自己的想法都说出来而把她现在写的东西删掉一半，这样的话，她总有一天会写出一本更好的书来的。再过一百年，她一定会成为一个诗人——我这么说着，把玛丽·卡米盖尔的《人生的冒险》放回了书架。

关于女人的书

我对牛津大学和剑桥大学的那次访问,还有那次午餐和晚餐,引发出一连串的问题。为什么男人喝酒,女人喝水?为什么一个性别那样神气活现,而另一个性别却又那样可怜巴巴?贫困对小说有怎样的影响?艺术创作有哪些必要条件?——这样的问题成千上万,不请自来。不过,现在需要的是回答,不是问题。而要得到回答,看来只有去请教那些博学之士和没有偏见的人——他们既不参与口舌之争,也不受日常生活之扰,他们只是思考和研究,并把自己的研究结果写进书里。他们的书,就放在大英博物馆里;于是我拿起笔记本和铅笔自问:要是我在大英博物馆的书架上也找不到真相,那么哪里还会有真相呢?

有了这样的准备,有了这样的信心和求知欲,我便开始去寻找真相。那天虽然没有下雨,天气却是阴沉沉的,大英博物馆附近的街道上到处是一个个投放煤炭的开口,一袋袋的煤炭正往那里面倾倒；一辆辆四轮马车不断停下，一只只用绳子捆紧的箱子被放到人行道上，我想，那里面装的也许是某个瑞士家庭或者意大利家庭一年四季穿的衣服，这些家庭或许是想碰碰好运，或许是在为了避难，也可能只是出于某种权宜之计，准备在布卢姆斯伯里[1]的出租房里过冬的；一些男人推着手推车在街上缓缓而过，他们的嗓音大多嘶哑，有的在喊叫，有的在唱歌。伦敦就像一个大工场。伦敦就像一台大机器。我们每个人就像一只只穿来穿去的梭子，在那灰沉沉的布面上来来回回地织出一些花纹。大英博物馆也属于这个大工场的一部分。推开弹簧门，你就站到了一个高敞的穹顶下，那穹顶就像一个巨大而秃顶的头颅，你在那里面就像头颅里的一缕思想，而那头颅的前额上则缠着一条精美的带子，带子上写满了众多作家的名字。你走到借书柜前；你拿起一张纸；你翻开一卷目录，接着……这六个点的省略号，可表示六分钟的惊异和困惑。

　　你们知道吗，人们在一年的时间里到底写了多少本关于女人的书？你们知道吗，其中有多少本是男人写的？你们知道吗，女人简直已成了世界上被人谈论得最多的动物？我带着笔记本和铅笔而来，原以为只需要花一个上午的时间，就可以把真相全记在我的笔记本上了，但实际上，我想我得变成一群大

1　伦敦的一个街区。

一　关于女性写作

象和无数蜘蛛才行——我是不得已才提到这两种动物的,因为据说,大象的寿命最长,蜘蛛的眼睛最多。我甚至还需要有一副钢爪和一只铜喙,才能撕开那层外壳。真相就深埋在这么一大堆纸里,我怎样把它们一点一点找出来呢?我自问,同时绝望地把那一长串书名看了一遍又一遍。即使是这些书名,也足以让我动一番脑筋了。

有人或许以为,只有医生和生物学家才会对性别及其特点感兴趣;但令人吃惊和难以解释的事实却是,那些善于取悦人的小品文作家、那些文笔轻快的小说家、那些刚获得硕士学位的年轻人、那些什么学位也没有的男人,还有那些除了不是女人几乎一无是处的男人,全都对性别——也就是说,对女人——深感兴趣。有些书一看就知道,是些不正经的肤浅之作;但是,在另一方面,有许多书又过于严肃,太一本正经,满嘴的道德和教诲。只要读一下这些书的书名就知道,曾有无数学究和无数牧师登上讲台和布道坛,专门就这一话题发表过长篇大论,而所用时间之多,真可谓异乎寻常。这一现象真是奇怪至极;我查阅了字母M一栏,而这一栏里的书显然都是男人写的。女人不写关于男人的书——这是个使我不由得感到欣喜的事实,因为,如果我先得把男人写的关于女人的书读一遍,然后还得把女人写的关于男人的书也读一遍的话,那么等我动笔写这篇文章时,很可能一百年才开一次花的芦荟也已经开过两次花了。所以,我干脆随便挑了十来本,把那张写着书名的纸片放在一个金属盘子里,然后就像其他和我一样在此求经觅宝的人那样,坐在自己的位子上等着。

那么,造成这种古怪差异的原因何在呢?我心里想着,一边信手在那些用英国纳税人的钱买来供读者借书用的纸片上胡乱画着。根据这份书目可以断定,男人对女人,比女人对男人,显然感兴趣得多,这究竟为什么?这是事实,可有点古怪,我不由得开始想象起那些男人的生活来:他们花那么多时间来写关于女人的书——他们是些老年人呢,还是些年轻人?是结了婚的呢,还是没结过婚的?是长着红鼻子的呢,还是驼着背的?不管怎样,只要这种兴趣并非全来自身心有残疾的人,作为女人总会因为自己能成为男人感兴趣的对象而沾沾自喜吧——我就这样胡乱地想着,直到一大堆书哗啦啦地倾倒在我面前的桌子上。

现在麻烦来了。凡是在牛津或剑桥受过学业训练的学生都不会怀疑,搞研究有时就像放羊,要带着问题到处乱闯,直到撞上答案为止,就像羊群最后进了羊圈。譬如,坐在我旁边的那个学生,他正卖力地在抄一本科学手册。我完全感觉得到,他每隔十几分钟便从粗矿砂里淘出了一点纯金,因为他时不时发出的得意的唔唔声就表明了这一点。但是,如果有人不幸没有受过大学训练的话,那么问题就不会像羊那样最终被赶进羊圈,而是像受了惊的羊群,被一大群猎犬追逐着,乱哄哄地到处乱窜。教授也好、学究也好、社会学家也好、牧师也好、小说家也好、小品文作家也好、记者也好,还有那些除了不是女人几乎一无是处的男人也好,他们开始追寻的,无非就是我的一个非常简单的问题——为什么女人可怜巴巴?——只是到了后来,一个问题变成了五十个问题;再到后来,五十个问题又像发疯似的纷纷跳进激流,不知被冲到哪里去了。在我的笔记本里,每一页都记满了笔记。为了让你明白我当时的心情,我不妨念几页给你听听。譬如,有一页上的标题很简单,是用大写字母写的"女人与贫困",但下面记着的东西呢,却是这样的:

关于中世纪(女人的)状况

关于斐济群岛上的(女人的)习性

被人当作女神崇拜的(女人)

(女人的)道德感较差

(女人的)理想倾向

(女人)比较谨慎

南太平洋群岛上处于青春期的(女人)

(女人的)吸引力

被当作祭品献祭的(女人)

(女人的)脑容量较小

（女人有）较深的潜意识

（女人）体毛较少

（女人的）脑力、道德感和体力都较差

（女人）喜欢孩子

（女人）寿命较长

（女人）肌肉不发达

（女人）容易动情

（女人）爱虚荣

关于（女人的）高等教育

莎士比亚（对女人）的看法

柏肯海德勋爵[1]（对女人）的看法

英奇教长（对女人）的看法

拉布吕耶尔[2]（对女人）的看法

约翰逊博士（对女人）的看法

奥斯卡·勃朗宁先生（对女人）的看法……

记到这儿，我吸了口气，而且，说实话，还在页边加了一句：为什么塞缪尔·勃特勒[3]说"聪明的男人从不说他们对女人

---

1 柏肯海德勋爵：18世纪末19世纪初英国著名律师和演说家。
2 拉布吕耶尔：17世纪法国著名作家。
3 塞缪尔·勃特勒：19世纪英国作家。

一 关于女性写作

有何想法"？因为事情明摆着，聪明的男人好像除了女人没别的可说了。只是，当我仰坐在椅子上看着那巨大的穹顶时（我在那里面仅是一缕思想而已，不过这思想现在有点困惑），我接着想：真是不幸，聪明的男人对女人的想法从不一样。蒲柏的想法是：

女人大多毫无个性可言。

拉布吕耶尔的想法则是：

女人都很极端，要么比男人更好，要么比男人还坏。

两个同时代的、目光同样敏锐的观察家，对女人的想法却是对立的。那么，女人有没有能力接受教育呢？拿破仑认为她们不能。约翰逊博士认为恰恰相反。女人有没有灵魂呢？有些野蛮人说她们根本没有灵魂。与此相反，另一些人则一直认为女人几乎就是神，并因此而崇拜女人。有些圣贤认为女人没头脑；另一些圣贤则认为女人有更深刻的意识。歌德崇敬女人；墨索里尼鄙视女人。不管你朝哪里看，都能看到男人在想着女人，可想法又各不相同。要把事情彻底弄清楚是不可能的，我这样想着，同时不无妒意地瞥了一眼旁边的那个读者。他也在做笔记，而且做得极其严谨，每一页的上端都清楚地标有字母A、B或者C，可我的笔记呢，却做得潦里潦草，乱糟糟地记着一大堆相互矛盾的语句。真是令人苦恼，令人困惑，令人感到屈辱。真相全从我指缝间漏掉了，一滴也不见了。

我想，我不可能就这样回去，在我那篇有关女性与小说的论文里加上诸如女人的体毛少于男人，或者南太平洋群岛上女子青春期年龄是九岁（要不，就是九十岁？）之类的话，以此作为重大研究成果。经过一上午的工作，竟拿不出一点有分量的东西，真是很不光彩。既然我连过去关于W（为了简便，我将女人一词缩写为W[1]）的真相也没找到，为何还要去为W的将来烦心呢？那些专门研究W的先生虽然研究了W在各方面的影响——如对政治、对儿童、对工资以及对道德的影响——虽然他们人数众多而且博学多才，但真的去请教他们，则显然是浪费时间。他们的书，你最好翻也不用翻开就丢在一边。

在我本应该像我旁边的那个读者一样写出结论时，我却在沉思默想，而且在漫无头绪和悲观绝望中，无意识地画了一幅画。我画的是一张脸，一个形体。那是冯·X教授的脸和形体，因为就是他，写出了那部书名为《论女性心理、道德与体格之

1　woman（女人）的首字母缩写。

低劣》[1]的名著。在我的构想中,他不是个对女人有吸引力的男人,长得粗壮笨重,有一个大下巴,而作为平衡,眼睛却非常小,脸是红彤彤的。他的表情说明他正在激愤地工作,正用他的笔在纸上冲锋,似乎正在追杀某种害人虫,而且,甚至当他杀了它之后,他仍觉得意犹未尽;他要不断杀下去;即使这样,好像还是不足以消除他的怒气。他这样会不会是因为他妻子的缘故?我看着画问,会不会是因为他妻子爱上了某个骑兵军官?因为那个骑兵军官相貌堂堂、风度翩翩,还穿着羔羊皮制的军服?要不,按弗洛伊德的理论,是因为他年幼时曾被某个漂亮姑娘嘲笑过?因为我觉得,这位教授在吃奶的时候就不会是个招人喜欢的婴儿。不管是什么原因,反正在我的这幅画里,当这位教授在写他那部论女性心理、道德和体格之低劣的大作时,他显得非常愤恨,又非常丑陋。

用画画来结束一上午徒劳无功的工作,是一种懒散的表现。然而正是在我们的懒散中,在我们的梦中,那被淹没的真相时而会露出头来。当我再看着我的笔记本时,无须用心理分析学的名义来张扬,一种最基本的心理学训练便让我明白,我画这位愤恨的教授同样是出于愤恨。是愤恨趁我在做梦时抓住

---

[1] "冯·X教授"和此书名均系作者虚构,代表男人对女人的普遍歧视。"冯·X"这个姓显然是德国人的姓,以此影射均为教授的叔本华、尼采等著名的"厌女派"。

了我的铅笔。可是,那时怎么会冒出愤恨来呢?在这一上午,我知道——也说得出——自己曾有过一连串情绪变化,先是好奇,接着是困惑,后来是愉悦,最后是厌倦。而在这中间,愤恨——那条黑蛇——是不是一直在暗中潜伏着?是的,我画的那幅画回答说,是有愤恨潜伏着。它明白无误地向我表明,是某本书、某句话,唤醒了我心中的愤恨;那就是这位教授写的那本书的书名——《论女性心理、道德与体格之低劣》。我的心怦怦乱跳。我的双颊滚滚发热。我愤怒得满脸通红。这固然有点傻,但一点也不奇怪。没有一个女人愿意听人说,她生来就比男人低劣,甚至比不上这样一个小男人——我朝旁边的那个年轻学生看了一眼——他戴着一条假领带,气喘吁吁的,脸也有两星期没刮了。任何人总是有些愚蠢的虚荣心的。那不过是人的天性而已,我想着,便开始在这位愤恨的教授脸上胡乱地画圆圈,一直画到他看上去就像一片着了火的灌木丛,或者像一颗裹着火焰的扫帚星——不管像什么,反正是毫无人样的,或者说,毫无人味的。反正这位教授现在已成了汉普斯特德荒原上的一堆熊熊燃烧的柴火而已。虽然我自己的愤恨因得到解释而平息了,但有些事我依然百思不得其解。那些教授的愤恨又作何解释?他们为什么要愤恨?因为冷静分析他们写的这些书给人留下的印象,就会发现里面总有一种火辣辣的成分。这种火辣辣的成分有多种表现形式;它可以表现为嘲讽,或者感伤,或者惊奇,或者谴责。但是,还有另一种成分,它经常出现,却很难直接辨认。这种成分,就是我说的愤恨。只不过,这种愤恨是潜伏在人心中的,还和其他种种情绪混杂在一起。从其古怪的后果予以判断,这是复杂的、隐蔽的愤恨,而非单纯的、外露的愤恨。

不管出于什么原因,反正我觉得,就我的目的而言,我眼前的这一大堆书是毫无价值的。也就是说,这些书从阅读的角度讲还不乏有趣或没趣的东西,还提供了诸如斐济群岛土著习俗之类非常新奇的事实,但在科学上却毫无价值可言。它们是借着情绪的红光,而非在真相的白光照耀下写出来的。因此,只能把它们送到还书柜上,让它们重新回到各自的巢穴里去。

书里的两种女人

　　关于历史上的女人生活状况,我们最好还是暂时抛开脑子里的那些像熔岩一样炽热、像洗碗水一样混浊的所谓想法,拉上窗帘,撇开胡思乱想,点上灯,缩小寻找范围,请教一下历史学家。因为历史学家记录的是事实,不是想法,所以他们或许会让我们知道女人过去的生活状况。当然,不可能包括所有时代,只要知道英国历史上的某个时代就可以了——譬如,伊丽莎白时代。

　　因为那个时代留下了一个长期令人困惑的问题,即当时几乎每两个男人中就有一个能写韵文或者十四行诗,可是就在这样一个不寻常的文学时代,为什么就是没有一个女人写过一句诗?对此,我不由得自问,当时女人的生活状况究竟如何?因为,虽说文学创作主要是表现想象,不像科学那样要让一块石头直接落到地上,但文学仍像一张悬在空中的蜘蛛网,它的四个角还是很微妙地挂在什么东西上的,或者说,它还是和生活有联系的。这种联系往往难以察觉;譬如,乍看之下,莎士比亚戏剧似乎像蜘蛛网似的凭空悬在那里,但只要扯动这张网就不难发现,这张网并非飘浮在空中,其边缘连接着坚实的人类生活——也就是说,它和生活中的许多具体事物,如健康与金钱,甚至当时居住的房屋,都有着非常微妙的联系。

于是,我走到放着历史书的书架前,取下一本最近出版的历史书,即特里维廉教授写的《英国史》。我同样在索引中查找"妇女"一词,找到"妇女地位"一栏后,便翻到相关页码。"打老婆",我在那里读到,"在当时是男人的一种被公认的权利,不论地位高低,凡男人都打老婆,对此无人会觉得羞耻……同样",这位历史学家接着写道,"女儿若拒绝嫁给父母为她选择的丈夫,就有可能被关在房间里挨打,对此也无人会感到震惊。总之,婚姻在当时和个人感情毫无关系,人们想到的只是通过婚姻为家庭聚财,尤其是在所谓'高雅的'上流社会,情形更是如此……往往是,一对男女还在摇篮里的时候,就由父母做主订了婚,还未成年就成了夫妻"。那时,大致是1470年前后,即乔叟[1]时代刚结束不久。

后面再一次提到妇女地位,大约是两百年后的斯图亚特王朝:"无论是贵族妇女,还是市民阶层的妇女,自己选择丈夫仍

---

1 乔叟死于1400年。

属少数例外。丈夫一旦被指定，他就是当然的一家之主，至少当时的法律和习俗是这么认定的。然而，"特里维廉教授接着评论说，"即便如此，在莎士比亚笔下，或者在更为纪实的17世纪的回忆录中，比如在弗尼夫妇和哈钦森夫妇的回忆录中，我们却发现当时的妇女似乎仍然很有个性。"

毫无疑问，我们可以设想，莎士比亚笔下的克莱奥帕特拉是个很有个性的女人；也不难推测，麦克白夫人[1]富有心计，还自有主张；甚至可以断定，罗莎琳德[2]是个会让男人们围着她团团转的姑娘。不过，特里维廉教授这么评论，只是就那个时代而言的，因为他是历史学家。我们不是历史学家，也就少一点顾忌，所以不妨说，实际上自古以来，所有诗人笔下的女性形象一直像烈焰般耀眼夺目——在剧作家笔下，有克吕泰涅丝特拉[3]、安提戈涅[4]、克莱奥帕特拉、麦克白夫人、菲德拉[5]、克瑞西达[6]、罗莎琳德、苔丝德蒙娜[7]、马尔菲公爵夫人[8]；

---

1 莎士比亚戏剧《麦克白》中的女主人公。
2 莎士比亚戏剧《皆大欢喜》中的女主人公。
3 古希腊悲剧作家埃斯库罗斯的悲剧《阿伽门农》中阿伽门农的妻子。
4 古希腊悲剧作家索福克勒斯的悲剧《安提戈涅》中的主人公。
5 17世纪法国剧作家拉辛的悲剧《菲德拉》中的女主人公。
6 莎士比亚戏剧《特洛伊罗斯与克瑞西达》中的女主人公。
7 莎士比亚戏剧《奥赛罗》中奥赛罗的妻子。
8 17世纪英国剧作家约翰·韦伯斯特的悲剧《马尔菲公爵夫人》中的女主人公。

一 关于女性写作

而在小说家笔下，则有克拉丽莎[1]、蓓基·夏泼[2]、安娜·卡列尼娜[3]、包法利夫人[4]、盖尔芒特夫人[5]——她们的名字在我们脑海里闪闪发光，我们绝对不会认为她们是"缺乏个性"的。说实在的，既然女人历来就这样存在于男人所虚构的文学作品中，有人就会想当然地认为，女人历来备受重视——她们千姿百态：有崇高的，也有卑贱的；有光彩照人的，也有令人沮丧的；有美艳绝伦的，也有丑陋不堪的；她们像男人一样了不起——有人甚至认为，女人比男人还要了不起。然而，这只是虚构的女人而已。实际上，就如特里维廉教授所说，女人往往被关在房间里，甚至还要挨打。

于是乎，就出现了一种非常奇怪的双面人。在想象中，她极为重要，而在现实中，她又微不足道。她在诗歌里随处可见，但在历史上却无立足之地。她在虚构世界里主宰着国王和征服者，但在现实生活中，却只要父母把一枚戒指套在她手上，她便只能乖乖地做任何一个男人，甚至一个未成年男孩的奴隶。她在文学作品中思想敏锐、妙语连珠，但在实际生

---

[1] 18世纪英国小说家塞缪尔·理查生的长篇小说《克拉丽莎》中的女主人公。
[2] 19世纪英国小说家萨克雷的长篇小说《名利场》中的女主人公。
[3] 19世纪俄国小说家托尔斯泰的长篇同名小说的女主人公。
[4] 19世纪法国小说家福楼拜的长篇同名小说的女主人公。
[5] 20世纪初法国小说家普鲁斯特的长篇小说《追忆似水年华》中的女性人物。

活中,她却目不识丁、沉默寡言,只是丈夫的一份活的家产而已。

先读历史,再读诗歌,由两者拼凑出来的女人,就是这样一种奇特的怪物——她是长着鹰翅的蠕虫,既是生命的象征、美的精灵,又是厨房里一块待剁的板油。不过,这样的怪物只是想象起来非常有趣,实际上并不存在。若想看到真实的女人,就必须现实地、同时又富有诗意地看待她。既要有活生生的事实——就是说,她是马丁太太,二十六岁,穿蓝衣服,戴黑帽子,穿棕色鞋;同时又要有诗意的想象——就是说,她就像一个容器,里面有各种精神能量,而这些精神能量,正在不停地运行着、燃烧着。然而,倘若要这样来看待伊丽莎白时代的某个女人,那简直难而又难,因为和她有关的事实少而又少,少得令人望而却步。可以说,有关她的记载没有一件是详尽的、真实的和实质性的。过去的历史著作几乎没有提及她。于是,我又想求助于特里维廉教授,看看历史在他眼里究竟是什么。我看了一下他的历史著作的各章标题,便发现历史在他眼里依然只是:

采邑宅第和公田农业的耕种方法
西多会修士与养羊业
宗教战争

大学

下议院

百年战争

玫瑰战争

文艺复兴时期的学者

修道院的瓦解

村社危机及宗教冲突

英国海上势力的发端

西班牙无敌舰队

如此等等。只有偶尔才提及某个女人，如一个叫伊丽莎白[1]的女人或者一个叫玛丽[2]的女人，一个女王或者一个贵妇人。至于那些除了自己的智力和德性别无他物可供支配的市民阶层的女人，她们是绝无可能参与任何重要的历史事件的，而历史学家对历史的见解，恰恰又是以那些历史事件为根据的。所以，我们在历史著作里根本找不到她。在逸事传闻中也很难见到她的身影。她自己从没写过自传，又几乎不记日记，只留下可怜巴巴的几封信；她也没有创作过任何戏剧或者诗歌可供

---

[1] 指16世纪英格兰女王伊丽莎白一世。
[2] 指伊丽莎白一世的姐姐玛丽女王。

我们对她做出评价；而我们大量需要的，正是有关她的种种信息，如她什么年龄结婚？在一般情况下，她有几个孩子？她住在怎样的房子里？她有自己的房间吗？她下厨吗？她有仆人吗？……如此等等——所以我想，在纽纳姆学院或者格顿学院里，为什么就没有一个聪明的研究者来关心这方面的情况呢？所有这方面的事实，也许就记在教区记事录和账册里。关于伊丽莎白时代普通女人的生活，肯定都零零星星地散记在某些地方，只要把它们收集起来，就能编成一大本书，而我至今仍没能在书架上找到它。当然，尽管我认为现有的历史著作都有点古怪，都写得不太真实或者说不太平衡，我仍然没有胆量向那些名牌大学的研究者提出建议，要他们重写历史；但我总觉得，他们为什么不可以给历史加上一个补遗呢？为什么不可以给那个补遗取一个和其他标题一样的标题，从而让普通女人堂堂正正地出现在历史著作中呢？这有何不可呢？要知道，她们其实在一些伟人传记中是经常出现的，只是匆匆而过，很快消失在背景中了——这时，我突然想到，她们一定在冥冥中向我们张望，在笑，或者在伤心地流泪。

女性的工作*

你们的秘书请我到这里来,对我说你们这个团体对女性的工作很感兴趣,因而她建议我最好给你们讲讲我自己的工作经历。是的,我是女人,也确实有事情在做,但我有怎样的工作经历?那就不容易说了。我的工作是写作,这种工作对女人来说,除了从事舞台工作——我是指那种女人做的工作[1]——比其他工作更少会有什么经历。因为在很久以前,就由范妮·伯尼、阿芙拉·贝恩、哈丽雅特·马蒂诺[2]、简·奥斯汀和乔治·艾略特等人开始从事这种工作,后来又由许多有名的女人和更多无名的女人先于我从事这种工作,已经使这种工作变得很平常了。因此,当我从事写作时,并没有多少阻碍。女性写作已被认为有益无害,钢笔在纸上发出的"沙沙"声已不再破

---

* 本文是伍尔夫在女性服务同盟会所做的一次演讲,标题系英语版原有。
1 即做女模特。
2 哈丽雅特·马蒂诺:英国社会学家、翻译家。

坏家庭生活的宁静；家里人也不再需要花多少钱来供她写作，因为那时用十六便士可以买到的纸，如果你愿意，已经可以把整部莎士比亚全集抄在上面了。还有什么钢琴啦、模特啦、巴黎啦、维也纳啦、柏林啦、绅士啦、情妇啦，也不是女性写作所需要的。说穿了，女性写作之所以比其他工作来得容易，原因就是纸到处可以买到，而且很便宜。

就拿我自己来说吧——很简单，你们只要想象一下就可以了：一个女孩，坐在自己的卧室里，拿着一支笔从左移到右，从上午十点到下午一点；然后，她要做的一件事很容易，也很便宜，就是把几张纸折好，放进一个信封里，在信封一角贴上一便士邮票，再把信扔进街角上的那个红色邮箱里。就这样，我成了撰稿人，而且我的工作一个月后就得到了回报。那天对我来说真是美好至极——编辑部寄来一封信，里面有一张一英镑十先令六便士的支票。可是，你们不知道，我是个多么不配做女人的人，我不懂生活有多艰辛，不懂勤俭有多重要，我没有用这些钱去买面包、买黄油、买鞋子和袜子，也没有去付房租，或者到肉店去付账单，而是去买了一只猫——一只漂亮的波斯猫，它使我从此不再寂寞，因为邻居们很快就和我吵得不可开交。

写写文章，赚来稿费去买波斯猫，你们说这种工作是不是很容易？不过，请等一下，写文章总是要有所指的，我写的那篇文章好像是评论某个名人写的一本书,而当我刚想写的时候就发现,我要写那篇文章必须先和一个幽灵搏斗一场。那是个女幽灵,当我知道这一点后我称她为"屋里天使",那是一首名诗中的女主人公的名字。就是她,在我写作时总是挡着我的笔,不让我在稿纸上写字;就是她,不断骚扰我,不仅浪费我的时间,还把我弄得苦不堪言——所以,我最终杀死了她。你们比我年轻,比我快乐,可能没听说过那个女幽灵,大概不知道我说的"屋里天使"到底是什么意思。那就让我简单地介绍一下吧。她很讨人喜欢,慷慨无私、魅力无穷,对家庭生活这门高难度学科应对自如。她每天都在牺牲自己,如果餐桌上有一只鸡,她吃的是鸡脚;如果房间里有风,她坐在漏风处挡风——总之,她从来不为自己着想,从来没有自己的愿望,而总是为别人着想,赞同别人的愿望。最重要的是——其实不用我说——她纯洁无瑕,而且她的纯洁无瑕被认为是她最美丽动人的优雅气质——她会害羞得满脸通红。在那时,在维多利亚女王统治的最后那些年里[1],每个房间里都有天使在游荡。我刚写下第一行字,她就来了。我看见她翅膀的影子落在我的稿纸上,我听见她的裙子发出"沙沙"的声响。换句话说,我刚想写那篇关于那本名家小说的评论,她就来到我身后,轻声对我

---

1 即19世纪末。

说:"亲爱的,你是个年轻女人,你在评论一本男人写的书,要写得温柔一点、可爱一点,说些讨人喜欢的奉承话就行了,要用上我们女人的心计,永远不要让人知道你在想什么。别忘了,要做个纯洁无瑕的女人。"说着,她还想握住我的笔代我写。不过,我告诉你们一件我引以为豪的事情,虽然那要归功于我的祖先——他们给了我一笔财产,我每年有五百英镑收入,不必靠拍马奉承来维持生计。所以,我猛地把她扑倒,双手掐住她的脖子,用尽全力把她掐死了。如果我为此而受到审判,我会说这是正当防卫,因为我不杀她,她会害我,会使我写作时违背自己的心愿。因为我落笔时自然而然会用自己的头脑思考,会把我自己对人际交往、对道德、对性别的看法表达出来,而所有这些,在这个"屋里天使"看来却不是女人可以自由、公开地谈论的,她要我们女人妩媚诡言、讨人欢心——说白了就是,女人要写文章,就必须说谎。所以,我每次看到她的翅膀的影子或者说她的纯洁的光晕在我的稿纸上晃动时,我就用墨水瓶砸她。可是,她本质上是虚幻的,这帮了她很大的忙,使她很不容易死。是的,要杀死幽灵谈何容易,要比杀死一个人难得多,我每次以为我已经把她赶走,她每次都会悄悄地卷土重来。现在,我总算把她掐死了,尽管我费了很大的劲儿,花了很多时间——这些时间本可以用来学会希腊语,或者周游世界,或者谈情说爱的——但不管怎么说,这是我真实的工作经历,是我们那个时代的女作家必然会经历的。对她们来说,杀死"屋里天使"是她们工作的一部分。

还是讲我自己吧。我掐死了天使,接着怎样呢?你们会说,接着事情就容易多了:一个年轻女人独自在卧室里,手边放着墨水瓶。也就是说,既然不再阿谀奉承,我只要按我自己的想法写文章就行了。可是,嗨,什么是"我自己"?我是说,什么是女人?关于这个问题,我请你们相信,我不知道,而且我相信你们也不知道。我相信在全人类都能平等地在各个领域表达自己的思想情感之前,没有哪个女人能回答这个问题,而我到这儿来,正是出于这一原因——我要对你们表示敬意,因为你们正在用你们成功或者失败的经历为我们提供极其重要的信息,由此或许可以表明——什么是女人。

还是讲我自己的工作经历吧。我写第一篇书评赚了一英镑十先令六便士,我用这些钱买了一只波斯猫,这之后我有了雄心壮志。我对自己说,波斯猫当然很好,但还不够,我还要有一辆汽车。于是,我就写小说,成了小说家——因为你只要讲讲故事,别人就会给你汽车,这真是神奇,而更神奇的是,讲故事比做世上任何事情都要轻松,至少比写关于名家小说的书评有趣得多。不过,按照你们的秘书提出的要求,我要讲自己的工作经历,而我却只能把我作为小说家的一种非常奇特的体验告诉你们。要想了解这种体验,先要知道小说家的精神状态。小说家总希望自己能有一种无意识感觉，使自己处于一种持续的懒散状态——但愿我这么说没有泄露小说家的职业机密——也就是说，他总希望自己的生活非常平静、非常有规律。他希望在他写作期间看到的是同样的人，读的是同样的书，每天每月做的是同样的事，这是为了使他自己沉溺于幻想世界而不受干扰，不影响他周围的神秘气氛，不影响他的虚无缥缈的想象力。这种状态是不是男人女人都一样，我很怀疑。就算一样吧，我希望你们能想象得出，我就是在这种恍恍惚惚的状态中写作的。请想象一下，有个女轻女人，坐在一把椅子上，手里拿着一支笔，好几分钟，甚至好几个小时，她的笔都不曾在墨水瓶里蘸一下。想象一下那个年轻女人当时的情形：她好像一个在湖边垂钓的渔夫，坐在那里迷迷糊糊，渔竿伸向湖面，渔线沉入幽深的湖水。那根渔线就是她的想象力，正在混沌的无意识世界中荡漾。很快，她好像感觉到了什么，这种感觉我相信在女作家身上比在男作家那里更为普遍。那根渔线一下子被什么东西拖了下去，她的想象力突然紧绷——显然，她惊动了沉睡在湖底的一条大鱼。紧接着，只听见湖水"哗啦啦"一声响，水花飞溅，大鱼上钩了。她的想象力捕获到了某种东西，那年轻女人在迷迷糊糊中似乎有某种感觉。这时，她又感到一种强烈而难言的痛苦。坦率地说，她感觉到了自己的肉体，好像有一种强烈的情感需要表达，但作为女人又难以表达，因为理智告诉她，男人会对此感到震惊。对一个赤裸裸地表现出强烈情感的女人，男人会作何反应？想到这里，她从无意识中清醒过来。她再也写不出什么东西来了，恍惚出神的状态结束了，想象力不再发挥作用了。男性的传统观念使她遇到了极大的障碍，我相信这是女作家普遍经历过的。在这方面，男人理所当然认为自己享有充分的自由，但是当女人也想要享有这样的自由时，男人却极度鄙视——这是自然而然的，我相信他们自己也未必意识到。

这就是我的两次非常真实的工作经历——两次历险。第一次历险——杀死"屋里天使"——我认为已经完成。她死了。但第二次历险——讲述我作为女人的真实感受——我认为还没有完成。我怀疑没有哪个女人已完成这次历险。女人遇到的障碍依然难以逾越，然而这究竟是怎样的障碍，却又很难说清楚。因为从表面上看，在纸上写写字不是再容易不过的事吗？可是，为什么男人容易，女人不容易？我认为，这里有本质上的区别：女人还要和许多幽灵苦战，还要克服许多偏见。我想，要使女人不必杀死幽灵、不必击碎顽石就能坐下来写书，确实还需要很长时间。由此看来，即使在女人还算最为自由的文学领域，情况尚且如此，那么在其他刚刚有女人涉足的新领域，情况又会如何？

如果有时间，我会向你们咨询这方面的情况，而我之所以强调我自己的工作经历，那确实是因为我相信，你们和我有相同的经历，只是形式不同罢了。现如今，女人已经走上了这条路，没有什么能阻止女人成为医生、成为律师、成为公务员，但我相信这条路上还有许多幽灵和障碍。我认为，对此加以探讨、加以认识，是很重要的，因为只有这样，我们才能杀死幽灵、逾越障碍，才能享受工作的乐趣。此外，我觉得我们还有必要探讨一下，我们之所以要逾越几乎不可逾越的障碍，目标是什么？目标不会自己出现，总要我们自己去寻找、自己去确定。在我看来，现在的情况已经相当不错了——你们看，有那么多女人坐满了这个大厅，有那么多女人史无前例地在从事那么多工作。是的，你们在一座过去完全属于男人的住宅里争取到了自己的一个房间，而且房租由你们自己付，因为你们辛勤工作，每年也能挣到五百英镑。不过，要争取自由，这还刚刚开始——这个房间你们是争取到了，可是里面还是空荡荡的，需要装修、需要家具、需要有人同住。你们打算怎样装修？怎样摆放家具？和谁同住？有什么要求？这些问题，我认为是至关重要的。现在，你们史无前例地可以提出这些问题了，而且还要你们自己来解决这些问题。怎么解决？我很愿意和你们一起探讨——不过，今晚看来不行，因为时间到了，我必须结束了。

文学与性别

"爱"是不大能谈论的,谈起来总不免会失言。但是,在我们的日常言谈和交往中,爱又无处不在!我们去乘公共汽车,会爱上某个售票员;我们去商店实东西,会觉得某个年轻女售货员可亲可爱——或者,可憎可恶。我们既然在日常生活中会时时额外地滋生出爱或恨来,那么在读书时,当然也是如此。批评家或许应该不动感情地就书论书,但对于我们普通读者来说,和书有关的一些东西,如作者的性别、外貌或者人品,却会像我们在生活中遇到的真实事物一样引起我们的爱憎。这种感情尽管莫名其妙,但却像在日常生活中一样影响我们的看法,而且也像在日常生活中一样,很难用理智去加以分析。

乔治·艾略特就是个很好的例子。据说,她现在的声誉已大不如前了。确实,她的声誉怎么能不受影响呢?她那张难看的马脸、那只难看的长鼻子和那对难看的小眼睛,总是从她的书页后面浮现出来,使男批评家们觉得不快。他们不得不称赞她,却实在没法喜欢她。不管他们怎样严格地、绝对地信奉艺术与艺术家个人无关的原则,当他们在那些评论文章和教科书里证明她的才华、揭示她的意图和表现手法时,他们的语调里仍不知不觉地流露出这样的感觉——他们并不希望乔治·艾略特来为他们倒茶。另一方面,简·奥斯汀却正在为他们倒茶。他们喜欢她一边从无比贞洁的茶壶里把茶倒进无比精美的杯子里,一边对着他们莞尔一笑,既温文尔雅,又妩媚迷人——这种男性感觉,即便在最严肃的英国文学批评中也在所难免。

那么,女人又怎么样呢?现在的女人不仅读书,还涂鸦似的写出了自己的见解。既然如此,或许也应该追究一下她们的偏执之处,追究一下她们从书页中引出的个人爱憎,尽管这种本能反应一出现就自我压制了。这里,性的引力和斥力当然是最重要的。你甚至能听见它在噼啪作响,使一些平庸至极的周刊也似乎显得趣味盎然了。说得更严重一点,这种非文学的因素就如为虎作伥,使思想变得更为迅疾,也使思想变得更为任性、更为随意。所以,读书前调整好自己的情感状态,看来还是很有必要的。这里,我们首先会想到的一个人就是拜伦[1]。说到拜伦,可以说没有哪个循规蹈矩的正经女人是会喜欢他的。

---

1 乔治·拜伦:19世纪英国浪漫派诗人,著有《唐璜》等。

因为在她们看来,拜伦的那种自我中心、虚荣自负的性格,就像是恶棍和巴儿狗的混合物,他那种高高在上、藐视一切的孤傲姿态,看上去就像是理发师用来放假发的木桩,而他的那些连篇累牍的感伤话,表面上好像说得娓娓动听,其实不仅单调乏味,甚至令人恶心。然而,几乎所有的男人都很喜欢拜伦——这么说并不令人惊异。因为在男人心中,拜伦不仅才华出众、勇敢无畏、魅力十足,而且既富有理想又擅长嘲讽,既平易近人又出类拔萃——总之,他是个英雄好汉,是个女人的征服者;因为男人中的强者自以为自己也是这样,男人中的弱者呢,则对此无比羡慕。所以,要想喜欢拜伦,要想欣赏他的书信和《唐璜》,首先必须是个男人;反之,换了女人,即使喜欢也必须装得不喜欢。

对济慈就不用这样装了。不错,人们在提到济慈时总带有几分怯意,因为对他这样一个具有人类所有珍贵品质的人——这样一个既有天才又有情感、既有尊严又有智慧的人,倘若我们只知一味称颂而不知其他的话,只会使我们显得低能。不过,如果要说有哪个男人能得到男女一致推崇的话,看来非济慈莫属。在他面前,男男女女的各种个人偏爱都会趋于统一。但这里仍有一点分歧——因为有个范妮·布莱恩[1],因为济慈曾

---

[1] 范妮·布莱恩:济慈的未婚妻(原是济慈的邻居,十八岁时与二十三岁的济慈相恋,第二年订婚,两年后,二十六岁的济慈患病去世)。

抱怨范妮·布莱恩在汉姆斯泰德[1]跳舞跳得太多。这位天神般的诗人看来仍有一点那个时代的大丈夫作风,倾向于把自己的情人看作是美丽的天使和鹦鹉,所以有时就不免专横。今天若由一群少女组成一个陪审团来裁定他们谁是谁非,结果一定对范妮·布莱恩有利。不过,济慈也曾照看过自己的妹妹。他不仅给了她最好的教育,还塑造了她的人格。在他妹妹身上,他充分显示出自己"若能委以重任,必有王者风范"。所以,济慈的女读者很容易把自己视为他的姐妹。同样,她们对华兹华斯也会怀有姐妹之情。华兹华斯其实不应该结婚,丁尼生倒是应该娶个妻子。还有夏洛蒂·勃朗特,她根本就不应该嫁给那个尼古拉斯先生。

至于塞缪尔·约翰逊博士[2],你若想占个有利位置来观察他,就得前后找找。他脾气不好,常常把桌布撕得粉碎。他是个严厉苛刻的人,又是个多愁善感的人。对女人,他很粗暴,但他又真心诚意地崇拜女人。他曾辱骂过施莱尔夫人,而施莱尔夫人又是他最崇拜的女人;还有一些年轻、漂亮的女人,也曾有幸坐在他膝上;但无论是对施莱尔夫人,还是对那些年轻、漂亮的女人,我们都不必羡慕。她们一个个都诚惶诚恐。

---

[1] 英国一地名。
[2] 塞缪尔·约翰逊:常被称作"约翰逊博士",18世纪英国文豪、第一部英语词典的编撰者。

倒是有几个既不年轻又不高雅的卖火柴或者卖苹果的女人，因为她们有自谋生计的勇气而赢得过他的同情和尊敬。还有一些雨夜里站在街头的女人，她们有时也会得到他的青睐而去为他效劳。当然，她们不仅为他洗刷碗碟，也从他那儿得到了女人所能得到的最大回报。

上面这些例子看来都非常简单：男人不管怎么样总是男人，女人即使在写作也仍然是个女人。男人只不过是直接地、正常地发挥了自己的性别影响罢了。但是，有一类人却不然，他们向来就不受性别影响。弥尔顿可以说是这类人的首领，此外还有兰多、莎弗、托马斯·布朗爵士和马韦尔等人[1]。他们可能是女权主义者，也可能是反女权主义者；可能很热情，也可能很冷漠；他们的私生活可能平淡无奇，也可能非常浪漫；但不管怎么说，这些都和他们的作品毫不相干。他们的作品是纯粹的、不带杂质的，就像人们所说的天使那样，没有性别之分。当然，我们不能把这类作家和另外一类有同样特点的作家混为一谈。请问，爱默生[2]、马修·阿诺德[3]、哈丽雅特·马蒂

---

[1] 兰多、莎弗、托马斯·布朗爵士和马韦尔均为英国诗人和作家。

[2] 拉尔夫·爱默生：19世纪美国思想家、散文家、诗人，美国"超验主义运动"的主要代表。

[3] 马修·阿诺德：英国诗人、教育家、评论家。

诺、罗斯金[1]和玛丽亚·埃兹华斯，他们的作品属于哪一性别？不过，这个问题在这里并不重要，反正当他们写作时，他们既不是男人，也不是女人。他们只诉诸人类灵魂中那一片无性别的疆域；他们从不煽情；他们只是给人以教诲，使人从善，使人向上；所以不论男女，都可以从他们的作品中得益，因为那里既没有偏执的性别感情，也没有狂热的同党倾向。

然而，我们仍不可避免地要走进闺房，而当我们在帷幕旁边看到几个女人的身影并听到她们谈笑风生时，仍禁不住有点颤抖。因为在大多数情况下，女人之间的关系依然是那么暧昧不清。干脆在一百年前，事情倒是明了的：那时女人是行星，只有在男人的阳光照耀下才会发亮；一旦没有了男人，女人便陷入一片黑暗——就像男人所说，她们只会相互轻视、相互猜疑和相互妒忌。但必须承认，现在的情况至少不再让男人那么得意了。女人也开始表现出了自己的爱憎，所以你不敢再断定，一个女人读了另一个女人写的书后，除了嫉妒肯定不会再有其他感想。因为很可能，艾米莉·勃朗特会唤起她对青春的热望，夏洛蒂·勃朗特会使她由衷地喜爱，而安妮·勃朗特则会给她一种温馨的姐妹情谊。同样，盖斯凯尔夫人很可能会使

---

[1] 约翰·罗斯金：英国作家、艺术家、艺术评论家，著有《现代画家》《建筑的七盏明灯》等。

她的女读者感到母爱的力量,因为她既聪颖又仁慈,读她的书总让人想起可敬可爱的母亲;而乔治·艾略特呢,她虽不是母亲,却是个无与伦比的姑妈——只要你叫她一声"姑妈",她准会把赫伯特·斯宾塞[1]给她的那些男人的东西统统扔开,马上沉浸在回忆中,开始滔滔不绝地——当然,是带着乡下口音的——向你讲述她年轻时的种种经历,向你袒露她那既广阔又深邃的内心世界。还有简·奥斯汀,她会使我们一见倾心,尽管她自己并不在乎我们爱不爱她,因为她什么都不在乎。确实,我们对她的爱,只是读她的书时的一种无关紧要的副产品,就像天上不管有没有云雾,月亮自身总是清辉耀人的。至于外国女作家,有人说根本没法喜欢她们,其实并非如此。只要认真对待,德·塞维涅夫人[2]一定会使我们喜欢不尽。

不过,话得说回来,虽然我们为了和另一个女人心灵相通,在思想上和感情上做了种种努力,虽然我们对女作家私心偏爱,但这种偏爱却不能和那些名垂史册的文学大师在我们心中唤起的那种崇高的爱同日而语,就像夏日里的男女调情不能

---

[1] 赫伯特·斯宾塞:19世纪英国哲学家、社会进化论倡导者。乔治·艾略特早先是学哲学的,深受赫伯特·斯宾塞的影响。

[2] 德·塞维涅夫人:17世纪法国贵族夫人,闺名玛丽·德·拉比丹-尚塔尔,生前,其书信就在法国文人间传阅,去世后结集出版,名为《书简集》,共十四卷。

和终生不渝的伟大爱情相提并论。莎士比亚不必说了——篱笆上和田野里的小鸟、蜥蜴、地鼠和山鼠不必时时感激太阳为它们送来的温暖，我们也不必时时感激莎士比亚为我们送来的文学之光。我要说的是另外两个人的名字，虽然他们发出的光要比莎士比亚稍差一些。一个是诗人——他爱女人，但爱的路上布满荆棘。他时而狂呼，时而诅咒；时而凶狠，时而温顺；时而妙语连珠，时而口出秽言。然而，正是他阴沉沉的思想中的有些东西，使我们为之着迷；正是他变化无常的暴躁性格，使我们为之兴奋。我们从他浓密的荆棘丛中可以窥见最高的天界，可以领略那种陷于忘我之境的狂喜和那种真正的、无声无息的宁静。年轻时，他曾用一双眼睛凝视着这个他既爱又恨的世界；年老后，他双颊塌陷、颧骨突兀、形同骷髅，犹如包在裹尸布里痛苦度日，最后死在圣保罗教堂里。但是，无论是他年轻时，还是他年老时，我们都不能不爱这个人——约翰·多恩。另一个人和约翰·多恩截然不同——他高大英俊，却生来跛足；他思想单纯，笔快如飞，洋洋洒洒地写了许多小说，却没有写过一句脏话和粗话，甚至连一句稍稍出格的话也没有。他是个拥有地产的绅士，特别喜欢哥特式建筑，要是活到今天，他一定会拥护英国现行的那些最令人痛恨的制度和政策。然而，他却是个了不起的大作家，凡是读过他的传记、日记和小说的女人，无不神魂颠倒地爱上他。这个人，就是瓦尔特·司各特[1]。

---

[1] 瓦尔特·司各特：19世纪初英国小说家，以其历史小说闻名于世。

二 关于女性作家

塞维涅夫人

这位了不起的夫人,这个写了许多了不起的书信的女人,如果生在我们这个时代,可能是位了不起的小说家。然而,在今天的读者眼里,她也许和她那个业已逝去的时代中的芸芸众生没什么区别,但她写的东西却比她的许多同时代人更难评述。为什么?因为她写的既不是戏剧,也不是诗歌,而是书信——日常琐碎信笔写来不免重复,就如闲聊似的书信。她的十四卷《书简集》就如她生前拥有的那一大片林地,其间有许多纵横曲折的岔路小径,有许多大大小小的林间空地,时隐时现、忽暗忽明,根本不可能一览无余。

不过,我们虽看不清她的全貌,却时常感觉到她的存在,就像感觉到身边有个人在说话。她说的许多话我们似听非听,但她有时说的一两句话又会突然引起我们的注意。我们想了解她的个性,却发现她的个性是变化着的——她就像一个活人,一时难以判定。

这无疑是所有以书信传世的人共有的特点，而她还有广阔的思路和流畅的文笔，甚至胜过——譬如——思路敏捷的华尔浦尔[1]和文笔严谨的格雷[2]。或许，假以时日，我们会更加清晰、更加深入地了解她，胜过我们对华尔浦尔和格雷的了解。我们会深入她的内心，本能地而非理智地了解她的感受，了解她为何而快乐、为何而遐思、为何而忧虑重重。因为她的思路比华尔浦尔和格雷更广阔、更多变，万事万物似乎都可成为她欢乐的源泉或者思想的食物，而她又有极好的胃口，不管哪种食物，她都能吃下去而且从中汲取营养。再说，她又极其聪明，不管是拉罗什富科[3]的机智，还是拉法耶特夫人[4]的细腻，她都能领悟，都能欣赏。她还生来与书有缘，不管是约瑟福斯[5]的书、帕斯卡尔[6]的书，还是那时的神怪故事和传奇小说，她都认真读过，其中的名句名篇，她还耳熟能详，随口就能背诵。不过，有一件事情，她更为用心，也更为伤神，那就是她对女

---

1 霍瑞斯·华尔浦尔：18世纪英国著名哥特小说家，著有《奥特兰多城堡》等。

2 托马斯·格雷：18世纪英国著名墓园派诗人。

3 拉罗什富科：17世纪与塞维涅夫人同时代的法国作家，以其《箴言集》闻名于世。

4 拉法耶特夫人：17世纪与塞维涅夫人同时代的法国女作家，以其小说《克莱芙王妃》闻名于世。

5 弗拉维奥·约瑟福斯：公元1世纪犹太史学家，其《犹太上古史》是一部颇有争议的名著。

6 帕斯卡尔：17世纪与塞维涅夫人同时代的法国数学家、哲学家，其《沉思录》是一部公认的经典之作。

儿的那种非常不理智的爱。她对女儿的爱,就像一个老年男人折磨他的年轻媳妇,既强烈又病态,常使她蒙羞。有时,她自己也深感愧疚。至于她女儿呢,母亲对她的这种爱使她不胜厌烦、尴尬万分,所以她总是不予理会,因为她担心母亲的行为在她的朋友眼里会显得非常可笑。她总觉得自己和母亲不是同一种人——确实不是,她比她母亲冷静得多、理智得多,不像她母亲那么敏感、那么容易激动。是的,过分的爱使她母亲失去了真实的女儿,只有一个虚假的女儿。是的,她女儿不得不违抗母亲,以维护自己的人格。这样,不可避免地会使天生敏感的塞维涅夫人倍加伤心。

因此,她常常以泪洗面。女儿不爱她了,这太令人痛苦,太令人恐惧,活着还有什么意思!于是,她求之于圣贤,求之于诗人,以寻求安慰。她悲伤地思考着人生的空虚,思考着死亡的到来。与此同时,她又会因为一封信没有及时收到而惴惴不安。过后,她又意识到自己的荒谬,意识到自己会使人厌恶,特别是使女儿厌恶——这是最可怕的。然而,正是在痛哭流涕之后,她内心的活力开始爆发出来,而且越来越强烈、越来越欢快,她越来越敏锐、不可自制地想寻求生活的乐趣,施展她天生善于享受生活的才能。情形仿佛是,她本能地想竭尽全力在各方面补救过往的损失。她抖擞掉身上忧郁的灰尘,和达克维尔夫妇开怀敞谈。于是,种种趣事,诉诸笔端:国王和曼特农夫人近来怎样；查尔斯竟然坠入了爱河；普莱西小姐多么可笑，这傻女人本想用手帕吐唾沫，结果却擦了鼻子。她还说到自己怎样和一个天真的小女孩一起寻开心：她有意和那小东西谈论国王和国家大事、谈论人世间的悲欢离合，听得那小东西一愣一愣，然后两人哈哈大笑。最后，她得到了安慰，还暂时确信女儿仍然爱她，便想让自己放松放松。她坦诚地告诉女儿，世上没有什么比一人独处更使她惬意。她独居乡间，心情特别舒畅。她在晚上独自在树林里走着，为的是躲避前来拜访她的客人。她在树林里沉思默想。她一边听着园丁的唠叨，一边自己种树。她看着一个吉卜赛女郎跳舞，想起女儿也喜欢跳舞，就是没有那个女郎跳得好。

我们这么说，好像我们就活在她的世界里，好像忘记了我们和她隔着一张纸——她活在那张纸后面，我们看到的只是写在纸上的字。但我们能听到她的声音在耳边回响，甚至还能听清楚她说的话——好像在说春天，好像在说乡下的邻居。这时，就像火光一闪，我们突然意识到，我们正在聆听一位健谈家的侃侃而谈。

于是，我们认真地听了。真是令人惊异，她是怎么使我们那么专心致志地听她讲那些事情的？譬如，有个厨师没有及时做好皇家晚宴上的鱼，羞愧之下自杀了；人们是怎样收割牧草和晒牧草的；她的一个仆人总是犯错，她一怒之下把他解雇了,等等——她是怎么把那些事情讲得那么有条有理、那么有板有眼的?她是不是经过了刻苦的练习?好像不是。她是不是经过了反复修改?也不是。她自己总是说,她写信就像平时说话一样随便。她寄出一封信之后,马上就会写第二封。她的书桌上总是放着一张白纸,只要她有空,只要没有别人来打扰——没有仆人来请示,没有客人要招待,没有朋友要会见——她就把那张白纸写满字。看来,她是耳濡目染、无师自通的,因为她的朋友中有聪明机智的拉罗什富科和能说会道的拉法耶特夫人;她还常看拉辛的悲剧,常读蒙田[1]的书、拉伯雷[2]的书和帕斯卡尔的书,说不定还读过许多布道词、听过不少歌谣。她肯定是无意识地领会了许多有用的东西,所以当她拿起笔时,也就无意识地知道许多写作规则和写作技巧。要知道,这位塞维涅夫人——也就是玛丽·德·拉比丹-尚塔尔——生活在这样一个时代,那时各种社会因素正好比较合理地组合在一起,不但没有阻碍,反而有助于个人才能的发挥。她所处的环境有益于她,而非有害于她。没有什么东西严重妨碍她、阻止她,或者压制她,而她所遇到的那一点阻力,又正好能激励她。她对游手好闲的人、虚伪做作的人天生很反感,

---

[1] 蒙田:16世纪法国作家,有《蒙田随笔》传世。
[2] 弗朗索瓦·拉伯雷:16世纪法国作家,有《巨人传》传世。

而且生来就是一个自有主见的批评家。她有自己的评判标准,因而她好像随便说什么都很深刻,又很诙谐——她既不天真,也不冷漠,而是在对事物加以概括、加以评论,但她却又很轻松,从不一本正经。她不仅自有主见、自有标准,还是某种传统的继承人,而这种传统又反过来保护了她,使她无论说什么都不会过分。她在瑞罗齐斯[1]时,总讲到巴黎和宫廷;她在巴黎时,总讲到瑞罗齐斯——讲到那里的静谧、那里的树林、那里的农民;但她讲到的所有事情,不管是欢乐的、炫耀的,还是嘈杂的、显赫的,都只是背景,主题永远是道德与信仰、生存与死亡。不过,有声有色的背景给了她有力的保证,使她永远不会有说教的危险。正因为这样,她才那么津津有味地谈论时事见闻,谈论奇闻趣事。

正因为这样,她才乘着六匹马的大马车到处漫游,从巴黎到布列塔尼,从布列塔尼到法国各地。她一路上不仅有朋友相随,还有熟人殷勤接待。不论到哪里,总有年轻男女前来对她表示爱慕,总有世故老人前来对她表示敬佩——就是她的一个可恶的表兄,也来拍马奉承,以得到她的称赞为荣。各地的名人显贵都希望和她相见,都希望她成为他们中的一员,都希望和她一起觥筹交错、谈古论今。她聪明睿智、见多识广,这使

---

[1] 塞维涅夫人的居住地。

她那个性格软弱的儿子查理也对她肃然起敬,在她患风湿病期间无微不至地照顾她。她虽然取笑他的软弱,但她知道那不是他的错。她是宽容的、坦率的,任何人都没必要对她隐瞒什么。再说,隐瞒也没用,因为她太了解人了——别人的心思,她知道得一清二楚。

正因为这样,她一边漫游,一边写信(每星期写两封)。她的信带着光和热,从法国的这一边寄到那一边。她的十四卷《书简集》所展现的,就是她二十年里的所见所闻和所思所想,读过的人无不觉得她的世界大得几乎无所不包。我们知道,此前几百年,书信文学已在欧洲开辟,后来有许多代人为它倾注过汗水。现在,这片园地终于变得肥沃而长出了花草。只是,那不是奇花异草,不是伟大诗人的伟大诗篇,而是一些衣食富足、和睦相处而又同生共死的男人和女人做出的独特贡献。为什么这么说?因为塞维涅夫人的书信并不是她一个人写的,有许多是她和几个人一起写的。有时,她儿子会为她执笔;有时,修道院院长会为她加上一段,甚至那个天真的小女孩——那个小东西——也壮壮胆子在一封信里说了几句话。所以,在1678年5月,布列塔尼的瑞罗齐斯有好多种声音。鸟儿在叫。皮洛伊[1]在耕种。塞维涅夫人在林中散步。她女儿在普罗旺斯

---

[1] 塞维涅夫人的仆人。

和几个政界要人交谈。不远处，拉罗什富科先生在字斟句酌写箴言，拉法耶特夫人在一旁为他润色；拉辛正在写他的那部悲剧[1]，写完后他们要一起听他朗诵，听完后还要到国王那里去谈谈那个被他们称为"昆托"[2]的女人。各种声音混合在一起。他们在1678年的花园里畅所欲言。但不问，外面的世界怎样了？

1　指拉辛的名剧《费德尔》。
2　费德尔的昵称。

纽卡斯尔公爵夫人

"……我别无所求,只求名声。"纽卡斯尔公爵夫人玛格丽特·卡文迪什曾这样写道。其实,她生前就实现了自己的愿望。她衣着艳丽,但性情古怪;她举止端庄,但言语尖刻,因而生前就赢得了不少大学者的赞赏和不少大人物的呵斥。不过,时到如今,喧嚣声早已散去,她只活在查尔斯·兰姆在她墓碑上写的那几句赞美之词中了。她的诗、她的剧本、她的哲学论文、她的演讲词、她的散文——那些据她说耗尽了她一生心血的对开本和四开本——都在阴暗潮湿的公共图书馆里发霉。就是最有好奇心的学生,因为看到查尔斯·兰姆写的赞美之词而怀着敬畏之心走进她生前所住的那座黑洞洞的楼房,也只是四处张望一下就出来了,还随手砰的一声关上了门。

不过,即便这样的匆匆一瞥,也会使这个学生觉得她是个不寻常的女人。玛格丽特·卡文迪什,生于1624年(据猜测),是家里最小的孩子,父亲叫托马斯·卢卡斯。她还是婴儿时父亲就去世了,是母亲把她一手带大的。她是个非凡的女人——威严、高贵,具有"超时代"的美,但她也"从事房屋租赁、地产买卖、庭院规划、家政管理和其他各种各样的事务"[1]。她在少女时代就赚了一大笔钱,但她没有用来准备嫁妆,而是用在各种各样的玩乐和消遣上了。她认为,"我们的父母如果非常严厉地把我们养大,很可能会使我们从小就养成贪婪狡诈的品性"。他们家的八个儿女从未挨过打,犯了错也只是被教训一番。他们一个个衣着讲究,但不允许和仆人说话,这"不是因为仆人低贱,是因为他们大多缺乏教养、粗俗无知"。他们家的几个女孩子都学会了缝纫、刺绣之类的针线活,不是为了省钱或赚钱,只是为了遵从女性守则。她们的母亲认为,一个女人心灵手巧其实算不了什么,真正重要的是要诚实、要体贴、要有幸福感。

　　由于母亲对子女很宽容,玛格丽特有她自己的特殊爱好。她不喜欢针线活,喜欢读书,但和读书相比,她更喜欢在穿着打扮上标新立异,而她最喜欢的,是写作。她的十六本没有题目的平装书都用松散的书信形式写成,因为她的思考速度快于书写速度——当然,这也充分体现了她的洒脱。家庭氛围很宽松,一家人互敬互爱、和谐幸福。她还特别提到,他们兄弟姐妹"个个都形体优美、皮肤光洁、头发浓密、牙齿整齐、嗓

---

[1] 此文中未注明的引文均引自纽卡斯尔公爵夫人的著述。下同。

音悦耳、乐观开朗"；就是到后来结了婚，兄弟姐妹们仍有很长一段时间住在家里，相聚一堂。有陌生人来，他们都彬彬有礼，但当他们聚在一起时，无论是到长春园还是到海德公园去散步，无论是去听音乐会还是在游艇上品茶，他们都无拘无束、无忧无虑、无所不谈，"无论对什么事都以自己认为合适的方式予以评论、予以认同、予以称赞，或予以谴责"。

轻松愉快的家庭生活对玛格丽特的性格形成当然大有影响。她在少女时代就会一连几小时一边散步，一边沉思默想，思考着"自己头脑中出现的各种想法"。她对任何体育活动都不感兴趣。任何玩具都不会使她喜欢。她既不想学外语，也不想和其他女孩一样穿着打扮。她最大的乐趣是和别人穿戴得不一样，别人当然不会模仿她。"因为，"她说，"我总是穿戴得特别异常，就是穿平常的服饰，我也要别出心裁。"

这样一种既安宁又宽松的环境理应培养出一个饱读诗书、性格孤傲的女才子。这个女才子理应写出一部大作或者译出一部古希腊名作，从而使我们至今还时常可以用来证明我们的女前辈多么有才华。然而，玛格丽特的性格却有任性的一面。她不仅喜欢奇装异服、喜欢奢侈铺张，还喜欢出风头，这就打乱了一般规律。当她听说内战[1]爆发使王后的侍女少了许

---

[1] 指17世纪英国的清教革命。

多的消息后,就"渴望"到宫中去做王后的侍女。家里人知道,她从未离开过家,甚至没有离开过他们的视线;他们当然有理由认为她不可能做得好王宫里的事。然而,在一片反对声中,她母亲竟然同意了。"我确实做得不好,"她后来坦言,"因为我一离开母亲和兄弟姐妹就胆怯……不敢正眼看人,不敢说话,不会交际,别人都认为我是天生的笨蛋。"侍臣们对她的取笑,她当然不会买账,常常反唇相讥。然而,人难免会吹毛求疵,尤其是男人,总是贬低女人的智力,认为女人都很笨,弄得女人自己也怀疑自己是不是真的很笨。其实,她完全有理由自问,有哪个女人像她这样一边散步一边思考事物的本质,思考蜗牛为什么没有长牙齿。但不管怎样,别人的取笑使她心烦意乱。她恳请母亲让她回家,但被拒绝——事实证明,她母亲是明智的。她不得不在宫里又待了两年,后来又随王后去了巴黎[1]。在巴黎,前来觐见的英国流亡者中有位纽卡斯尔公爵——这位王侯般的贵族,对军事一窍不通,却令人震惊地凭一腔热血率军出征,结果把国王的军队悉数葬送。现在,他又出人意外地爱上了王后身边这个文静羞怯、穿着怪异的侍女。"这不是情欲之爱,而是真诚、高尚的爱。"她这么认为。确实,她并不光彩照人,而且还出了名的拘谨和怪异。那么,这样一位显贵又为什么会拜倒在她的石榴裙下?旁观者无

---

[1] 当时的英国国王詹姆斯二世因内战而流亡法国,王后和宫廷大臣随行。

不觉得奇怪、觉得可笑,甚至可鄙。"恐怕,"她在给他的信中说,"别人都料定我们会不幸,但我们自己并不这样认为,不然的话,要解开我们之间的情感之结就不会这么难了。"她还写道:"圣吉曼斯是个充斥着恶意诽谤的地方,说我给你写信写得太多了。""请考虑一下,"她甚至警告他,"我有不少敌人。"然而,他们的婚姻显然很美满。这位公爵不仅喜爱诗歌、音乐和戏剧,还对哲学深感兴趣,而且相信"万物的起因是不可知的"。因而,他性情浪漫、慷慨大方,自然而然就为这样一个女人所吸引:她不仅会写诗,还和他具有同样的哲学思想;她不仅对他怀有志同道合者的仰慕之情,还对他的眷顾和垂怜抱有感激之意。"确实,"她写道,"他有那种被许多人鄙视的柔情……我虽然惧怕婚姻,虽然尽可能地避免和男人接触,但是,我……没法拒绝他。"她伴随他度过了漫长的流亡岁月;她满怀同情地——而非饶有兴趣地——分享他的驯马热情,欣赏他的驯马技能,而他也确实善于驯马——经他训练出来的马,连西班牙人看了也连连画十字,惊呼"不可思议"。她甚至相信,那些马也会在他来到马厩时"踏蹄踢腿"对他表示敬意。在摄政期间[1],她支持他在英国的事业[2]。王政复辟[3]后,他

---

1 即克伦威尔作为"护国公"执政期间。
2 即从事反对克伦威尔统治的活动。
3 即1660年英国议会迎回詹姆斯二世的儿子查尔斯二世担任国王。

们回到英国，心满意足地住在最偏僻的乡间，随心所欲地写诗、写剧本，兴高采烈地庆贺大作完成。毫无疑问，他们还一起探讨他们时而观察到的自然奇观。他们的同时代人依然取笑他们，霍勒斯·华尔浦尔还恶毒攻击他们。但是，他们真的很幸福、很快活。

此时，玛格丽特已不间断地从事写作，同时为自己设计时装，为仆人设计制服。她越来越信手写来，写出来的东西越来越让人看不懂。但她却能使奇迹发生，不仅让她的剧本在伦敦上演，还让她的哲学论著使学者也毕恭毕敬地捧读。她的书充满一种骚乱的、扭曲的活力，一卷又一卷地出现在大英博物馆图书馆的书架上。她对论述观点时的条理性、持续性和逻辑性一无所知，但她不顾一切大胆写来，而且一如既往。她像孩子一样任性，却又有公爵夫人的威严。她的脑子里时不时会出现一些不切实际的幻想，但她也时不时会随意把它们弃之一边。我们仿佛听到她激动地呼叫隔壁房间里的约翰[1]快拿笔来："约翰！约翰！快来！我想到了！"但接着，她想到的东西又顿时不见了——不管怎样，不管是理智的还是不理智的，反正她有许多稀奇古怪的想法。譬如，关于女人，她写道："女人活得就像蝙蝠或者猫头鹰，就像牲畜一样劳苦，就像虫子一样死

---

[1] 约翰：纽卡斯尔公爵夫人的管家。

去。……最有头脑的女人就是最有教养的女人。"譬如,她在下午一个人散步时会突发奇想:为什么"猪会生囊虫病"?为什么"狗兴奋时会摇尾巴"?天上的星星到底是什么东西?女佣放在房间角落里的那个蝶蛹到底是什么东西?她就这样不停地想来想去,从这个想到那个,从不停下来仔细想想——"因为提出问题比思考问题更有意思"。她自言自语道,同时把她满脑子的怪想法——关于战争、关于寄宿学校、关于伐木、关于语法与道德、关于英国人与怪物、关于吸食少量鸦片是否对经神病人有益、关于音乐家为什么容易发疯——统统都说出来,而且乐此不疲。她还仰起头望着天空,神情严肃地问:构成月球的是哪种物质?星球是不是由发光的胶状物构成的?她还望着大海问:海里的鱼是否知道海水是咸的?人的头脑里有没有一个对上帝来说也很珍贵的小精灵?如果有的话,那么会不会驶来一艘船,上面有另一个小精灵?总之,"人类生活在一片混沌中",她想道,并为此想得出神。

她的每一部大作在他们那座豪华的隐居庄园韦尔贝克问世后,书报审查官都会例行公事般地提出异议。对此,她会在每一部大作的前言中予以回应,但方式不同,有的是解释、有的是嘲讽、有的是反驳。除了这些,有人还说她的书不是她写的,因为她使用了她不可能知道的术语,"写了许多她不可能懂的东西"。对此,她急忙求助于丈夫。她丈夫以特有的方式回应称,"除了她兄弟和我",公爵夫人"从未和任何专家学者有过接触"。当然,公爵本人的学识是不同寻常的:"我在这人世间已经活了很久,我自己思考的东西远远多于我和博学者交谈所获得的东西,因为我从不盲从专家权威的学说,从不接受未经我自己思考过的观点。"这之后,公爵夫人又拿起笔来以孩子般的执拗和任性大胆写到,她敢向世人保证,她所写的一切都是她的原创,都出自她自己的天才头脑。她说她曾会见过笛卡尔[1]和霍布斯[2],但并没有请教过他们哲学问题;她说她确实曾想宴请霍布斯,但他没有来;她说她对别人说什么是从来不太注意的;她说她在法国住了五年,但一句法语也听不懂;她说她只读过斯坦利先生写的哲学家传记;笛卡尔的书她只读过他的《圣徒受难记》,而且只读了一半;霍布斯的书她只读过"那本叫《公民》的小册子"——她说,所有这一切都表明,她写那么多书都应归功于她天生的聪明才智,因为她足够聪明,别人想给她点什么教诲只会使她痛苦;她也足够能干,别人想给她点什么帮助只会使她难堪。她说她是完全在原始的土地上、在她知道不曾有人耕种过的原野上耕种,意在建立一个独一无二的哲学体系。只是,结果并不十分理想。在这样巨

---

[1] 勒内·笛卡尔:17世纪法国哲学家,欧洲理性主义哲学奠基人之一。
[2] 托马斯·霍布斯:17世纪英国哲学家,英伦经验主义哲学奠基人之一。

大的压力下,她的天赋、她的大胆到狂放的想象力似乎受到了极大的伤害。她年轻时曾以丰富的想象力写过赞美麦布女王[1]的诗篇:"麦布女王的宫殿建在蜗牛壳里,/ 彩虹当作帷幕轻盈而又神奇。"而如今,她的想象力开始退化了、扭曲了、做作了,竟然写出这样糟糕的诗句:"人的头可以比作一个城镇:/ 嘴里塞进食物就如集市开张,/ 嘴里咽下食物就如集市收场。"更糟糕的是,她没有多少戏剧天赋,却偏要去写剧本,好像这容易得很,而她写的剧本,只是把她头脑中各种杂七杂八的观念人格化,取名为"金钱先生""卑贱女人""哈巴狗先生"等等;然后,她让这些"人物"没完没了地争论,争论诸如灵魂的要素是什么、道德是不是比财富更重要、某某夫人是聪明还是博学之类的问题;最后,她用长篇累牍的老生常谈回答这些问题,还自以为匡正了世人的谬误。

好在,这位公爵夫人有时会出门访友。届时,她会穿上长裙,戴好首饰,以恰当的身份去拜访邻近的绅士。访友时的所见所闻,随即就会出现在她笔下;譬如,C. R.夫人竟然"在众人面前打她的丈夫";F. O.爵士"令人遗憾地自贬身价,竟然娶了一个厨娘为妻";"P. I.小姐成了圣洁的化身、仙女的姐妹,她不再卷发,讨厌黑色衣裙,自豪地穿着系带子的鞋子或

---

[1] 传说中的仙女。

高帮鞋,还问我:祈祷时用哪种姿势最好?"她给这位小姐的回答不可能有人会听,而她说到那些"搬弄是非"的人时总是说:"我再也不会轻易到那里去了。"——恕我冒昧,她自己也不是受欢迎的客人,更不是好客的主妇。她有"自夸"习惯,往往会吓跑客人,而她见客人要走也不会挽留。在她看来,世界上最好的地方就是她的韦尔贝克庄园,世界上最好的丈夫就是她那位体贴的公爵大人——他不仅乐意带着她的剧本和她的想法到处找人上演,还很乐意帮她澄清别人的指控。因为她虽然举止优雅,但可能是因为孤独的缘故,常常会出言伤人,以至于埃格顿·勃莱吉斯爵士也很恼火,抱怨说"像她这样出自宫廷的女人,应当知晓自己的身份,怎么能说出那么粗俗难听的话"。他可能忘了,这个不寻常的女人已经离开王宫很久了。她现在主要和她脑子里的小精灵为伍,因为她的朋友大多死了。所以,她语言粗俗也是情有可原的。她的哲学固然无用、她的剧本固然差劲儿、她的诗歌固然蹩脚,但是她的生活还是充满真情、富有活力的。人们情不自禁会在她的书里寻找她那种变化无常,但又不无可爱之处的人格魅力。她是狂乱的、浮躁的,但又是高尚的、无畏的。她性格直率、思路敏捷,真心关切人性中的情与理。她像她脑子里的小精灵一样任性,但也有一种超凡的洒脱精神。尽管"他们"——那些可怕的批评家——无情地嘲笑她,但我们知道,批评家大凡不会关心茫茫宇宙有多么神奇，也不会关心一只被抓的兔子有多么痛苦，更不会像她那样渴望和莎士比亚笔下的人物或"弄臣"秘密交谈。总之，批评家无论如何不会对她微笑。

不过，他们终究还是笑了。因为有消息说，这位性情古怪的公爵夫人从韦尔贝克到伦敦来觐见陛下，市民们都涌向街头去看她，连佩皮斯[1]先生也好奇地去了两次。不过，人实在太多了，他只是远远地看到她乘坐的那辆银白色马车，从拉开的车窗帘中间隐约看见"一个容貌端庄的女人"，穿着紫罗兰色的衣裙，戴着紫罗兰色的帽子；马车周围簇拥着她的侍从。马车一路前行，大群大群的伦敦人站在路边，一个个睁大眼睛，争先恐后地想看一眼这位具有传奇色彩的公爵夫人。可以想象，她此时的样子就像她挂在韦尔贝克的一幅肖像中一样，眼神忧郁、姿势优雅，一双纤细的手放在膝上，镇静而自信地享受着自己不寻常的名声。

---

1 塞缪尔·佩皮斯：17世纪英国内阁大臣，以其《日记》闻名于世。此处所写，即根据他的《日记》。

玛丽·沃斯通克拉夫特[*]

很奇怪，大事件对人的影响总是有大有小。法国大革命影响了有些人，从此改变了他们的生活，但对另一些人，却几乎没有什么影响。据说，简·奥斯汀从未提起过法国大革命，查尔斯·兰姆也是置若罔闻，"花花公子"布卢梅尔[1]更是没把它放在心上。但是，对华兹华斯和威廉·葛德文[2]来说，法国大革命就如旭日东升，分明使他们看到"法兰西屹立在金色时光之巅，/ 人类的灵魂将因此而焕然一新"。不过，善于使用修辞法的历史学家很容易使用这样一种形象鲜明的对比：一边是切斯特菲尔德街[3]上的那个布卢梅尔，他的下巴之长简直要触到

---

* 玛丽·沃斯通克拉夫特：18世纪英国女作家、女政论家、英国女权运动先驱，出身贵族，嫁与威廉·葛德文，生第二个女儿玛丽时因产后感染而去世，年仅三十八岁（其女玛丽·葛德文后嫁诗人雪莱，即雪莱夫人玛丽·雪莱）。

1　布卢梅尔：19世纪初伦敦时尚界名流、摄政王乔治四世的密友，人称"花花公子"。
2　威廉·葛德文：19世纪初英国哲学家、政论家、小说家。
3　伦敦的一条商业大街。

脖子上的领结，他正在字斟句酌、有腔有调地谈论着大衣外翻领应该怎样裁剪；另一边是索默斯城里正在聚会的一群衣衫不整的年轻人，其中一个大脑袋、长鼻子的年轻先生像他每天在喝茶时一样，兴奋地谈论着人类的道义、人类的理想和人类的平等权利。就在这里，还有一个目光炯炯、能说会道的女人，那些年轻人——他们不是姓巴罗、霍尔克罗夫特，就是姓葛德文，反正都是平民姓氏——简单地称呼她"沃斯通克拉夫特"，好像她有没有结婚是无所谓的[1]，好像她和他们一样是男人。

同样是知识阶层的人，譬如查尔斯·兰姆和威廉·葛德文、简·奥斯汀和玛丽·沃斯通克拉夫特，他们对法国大革命的态度竟然那么不同，这显然和他们各自的生活环境有关。如果威廉·葛德文出生在伦敦圣殿法学院区，或者曾在教会学校里研读过古老的教义，他很可能就不会对人类解放、个人权利之类的东西感兴趣了；如果简·奥斯汀年幼时经常在楼梯口看到父亲殴打母亲，她心里一定会仇恨暴君，她的小说一定会充满正义的呼声。

然而，这正是玛丽·沃斯通克拉夫特从小看到的所谓幸福家庭。后来她又看到她妹妹埃弗琳娜因为婚姻不幸而在马车里

---

[1] "沃斯通克拉夫特"是贵族姓氏，如果她未婚，应称"小姐"；如果她已婚，应称"夫人"。此处意为这群年轻人受法国大革命影响，思想很解放。

把结婚戒指咬得粉碎。她还看到她弟弟既懒惰又无能,看到她父亲经营农场赔了本。为了使她那个脾气暴烈、名声很坏的红脸父亲有钱重整家业,她还不得不到有钱人家去当家庭教师。总之,她从小就不知道什么叫幸福。正因为这样,她从小就对充满苦难的人生抱有这样一个信念,那就是:万事要靠自己。她说:"别人施予我们的每一种恩惠都是一种枷锁,都会限制我们的自由,败坏我们的心灵。"所以,女人必须要独立,必须要有充沛的精力和实现自身愿望的勇气,而不是什么优雅迷人的风姿。她还不无自豪地说:"凡是我决定要做的事情,我从来不会半途而废。"她确实有理由这么说。她三十多岁时就已经做过许多不顾别人反对执意要做的事情。她曾想方设法帮她的朋友范妮租房独住,可惜范妮后来改变了主意,不敢那么做了。她曾办过一所学校。她曾劝说范妮和斯凯先生结婚。她曾抛开学校里的事,孤身前往里斯本去照料病危的范妮。她曾在回来的途中迫使船长救援一艘遇难的法国船——她对那个船长说,如果他见死不救,她就去告发他。她曾热烈地爱上福瑟里[1],公开表示要和他生活在一起,但因为他妻子不同意离婚而不得不忍痛离开。于是,她果断决定,前往巴黎,以写作为生。

---

1 亨利·福瑟里:18世纪瑞士画家,1764年起定居伦敦,玛丽·沃斯通克拉夫特认识他时二十多岁,他已四十多岁。

所以，对她来说，大革命不仅仅发生在法国，还发生在她全身的血管中。她一生都在叛逆——叛逆暴君、叛逆法律、叛逆习俗；她身上翻腾着革命者的热血，心中充满了爱和恨。法国大革命的爆发证实了她深信不疑的那些观念。就在那火红的革命年代，她挥笔写了两部雄辩滔滔的论著——《答伯克》和《为女权一辩》。这两部论著中所论述的观点之正确，今天看来似乎理所当然，已经毫无新意——是的，当年大胆、新颖、独特的观点，今天已成了我们的常识。然而，当年她独自居在巴黎的一幢楼房中时，曾亲眼看见她一向憎恶的国王被国民卫队押往刑场途中经过她窗前，而且出乎她意料，国王看上去依然那么有尊严，于是"不知什么缘故"，她的眼睛有点湿了。"那天上床睡觉，"她在那封信中最后说，"我平生第一次没有吹灭蜡烛。"人的感情毕竟不是那么简单的。她自己都不明白为什么会这样。她既看到自己所珍视的信念被人实施，却又不免感伤；她既赢得了名声、赢得了独立、赢得了自主生活的权利，却又另有所盼。她在那封信中说："我不想被人当作女神，只想成为你生活中不可少的人。"那封信的收信人是伊姆利，一个颇有魅力的美国人，对她很好，她真心而热烈地爱着他，而且坚信，爱情必须是自由的、"相互的，因为爱情意味着婚姻，一旦爱情死亡——如果爱情会死亡的话——婚姻也就不该维持下去"。然而，她在强调自由的同时，又渴望安宁。"我喜欢'喜欢'一词,"她写道,"因为这个词有一种平和安宁的意味。"

所有这些内心的矛盾,都在她的脸上表现出来。她脸上有一种既坚毅又困惑、既和蔼又机敏的表情,加上她长得好看,大大的眼睛、浓密的长发,所以骚塞[1]认为她是他见过的最有吸引力的女人。这样的女人注定要生活在是是非非中。她不断提出指导人生的理论,不断遭到习俗成见的阻击。然而,她不是书呆子,也不是冷血理论家——她时不时会冒出新的想法,致使她一而再、再而三地把自己的理论推倒再重建、重建了再推倒。按她的理论,她认为伊姆利可以和她同居,但没有权利要求她和他结婚。然而,当伊姆利抛下她和他们的孩子一连几星期不回来时,她又痛苦得简直无法忍受。

她为何这样意乱情迷,连她自己也难以理解,因而也就不能抱怨凡夫俗子伊姆利薄情,说他的思想境界不及她,因为她自己也有时而理智、时而不理智的情绪变化。所以,连一些不偏不倚的朋友也时常为她的自相矛盾感到困惑。譬如,她平时非常喜欢观赏自然景色,但有一天黄昏,天空中五彩缤纷,玛德琳·施威泽夫人情不自禁地喊她:"玛丽,快来看!这景色多么奇妙!这天上的云彩多么好看!"但她却没有理睬,因为她

---

[1] 罗伯特·骚塞:19世纪初英国桂冠诗人。

此时正目不转睛地看着德·瓦尔佐根男爵。"我得承认,"施威泽夫人后来写道,"她这种对性爱的痴迷给了我很不好的印象,我顿时觉得非常扫兴。"这位多情的瑞士夫人也觉得她太多情,就如那个精明的伊姆利也觉得她太精明。他每次见到她都会被她迷住,但随后又会被她的机智敏锐和执着的理想主义弄得垂头丧气。他找个借口,她马上看透;他找个理由,她马上反驳;她甚至对他在生意场上的事情也了如指掌。和她在一起,他总是惶惶不安、不知所措——没办法,他只好再次逃离。但她的信又马上会追来,又以她的真知灼见教训他一通。那些信写得很坦率,不仅会热切请求他对她说真话,还会讥笑他的肥皂生意和明矾生意、讥笑他的财产和他的舒适生活,而且总是再三强调,只要他表明态度,她就"再也不会打扰了"——他当然不想那样,但又觉得这样实在受不了。他本来只想钓一条鱼,没想到钓到的是一只海豚,反被它拖进了水里淹得上气不接下气,只想快点爬上岸去。他其实也是有点学识的,但毕竟是个靠做肥皂和明矾生意为业的商人。"要说生活有什么乐趣,"他承认说,"在我看来就是必要的享受。"只是,其中有一种享受一直没能被她那双妒忌的眼睛看清楚。他为什么要再三离开她?是因为生意?是因为政治?还是因为别的女人?她觉得他总是犹豫不决,总是见面时很高兴,但没多久又要走。这是为什么?她终于起了疑心,终于从厨师嘴里逼问出了实情。她伤心得几近发疯,因为她得知某个巡回剧团里的一个年轻姑娘是伊姆利的情人。她表现出了她一贯的坚定果断的作风,穿上浸湿的衣裙,确保在水里会迅速下沉,然后从帕特尼桥上跳了下去。当然,她被人救了起来。不仅如此,经过一阵难以形容的痛苦之后,她的"不可征服的伟大心灵"康复了,她又开始满怀她少女时代的独立信念。她再次决定,靠自己争取幸福,靠自己养活自己和女儿,拒绝伊姆利的任何帮助。

正在此时,她再次遇到葛德文,那个矮个子、大脑袋的男人。当初他们在索默斯城认识时,那里的年轻人认为法国大革命将催生一个新世界。我说她"再次遇到"葛德文,因为我还有点不好意思直说——实际上,是她主动上门去找他的。这是不是受了法国大革命的影响?是不是她看到过街头的血战,听到过愤怒的呼声,现在觉得以何种方式和一个男人相见——是坐在西佐德街的住所里等他上门呢,还是披上斗篷到索默斯城去找他——都已经无所谓了?那么,又是怎样一种不寻常的生活经历,造就了这样一个不寻常的男人?他是渺小与伟大、冷漠与热情的奇特混合体——因为没有奇特而深切的内心感受,他是写不出那部关于他妻子的回忆录的。他不仅认为他妻子所做的一切都是对的,而且还非常佩服她的勇气,因为她敢于把所有束缚女性的陈规习俗统统踩在脚下。不过,他对许多问题——尤其是对两性关系问题——都有自己的独到见解。他认为男女之间的情爱应该受理性的约束,但他又认为男女之间的关系应该以感情为主导。他说:"婚姻是一种制度,一种最坏的制度……婚姻是一种财产关系,一种最坏的财产关系。"他相信,只要男女之间有感情,完全不必非要住在一起不可,也许分开住在同一条街上的相距二十来个门户的两幢楼里更好一点——因为住在一起朝夕相处,反而会使爱情磨损。不仅如此,他还认为,就是别的男人喜欢你妻子,"那也不成什么问题。我们可以共享她的言谈,而且我们有足够的智慧把肉体关系看作区区小事而不包括在内"。不错,当他写这些的时候,他还不曾恋爱过,而此时,他最初尝到了爱情的滋味。这爱情来得很平静、很自然,由于他们在索默斯城的多次交谈,由于他们无视习俗,单独在他的住处谈论天下大事,"两人心里同时培养出了感情"。"由友谊渐渐变成的爱情……"他写道,"当按常理要相互表白时,两人都发现已不必表白了。"毫无疑问,他们在那些最根本的问题上是观点一致的。譬如,他们都认为举行婚礼对他们来说是不必要的。他们一直分开居住。但是,大自然再次干预,她发现自己怀孕了。于是,她想,为了一种观点而失去亲爱的朋友们[1],值得吗?她觉得不值。于是,他们举行了婚礼。那么,还有一种观点,即夫妻最

---

[1] 在当时,未婚先孕仍是一般人不能接受的。

好分开居住,难道不和她新近对他的感情相矛盾吗?"丈夫是家里的一件有用的家具。"她写道。她还发现自己其实很喜欢家庭生活。既然如此,为什么不修正一下观点搬到一起住呢?葛德文可以在附近另找房子做工作室,只要愿意,他们也可以各自用餐——当然,他们各有各的工作,各有各的朋友。这样说定后,他们就这样做了,而且很顺利。因为这样做"既有会友访客的新鲜感,又有家庭生活的温馨感"。她承认她很幸福,葛德文也坦陈"一个长期沉溺于哲学思考的人发现有人关心他的个人生活,真是莫大的幸福"。尤其是她,好像全身心都得到了解放,精力充沛、心情愉快。一些平常小事——譬如,看着葛德文和伊姆利的孩子一起玩,想到他们的孩子即将出生、一家人到乡间去游玩——也使她有一种妙不可言的愉悦感。一天,她在街上碰到伊姆利,毫无怨恨地和他打了招呼。葛德文写道:"我们的幸福是平静的幸福,是充满自我满足的天堂。"不过,就如她一生都在实验,这也是一种实验,为的是尝试何种生活方式最符合人性的需要。再说,他们的婚姻生活才刚刚开始,各种事情会相继而来。她要生孩子了。她想写一本名为《女人之苦》的书。她想改革教育。她想生下孩子后就下楼用晚餐。为她接生的是一个助产婆,不是产科医生——这成了她最后的实验。她死于产后感染。生的欲望在她身上那么强烈,以致到了生命的最后一刻,她仍然心有不服地说:"想到死，想到世上没有我，那是我无法接受的。不，我觉得我不应该死，那是不可能的！"然而，就是这样一个女人，她死了，在三十六岁的时候。不过，命运没有亏待她——要知道，在她下葬后至今一百三十多年间，有千百万人死去并被人遗忘，而她无疑获得了某种形式的永生，因为我们至今还在读她的书，在思考她的观点和她的实验，尤其是当我们想到她和葛德文的关系时，我们无不赞叹她那么坦荡、那么热忱地领悟了生活的真谛。她依然活着，活生生地活着——她在论争，她在实验。在今天活着的人中间，我们依然能听到她的声音，看到她的身影。

简·奥斯汀

如果卡桑德拉·奥斯汀小姐[1]再狠心一点的话，那么简·奥斯汀写的东西，除了她的几本小说，恐怕什么都没有了。因为简·奥斯汀只对她姐姐一个人推心置腹，只有在给她姐姐的信中她才谈及自己的想法，谈及（如果传闻属实的话）她一生中唯一的一次精神挫折[2]。但是，随着年纪越来越大，她妹妹的名气越来越大，卡桑德拉越来越担心有人会来寻根问底、研究者会胡乱猜想，所以，有一天，她狠狠心把她妹妹写的有可能使这些人感兴趣的东西都烧了，只留下一些在她看来平常琐碎、无关紧要的信件。

所以，我们现在对简·奥斯汀的了解，仅限于她的几本书和几封信，还有就是她的亲戚朋友对她的议论。不过，不

---

1 卡桑德拉·奥斯汀：简·奥斯汀的姐姐，也是她最亲密的朋友，两人都未结婚。
2 即简·奥斯汀的一次失败的恋爱。

要轻视这些流传至今的零星议论——只要把它们稍加整理，对我们还是很有用的。譬如，小费拉德尔菲亚·奥斯汀说她堂姐简·奥斯汀"一点也不漂亮，脾气古怪，不像十二岁的女孩……她怪里怪气的，还喜欢装模作样"；还有奥斯汀姐妹从小就认识的米特福太太，说简·奥斯汀是她印象中"最漂亮、最傻气、最做作、最忙着找对象的轻浮丫头"；还有米特福小姐的某个不知名的朋友——"她到简·奥斯汀那儿做客，说简·奥斯汀是个古板至极、拘谨至极、沉默寡言的'老姑娘'，要不是《傲慢与偏见》表明她僵硬的躯体里有一颗那么珍贵的明珠，她这个人就像一根拨火棍或者一块防火板，根本不会被人注意……"这个好女人还说："现在大不一样了，可她还是一根拨火棍——只不过，她是个人人都有点怕的怪人……一个不声不响专写别人的女才子，当然叫人有点怕！"还有简·奥斯汀的家里人——这一家人都不喜欢张扬，不过，据说她的几个哥哥"都很喜欢她，以她为荣，因为她有才气，良心又好，行为举止也讨人喜欢。后来，他们都希望自己的女儿或者侄女在哪一点能像他们亲爱的妹妹简一样——不过，能和她相比的人，恐怕世上很少有"。总之，她性格可爱、脾气古怪；家人喜欢、外人害怕；言语尖刻、心地善良——这些截然相反的特点在她身上同时存在而且并不矛盾。凡是读过她的小说的人都感觉到，小说中最难把握的就是这位女作家本人的复杂性格。

先来看看，就是这个如小费拉德尔菲亚·奥斯汀所说的"脾气古怪""喜欢装模作样""不像十二岁的女孩"，不久写了一个确实不像孩子写的故事集，称为《爱情与友谊》[1]——说来令人吃惊，这是她十五岁时写的。这个故事集显然是为了逗乐家里人而写，其中有一个故事还一本正经地题献给她的哥哥，还有一个故事由她姐姐挥笔画了几幅水彩画作为插图。毫无疑问，这些故事只在家人中间传阅，故事中所讽刺的也是奥斯汀一家最喜欢嘲笑的贵夫人和娇小姐，因为她们动不动就会"唉声叹气，然后一头晕倒在沙发上"。

可想而知，兄弟姐妹们一定是一边哈哈大笑，一边听她朗读她的故事，嘲讽那些人的怪模怪样，譬如："奥古斯特死了，我伤心死了。真不幸啊，我晕倒了，真要了我的命。""亲爱的劳拉，你千万不要晕倒……你还是发疯的好，发几次疯随你便，就是不要晕倒……"她就这样信笔写来，能写多快就写多快，甚至都不注意单词的正确拼写；她讲述劳拉和索菲亚的故事、费兰德尔和古斯塔夫的故事；讲述每隔一天就要驾着马车在爱丁堡和斯特灵两地来回跑一趟的有位绅士的故事，还有放在抽屉里的钱款被偷的故事，以及一对母子扮演了《麦克白》

---

[1] 简·奥斯汀从十二岁到二十岁期间写了一些剧本、诗歌、小说，抄在三个笔记本里，《爱情与友谊》是第二本里的一个故事集。

一剧中的角色后遇到一系列怪事的故事。毫无疑问,这些故事曾使奥斯汀一家开怀大笑,但另一个事实也很清楚,那就是这个十五岁的小女孩在起居室的角落里所写的这些东西,不仅为了让家人看看、为了博得兄弟姐妹一笑而写,不仅为某些人而写,也为人人而写,不仅为她那个时代而写,也为我们这个时代而写——换言之,简·奥斯汀在少女时代就从事写作了。这从她的《爱情与友谊》一书中即可看出,她不仅善于遣词造句,而且写得有条有理,譬如"她是个畏畏缩缩、唯唯诺诺的年轻姑娘,对这种人我们很难说讨厌——只能说有点藐视"。写出这种句子,当然不仅仅为了在圣诞节里说说笑话而已。《爱情与友谊》写得轻松活泼、妙趣横生,无拘无束到了近似闹剧,但从头到尾都响彻一种声音,一种清晰可辨的声音。什么声音?笑声,一个十五岁的女孩从起居室的角落里发出的笑声——她在嘲笑世人。

十五岁的女孩总喜欢笑。宾尼先生错把盐当糖吃了,她们大笑。汤金斯老太太一屁股坐在猫身上,她们笑死了。但是,不一会儿,她们又会呜呜地哭。她们还没有固定的处世态度,还不知道人性中的有些东西只能一笑了之;她们还不知道男人女人都有怪脾气,你不必当真,嘲笑一番就可以了;她们还不知道格雷维尔夫为什么遭人白眼,可怜的玛丽亚为何被人奚落[1],虽然这是舞厅里常有的事。但是,简·奥斯汀好像从小就知道这是为什么,好像她刚出生就有仙女把她带出摇篮去遨游过世界。等她回到摇篮里,她不仅已经知道世界是什么样的,而且知道自己将怎样度过一生,知道什么是她必须坚守的,什么是她不必寻求的。所以,到了十五岁,她就对别人很少抱有幻想,对自己更是一点幻想也没有。她这时写的东西不仅已经相当精致优美,而且已经很有眼光,不仅仅着眼于她所在的那个教区,而且着眼于全人类。说来不可思议,她写作时好像从来不受自身情感的影响。就在这本书里,她出色地写出了格雷维尔夫的一段看不起穷人的傲慢言论,尽管她对这种言论肯定心怀不满,但我们却一点也看不出这段言论是穷牧师的女儿简·奥斯汀写的。还有,她的目光只盯着她的对象,而我们也清楚地知道她的对象所具有的普遍意义和人性价值。我们之所以清楚地知道,是因为她始终遵守自己的决定,从不超越自己所定的范围。即使在十五岁这种感情脆弱的年龄,她也没有错过她应该写的东西,也没有一时同情而减弱讽刺的尖刻,更没有让主观抒情模糊事物的真相。她好像用一根指挥棒指点着自己说,同情与抒情只能到此为止,不能过分。就是月光、山峰、城堡,也不在她的范围之内。她还写过一部传奇,写的是

---

[1] 格雷维尔夫和玛丽亚均为《爱情与友谊》中的人物。

苏格兰女王[1]的故事。她确实很同情这位女王，称她是"绝对一流的人物，一位令人感慨万千的女王"。不过，她对这位女王的同情也仅此而已，最后还说了句笑话："她那时还有一位挚友诺福克公爵[2]，若在今天，她大概只能以韦特克先生、列夫洛伊太太、奈特太太[3]和我为友了。"这里，不妨回想一下勃朗特姐妹后来是怎样称颂威灵顿公爵[4]的，若把她们和她比较一下，一定很有意思。

这个沉默寡言的女孩——也就是米特福太太印象中的"最漂亮、最傻气、最做作、最忙着找对象的轻浮丫头"——渐渐长大后，不知怎么一来，又写了一部名叫《傲慢与偏见》的小说——这部小说是她躲在一扇嘎嘎作响的门背后偷偷写的，搁了好几年没能出版。稍后，据说她又开始写另一部名叫《沃森一家》的小说，但不知为什么，这部小说一直没有写完。不过，出自大作家之手的二流作品也值得关注，因为它们是最好的材料，可以用来和大作家的旷世杰作加以比较。在这部小

---

1 即16世纪苏格兰的玛丽女王，她被推翻后逃到英格兰，被英格兰女王伊丽莎白囚禁，后被处死。
2 诺福克公爵：玛丽女王的密友，欲娶被囚的玛丽女王而被伊丽莎白女王制止，后被处死。
3 韦特克先生、列夫洛伊太太和奈特太太均为奥斯汀家的亲友。
4 威灵顿公爵：18世纪末19世纪初的英国将军，因在滑铁卢打败拿破仑而名声大振。

说的初稿中，比较清楚地显露出来了她在写作上的难点和她为克服这些难点所做的努力。最明显的是，开头几章写得比较生硬、比较粗糙，这表明她属于那种作家，他们总是先写出一个粗略的初稿，然后不断加工和增删，使情节逐渐丰富，并用某种气氛把情节烘托出来。至于他们会用怎样的手法进行怎样的加工和增删，我们当然不会知道，但奇迹总会实现，就是十四年单调的家庭生活也总会被写成一个精妙绝伦、不见凿痕的序幕；而我们虽不知道简·奥斯汀在写最初几页的开场白时是否已经下了很大功夫、做了很多修改，但我们知道，她毕竟不是魔术师——她的小说不是一下子变出来的，而是慢慢地修改出来的。她和其他许多作家一样，必须先营造出一种氛围，然后才能展现出她独特的天赋。她忙碌着，我们等待着。突然，局面打开了，小说情节开始像她想象的那样展开——爱德华兹一家去参加一次舞会，托林生一家的马车也过去了。她还告诉我们"家里人为查理准备了一副手套，要他好好戴着"，汤姆·莫斯格瑞夫带着一大桶牡蛎正躲在一个偏远的角落里独自享受美味。她那富有活力的天赋展现出来了，我们在她的影响下产生了一种奇特的紧张感和期待感。然而，这部小说究竟写了些什么呢？不过是镇上的一次舞会：几对舞伴在客厅里见了面，然后手拉手跳了舞，然后吃了点东西、喝了点酒；最重要的故事情节也不过是有个年轻人既遭到一个姑娘的白眼，又受到另一个姑娘的垂青。没有什么悲剧，也没有什么壮举。然而和表面上的舞会气氛极不相称的是，不知为何，那小小的场景具有深深的吸引力。我们不由得想到，那个在舞会上那么落落大方的爱玛如若遇到人生中的大事，一定会那么真情实意、那么体贴、那么温馨地对待他人——那是必然的，而且仿佛就出现在我们眼前。由此可见，简·奥斯汀其实远比表面上更有人情味。她促使我们把她没有写的东西补充进去。她表面上写的是区区小事，然而她笔下的区区小事隐含着某种东西——它会使读者在内心把区区小事扩展成生活的永恒形态。这里的关键在于人物。当我们看到奥斯本勋爵和汤姆·莫斯格瑞夫直到三点多才来，而玛丽已经把茶盘和刀叉端了进来时，我们很想知道，爱玛究竟会怎么处理？事情很尴尬，那两个少爷向来很自尊、不随和，爱玛弄不好就会被他们视为不懂礼仪的粗俗女人。他们的对话都话里有话，令人听得提心吊胆。我们时而担心事情马上会弄僵，时而担心事情终究会弄僵。所以，到最后，当爱玛一点不辜负我们的期待而沉着自如地化解了尴尬局面时，我们不由得松了口气，仿佛见证了某个重大事件的最终解决。确实，在这部未完成的而且基本上属于二流的小说中，已经具备了简·奥斯汀作为伟大小说家的所有要素，已经具备了足以使她在文学史上产生深远影响的所有特点。小说中除了那些生动而热闹的场景描写，还有精微而准确的人物刻画使读者久久难忘。即使把人物也撇开，小说中还有舞会本身可供读者从纯艺术的角度细细品味——如微妙的情绪变化、巧妙的舞伴搭配——总之，可以把舞会从小说的故事情节中提取出来，像欣赏诗歌一样欣赏。

在人们的议论中，总说简·奥斯汀是个"人人都有点怕的怪人"，拘谨、古板，而且沉默寡言。这在她的作品中也有迹可寻：她文笔辛辣，在整个文学史上也算得上是个地地道道的讽刺家。《沃森一家》开头几章写得很粗糙，表明简·奥斯汀并非多产的天才，也不像艾米莉·勃朗特那样，只要有一道门缝，个人才华便会喷涌而出。简·奥斯汀小心翼翼、兴致勃勃地采集一根根带着尘土的小树枝和秸草，并把它们排列得整整齐齐，然后就用这些东西搭成一张小小的桌子。在乡间，有大户人家，也有小户人家；有茶会和宴会，也有即兴的野餐；有靠着富贵的亲戚朋友过上充裕生活的人；有泥泞的小路、溅湿的双脚，也有百无聊赖的阔太太；而支撑这种生活的，就是乡间中上层人家所共有的那些信条、地位和教养。在这样的生活中，既没有重大的罪恶，也没有无畏的冒险，甚至没有什么激情；而简·奥斯汀所面对的，正是这种平凡、琐碎的生活。她从不回避什么，也不曾有忽略的地方。她耐心、准确地叙述着那里的人怎样"一口气走到纽伯利，在那里大吃一顿，再回来参加宴会，接着又是吃夜宵，这样才总算结束了一天的劳累和欢乐"[1]。对于乡间习俗，她不仅仅是嘴上表示赞赏——不仅接受，而且深信不疑。虽然当她描写像艾德蒙·贝特兰[2]这样一个牧师或者一个水手时，由于他们的职业崇高，她似乎不得不稍稍收敛一下自己爱嘲讽的天性，只能做一番平铺直叙的描述或者泛泛地加以称颂，但这是例外。一般说来，她的态度总让人想起那个不知名的夫人所说的那句话："一个不声不响专写别人的女才子，当然叫人有点怕！"

确实，简·奥斯汀既不想匡正什么错误，也不想消除什么弊端，只是想把人们的嘴脸写出来——这当然很可怕。她写出了一个又一个愚不可及的人、自命不凡的人、俗不可耐的人，如柯林斯先生、瓦尔特·艾略特爵士和班纳特太太等[3]。她用极其辛辣的语言，勾画出他们的形象，并让他们凝固而永存。她从不奢谈慈悲或者宽宥。她写了裘丽亚·贝特兰和玛丽亚·贝特兰这两个人物，没给人留下什么印象，然而那个贝特兰太太却永远"坐在那里，不断喊叫着帕格，不让他到花坛那边去"。对人物的赏罚，她的态度是坚决的，而且很公正，如格兰特博

---

1 引自《曼斯菲尔德庄园》。
2 《曼斯菲尔德庄园》中的人物。
3 柯林斯先生、瓦尔特·艾略特爵士和班纳特太太均为《傲慢与偏见》中的人物。

士[1]，他一开始就喜欢吃嫩鹅肉，结果呢，"由于一星期连赴三次盛宴而中风"。我们有时会觉得，简·奥斯汀笔下的那些人物，似乎生来就是为了让她嘲笑的，而她又将此视为最大的快乐。她对自己的所作所为感到非常满意，所以丝毫也不想改动自己笔下的人物，不想改动那个世界里的一砖一瓦、一草一木，因为她觉得，唯有这样才妙不可言，才有悦人之处。

当然，我们也不想改动它。因为，即便我们出于自尊或者出于义愤而想去匡正一个充满恶意、充满卑劣和愚蠢行为的世界，那也只是一时冲动而已，实际上是根本做不到的。世界本来就是这样——这是十五岁的女孩就知道、成年女人更能加以证实的事情。此时此刻，贝特兰太太仍然在阻止帕格到花坛那边去，仍然不愿意派恰普曼去帮助范妮小姐。简·奥斯汀目光深邃，知道这一切不可改变，所以她的嘲讽也是恰如其分的——这一点，我们很容易忽略——她从不有意暗示我们，好像她要使我们思考并从中领悟到什么似的。她只是让我们觉得好笑，并从中奇妙地感受到一种喜悦。是美感，使她笔下的蠢人也显得光彩夺目。

这种玄妙的才能往往含有诸多极不相同的成分，而只有凭借某种特殊的天分，才有可能把这些成分聚合在一起。简·奥

---

[1] 《曼斯菲尔德庄园》中的人物。

斯汀不仅才智过人，同时还有成熟的判断力。在她笔下，蠢人之所以是蠢人，势利小人之所以是势利小人，就是因为他们偏离了她所认定的精神健全和神智正常的范围——她在使我们发笑的同时，也把这一点明白无误地传达给了我们。没有哪个小说家能像她一样充分利用自己敏锐的感觉来塑造各不相同的人物；然而，她又能以健全的心灵、准确的判断力和严格的道德标准，揭示出种种偏离仁慈、诚实和真挚的现象，而仁慈、诚实和真挚，恰恰是英国文学中最受重视的主题。譬如，当她要写出玛丽·克劳福[1]那种善恶相杂的性格特点时，用的就是这种方法。她让玛丽·克劳福喋喋不休地说她反对男人当牧师，而应该去做一个从男爵，每年有一百镑收入；虽然她谈得滔滔不绝、兴致勃勃，但由于简·奥斯汀时不时地插入一些语气从容、寓意诙谐的评论，玛丽·克劳福的唠唠叨叨便一下子显得既可笑又无聊了。正因为如此，简·奥斯汀的场景描写不仅具有深度和美感，而且往往还很复杂。她通过诸如此类的对比，不仅让人感受到某种艺术美，甚至还给人以庄严之感——像这种手法，应该引起我们的注意，因为它是简·奥斯汀小说艺术的有机组成部分。

在《沃森一家》中，简·奥斯汀同样让我们体会到她的这

---

[1]《曼斯菲尔德庄园》中的人物。

种不寻常的才能。我们不由得感到诧异：小说中那么一件平平常常的事情，为什么会在她笔下显得那么意味深长？在她那些传世杰作里，她的这种天才可说发挥到了炉火纯青的地步。小说里并没有发生什么不寻常的事情，不过是在诺桑普顿郡的某个中午，有个呆头呆脑的小伙子站在楼梯上和一个体态柔弱的姑娘说着话——他们要去赴宴，正上楼去换衣服，使女们从他们身边走过。一切都是那么平常，那么琐碎；然而，他们的谈话却突然变得富有深意了，而这次谈话也将成为他们一生中最难忘的一刻。这样，场景描写一下子有了充实的内容，便开始在我们眼前闪闪发光，顷刻间就把我们吸引住了——它引起一阵骚动，随后又平静下来；接着，有个使女向他们来了；于是，一颗凝聚着幸福的小水珠悄然沉入人生的海洋，成为日常生活潮汐中的一部分。

既然简·奥斯汀独具慧眼，能洞察人们的内心奥秘，那么她选择诸如社交宴集、郊游野餐和乡村舞会之类的日常琐事来写小说，不是一件很自然的事情吗？摄政王，或者说，他的宫廷秘书克拉克先生，曾"建议她改变写作题材"[1]，但她对此不感兴趣。她觉得，不管是浪漫传奇，还是冒险故事；是政界内

---

[1] 摄政王即英国国王乔治三世之子，后继承王位（即乔治四世），他曾指示宫廷秘书写信给简·奥斯汀，要她写历史小说。

幕，还是男女偷情，都比不上她所熟悉的乡间生活，比不上那些发生在楼梯间的小事。摄政王和他的文史秘书，他们竟然想腐蚀一颗不可腐蚀的良心，想干扰一个作家不可干扰的判断力，当然只会遭到断然拒绝。这个作家，当她还是个十五岁的小姑娘时就写出了优美、细腻的文章，而且一生都未停止写作。她为世人写作，从来就没想到过什么摄政王，或者什么文史秘书。她完全明白自己的能力所在，明白自己作为一个对作品持有高标准的作家应该处理怎样的题材。有一些生活内容，不是她所能写的；有一些情感，无论她怎样努力，无论她用什么方法，都不可能给它们披上一件适当的外衣，或者说，找到一种适当的表现形式。譬如，她就没法写一个年轻女子怎样津津乐道地谈论各种锦旗和小教堂。她也没法写出充满浪漫激情的场面，即使拼了命写也不行；所以她总是想方设法不直接描写爱情场面。对于种种自然美景，她也总是以自己特有的方式从侧面接近它们；譬如，当她写到一个美丽的夜晚时，很可能一点也没有写到月亮。尽管如此，当读到她那种简洁明快的景物描写，如读到"晴空无云的明朗夜晚，衬托着黑幽幽的树林"时，我们仍会由衷感到，那夜景就像她的文笔一样"端庄、沉静、秀气"。

　　简·奥斯汀总能使自己保持一种非常奇妙的平衡。在她的作品中，既没有败笔，也没有哪一两章写得不如其他各章。然而，她毕竟四十二岁就死了，正当她才华横溢的时候。一个作家在这样的年纪是最有可能发生变化的，所以作家的晚年往往最值得我们注意。简·奥斯汀性情聪慧，富有想象力和创造力，要是她再活一些年的话，毫无疑问，她是会写出更多、更好的作品来的。

这促使我们深思，她会不会换一种写法？界限是明确的，月光、山峰、城堡都不在她的写作范围之内。但她会不会偶尔打破这一界限？她不是一反往常、兴致勃勃地考虑过要去做一次短途观光旅游吗？

那就让我们来看看她最后完成的一部小说《劝导》，以此推测，如果她再活一些年的话，可能会写出怎样的作品。在《劝导》中，既有一种特别的美感，又有特别的枯燥感。这种枯燥感往往在她连续写两本书的时候特别明显，因为这时她有点烦腻了——因为她对自己写作范围内的一切都滚瓜烂熟，写起来已没有了新鲜感。在这部小说中，一些喜剧场面也写得枯燥乏味，这表明她对华尔特爵士[1]的虚荣和艾略特小姐[2]的拘谨已经没有多少兴趣。所以，讽刺变得很勉强，幽默变得很做作。她不再敏锐地体察日常生活中的种种妙趣，也不再把心思

---

1 《劝导》中的人物。
2 即安妮·艾略特，《劝导》中的女主人公。

完全放在人物身上——我们知道，她过去一直是那么做的，而且做得很好，而现在，我们觉得，她好像要做一件过去从未做过的事情，要在《劝导》中注入某些新元素、表现某种新特点（也许，正因为这样，休埃尔博士[1]才大为兴奋，一再说这部小说"是她最优秀的作品"）；她好像发现世界比她原先想象的要大得多、神奇得多、浪漫得多。这一点，我们从她写到安妮·艾略特时所说的一句话中就可看出。这句话几乎就在说她自己："年轻时她不得不谨言慎行，随着年龄增长，她终于知道什么叫浪漫——这是不自然的开端带来的自然结果。"所以，她一再写到大自然的凄凉之美，把过去习惯写的春天改成了秋天，感叹"乡间的秋天有一种那么令人忧伤而又那么令人神往的魅力"，凝视"枯黄的树叶、稀疏的篱笆"，还说"人不会因为某地的凄凉之景而不喜欢那个地方"。然而，我们还发现，她的这种变化不仅限于对大自然的感受，她对人生的态度也发生了变化。在这部小说中，她很大程度上是通过女主人公的眼睛观察人生的——这个女人因为自己身遭不幸，对别人的不幸特别同情，而且始终在默默无语中独自品味人生。这就是说，她对人生的态度不像过去那样取决于她对现实的客观透视，而是取决于她个人对生活的主观感受。这种主观感受，无论是

---

[1] 休埃尔博士：19世纪英国学者、剑桥大学伦理学教授。

在她对音乐会的描述中,还是在那段关于女人坚贞爱情的对话中,都明白无误地表现出来。这不仅证实了她曾经有过恋爱的传说,而且还是由她自己动情地说出来的。关于这一重大的人生经历,她早先一直深藏在心里,要到时间将其淡化,才会把它当作小说素材加以利用。如今,到了1817年,她已经没有什么顾忌了。此时,就外部世界来说,她的为人处世也正在发生微妙变化。她一直没有多大名声,因为就如詹姆斯·奥斯汀-莱伊先生[1]所说,"像她这样一声不响过日子的作家,我怀疑世上还能不能找到第二个"。所以,如果她再活一些年的话,这种情况可能会有所改变。她可能会到伦敦去,会在那儿住上一段时间,接受宴请、邀人共进午餐、会见名人、结识朋友、读书、旅行,然后带着她的所见所闻回到安静的乡间小屋,细细思量、慢慢回味。

这对她还没来得及写的六部小说会有怎样的影响?可以肯定,她不会写犯罪小说、情色小说或者历险小说;她也不会因为出版商的催促或者亲友们的期盼而急于完稿,以致写出违心敷衍之作。不过,她会去了解更多事物;她原先的安逸感会受到惊扰;她作品中的喜剧成分会有所减少。为了使读者更深

---

[1] 詹姆斯·奥斯汀-莱伊:简·奥斯汀的表侄,后面的引文引自他的《简·奥斯汀传略》一书。

入了解她的人物,她可能不再那么依靠对话(这一点,从《劝导》中已经可以看出),而是更多地依靠描述。原先那种不无趣味的对话、那种在短短几分钟里就让读者对某位克罗夫特海军司令或者某位慕斯格罗弗夫人[1]有所了解的闲聊,还有那种用速记式的寥寥数笔来刻画人物心理的方法,那时都显然太简单了,表现不了她所观察到的复杂人性。所以,她会采用像以往一样条理清晰,但更精妙、更含蓄的新方法,以此既能表现人物说得出的东西,又能表现人物说不出的东西;既能写出人物的本质,又能写出生活的本质。她会和她的人物稍稍拉开一点距离,会更多地把人物看作一个群体,而不是单独的一个个人。她也许不会再那么频繁地使用讽刺手法,但她的讽刺会更尖锐、更深刻。她可能会成为亨利·詹姆斯和普鲁斯特[2]的先驱……好了,不必多说了,再说也是无用的推测,因为这位文笔精湛的女作家,这位贡献出不朽之作的女艺术家,"正当她获得成功而信心满满之时",不幸去世了。

---

[1] 克罗夫特海军司令和慕斯格罗弗夫人均为《劝导》中的人物。
[2] 亨利·詹姆斯和普鲁斯特均为公认的现代小说改革家。

盖斯凯尔夫人

就我们所了解的盖斯凯尔夫人的性格而言,她不会喜欢查德维克夫人的这本书[1]。盖斯凯尔夫人很有文化修养,淡泊名利,不无幽默感,同时也有点急躁。她若翻开这本书,看完第一页就会使她气得发抖,然后冷笑一声,把书扔开。令人欣慰的是,她很聪明,隐匿得无影无踪,没有书信、没有语录;人们还记得她,但她是什么样的,好像忘了。"但是,不管怎么说,"查德维克夫人大声说道,"她总有个住的地方吧,至少可以这样描述一下她的居所吧:'大门入口处有一长排玻璃门,形成一道走廊……底楼的右边是宽敞的客厅,左边是桌球房[2]……

---

[1] 即《盖斯凯尔夫人传》,艾丽丝·查德维克夫人著。本文是伍尔夫为该书所写的书评,但她好像对此书不以为然,所以更多的是在谈论盖斯凯尔夫人的创作。
[2] 桌球房即活动室(19世纪英国富有人家一度曾流行打桌球,故而几乎家家都有桌球房,后来看书、读报、小孩玩耍等也都在此房内进行,成了活动室,但名称仍叫桌球房)。

厨房很大……有一个存放餐具的储藏间……卧室有十个……还有一个很大的菜园，种出来的蔬菜足够一家人吃。'"只有鬼才会喜欢住这样的房子。至于说她"跻身于当时最佳作家之列"，这也不会使她高兴，反而会使她反感，还不如说查尔斯·达尔文是多么有名、多么了不起的博物学家，那倒不会使她不高兴。

说来奇怪，竟然真有一批人对盖斯凯尔夫人的居所感兴趣。如果是对雪莱、皮科克[1]、夏洛蒂·勃朗特或者乔治·梅瑞狄斯[3]的居所感到好奇，那还情有可原，因为在我们的想象中，这些人的为人处世不同一般，有点花絮更能使人浮想联翩，甚至比他们的作品加在一起更有吸引力。但是，盖斯凯尔夫人无论如何也不是一个为人处世不同一般的作家。我们完全可以相信，普通女人所做的事情她都做，而且以此为荣，因为她做得更好——完全可以想象，如果有客人要来，她会把桌子和椅子擦得干干净净，以免客人觉得她邋里邋遢。据我们所知，她是个一流的管家婆，查德维克夫人也如此说："她很会做家务，做起来一丝不苟。但她也很有情趣，而且很高雅。"为了增添一点乡村气息，她还在后花园里养了一头母牛。

---

1 托马斯·洛夫·皮科克：19世纪英国小说家、诗人。
3 乔治·梅瑞狄斯：19世纪英国诗人、小说家。

有时你会觉得很奇怪,时至今日,我们竟然还在读她的书。当今的小说写得比那时要简练得多、合理得多。只要把她的《南方与北方》和高尔斯华绥的《斗争》比较一下你就会觉得,虽然都是写罢工,她就像一个不乏同情心的业余作家,而高尔斯华绥才是真正的职业作家。这里的部分原因可能是我们不习惯维多利亚中期[1]小说家的那种写法。他们不管写什么都不会写得很简练,而是一个又一个复杂的长句源源不断地出现在他们的笔下,而且非要把话说到无话可说才肯罢休。我们则不然,甚至相反,可说可不说的话一律不说,可有可无的内容一律删掉,只要使读者对人生有一个印象就可以了。至于秋天的森林、捕鲸业的历史、公共马车的兴衰之类的东西,我们根本不会去写。在当今的小说中,经常会出现作者的评论;人物对话通常不会照搬现实生活中人们的对话;景物描写中往往含有喻义。就这样,我们构筑起一个几乎完全是以小说家头脑中的思想为材料的小说世界。每一页上都有一大堆思想,读者的任务就是把思想从故事中抽出来,放在一起归纳成小说的中心思想。但是,你对萨克雷、狄更斯、特罗洛普[2]和盖斯凯尔夫人的小说却没法这么做,因为你在那里根本找不到现存的思想

---

[1] 即19世纪中期。
[2] 安东尼·特罗洛普:19世纪英国小说家,著有《巴塞特郡纪事》等。

线索。除此之外，他们的小说还有一个（现在的人认为的）缺点，就是没有"个性"。你无论从哪里挖一段出来，都是差不多的，除非偶尔有一种特别的节奏感，你根本看不出这一段是谁写的，那一段是谁写的。不过，话得说回来，如果个性中没有普遍性，而只是个人的独特性，那这种个性还是不要的好。夏洛蒂·勃朗特所看到的那个石楠丛生的荒原，只是她眼中独有的荒原；盖斯凯尔夫人看到的那个广阔的世界，却是每个人的世界。

她到三十四岁才开始写小说，那是因为孩子夭折，她想从写作中寻求安慰。作为一个母亲，作为一个饱经风霜的女人，她写作时本能地表现出同情和怜悯之心。她爱人们；她就像明智的父母在孩子面前一样，把自己的嗜好隐藏起来，只以宽厚仁慈之心对待他们。这就是为什么读者在读她的作品时往往会失望地发现，其中似乎少了点机智与灵巧：

> 大街上依然车水马龙，音乐会上依然人头攒动，奢侈品商店里依然人来人往，而失业的工人只能在无所事事的闲荡中打发时间。他看着这一切，想到家里的妻子脸色苍白、默默无语，想到家里的孩子饥肠辘辘、大声哭喊，但他却无可奈何，只能眼看着他们日渐消瘦，慢慢地死去。这里的反差也太大了！为什么偏要他来承受这个不景气的

时代？我知道他的想法并不完全正确；我也知道实际情况究竟如何；我只是希望人们能注意到失业工人的感受。[1]

所以，她也就忘了那种反差。但不管怎么说，她那种自然而客观的表现手法加上诸多细节描写，还是几近完美地达到了我们用尽技巧也未必能达到的效果。此外，由于我们对贫穷那么陌生、那么害怕，我们总以为，穷人一定是整天愁眉苦脸、痛苦不堪，他们对生活一定非常不满、非常愤怒，一旦他们承受不了，一定会冲入我们的安宁世界，骚扰我们的舒适生活。盖斯凯尔夫人则不然，她知道穷人也有欢乐，也会相互串门、相互聊天，也会煎腌肉招待客人，也会把精致的小首饰借来借去，也会炫耀自己的伤疤以示勇敢。她竟然会知道这些，真不容易，因为她出生于富裕家庭，从小就受文化熏陶，无形中与穷人有隔阂。但是，她笔下的男女工人、脾气乖戾的老仆人，总体上写得比绅士淑女更真实、更生动，似乎穷困粗俗之人更能激发她的想象力。请看下面这段对布歇的妻子得知丈夫死讯时的描写，写得多么出色：

"早晚要告诉她的，还要她去认尸呢。看！她醒了，你说还是我说？要不，等你爹回来再说？"

---

[1] 引自《南方与北方》。

"不不，你说，还是你说吧。"玛格丽特说。

她们默默地等着她完全醒来。然后，那女邻居坐在地板上，一手搂住布歇妻子的肩膀，和她头靠头。

"好邻居啊，"她说，"你男人死了。知道他是怎么死的吗？"

"他是自个儿淹死的。"布歇妻子的声音很轻，而且第一次开始哭了，那女邻家的话仿佛笨拙地捅到了她的伤心处。

"他投河死了。他回到家就绝望了，这世道真是没一点指望……他这么做是对是错，我不说了，我只想说你和我都不要像他那样想不通，不然我们也会去死的。"

"可他这一走，留下我一个女人，还有这些孩子哪！"寡妇哀号起来，她对丈夫的死倒没有像玛格丽特预想的那么痛苦，痛苦的是她绝望地想到，丈夫一死，她和几个孩子怎么活！[1]

和这段描写相比，《克兰福德》就显得有点过于精巧、过于秀气了。虽然这本书因为写得精致而曾有一批专门在乡间（望得见邮局的地方）租房子写作的时髦文人竞相模仿，但我

---

[1] 引自《南方与北方》。

认为这是它的最大缺点——至少，从表面上看是如此。

盖斯凯尔夫人在少女时代就擅长讲鬼故事。她向来就是讲故事的能手，就是在她的最长的长篇小说中，她也始终能使我们保持悬念，使我们不断地问："后来呢？后来呢？"而她的日记中，她又记下了生活中许多不寻常的瞬间。她会久久地看着天上的云彩和远处的树林；她有许多能说会道的朋友，她总是津津有味地听他们高谈阔论；她对任何人都没有恶意和偏见。对她来说，写作就如出自本能一样轻松自然，只要拿起笔信手写来，一部小说就诞生了。当我们回想起她的小说时，印象最深刻的是她笔下的那种气氛，而不是小说中的人物。尽管里奇夫人[1]称莫莉·吉卜森[2]是"最可爱的女主人公、天生的上等女人，她的一举一动都无意识地表现出她的高雅气质"，评论家也曾称赞过她的"细腻的心理描写"，但她的男女主人公并不十分有趣，倒有点单调沉闷。虽然她本人很有幽默感，但她很少表现出机智和锋芒，这使她笔下的人物也不那么个性鲜明。她的那些女主人公既没有明显的怪癖，也没有粗俗的习气，更没有强烈的情欲，都是清一色的纯洁无瑕，因而会使你觉得很郁闷，好像看到了一个似曾相识但又怎么也想不起来的人。这

---

[1] 里奇夫人：萨克雷的长女安妮·萨克雷，维多利亚时代晚期文坛的核心人物之一，因嫁与里奇爵士，以"里奇夫人"知名当世。

[2] 盖斯凯尔夫人长篇小说《妻子和女儿》中的女主人公。

是最令人苦恼的人物，因为你永远没法真正认识她们。我们之所以喜欢她的小说，主要是因为她在小说中创造了一个世界。因为在她所有的小说中都有那么一座干净整洁的乡间小镇，那里有平坦的街道，街道上车来人往、熙熙攘攘，街道两旁矗立着古老而端庄的乔治时代[1]的楼房。夏洛蒂·勃朗特曾邀请她到霍沃斯去做客，并对她说："抛开你的丈夫、孩子和教养吧，来到这片荒凉、孤独、自由的原野上。"对此，她私下里说："可怜的勃朗特小姐！"我们虽没见过她，只听说她"动作敏捷"，脸也长得很美，还有"近乎完美的双臂"，但我们从她的书里得到了不少乐趣。读她的书真是一种享受！

1　即18世纪和19世纪早期乔治一世至乔治四世统治时期。

杰拉婷与简·卡莱尔

杰拉婷·朱斯伯里[1]肯定不曾想过,她的小说到如今这年月是不是还会有人注意。如果真有人从图书馆的书架上取下她的小说而正好让她看见,她肯定会阻止,并对那人说:"亲爱的,那里面都是胡说八道。"然后,不难想象,她肯定还会不顾一切地、惊世骇俗地把图书馆、把文学、把爱情、把生活统统骂一遍,不是"该死的",就是"去他妈的"——因为她生来喜欢骂人。

确实,杰拉婷·朱斯伯里的特别之处就在于她把诅咒与温情、理智与激奋、沉着与冲动混在一起,就如她的传记作家A. 爱尔兰夫人[2]所说,"……她既柔弱无助,又凶神恶煞""她

---

[1] 杰拉婷·朱斯伯里:19世纪英国女作家。
[2] A. 爱尔兰夫人不仅著有杰拉婷·朱斯伯里的传记,还曾编辑出版过一部《杰拉婷·朱斯伯里致简·卡莱尔书信选》,本文中未注明出处的引文均引自这两本书。

的头脑像男人一样强悍，她的心灵却像任何一个夏娃的女儿一样温柔"。就是她的外表，看上去也很不协调，古怪得令人吃惊。她身材矮小，却有一副男人的体格；她容貌丑陋，却有一种奇特的魅力。她衣着讲究，红头发上戴着发套，耳朵上戴着一副说话时会摇晃的鹦鹉形小耳环。她有不少肖像，但只有一幅她坐着看书的侧面肖像，看上去仅是"柔弱无助"，一点也不"凶神恶煞"。

至于为什么会这样，或者说她在画这幅肖像前对肖像画家说了什么话，我们就不得而知了。不过，我们知道她生于1812年，父亲是商人，住在曼彻斯特，也可能是曼彻斯特附近。除此之外，关于她二十九岁之前的情况，我们就几乎一无所知了。在19世纪早期，女人到了二十九岁已不年轻了，就算没有过世，也已耽误了终身。就算杰拉婷不同于平常女人，就算她是例外，我们还是可以推断，她在此前的那些年里一定有什么不寻常的遭遇。那时一定出了什么事。一定有个男人的身影在晃动——也许，就是这个先把她弄得神魂颠倒、后来又弃她而去的男人，使她懂得了人生的凶险、人生的艰难，尤其是对女人来说，生活简直就像魔鬼一样邪恶。这一经历似乎在她的内心深处形成了一个阴沉的水潭，她时不时会从中汲取苦水，用以安慰自己或警示他人。她时不时会大声说："哦，太可怕了，简直没法说，我整整两年生活在一片漆黑之中，只有偶尔见到一丝亮光。"在有些季节,"像在宁静而乏味的11月,只见一片云,可那片云遮住了整个天空"。她挣扎过,"但挣扎毫无用处"。她曾把卡德沃斯[1]的书全部读完。她在放弃挣扎前还写了一篇关于唯物主义的论文,因为她虽然常常情绪失控,却又奇怪地喜欢冷静思考。她虽然心里流着血,却又绞尽脑汁去思考"物质、精神和生命的本质"这样的问题。在他们家的楼上,有一只箱子里放满了她做的笔记、提要和结论。然而,一个女人又能做出什么结论呢?一个被爱情抛弃的女人还能做什么呢?做什么也没用,还是听凭乌云把你笼罩,听凭洪水把你吞没吧!她这样想着,常常坐在沙发上机械地编织毛衣。她身体很不好,时常眼睛痛,容易着凉,还会莫名其妙地浑身乏力,而她正住在曼彻斯特郊外的格林黑斯小镇为她哥哥料理家务,那里又相当潮湿。她站在窗前,"隔着一层冰冷的、布满白雾的玻璃,只见窗外脏兮兮的残雪和沼泽般的草坪"。她常常疲乏得几乎没有力气从一个房间走到另一个房间,但又总是有人来打扰。有客人来啦!要用午餐啦!她不得不到厨房里去忙碌。为他们准备好午餐后,她又独自去读书。她是个了不起的读者,既读哲学,又读游记;既读古书,又读新书——特别

---

[1] 拉尔夫·卡德沃斯:17世纪英国哲学家、神学家,"剑桥柏拉图学派"代表人物。

是卡莱尔先生的大作。

1841年年初，她到了伦敦。经人介绍，她去拜见了这位她一直想求见的大学者，因而也见到了卡莱尔夫人[1]。她们肯定一见如故，因为几个星期后卡莱尔夫人在她笔下就成了"亲爱的简"。她们无话不说。她们谈论人生，谈论过去与现在，谈论那些也许是真心真意、也许是假心假意关心她的"人士"。卡莱尔夫人见多识广、深谙世故，对假惺惺的人特别反感，她肯定使这个来自曼彻斯特的年轻女人对她佩服之至，因为杰拉婷一回到曼彻斯特就开始写信给她，继续她们在斯安街[2]的交谈。她曾写到"有个很受女人青睐的男人，言谈举止就如人们所祈望的那种既多情又斯文的恋人，有一次他对我说……"；她曾写到她有这样的想法："我们女人被创造成这样也许就是要我们以某种方式把世界变得更充实。我们应该坚持不懈地爱，让他们（男人）坚持不懈地劳作与争斗，这样我们也就可以安详地死去了。我不知道你是否赞成我的想法。我眼睛痛得厉害，视力很差，看不清东西，没法进一步查证。"简·卡莱尔很可能不会赞成她的想法，因为她比她年长十一岁，而且不喜欢抽象地看待生活。她是个有眼光、有头脑，但很务实的女人。不

---

[1] 简·卡莱尔，婚前名为简·威尔斯。
[2] 伦敦一街道，此处代指卡莱尔的住处。

过，或许值得一提的是，在她初次见到杰拉婷时，她也初次发现自己似乎心怀妒忌，因为随着她丈夫的名气越来越大，她越来越不安地考虑到夫妻关系会不会发生变化。毫无疑问，在斯安街的交谈过程中，她对杰拉婷是推心置腹、真心相待的，认真倾听了杰拉婷的抱怨和看法。杰拉婷虽然容易冲动，但又显然是个会独立思考的聪明女人，她说她讨厌"道貌岸然"，就如简·卡莱尔讨厌"装模作样"。此外，杰拉婷一开始就对卡莱尔夫人有一种最最奇怪的感情，"一种模糊不清的渴望之情，渴望以某种方式成为你最亲密的人"。她一次次恳求："让我成为你的亲人，求你像对待亲人一样对待我，好不好？"她还说："我想你，就如天主教徒想他们的圣人……你笑了，可我对你的感情真的不像一般朋友，更像是情人！"卡莱尔夫人确实笑了，但听到这个年轻女人对她抱着这样的倾慕之情，她不可能无动于衷。

所以，当卡莱尔先生在1843年年初突然提议说想请杰拉婷到家里来小住时，卡莱尔夫人以她一贯的方式权衡利弊后，同意了。她想，来一个杰拉婷会使家里"热闹许多"，但来几个杰拉婷会叫人吃不消。"杰拉婷会把热泪滴在你手上，会那么激动地注视着你，围着你团团转。"她说。但她也知道，杰拉婷虽然有"种种了不起的好品质"，却也"天生喜欢搞点阴谋诡计"，这可能会在他们夫妻之间弄出什么麻烦——当然不是通常的那种麻烦,因为卡莱尔夫人相信她丈夫"习惯上"喜欢她胜过喜欢其他女人,"而且对他来说,习惯比情欲更有力量"。但从另一方面考虑,她近来确实有点迟钝和麻木,而杰拉婷机智聪明,又能说会道,被关在曼彻斯特一定渴望到外面来住一阵子;所以,请她来也未尝不是一件好事。于是,杰拉婷来了。

她是2月1日或2日到的,一直住到3月11日星期六。1843年在家里留客通常都如此:房子嫌小了点,仆人嫌少了点。而更不如人意的是,杰拉婷住在那儿,整个早上都在写信;整个下午都在客厅的沙发上睡觉。星期天,她穿着开胸连衣裙接待客人,还说得太多。至于她的机智聪明和能说会道,"就像一把斩肉的刀,又快又重,还盯着一个地方砍"。她时而阿谀奉承,时而甜言蜜语,反正言不由衷;她还卖弄风情,还出口伤人——简直没办法叫她闭上嘴。所有人都对她不耐烦,连仆人也频频告状;卡莱尔夫人简直想对她下逐客令了。最后,总算到了告别的时候,杰拉婷登上马车时热泪盈眶,卡莱尔夫人却是欲哭无泪。看着客人离开,她才松了口气。不过,杰拉婷乘坐的马车走远后,她一个人站在那里,心里并不平静。她知道自己对待客人的态度并非无可挑剔,"太冷淡、不够和善,有时还冷嘲热讽,一点也不宽厚"。不过,最使她恼火的还是她想到自己怎么会把这个杰拉婷当作"亲人"!好在,"上帝保佑，后果仅仅是令人厌烦，而没有招来什么祸害"。显然，她对自己、对杰拉婷，都很生气。

杰拉婷回到曼彻斯特，心里明白出了问题。她们有了隔阂，都沉默了。有人对此风言风语，甚至恶意中伤，她都没放在心上。要知道，杰拉婷是最没有报复心的女人——这一点卡莱尔夫人也承认，说"她在争执中姿态总是很高"——还有，虽然她既执拗又冲动，但至少她既不自负，也不傲慢。最重要的是，她是真心爱简·卡莱尔的。她没过多久又开始频繁写信给卡莱尔夫人，以致卡莱尔夫人多少有点不耐烦地说，"她的热忱和无私也太不寻常了"。杰拉婷担心卡莱尔夫人的健康，说她并不想得到诙谐有趣的回信，只要随便写几句话让她知道真实情况就可以了。因为她在斯安街的四个星期中得出了一个结论，而要她对自己得出的结论缄口不言，是不大可能的——也许，别人受不了她的原因就是这里。她写道："你身边没有人关心你，而你却默默地忍受着，这样的德行我实在看不下去。你这样会有什么结果？弄不好会把你害得半死不活。"她接着又写道："卡莱尔先生太伟大，不适合过家庭生活，把人面狮身像放在客厅里当然是不合适的。"然而，她又没法帮助卡莱尔夫人，只能无奈地说："爱得越多，越觉得无能为力。"她在曼彻斯特远远地关注着卡莱尔夫人的荣耀家庭，同时又想到自己琐碎而平淡的生活。不过，虽然她的生活暗淡无光，但不知何故，她从不妒忌卡莱尔夫人的显赫地位。

如果没有两个"穷姑娘"的出现，说不定她们会继续这样相互通信而不再见面，尽管杰拉婷曾说："这样把信寄往茫茫空间，我已经厌烦死了，但长久别离的人总要写信，为自己而写，并非为对方而写。"所谓"穷姑娘"和"穷姑娘救助"，现在已经没有多少人知道了，但在维多利亚时代，曾一度是生活舒适的夫人们所做的一件重要事情。这次的两个"穷姑娘"——按卡莱尔的说法，也就是"那种愚不可及、自甘堕落的女孩子"——是姐妹俩，伊丽莎白和朱丽叶。她们的父亲曾是邓迪镇的一名可敬的校长，还写过有关博物学的书，但他身后只留下一个无能的寡妇，几乎没有什么遗产可用来养活两个女儿。不知怎么一来，也许是正当饭菜摆上餐桌的时候，这两个"穷姑娘"来到了斯安街上。不过，维多利亚时代的夫人们并不在乎"穷姑娘"在什么时候出现——她们为帮助"穷姑娘"会不厌其烦。现在，问题摆在卡莱尔夫人面前：怎么帮助她们？到哪里去为她们找到工作？有谁能说动某个老板收留她们？她随即想到了杰拉婷，因为杰拉婷总希望做点有用的事情。应该去问问杰拉婷，在曼彻斯特能不能为这两个"穷姑娘"找到点事情做做。杰拉婷果然不负所望，马上就去办了。她很快"安置"好朱丽叶后，又在伦敦为伊丽莎白找到一个愿意收留她的雇主。正在怀特岛的卡莱尔夫人得知消息

二　关于女性作家

后，马上赶回伦敦，为伊丽莎白准备好束胸、裙子和内衣，带着她穿过伦敦城区，在晚七时三十分时到达尤斯顿广场，把她交给了一位胖胖的、慈祥的老先生。卡莱尔夫人回到家，筋疲力尽，而且像所有救助"穷姑娘"的夫人一样，心里忐忑不安。这对"穷姑娘"姐妹会快乐吗？她们会感激她为她们所做的这一切吗？但是，几天后，斯安街竟然出现了过去从来没有的臭虫，而且有人也许有理、也许无理地说，臭虫是从伊丽莎白留下的一条围巾里爬出来的。更糟糕的是，四个月后，伊丽莎白本人又出现了。她说她"不适合做这样的工作"，因为她"用白丝线缝黑围裙"，别人就责备她，于是她就"躺在厨房地板上哭闹"——"结果可想而知，她立刻被解雇了"。伊丽莎白走了——大概又去用白丝线缝黑围裙、又去哭闹、又被解雇了——谁知道呢，那可怜的"穷姑娘"伊丽莎白，最后究竟会怎样？她消失了，消失在堕落女人的阴暗生活中。不过，朱丽叶还在。杰拉婷把她当作自己的责任。她又是监督她，又是规劝她。第一份工作朱丽叶不太满意，杰拉婷着手为她再找工作。她出门到了一个"半风瘫老太太"的客厅里，那老太太想雇用一个女佣人，说要让她打扫房间、洗衣和熨衣，包括外衣和内衣。朱丽叶一听不答应，大声说她做不了那么多洗衣和熨衣的事。于是，杰拉婷当晚再出门，去见那个老太太的女儿。最后说定，"免去"内衣，只熨洗外衣。这之后，她又到一个她熟悉的女裁缝那儿，商定由那个女裁缝教朱丽叶绲边和绣花手艺。卡莱尔夫人也很关心朱丽叶，写信给她，还给她寄了一个包裹。这样一番忙碌之后，朱丽叶总算有了工作。不过，后来又遇到麻烦，又找过更多老太太，又经过更多商谈，又另找过更多工作，直到后来朱丽叶写了一部小说。有位先生很赏识那部小说，而朱丽叶对杰拉婷说，她从教堂回家的路上一直有位先生跟着她，使她很不安。不过，不管怎么说，她是个好姑娘，人人都在称赞她。但是，到了1849年，情况突然变了，不知为什么，再也没人提起"穷姑娘"中的佼佼者朱丽叶了。毫无疑问，没人提起她，即意味着她失败了。那么，那部小说、那个半风瘫老太太、那位先生、那个女裁缝、那些内衣、熨洗——全都烟消云散了？为什么？没人知道。卡莱尔写道："那种愚不可及、自甘堕落的女孩子，尽管别人为她们想尽办法，她们却似乎在劫难逃，一头朝着堕落之路直冲，最后消失得无影无踪。"卡莱尔夫人经过再三努力，最后不得不承认，救助"穷姑娘"是不可能成功的。

然而，救助"穷姑娘"却有另一个意想不到的结果，那就是把杰拉婷和简·卡莱尔又拉回到了一起。简·卡莱尔无法否认，"那堆乱糟糟的羽毛"——她曾这样轻蔑地形容杰拉婷，以博得卡莱尔一笑——"做这件事比我还要热心"。其实，杰拉婷不只是"乱糟糟的羽毛"，还是硬邦邦的岩石。当她把自己的第一部小说《佐薇》的手稿交给简·卡莱尔看过后，简·卡莱尔主动帮她去找出版商。（"因为，"她写道，"她没有亲友，也没有生活着落，到年老体衰时怎么办？"）事情出乎意料地顺利，贾普曼-豪尔出版公司不仅同意出版，他们的审稿人还说那本书"像铁爪一样抓住人"。为写那本书，杰拉婷酝酿了很久。写作过程中，她多次征求简·卡莱尔的意见。简·卡莱尔读初稿时"简直感到震惊，因为她有那么大的才能，却无节制地去写她不熟悉的事情"。不过，她还是被那本书深深打动了："在这里，杰拉婷特别显示出她的思想远比我想象的更大胆、更深刻。我认为，包括乔治·桑在内，现在恐怕没有其他女人能写出这本书里的那些最精彩的片段……但是，他们不可能出版这本书——道德上不允许！"她直截了当地指出，那本书"缺乏精神上的节制"或者说太出格，这是可敬的公众不能容忍的。杰拉婷虽然坦陈她"不在乎出格不出格"，但好像还是同意做一些修改。最后，经过修改，那本书于1845年2月出版。随即，各种各样的议论便纷至沓来，这是可想而知的。有人大声叫好，有人大呼可怕。就是改革俱乐部[1]里的那些老色鬼和小色鬼也都惊恐万状，称那本书写得实在太露骨。出版商受到死亡威胁，书的出版简直成了丑闻。但是，丑

1　19世纪英国影响力最大的社会团体之一。

闻促进了书的销售,杰拉婷因此而出了名。

当然,今天你若把那本发黄了的书拿来翻翻,会觉得很奇怪,那时的人们为什么要那么大惊小怪;为什么要那么愤怒或者那么欣喜,要把那些段落用铅笔画出来;为什么要那么激动,要在那些描写恋爱场面的章节之间夹上一朵如今已发黑了的紫罗兰。我们一章一章往下读。渐渐地,我们看见一个名叫"佐薇"的私生女,看见她那个身为天主教神父的神秘莫测的父亲埃弗哈德,看见乡间的一座城堡,还看见斜倚在天蓝色沙发上的贵夫人、大声朗读的绅士和在丝绸上绣花的小姐。有火灾发生了,有男女在树林里拥抱,还有几个人在无休止地交谈。佐薇动摇了她父亲——那个神父的信仰,使他感慨道:"真愿不曾来到世上。"说完,把教皇责令他翻译的那些公元1世纪至4世纪早期教会领袖的著作和信函,以及一只装有戈廷根大学金质徽章的小包统统扔到抽屉里去了,那一刻真是动人心弦。可是,哪里有什么使改革俱乐部的色鬼们也惊恐万状的露骨描写?哪里有什么使卡莱尔夫人这样有见识的人也为之赞叹的大才能?我们并没有看到。八十年前的大紫大红如今已褪成一点点粉红,就像一棵枯萎的玫瑰,往日的馥郁芬芳早已变味,发出一股发了霉的润发油气味——到底像枯萎的玫瑰,还是像发了霉的润发油,我们也说不清楚。我们只能感叹,那短短的几十年时间竟然会有那么神奇的力量!然而,正当我们

二 关于女性作家

感叹之际,我们似乎看到了所谓"出格"或"思想"的一丝踪迹。就人物嘴里表达的激情而言,激情已经耗尽;佐薇也好,克罗蒂尔德也好,埃弗哈德也好,都在其自身位置上溃败了。然而,和他们在一起的还有一个人,一个出格的人,一个既大胆又机警的女人——因为很明显,她穿着衬裙和紧身胸衣。她多思多虑、多言多语、多愁善感到了极点,但不管怎样,她是个不同凡响的、富有活力的人物。我们时不时会发现,她有某些奇怪的想法,还大胆地说了出来:"如果能不以宗教的名义做好事,那该多好!""哦,如果神父和布道者真的相信他们自己说的话,那他们还有哪个能睡得着觉!""唯一没有希望的品质是懦弱。""爱得恰当是人的最高德行。"此外,她还极其憎恨"男人们的那些自以为是、头头是道的理论"——什么是生命?为什么我们要有生命?这样的问题、这样的想法,在那些地位不同、性格不同的人物头脑中都曾出现过。只是,他们都死了。但杰拉婷·朱斯伯里依然活着,孤独地、无畏地、荒诞地活着,而且在不停地、疯狂地写,写了一页又一页,既顾不得修改,也不管别人要不要看——反正她就那样,嘴里叼着一支烟,把她关于爱、关于道德、关于宗教、关于两性关系的种种想法统统写了出来。

就在《佐薇》出版前的某个时候,卡莱尔夫人忘记了或者说克制了她对杰拉婷的不满,这首先是因为杰拉婷满怀热情地为两个"穷姑娘"奔走,其次是因为杰拉婷对她的百般讨好使她"好像又重新相信原有的那种幻觉,总觉得她对我有一种古怪的、热切的……不可思议的眷恋"。她不仅恢复了和杰拉婷的书信往来,还在1844年7月,一反她不再和杰拉婷见面的誓言,在利物浦附近的西佛斯府邸再次邀请杰拉婷前来同住。没过几天,她就发现自己早先觉得杰拉婷眷恋于她的幻觉并非幻觉,而是可怕的事实。一天早上,杰拉婷为了一点小事就和她闹别扭,而且整整一天闷闷不乐。晚上,杰拉婷又跑到她的卧室里来和她吵嘴,这"好像给了我某种启示,不仅有关杰拉婷,更有关人性!我从未想到,一个女人会对另一个女人发疯似的像恋人那样赌气撒娇"。她为此感到恼怒、感到恶心。她把此事详细记下来,准备给丈夫看。几天后,她当着好几个人的面公开羞辱杰拉婷说:"她整个晚上都在我面前和一个男人调情,可是说来奇怪,她还希望我此后仍然尊重她!"在场的人都哈哈大笑。换了别人,这样的伤害实在太严重,这样的出丑实在太尴尬,但杰拉婷却是百毒不侵的,一年后又和卡莱尔夫人赌气,还声称她有这个权利——"因为她爱我胜过世上任何人"。对此,卡莱尔夫人当场厉声说:"杰拉婷,你得表现得像个淑女才能说这句话!"说完,起身走了。于是,杰拉婷又一次流泪、又一次道歉、又一次保证以后再也不会这样了。

然而,不管卡莱尔夫人怎样责骂、怎样嘲笑杰拉婷,不管她们之间有怎样的隔阂，不管有一段时间她们甚至不再有书信来往，她们却总会再次见面。显然，杰拉婷觉得卡莱尔夫人在各方面都比她更明智、更成熟、更沉着，她有赖于卡莱尔夫人。她需要卡莱尔夫人帮她摆脱困境，因为卡莱尔夫人从来不会使自己陷入困境。不过，虽然卡莱尔夫人比杰拉婷明智得多，有时却是不太明智，甚至不太负责任的杰拉婷在劝卡莱尔夫人说：你在做什么？就这样浪费时间补你的旧衣服？为什么不做点正经的、有用的事情？写点东西吧！——她这样劝卡莱尔夫人。因为杰拉婷确信卡莱尔夫人有思想、有远见，写出来的东西一定有助于女性"担起责任应对眼前的复杂问题"。卡莱尔夫人应该为女性做出贡献。不过，杰拉婷接着又大胆地说："不要到卡莱尔先生那儿去寻求同情，不要让他泼冷水。你必须把你自己做的事情和你自己的想法看得非常重要。"——其实，卡莱尔夫人本应听从杰拉婷的劝告，这样的话，当杰拉婷想把她新写的小说《同母异父的姐妹》题献给卡莱尔夫人时，卡莱尔夫人也就不会因为担心卡莱尔先生会反对而拒绝了杰拉婷的好意。确实，在某些方面，年轻的杰拉婷比年长的卡莱尔夫人更有主见、更有勇气。

杰拉婷还有一种素质，她具有一种充满诗情的、天马行空般的想象力，这是端庄稳重的简·卡莱尔所不及的。杰拉婷会翻阅古书，把那些写到阿拉伯的棕榈树和肉桂树的浪漫段落抄在信纸上寄给简·卡莱尔,让那些东西很不协调地出现在斯安街的早餐桌上。简·卡莱尔的才能正好相反,是一种踏实的、具体的、实用的才能。她的想象力仅限于人,她的书信之所以精彩,是因为她的思想直指现实,就像鹰隼直扑兔鼠。没有什么东西能逃过她的眼睛。她能透过清澈的海水看清海底的岩石。但是,她却不善于把握无形的事物。她读不懂济慈的诗[1],只好一笑置之。因为她是苏格兰乡村医生的女儿,在她身上总有一种拘泥于事实的天性。杰拉婷虽不及她睿智聪明,但往往比她豁达宽广。

正因为这样,她们相互吸引又相互厌恶,以一种富于弹性的方式始终连接在一起。她们之间的纽带可以无限拉长而不会断裂。简·卡莱尔深知杰拉婷有多么愚蠢,杰拉婷深知简·卡莱尔有何等刻薄,但她们学会了彼此容忍。当然,她们还是会争吵,但她们的争吵已不同以往,是明知最终会和好的争吵。1854年,因为弟弟娶妻,杰拉婷移居伦敦,而且按简·卡莱尔的意愿就住在卡莱尔家的附近。这个在1843年看来好像永远不会有朋友的女人,现在是简·卡莱尔最亲密的朋友。她住的地方和卡莱尔家相隔两条街,这样的距离对她们来说也许恰到好处。相隔太远可能会相互冷漠,而若住在一个屋檐下,又

---

[1] 济慈诗风虚幻缥缈。

难免会相互厌烦。这样隔着两条街,不近不远,恰到好处,可使她们的交往不致太疏远,也不致太亲密,而是一种自然的交往。以相互了解为基础的友谊,即便时有波澜,也不会浪花飞溅。她们一起出门,一起去听歌剧《弥赛亚》,但却表现出不同的个性。杰拉婷会被音乐感动得哭出声来,这时坐在旁边的简·卡莱尔会用手推推她,提醒她注意剧场礼仪,而她自己此时也因为看到合唱队里的那些女人长得那么丑而差一点哭出声来。她们一起去诺伍德游玩,杰拉婷会把手帕和胸针("巴罗先生送的爱的信物")忘记在旅馆里,会把新买的遮阳伞忘记在候车室里,又据简·卡莱尔一边笑一边说,杰拉婷预先为自己买好了两张二等车厢的来回票,自以为能省钱——殊不知,在诺伍德买回程票,一等车厢的价格和二等车厢是一样的。

此外,杰拉婷会躺在地板上思考,想从自己的生活中归纳出某种人生哲理。"真是他妈的"(她说话往往粗俗——她知道这"有悖简·卡莱尔的高雅信条"),为什么女人处处受罪!为什么女人会心灵受伤、发育不良!为什么女人要受男人摆布!这到底为什么!应该在那些绅士的屁股上踢几脚!"那些装腔作势的混蛋!""当然,骂人没什么用,但我太气愤了,骂出来会好过一些。"

接着,她会转而想到简·卡莱尔和她自己,想到她们俩才华出众,却没有多少成果——不管怎样,至少简·卡莱尔是才华出众的。不过，除非在生病的时候，平时"我总觉得你和我还不算太失败。我们标志着尚未被承认的女性人格展示。这种展示虽然至今还没有现成的方式可循，但我们通过自身的实践发现，那些为女性设置的规矩是不合理，我们需要更好、更有力的女性准则……我们之后还会有其他女人，她们会更加充分地实现女性人格的展示。至于我个人，我只能把自己看作一个小小的标记，标志着一种初步的思考，一种比过去多一点的女性内在品质和潜能的展示，而我的所有怪癖、错误、不幸和荒唐举动都应该归咎于我的心灵塑造得不完美和我的肉体发育得不成熟"。她就这样思考着、谈论着，简·卡莱尔则在一边倾听着。她无疑会取笑她、驳斥她，但肯定是同情多于讥诮。她可能希望杰拉婷讲得确切一点，希望她讲得有点分寸。卡莱尔先生随时有可能进来，而要说卡莱尔先生痛恨什么人的话，他最痛恨的就是乔治·桑式的倔强女人。不过，简·卡莱尔却无法否认，杰拉婷说得还是有点道理的。她一直认为，杰拉婷"生来就会有所破坏，将来则会有所建树"。是的，杰拉婷虽然看上去有点傻，但绝对不是傻瓜。

可惜，杰拉婷到底是怎么想、怎么说的，每天上午她是怎样度过的，她在伦敦漫长的冬日傍晚做了些什么——实际上，她住在马克姆广场时的所有情况——我们都知之甚少，所知的一点点情况，也大有疑问。因为我们都是听简·卡莱尔说的，而简·卡莱尔耀眼的光芒肯定会使杰拉婷本来就不明亮的一点火光显得更加暗淡。在这段时间里，杰拉婷没有给简·卡莱尔写信，而是经常在卡莱尔家进进出出。有时，简·卡莱尔手指肿，由她代笔写信；有时，她写好信，会忘了寄出去——她这种生性散漫的人，经常会做出这种心不在焉的事情。我们翻阅简·卡莱尔的书信，知道她们是两个性格如此不合而又如此相互依恋的女人，但我们在她们的交往中也听到了居家度日的声响，听到了小猫的喵喵声和水壶里的嘶嘶声。最后，在1866年4月21日星期六那天，杰拉婷准备去帮简·卡莱尔办茶会——因为卡莱尔先生在苏格兰，简·卡莱尔想趁丈夫不在的时候接待她的几个仰慕者——而就在她更衣打扮时，弗劳德先生[1]突然来找她，说他刚刚从斯安街得到消息说"卡莱尔夫人出事了"。杰拉婷披上斗篷和他一起匆匆赶到圣乔治医院。在那里——弗劳德后来写道——他们看到卡莱尔夫人穿得就像平时一样华丽："就像她从马车上下来，在床边坐了一会儿，然后躺下了……她脸上那种带有一点嘲讽意味的欢乐神情不见了，而是显得那么严肃、庄重和平静。……（杰拉婷）一句话也说不出来。"她变得沉默寡言，而且越来越沉默，以致彻底无言。简·卡莱尔死后，她搬到了塞文欧克斯，独自在那里住了

---

[1] 詹姆斯·弗劳德：19世纪英国历史学家、卡莱尔夫妇的朋友。

二十一年。见过她的人都说，她死气沉沉。她不再写作。她得了癌症，痛苦万分。在此期间，她遵照简·卡莱尔的遗愿，一封接一封撕掉简·卡莱尔写给她的信。到她临终时，她把所有的信都撕了，只剩下一封。就这样，她的一生从幽暗中开始，又在幽暗中结束。我们仅仅对她一生中的短短几年有所了解。不过，就是对这点"有所了解"也不能太自信，要了解一个人谈何容易，就如杰拉婷在写给简·卡莱尔的信中所说："哦，亲爱的，如果你和我溺水而死，如果有哪个比我们高明的人来写我们的'生活与过失'，我们会成什么样子？就是一个'诚实'的人也会把我们写得那么糟糕，和我们过去与现在的实际情况那么不一样！"她说的是不无讽意的大白话，但同样不无道理。她的话音从她下葬的布朗普顿墓园传来，我们当然会洗耳恭听。

乔治·艾略特

仔细读一读乔治·艾略特的书，你就会发现，当时人们对她很不了解；接着，你也又会发现，稍后人们把她视为一个受他人蛊惑，又像幽灵一样蛊惑他人的女人，这是稀里糊涂地接受了维多利亚后期的观点——这样的轻信，只能说明他们目光短浅。至于后来，人们是什么时候、用什么方法为她澄清的，那就很难说了。有人说，她的传记一出版，就有澄清的效果。实际上，梅瑞狄斯仍把她说成是"那个变化无常的小个子表演家"和那个高踞文坛的"迷途的女人"[1]——这也许为许多喜欢射箭而不会瞄准的人提供了一支毒箭，乔治·艾略特因此而成了年轻人的嘲笑对象，成了那些最能代表正人君子的人嗤之以鼻的东西——但是，阿克顿勋爵[2]却说，乔治·艾略特比

---

[1] 引号里的两处内容引自梅瑞狄斯1902年的一封信。
[2] 约翰·阿克顿勋爵：19世纪英国著名学者。

但丁更伟大。斯宾塞虽把伦敦图书馆里的所有小说都说得一文不值,却唯独对乔治·艾略特的小说另眼相看,好像她的小说不是小说。应该说,乔治·艾略特是女人的骄傲和楷模。至于人们所说的那些关于她的私人生活的东西,其实并不比她的正式简历更值得注意。如果你问某人,那天下午他在小修道院[1]看到了什么,他一定会说,他一想起那个一本正经的星期天下午就觉得好笑。他会说,他本想说几句妙语,没想到一看见那位坐在一把矮椅子里的夫人[2],就被她一脸严肃的神情吓得说不出话了。确实,那里的谈话很严肃——这一点,用这位大小说家[3]写的一张笔迹清秀的便条即可作证。那张便条是某个星期一上午写的,上面说她很自责,草率地谈到了马里沃[4],其实她想说的是另外一个人;不过,她还说,听的人自然会有自己的看法——不管怎么说,在某个星期天下午听乔治·艾略特谈论马里沃,总不能说是什么丑闻吧。更何况,就是这件事也会随着岁月的流逝而被遗忘,绝不会像一幅画一样流传人间。

确实,我们不得不相信,那些认识乔治·艾略特的人在回

---

[1] 伦敦地名,1863年起,乔治·艾略特和乔治·刘易斯在此同居,而且常在星期天下午接见客人。

[2] 指乔治·艾略特。

[3] 同上。

[4] 彼埃尔·马里沃:19世纪法国喜剧家和传奇作家。

忆起她的时候心里总有一种不愉快的感觉,以至于一翻开她的书,似乎就在字里行间看见她那张忧郁的、长长的马脸。就在不久前,戈斯先生[1]还写到过她坐在一辆敞篷马车里从伦敦街头驶过的情形:

> 一位有点发胖的西彼拉[2],神情恍惚,一动不动地坐在车里。从侧面看,她那张有点凶相的脸和头上的那顶优雅的巴黎女帽很不协调,而且那顶帽子上还很时髦地插着一根大大的鸵鸟毛。

里奇夫人同样用老练的文笔为她画了一幅颇为细致的肖像画:

> 她穿着考究的黑缎长裙坐在壁炉边上,身旁的桌子上放着一盏绿灯罩的台灯,我看见那里还放着几本德语书、小册子和象牙裁纸刀。她眼睛小而有神,嗓音甜润,表情安详而端庄。我看着她,觉得她是我的朋友,虽算不上深交,但仍能感受到她的仁慈与友爱。[3]

---

1 埃德蒙·戈斯:19世纪末至20世纪初英国学者、文学批评家。下面的引文引自他的《乔治·艾略特》一文。

2 古罗马女巫,此处喻乔治·艾略特。

3 此处引文引自里奇夫人的《论近代的西彼拉们》一文。

里奇夫人还特意记下了她的一段话："我们应该注意自己的影响。既然我们从亲身经历中知道别人是怎样深刻地影响我们的，那么，我们应该记住，我们也同样会影响别人。"——初听此话会使人像得了宝贝似的铭记在心；可是，请想一想，如果三十年后原原本本地回想起这段话，那会使人突然笑出声来的。

　　看了以上这些记录，我们觉得记录者在当时就保持着清醒的头脑，保持着和她之间的距离；所以，当他们往后读她的小说时，也就不会觉得她有亲切感人的个性和魅力。小说本该有个性，缺少魅力更是一大弊病，因而批评家（他们当然大多是男性）不知不觉都对她表示不满，说她是女作家却偏偏没有女人味。是的，乔治·艾略特不是娇柔妩媚的女人，她既没有女人味，也没有许多艺术家都有的那种使他们显得如孩子般天真可爱的怪异性格和怪异习惯。对我们大多数人来说，她就像里奇夫人所说的那样"虽算不上深交，但仍能感受到她的仁慈与友爱"。不过，只要稍微仔细看看我上文所引的那两段描述，就不难发现，它们描述的是一个上了年纪的女人：穿着黑缎长裙，坐在敞篷马车里。她此时已历尽艰辛，已出人头地，虽然她怀着强烈愿望要有助于人，但除了一些她年轻时熟悉的人，她并不想和其他人亲密交往。遗憾的是，我们对她年轻时的情况知之甚少，只知道她出身卑微，是靠她自己的努力才有了学识、思想、名声和影响。她是一个木匠的孙女。

读她的自传,第一卷令人压抑。我们在那里看到,她是怎样在内地的狭隘沉闷的社会中一边呻吟、一边挣扎的(她父亲虽然发了点财而挤入中产阶层,但始终是个平庸之人)。她经过千辛万苦,最后才被伦敦的一家学术杂志社聘为助理编辑,因此而成为斯宾塞的同道[1]。克罗斯先生[2]抱怨她在讲述自己的经历时过于悲伤,但不管怎样,她讲述的经历确实很令人悲伤。在她很年轻的时候,就有人注意到她"一定可以勤快地把一家俱乐部的事情办好"。后来,她又为一座教堂筹募修缮资金,还编制过教会史图表。但她不久之后放弃了宗教信仰,这使她父亲大为恼怒,一度把她赶出家门。后来,她接受了一件苦差事——翻译施特劳斯的著作[3]。这件事本身就很沉闷、很艰难,而与此同时,她还要像其他女人一样做家务,照顾那时已经重病在身的父亲。此外,她知道,她弟弟讨厌她去做女学

---

[1] 乔治·艾略特早年(那时她还未用此笔名发表小说)曾留学德国,攻读哲学,回国后在《威斯特敏斯特评论》杂志社担任助理编辑,同时翻译德国哲学论著,因而涉足哲学界,认识斯宾塞等学者。

[2] 约翰·克罗斯:乔治·艾略特的丈夫(乔治·艾略特早先和刘易斯同居,并未正式结婚。刘易斯去世后,她认识了克罗斯,并和他结了婚),他在乔治·艾略特去世后根据她的书信和日记写了一部《乔治·艾略特传》。本文中的大部分材料就来自这部传记。

[3] 1844年她和人合译德国哲学家施特劳斯的三卷本《耶稣传》。

者,而对于她这样一个重感情的人来说,失去弟弟的敬重是很痛苦的。她说:"我弟弟嫌弃我,说我像一只夜猫子似的天天熬夜。"有个朋友看到她趴在放着一座基督雕像的书桌上艰苦地翻译施特劳斯,曾这样写道:"不幸的人啊,我有时看见她真觉得很可怜。她脸色苍白,头痛得要命,还要为她父亲操心。"读到她的这段经历,我们会情不自禁地希望她的人生之路能走得顺利一点——至少能轻松一点。然而,我们的同情心远远没有她在学术上的进取心那么强烈。她的成功之路固然坎坷,但她有一种崇高的理想作为她的精神力量。就这样,所有需要克服的障碍她都克服了;所有需要认识的人她都认识了;所有需要读的书她都读了。她以惊人的精神力量取得了胜利,艰苦奋斗的青春年代过去了——她已经三十五岁了。而就在她风华正茂之时,她做出了一个至今仍为我们所关注的重要决定——和乔治·刘易斯[1]结伴去了魏玛。

和刘易斯同居之后,个人幸福使她的创作才能充分发挥出来,从而使我们享受到了一席精神上的盛宴。我们从她刚开始从事创作的时候就可以发现,她的生活环境发生了某种变化。受这种变化的影响,她的注意力从现实转向过去、从自我转向

---

[1] 乔治·刘易斯:一个多方面有造诣的编辑、学者,思想开明、学识渊博。他本有妻子,但感情不和,后与乔治·艾略特同居,并鼓励和引导乔治·艾略特从事小说创作。

二 关于女性作家

乡镇，转向对平静、美好、纯朴的童年生活的回忆。所以，不难理解，她的第一部长篇小说为什么是《教区生活小景》而不是《米德尔马契》。她和刘易斯的同居虽使她沉浸在爱情的甜蜜中，但周围的人却用世俗的眼光看她，认为她是自绝于世的人。她在1857年写道："我希望得到理解。所以，凡是没有事先征求过我同意的人，我是绝不会见的。"她后来又说，她确实"和所谓的世人断绝了联系"，但她并不为此感到遗憾。这样一来，先是因为她和社会冲突，后又因为她出了名，她不可避免地处处被人关注，结果是她不再有可能平平常常地和人交往。这对于一个小说家来说是一大损失。不过，此时她正为《教区生活小景》的成功欣喜不已，正踌躇满志地觉得自己博大的心灵已经成熟，正向往着"那遥远的过去"；所以，还谈不上什么损失。有这样一种心灵，到处都会有收获。任何生活经验都可以经过反复感知和思考而成为丰富的小说素材，而根据我们对她的生活经历的了解，我们有充分理由说，她在小说中所表述的是一种普通人不会那么年轻就有的人生教训，其中她最强调的也许就是宽容——一种可歌可泣的美德。她总是对人充满了同情，而且非常善于描写平凡生活中的悲与喜。至于那种浪漫激情，那种因为对生活不满而产生的自我意识和那种凸现在现实背景上的个人形象，在她的小说中是一点也没有的。她至多只会写到一个脾气急躁、对着一杯威士忌过火的老牧师的往日恋情与烦恼。这和简·爱的那种热切的自我表达比起来算得了什么？然而，她最初的几部作品，即《教区生活小景》《亚当·比德》和《弗洛斯河上的磨坊》，却是非常成功的。我们对波伊寨、陶德森、吉尔飞、巴尔顿和其他一些人物，以及对他们的环境和相关事物，都很难加以概括，因为他们是有血有肉的，我们只能伴随着他们，时而感到厌倦、时而满怀同情，因为我们毫不怀疑地接受了他们所说的一切和所做的一切。这只有伟大作家才能做到。她的回忆、她的思绪，就如潮水般涌来，由此带来一个又一个人物、一个又一个场面，最后在我们眼前再现出一幅古老的英国乡镇社会的全景，而且一切都表现得那么自然，简直和生物学研究差不多，以致我们不加思考、不加批评地全盘接受了——我们只感受到那种只有巨匠大师才能给我们的奇妙感受。而且，当我们多年后重读这些作品时，我们仍出乎意料地再次感受到那种活力和那种热度，以致我们就像在果园里晒太阳一样，只想在那温暖的阳光下多待一会儿。如果说她笔下的那些英格兰北部的农夫和他们的妻子会使我们情不自禁地加以赞赏，那是因为她用生动的细节描写打动了我们——因为当我们大动感情的时候，我们是不会动脑筋思考的。不过，还是让我们想一想，她笔下的希佩顿和希斯洛普[1]是往日的世界,在时间上离我们那么遥远;她笔下的那些农夫和雇工无论是在思想上还是在感情上都和当今大多数读者有着巨大的隔阂,但她却能使我们在那时的宅院里和铁匠铺里、农家的居室里和牧师的花园里流连忘返,这说明什么?这只能说明,她不是赢得了我们的同情,就是勾起了我们的好奇心,从而使我们不惜屈尊俯就,乐意去关心那时的那些人的生活。她不是一个机智灵活的幽默作家,她的思维是缓慢而凝重的,她没有能力使她的作品具有喜剧性;但是,她胸襟开阔,深知人性中的种种因素,而且以一种宽厚得体的气度把它们聚合在一起。因而,当我们习惯了她的小说后,不仅会觉得她的人物栩栩如生,还会意外地发现他们支配着我们的感情,使我们欢笑或者哭泣。关于她的人物,一个有名的例子就是波伊塞太太[2]。这个人物的性格似乎很怪癖,很容易渲染。事实上,乔治·艾略特也是这么做的,她在这个人物身上堆积的笑料之多致使她自己也令人觉得有点可笑。但是,合上书之后,我们不妨像在生活中做过一件事之后那样,回想一下某些不显眼的、没有特别注意的细微之处,我们就会想到,原来波伊塞太太并非性格怪癖,而是身体不好。她经常不理睬任何人,但她

---

1 希佩顿和希斯洛普是乔治·艾略特小说中的两个主要地名。
2 《亚当·比德》中的一个人物。

特别喜欢托蒂，因为托蒂是一个有病的孩子，和她一样。对乔治·艾略特的人物，我们都应该这样反复思考、仔细琢磨。就是在次要人物身上，我们也往往可以发现许多潜在的、可以进一步发掘而她还没来得及发掘的性格特点。

不过，在她的有些早期作品中更值得注意的是另一种东西，即在各方面都表现出来的一种夸张手法。她夸张地写了一大批傻瓜和笨蛋、母亲和孩子、狗和繁茂的英格兰中部田野、精明的农夫、喝醉的农夫，还有马贩子、旅店老板、副牧师和木匠。在这些作品中还有一种浪漫情调，那是乔治·艾略特唯一渲染过的浪漫情调——回忆中的浪漫情调。这些作品具有极强的可读性，既无华丽藻饰，也不矫揉造作。然而，综观她的整个早期创作可以明显地看出，回忆之雾在渐渐散去。这不是说她的才华在渐渐衰退，恰恰相反，我认为她的才华在《米德尔马契》[1]一书中表现得最为出众，可说发挥到了到了极致——这部技巧纯熟、气势恢宏的作品尽管也有不足之处，但却是一部为数不多的、真正了不起的英国小说。我是说，记忆中的田野和村庄越来越不能使她满足了，她要在现实生活中另找出路。尽管往日的回忆能使人得到安慰而心情平和，但在她的那些早期作品中已有迹象表明，这里有一个不安的灵魂，有一个

---

1 《米德尔马契》是乔治·艾略特的晚年之作。

心明眼亮而又困惑不解的人——那就是她自己。譬如,在《亚当·比德》中的黛娜[1]身上,就有她自己的影子;在《弗洛斯河上的磨坊》中的麦琪[2]身上,她更为明显地做了自我表露;她不仅是《珍妮特的悔悟》中的珍妮特、《罗摩拉》中的罗摩拉[3],还是那个为寻求智慧而嫁给拉迪斯洛、结果又一头雾水的多萝西娅[4]。我们觉得,那些攻击她的人都冲着她的女主人公而来是有道理的,因为在她们身上显露出她自身最差的一面,即太多的自我意识、太多的道德说教,而且时常是粗浅的说教——这无疑使她处于不利境地。但是,如果把她小说中的所有和女性问题有关的议论统统删掉,那么她的小说虽然会在艺术上更趋完美,读起来更加赏心悦目,但是只剩下一个非常狭小、非常不起眼的世界了。对于这一失败(如果可以说是失败的话),我们有必要说明一下。我们应该想到,她在三十七岁之前从未写过小说,直到三十七岁,她才开始以痛苦、怨恨的心情反思自己的生活,而且在很长时间里并不只想到她自己。但是,当她最初的小说创作获得成功后,她变得越来越自信,写小说越来越从自己的个人观念出发——只是,她这么做

---

1 《亚当·比德》中的一个重要人物,女牧师。
2 《弗洛斯河上的磨坊》中的女主人公。
3 乔治·艾略特的同名历史小说中的女主人公。
4 《米德尔马契》中的女主人公。

不像有些年轻人那么肆无忌惮。但不管怎么说，她还是借女主人公的嘴说了太多她自己要说的话，还是显露出了太多的自我意识，虽然她采用各种方法加以掩饰——譬如把女主人公写得既美貌又富裕[1]，还别出心裁地让她们对白兰地情有独钟——但令人不快的事实依然是，她因为性格使然，直接闯入了那片田园般自得其乐的天地[2]。

那个出生在弗洛斯河上的磨坊里的美丽而高贵的姑娘[3]就是一个明显的例子，说明乔治·艾略特的女主人公通常会遇到怎样的麻烦。那姑娘小时候想跟着吉卜赛人东闯西逛，想在玩具娃娃身上敲几个钉子，这很正常，也很可爱。但是，小孩是要长大的。这一点，乔治·艾略特当然知道，她让她的女主人公长大成了一个大姑娘。这时，不管吉卜赛人也好、玩具娃娃也好，还是圣奥格镇也好，都不再是这个大姑娘所要的了。于是，乔治·艾略特先为她写了一个菲利普·维根，后又为她写了一个斯蒂芬·盖斯特[4]。但是，这两个人物，就如经常有人指

---

1 艾略特本人既不美貌又不富裕，她以此掩饰，以免读者看出小说中的女主人公就是她自己。
2 "直接闯入了那片田园般自得其乐的天地"意为她通过女主人公的嘴直接说出了小说所要表现的东西（小说当然是小说家的自我表现，但应该通过主人公的所作所为间接地表现出来）。
3 即《弗洛斯河上的磨坊》中的女主人公麦琪·杜立弗。
4 麦琪·杜立弗的两个男朋友。

二 关于女性作家

出的，一个写得太文弱，一个写得太粗俗。其实，这并不表明乔治·艾略特没有能力塑造男性人物，而是表明她在为女主人公构想一个合适的对象时犹犹豫豫、没有把握，所以那支笔不免有点发抖。此外，她一开始就让她的女主人公离开自己熟悉和热爱的家乡而进入富裕人家的客厅——在那里，在夏天的上午，年轻男人在唱歌，年轻女人在为义卖用的便帽上绣花——但是，她自己对那里其实并不熟悉，写起来很不自在。这有她对所谓的"上流社会"的拙劣讽刺为证："上流社会有红葡萄酒和天鹅绒地毯，有一连六个星期连续不断的宴会，有歌剧和仙境般的舞厅……有法拉第[1]为他们提供科学；有出入豪门的高级教士为他们送来宗教——他们自己哪里还需要有什么思想和信仰？"在这段话里，一点幽默感和洞察力也没有，只有一种个人怨恨和报复心理。因此，尽管社会结构的复杂性迫使她这个徘徊在两个世界边缘的小说家必须具有不寻常的感受力和辨别力，但麦琪·杜立弗还是要了她的命。这位女主人公不仅要求作者离开自己熟悉的环境，还要求作者写出热情奔放的激烈场面；因为她不仅要热恋，还要失恋，最后还要和哥哥紧紧相抱着被洪水吞没。但是，当我们读到这些热情奔放的激烈场面时，总觉得很不安，总觉得好像有大团的乌云在天上聚集，等

---

[1] 迈克尔·法拉第：19世纪英国著名物理学家、电磁学奠基人。

时间一到，一场大雨就会倾盆而下，把所有的热情统统浇灭，留给我们的只是一片茫然。之所以会这样，一个原因是她那种不用口语而用书面语写的对话写得并不好，另一个原因是她人到中年体力下降，恐怕已没有足够的精力写出真正激动人心的场面了。总之，她让她的女主人公说得太多。她缺乏精准的判断力，没法用一句话概括整个场面。她也写不出简洁的对话。譬如："你要跟谁跳舞？"奈特利先生在威斯顿家里的舞会上这样问道。爱玛回答说："跟你跳，如果你邀请我的话。"[1]——这就够了。但若换上卡索朋太太[2]，她会说上一个小时，说得我们只好不停地朝窗外张望。

然而，如果你真的把那些女主人公统统从她的小说中清除掉，只让她蛰居在那个"遥远年代"的乡村里，那你不仅会使她的伟大变得渺小，还会使她的风格丧失殆尽。对于她的伟大，我们不会有任何怀疑。她那广阔的视野、她那粗犷有力的人物刻画、她那早期作品中的温馨柔和的色彩、她那后期作品中敏锐深邃的洞察力和富有成效的思考，无不使我们留恋其中而大受启发、大有长进。不过，对那些女主人公，我们最后还想再看一眼。"从我的少女时代起，"多萝西娅·卡索朋说，

---

[1] 此处所引，是简·奥斯汀《爱玛》中的对话。
[2] 即《米德尔马契》中的女主人公多萝西娅。

"我就一直在寻求自己的宗教信仰。过去我常常祈祷，现在我几乎不祈祷了，但我尽量消除我自己的欲望……"她的话是代表所有那些女主人公说的。这是她们的共性所在：没有宗教信仰，她们是活不下去的；所以，她们从少女时代起就开始寻求自己的宗教信仰。她们都怀有女性对美德的珍爱，这使她们在渴望与痛苦中依然亭亭玉立而成为小说的中心，使她就如教堂本身一样静谧而肃穆——但是，她却不知道应该向谁祈祷。她们为了追求自己的目标，致力于学业、致力于女性事务、致力于更广泛的女性活动——但是，她们却不知道自己追求的目标在何处。对此，我们并不感到奇怪。那古老的女性意识、那饱受苦难而且世世代代没能表达的女性意识，此时似乎在她们身上觉醒，不再昏睡，而且提出诉求——但是，究竟诉求什么，她们自己也不清楚——很有可能，她们的诉求和人类生存的现实状况是不相容的。但是，乔治·艾略特太理智，不会逃避现实；她的心地太坦荡，不会掩盖真相——虽然真相很严峻。她的女主人公以极大的勇气奋力抗争——但是，抗争的结果不是悲剧，就是比悲剧还可悲的妥协。她们的故事都是她自身经历的写照，或者说，某种程度上的改写。在她看来，女性的忍辱负重与卑微处境是不可容忍的，因而她要伸出手臂，越过男性护栏，为女性摘取艺术与科学的丰硕成果。她摘到了，紧紧握在手里——很少有女人像她握得那么紧。为此，她绝不改变主意,绝不改变自己的观点与准则,也绝不接受任何不适当的好意。就这样,我们看到了这样一个令人难忘的女人,她曾声名鹊起,名声之大连她自己都有点不敢相信;但她宁愿默默地、颤抖地偎依在爱人的怀抱里,仿佛只有这样她才感到安宁、感到满足。与此同时,她又胸怀"简直不可想象的雄心壮志",即要使社会生活为那些具有自由探索精神的人提供一切可能的保障,要使女性直面男性世界而实现自己的理想。这对她的作品不管有何种影响,至少就她个人来说,是难能可贵的。所以,当我们回想起她敢于承担和业已完成的使命,回想起她不惧艰难,克服性别上的、身体上的和传统上的种种障碍坚定不移地追求知识和自由,直到不堪重负、筋疲力尽而倒下,当我们回想起这一切时,我们理应把自己的一点心意——当作一顶桂冠或者一束鲜花——奉献在她墓前。

莎拉·柯勒律治

柯勒律治竟然也有后代,女儿莎拉就是他的延续。但不是肉体上的延续——她长得娇美秀丽,一点也不像他——而是精神上、禀赋上的延续。莎拉·柯勒律治一生整整四十八年,一直生活在她父亲的余晖中。她和其他伟人的后代一样,给人光影斑驳的印象,昔日的余晖和今日的光照在她身上交相辉映。而且,她和她父亲的许多作品一样,是一部未竟之作。格里格斯先生曾满怀同情地为她写了一部详尽的传记,但是……她的自传,却令人奇怪地写得断断续续,而且只写了二十六页就用一个省略号结束了。她说她本想每一章都用一个寓言或者一段思考作为结束语,但后来……"回顾我的早年生活,我发现思考占据了绝对重要的位置……"——写到这里,她就不写了。不过,在这二十六页里,她已经说了很多。此外,格里格斯先生又补充许多事情。这些事情虽然是莎拉·柯勒律治本人不可能告诉我们的,但我们还是想用它们来填补她在自传中留下的空白。

在她还是婴儿的时候，柯勒律治曾这样写道："她那可爱的小身体，她那小嘴，还有那小嘴的翕动，让我喜欢得不得了！啊，我喜欢得简直要发疯了。"她是个可爱的女孩，大大的眼睛，长得很清秀，看似不声不响，其实很会说；看似文静，其实很活泼，就像她父亲写的一首诗。她还记得童年时代曾随父亲到华兹华斯家里做客。她不太喜欢自己家里的那种简朴的田园生活。她想起来就红脸，说那时她们在一间屋子里给她洗澡，有男人进进出出。那时，她穿着薄纱连衣裙，外面罩一件网眼短衫——她父亲喜欢女孩子穿素色衣裙——看上去清雅秀丽，和朵拉[1]正好形成对比。朵拉的眼睛里总透出一股野性，黄头发总是披散着，而且总是穿着紫色的或者深普鲁士蓝的连衣裙——华兹华斯喜欢女孩子穿花衣裙。他们的到访总带来对比和争论[2]。她父亲不仅喜欢她，还娇惯她。"我和他睡在一个房间里，夜里十二点或者一点，他进来睡觉时还要给我讲故事……"后来，她母亲柯勒律治夫人来了，她飞奔着扑向那个纯朴、慈爱的女人，"希望永远不要和她分离"。为此——回忆过去总会有点苦涩——"父亲好像不太高兴，责备我不爱他了。

---

1 朵拉：华兹华斯的养女（华兹华斯终身未娶）。
2 这里的"对比和争论"是双关语，即指莎拉和朵拉的对比和争论，又指柯勒律治和华兹华斯的对比和争论（因为他们不仅诗风不同，而且对诗歌艺术有不同观点，但这并不妨碍他们的友谊）。

二　关于女性作家

我不知为什么[1]……我想,父亲之所以这样,"她后来寻思着,"一定是希望牢牢抓住我对他的爱……我悄悄溜了出去,躲在屋后的树林里。"然而,当她梦见一匹眼睛喷火的马而惊醒时,看到的是父亲拿着一支蜡烛站在她床前。他也害怕黑暗。她见父亲拿着蜡烛,就不再害怕了。她躺在床上睡不着,只听见河里哗哗的流水声、铁匠铺里砰砰的击锤声、野地里嗥嗥的嚎叫声——那是迷途的动物在哀号。这些声音终生都在她脑海里回响。不管哪里的田野、花园和房子都不能和他们那里的菲尔斯荒原、马蹄形草坪和她那个三面临湖、面对远山的房间相比。她父亲和华兹华斯,还有德·昆西,踱着步、说着话时,她就坐在旁边。他们在说些什么她听不懂,但她"经常看到父亲口袋里的手帕好像要掉出来了,真想去接住它"。等她再长大一点后,手帕和父亲就消失了。此后,"我再也没有和他一次同住过几个星期",她写道。在格雷塔,在家里,一直为他留着一个房间,但他一直没有回来。后来,她的弟弟哈特利和德温特也不见了。柯勒律治夫人带着她住到了姨夫骚塞[2]家里。她在那里感觉很不好。"她不能离开格雷塔,离开家。"哈特利后来写道。然而,在姨夫的书房里,博学可敬的姨夫不辞辛苦,

---

[1] 其实,柯勒律治和妻子的关系不好,后来分居。
[2] 罗伯特·骚塞是柯勒律治的好友和连襟。

教会了她六种外语。她曾翻译拉丁语作品,出版后所得稿费,就用来帮助哈特利上大学。即使一无所有,她也能独自谋生。"只要有必要,"华兹华斯曾写道,"她完全可以到某个贵族或者绅士那里去做家庭教师……她聪明绝顶。"

不过,当她二十岁时到海格特去看望父亲时,她让父亲吃惊的却是她的美貌。她父亲早已听说她有学问,也为此感到自豪,但是——格里格斯先生写道——"当她在12月那个寒冷的一天楚楚动人地踏进客厅时",他父亲惊呆了。客厅里的其他人见她进来,都站了起来。"我见到了柯勒律治小姐,"兰姆后来写道,"真想也有这样一个女儿。"柯勒律治愿意接受这样一个女儿吗?因为莎拉到了海格特,一遇到她的表兄亨利,就几乎立刻——但又是偷偷地——坠入了爱河,用她的珊瑚项链交换了他的戒指和一缕头发。这会不会使她那个敏感而易怒的父亲大为不快?但他这个父亲,甚至连一幢像样的房子也拿不出来,还有什么权力干涉女儿的婚姻?他那个外甥写的那本有关西印度的书,他认为写得很糟糕,而这个浑小子竟然还要夺走他的女儿!想到这里,他百感交集、浑身颤抖,而他要排遣心中的怨恨,所能做的只有一件事——聊天。莎拉成年后还是最初听他聊天,而且一直很内疚自己一点没记住父亲说了些什么。这里的原因部分是:"父亲闲聊起来漫无边际……有时亨利还能把他引到某个话题上,但和我单独聊天时,他几乎总是像

二 关于女性作家

在星空中行走,把整个宇宙都揽在怀里。"其实,她自己也是个天界游客,只不过当时"我正为两个弟弟的前程、为亨利的身体、为我们的订婚等事情担忧"。她父亲对这些事情不闻不问。她对父亲也不闻不问。不过,她和亨利结婚后还是对父亲做了充分的补偿。他们总是热情地聆听他聊天。他们的第一个儿子接受洗礼那天,她父亲聊天聊了六个小时。亨利很勤快,就是体质比较弱;他喜欢交际、喜欢享受,好像被山姆大叔[1]迷住了。他生前总是尽力协助妻子,誊抄、注释、编辑柯勒律治留下的所有文稿。但主要工作还是由莎拉做的,用她自己的话说,她成了一座凌乱不堪的大宫殿里的大管家。她要把父亲读过的书再读一遍,找到文稿中的引文出处,以免别人说他剽窃;她要在成捆的稿件里找到父亲写在稿纸边上的注释;还要把父亲没写完的文章找出来,稍加修改,使它们看上去比较完整。因为经常要到出版社去,车马费激增;因为雇不起秘书,什么都要她自己看,看得她头昏眼花。然而,只要某一页上的意思还不太清楚、某个日期还有疑问、某句引文还未找到出处、某人的诽谤还未驳斥,"可怜的、可爱的、不知疲倦的莎拉"——华兹华斯女士这么说她——就得继续做下去。她的工作大部分都很有用,至今编辑出版柯勒律治的作品仍以她整理

---

[1] "山姆大叔"是美国人的昵称,美国人喜欢交际、喜欢享受,故有此言。

的原稿为准。

不过,她的大部分工作不是自我牺牲,而是自我发现。她虽然长得不像她父亲,但她却在父亲潦草的手稿里看到了她自己。她发现他就是她自己。她总认为自己不是他的复本,其实她就是他的复本。她常常会继续他的思考,就像继续她自己的思考。她不是和他一样走起路来脚有点拖、身体有点摇吗?但是,虽然她生活在父亲的余晖中,却也同时生活在日常生活的光照中——生活在切斯特广场的丽晶园里。孩子出生了,孩子夭折了。她的身体垮了。她和她父亲一样容易神经紧张,而且和她父亲一样离不开鸦片。她曾凄切地希望"三年内不生孩子",但希望落空了。后来,亨利——乐观、开朗、曾多次把她从崩溃边缘拉回来的亨利——年纪不大就死了,留下一大堆未做完的注释、两个孩子和一点点钱。大宫殿里的许多房间,这位山姆大叔没来得及清理。

莎拉继续工作。她在孤寂中也许只有鸦片能给她一点安慰。"思考给我极大的快乐;思考本身就使我愉悦。我有时会想,就内心世界的满足而言,我已得到了很多很多。但这很危险……"她又想开去了。她和她父亲一样,脑子里有一只繁殖力极强的苏里南蛤蟆。只是,她父亲的蛤蟆是珍稀动物,她的蛤蟆却是一只普通蛤蟆。她写得很啰唆,往往收不了场,就是收了场也没有精彩的结尾。不然的话,她很适合写哲学和神学著作或者批评文章。她对政治和透纳[1]的风景画都深感兴趣，可是"不论对什么问题，我都要从各个角度加以思考，而且思考了再思考，要思考到极致，否则我就安不下心……这也是我父亲为什么写作总是断断续续的原因。他不能忍受没有结果的结果。"于是，书拿在手里，笔停在空中，她的一双大眼睛里充满迷惘的雾霭，她思考了再思考——"就这样，我童年时经常会和骚塞姨夫一起去采花、找鸟窝、搜索各个角落……"

后来，她的孩子打断了她。她的儿子赫伯特聪明绝伦，她陪着他读完了所有的古典名著。卡斯提斯·柯勒律治[2]先生颇有微词，说阿里斯托芬[3]的有些残篇是不是不用读了？也许吧……但不管怎样，赫伯特捧回了所有奖品，赢得了全额奖学金。他吹小号吹得她几近为之癫狂，他和他父亲一样，喜欢聚会。莎拉曾随同他一起去参加舞会，看他一曲又一曲地跳华尔兹舞。她把亨利早先为她定做的几件漂亮的旧衣裙改了改，让女儿伊迪丝穿上。她发现自己常常用了两次晚餐[4]。她觉得无聊至极。不过，能和麦考莱[5]、卡莱尔这样的名人在宴会上平起平

---

[1] 威廉·透纳：19世纪英国著名风景画家。
[2] 卡斯提斯·柯勒律治：塞缪尔·柯勒律治的弟弟，莎拉·柯勒律治的叔叔。
[3] 阿里斯托芬：古希腊喜剧作家，有"喜剧之父"之称。
[4] "用了两次晚餐"意为应酬太多。
[5] 托马斯·麦考莱：19世纪英国历史学家、政治家。

坐，她还是很得意。麦考莱长得很像她父亲，卡莱尔则被她称为"可爱的大骗子"。年轻诗人奥布里·德维赫前来拜访她，他后来说"有些人的思想一边说一边就会生出来"，她就是其中之一。他走后，她的思想还在一封封长信中跟随着他。她漫无边际地谈论耶稣受洗、耶稣复活，谈论哲学和神学，谈论诗歌的过去、现在和未来。她和她父亲一样，从来就不是正规的批评家。她虽能反复推敲某种观点，但极少有新的想法。她像土拨鼠挖地似的挖掘但丁、维吉尔、阿里斯托芬、克拉肖[1]、简·奥斯汀、克雷布[2]，一边挖一边扬起尘土，最后又突然大胆地挖到了济慈和雪莱跟前。她曾写道："我的眼睛很适合从过去看出未来。"

又是过去、又是现在、又是未来，这使她蒙上了一层光怪陆离的色彩。她成了一种矛盾的混合体，就像她当年在屋后的小树林里一样，既爱着给她讲故事的父亲，又爱着她深深依恋的母亲。"亲爱的妈妈，她是那么诚实、那么纯朴、那么快活、那么慈爱，没有半点欺瞒和虚伪……"是的，甚至母亲的假发——她在少女时代就剪掉了头发——"也像麦茬一样粗短，而且是干的，没有涂过油"。她的假发和眉毛——她都知

---

[1] 理查德·克拉肖：17世纪英国玄学派诗人。
[2] 乔治·克雷布：18世纪末19世纪初英国诗人和博物学家。

道。要是她没有道德上的顾忌,她或许会告诉我们有关那桩奇怪婚姻[1]的一些事情。她打算写一部自传,但没写完。她乳房上有个肿块。她找吉尔曼医生看过后发现,自己得了癌症。她不想死。她还没有把父亲的文稿整理完毕。她还没有写出自己的书。她不喜欢没有结果的结果。然而,她死了,在四十八岁的时候。她和她父亲一样,留下一张满是省略号的纸,还有两行诗:

> 父亲,勿将那不凋花戴在我的额头,
> 它们在你的墓前盛开,那已经足够。

---

[1] 指她父母的婚姻。

威尔考克斯夫人[*]

从哪儿开始？到哪儿结束？没有一本书这么难以评论。如果从密尔沃基的德·斯达尔夫人开始，那就没有机会喝茶了[1]；如果把注意力集中在海伦·皮特金身上，那么拉利·赫斯德·贝尔就只好舍弃[2]。这里至少有三条线索[3]，每条线索都连接着一个故事，而艾拉·维勒·威尔考克斯，即威尔考克斯夫人，当然是关键所在。你要取笑她很容易，你要贬低她也很容易，但你要说出你对她感觉如何，却并不容易。只要看她的

---

[*] 威尔考克斯夫人：即艾拉·维勒，19世纪末20世纪初美国著名女诗人、女作家。本文是伍尔夫为威尔考克斯夫人的自传《世界与我》所写的书评。
[1] "没有机会喝茶"意即太费事，要花太多时间。
[2] 此句中的"密尔沃基的德·斯达尔夫人""海伦·皮特金"和"拉利·赫斯德·贝尔"是威尔考克斯夫人在其自传《世界与我》中先后提到的人。密尔沃基是威斯康星州最大的城市，威尔考克斯夫人出生在威斯康星州的乡村地区。
[3] 即她的童年、她的创作和她的婚姻（其实，这也是威尔考克斯夫人在她的自传中所谈的三个方面）。

外表，就知道她不简单。当我提起笔时，我对她的印象来自她的四十张照片。除去那些怀抱猫咪、头戴新月形发夹，或者手捧一本书靠在沙发上，或者与西奥多西娅·加里森和罗达·希洛·邓恩并肩坐在栏杆上的照片，其他照片中的她是一个丰满、亲切、自信的年轻女人。她有虚荣心，也很活跃；她俏皮狡黠，但也通情达理；她身体一直很好。她从来不会衣衫不整或者垂头丧气。她不像一个女诗人，若能称她的心，她甚至会放弃写作。她好像背后撑着一根棍子似的挺着胸脯，她骑着农场上的马在田野里飞奔，她不顾母亲的禁令到河里裸泳，她即使在诗名大振时"仍觉得一种新的游泳姿势或者跳水动作比一种新诗体更有意思、更刺激"。总之，如果你有幸遇到这位艾拉·维勒小姐，你会发现她是一个衣着讲究、活泼好动的时髦女人。然而，很不幸，这不过是最简单的表面现象，更为重要的是，除了表面，她的生活中还有三条线索——三个世界。

关于她的前世生活[1]，她在书中只是简要地说了一下。读者的印象是，她好像不是头一回做人，好像在雅典、在佛罗伦萨、还有在罗马、在拜占庭，曾有过好多个艾拉·维勒。她好像一次次脱胎换骨，一次次来到这个世界。"我是一个古老的灵魂，"她说，"我投胎转世、重新做人的次数比家里任何人都

---

[1] 威尔考克斯夫人在自传中以此形容她充满幻想的童年时代。

要多。我看到了精神的实质,而他们没看到。"至少,她在冥冥前世中就有一种极重要的天性——"我生来就对生活充满幻想……总是幻想着会遇到美好的事物。"是的,没有幻想,她还会有什么呢?她身边的一切似乎都不利于她。她父亲是个没有多大出息的农场主;她母亲是个心怀怨恨的女人,因为总是在生养孩子和操劳家务,她早就被生活的艰辛压垮了;所以,家里总是弥漫着"不满、厌倦和烦躁"。他们住在偏远的乡村,离最近的邮局也有五英里,密尔沃基城里有限的娱乐业对他们来说简直遥不可及。不过,艾拉·维勒从来没有丧失过信心,坚信未来无限光明。她心情不好从来不会超过五分钟。她知道父亲选择的帽子俗里俗气,也知道自家的围墙只是一堵土墙,不是人家那种爬满常春藤的砖墙,但她有一种内在力量,可以在幻想中美化周围一切事物。她可以把田间的野花野草幻想为稀有的兰花和艳丽的玫瑰。她在骑马到邮局去的路上幻想奇迹发生,一头撞上一个古代骑士,或者反过来,有个古代骑士一头撞上了她。做完一天的家务后,她会爬上附近的一座小山,坐在夕阳中下浮想联翩。她幻想自己的名声,还有爱情和财富,都将来自东方(后来的事实表明,这一切其实都来自西方)。不管怎么说,她相信自己命中注定会时来运转、福星高照。"于是,我会高高兴兴地一觉醒来,把原先有的愁苦悲伤写成诗歌,然后拿去换钱。"这个年轻女人,你看她嘴角上的线条多么分明[1],她从来不忘金钱二字,而且直言不讳,真是令人钦佩。她还时常写信给出版社编辑说,他们应该体谅她的"心情不好",应该多寄点礼品给她,瓷器、餐具、画册都可以,好让她把自己在农场上的家布置得更像她梦想中的家。礼品寄来了,是一套六把银刀叉——哦,她乐坏了!看这世界,你要它有多好就有多好!——几年后她才发现,这些银刀叉原来是她丈夫就职的那家公司制造的。

不过,现在应该来谈谈她的诗人天赋了。正是这一天赋,不仅使她得到一套来自密尔沃基的银刀叉,还使她收到了陌生人的来信,甚至还有人来登门拜访,一时间使她心乱神迷,简直忘了"过去的生活是什么样的,好像从来就生活在众目睽睽之下"。她的学识其实很有限,仅零星看过一点莎士比亚、奥维德和戈蒂耶[2]的作品,而且都是从家里的哪个角落里东一本西一本找出来的,不是全集。不过,她也不想读全集。她的写作灵感仿佛出自天意,是缪斯[3]给予的,但什么时候给她灵感却凭缪斯的意愿,她自己做不了主。有时,缪斯会突然出手。这时,她会大声说:"快!拿纸和笔来!"然后在众目睽睽之下,令人瞠目结舌地大笔一挥,一字不改地写出一首颂诗,在一片掌声中献给突然到访的谢尔曼将军。但有时,缪斯会心

---

1 在西方文化中,认为嘴角线分明的人贪财。
2 泰奥菲尔·戈蒂耶:19世纪法国诗人、小说家。
3 古希腊神话中的文艺女神。

不在焉。这时的缪斯真是可恶、真是令人焦急万分！记得有一次，在塞西尔宾馆，她要为维多利亚女王的葬礼写一首诗——她就是为此才横渡大西洋来到英国的。但是，她却一句也写不出来。第二天早上九点就有记者来取稿，而她到临睡时还未动笔。她简直绝望了。然而就在凌晨三点半，在这谁也想不到的时刻，缪斯发慈悲了。她突然醒来，眼前有四句诗在晃动。"我一下子轻松下来。我知道这不仅能使编辑满意，而且能使全英国满意。"——确实如此，这首名为《女王最后一次出行》的诗由爱德华国王的一位好友谱曲，在王室成员面前演唱。有一位王室成员听了之后还恭恭敬敬地给她写了一封感谢信。

不过，缪斯尽管喜怒无常，时而会作弄人，却有一颗金子般的心，从未抛弃过艾拉·维勒。每一种经历仿佛都会在某一时刻被她自然而然地化为诗歌。她到朋友家去住了几天，回来时在公共汽车上和一个年轻的寡妇并排而坐。她转眼就忘了。但是，当她晚上站在镜子前穿上白色睡衣时，却分明听到某个声音在吟唱：

你欢笑，世界和你一起欢笑，
你哭泣，你独自一人哭泣；
因为这古老的世界需要欢笑，
因为它已经有太多哭泣。

二 关于女性作家

"第二天早餐时,我在餐桌上把这四句诗念给法官和法官夫人听……"法官是个研究莎士比亚的学者,他说:"艾拉,如果后面两句能像前两句一样简练,那就十全十美了。"于是,她做了修改。两天后,法官对她说:"艾拉,你做了件了不起的事。其实,你不必担心诗的前后会不平衡,整体上很出色,很有水平。"不料,此时却窜出一个名叫乔伊斯的家伙,一个她称之为"人间毒虫"的人,硬说是他写了《孤独》一诗,还说是他在酒馆里趴在威士忌酒桶上写的。

做一个女诗人确实很难。生性豪爽的艾拉·维勒发现当地有个年轻女子很有诗才,于是就自告奋勇地担当起了那个女子的教母角色。她不仅邀请那个女子到一家宾馆和她同住,还为她举办晚会。出席晚会的有克劳里夫人、莱斯利夫人、罗伯特·英格索、尼姆·克林科,还有哈里特·韦伯等当地名流。马车沿街停满了好几个街区。席间,她还为来宾朗诵了那个年轻女子写的好几首诗,"还有美妙的音乐和可口的晚餐"。晚会结束,每位来宾还得到一条缎带,上面印着她从那个年轻女子所写的诗中精选出来的一首诗。她对那个年轻女子是不是尽心尽力了?可是,那个年轻女子却并不领情,离开时连一句道谢的话也没有,后来又几乎不和她联系,独自到纽约去和一个文学界名人相会,也不和她商量。"直到今天,当我看到她笔下曾偶尔散落的那几颗珍珠时,我心中的旧伤口还会一阵阵发痛……不过,生活总是先伤害我们,然后再安慰我们……那件事之后的第二年春天,我丈夫找到了一所更大、更宽敞的公寓。"因为此时的艾拉·维勒已经是威尔考克斯夫人了。

她第一次遇到威尔考克斯先生是在密尔沃基的一家珠宝店里。当时他在那里谈银器业务,而她跑到店里去是要问一下时间。好笑的是,她当时根本就没有注意到他。那个威尔考克斯先生高大、英俊,脸长得有点像犹太人,说话声音很低沉。他就坐在那儿,而她因为急着要去赴宴,匆匆进来,又匆匆出去了。她对那家店里的情景根本没什么印象。但是,几天后她收到了一封蓝色信封的信。那封信不仅写得好极了,还问她有没有可能和威尔考克斯先生交个朋友。"按一般规矩,我知道提这样的要求是不合适的。但他的字写得好看,信笺和信封也很精美,我很喜欢。喜欢之余,我就有了好奇心,想知道自己到底会交到怎样一个朋友。"于是,他们开始书信往来。威尔考克斯先生的信"有时有点大胆",但从不故作潇洒;信封总是"素雅色调的","信笺上端的花纹总是很别致,一看就知道不是那种俗里俗气的东西"。后来,她又收到他寄来的一把东方式的裁纸刀。那把裁纸刀给她的惊喜,简直就如"读到一首妙不可言的好诗、听到一段激动人心的音乐,或者看到一片无比新奇的异域风光"。她到芝加哥去和威尔考克斯先生见了面。眼前的他,衣着无可挑剔、举止温文尔雅,但她仍觉得他"好像是从火星上来的"。不久,他们结了婚。又不久,威尔考克斯先生表明他和他夫人一样也相信灵魂是不朽的。这使他夫人特别满意。

如今,威尔考克斯夫人定居在纽约,而且众望所归,成为一大群"优秀人士"中的核心人物。他童年时代在夕阳下的想入非非,如今已大多成为现实。她住宅的走廊里挂满了名作家的签名照和天才艺术家的画作,她还要努力实现"四海一家"的梦想。她从小懂得家里的规矩,要"同情每一个乞丐,尊重每一个穷人",要让每个人离开你的时候不再感到自卑。现在,她也做到了。那么,还有什么欠缺?最大的欠缺就是"有学问的人从来不喜欢我"。不过,对付这些人很容易,只要说一句话就行了:"但愿你们心中长出仙人掌来,哪怕只有几棵也好,这样你们的知识沙漠看上去就不会太荒凉了!"

不管怎样,她觉得自己如果有来世,最好不要有什么天才。她说:"做一个天才诗人固然荣耀,但做一个好女人更荣耀。"有时,她真希望缪斯行行好,让她过几天太平日子。因为在缪斯的逼迫下,她既要高唱《意志、情感和力量之歌》,又要高喊《孩子们,你们好!》以鼓励人们不惧战争,又要写《悲哀与胜利十四行诗》面对死亡的挑战,还要时时注意自己心中有一颗珍珠正在显现,或者有一块玉石正在形成。试想,有谁的命运比她更悲惨?然而,这就是艾拉·维勒·威尔考克斯的命运——过去如此,将来也必定如此。

三　关于女性作品

《多萝西·奥斯本书信集》*

通览英国文学的读者肯定会有这样一种强烈印象：英国文学也有萧条期。这萧条期就如乡间的初春时节，这时山上的树木都是光秃秃的，平原一望无际，但是空空荡荡，没有花，也没有草。这不禁使我们怀念生机盎然的6月——那时，就是小树林里也似乎孕育着大生命，你只要停下脚步，就会听到矮树丛中发出的窸窣声和低鸣声，因为有许多灵活好动的小动物在那里窜行、觅食和嬉戏。英国文学也是如此，当16世纪结束、17世纪过去一段时间之后，它呈现出一片生机盎然的景象。那时，已有的杰作已经产生，新的杰作还未产生，在这间歇之际，我们听到了评论界发出的一阵阵窸窣声和低鸣声。

毫无疑问，只有当人们在精神上有了重大变化，物质上——

---

* 本文是伍尔夫为《多萝西·奥斯本书信集》再版而写的书评。多萝西·奥斯本在和威廉·坦普尔相恋时写的书信，因具有文学价值而流传于世，她本人被认为是英国女性写作的先驱之一。

扶手椅、地毯、道路等——有了明显改善之后，人们才会兴致勃勃地相互了解、相互交流。早期英国文学之所以成就斐然，或许就是因为在那时写作被视为一种非凡的艺术——不是为了赚钱养家活口，而是为了赢得美名。所以，从事写作的都是真有语言天赋的人。可惜，后来人们把自己的语言天赋都浪费在写传记、写新闻、写书信、写回忆录上，以致各种样式的文学创作都被冷落——情况大概就是这样。更为严重的是，确实有这样的文学萧条期——那时，即使好一点的书信作者和传记作家都难找到；书信和传记中写到的人都没血没肉，只有一个模糊的轮廓。譬如，埃德蒙·戈斯[1]爵士对堂恩[2]的评述，只让人觉得含混不清。这里的主要原因，是他只告诉我们堂恩对贝德福德夫人[3]的感情，而贝德福德夫人对堂恩的感情如何，他却只字未提。因为贝德福德夫人是女人，她没有勇气说出自己对这个脾气古怪的家中常客有何种感情——即使在一位闺中密友面前，她也没有胆量说，她觉得堂恩对她好像有点意思。

如果说，限于客观条件，16世纪不可能产生像鲍斯韦尔[4]

---

[1] 埃德蒙·戈斯：20世纪初英国传记作家，著有《堂恩传》等。
[2] 约翰·堂恩：17世纪英国诗人、玄言诗派代表人物。
[3] 贝德福德夫人：17世纪英国贵妇人，诗人约翰·堂恩的庇护人和绯闻情人。
[4] 詹姆斯·鲍斯韦尔：18世纪英国传记作家，约翰逊博士的密友，著有《约翰逊博士传》等。

或者霍勒斯·沃尔华尔这样的作家,那么对于女性写作者来说,当时的客观条件就更加严酷了。物质条件差不用说了,堂恩在米切姆所住的地方又小又破,墙壁单薄,还有孩子哭闹——这足以说明伊丽莎白时代的居住条件有多差。此外,女性写作者还有一种观念上的束缚,即人们普遍认为女人不适合写作。那时,偶尔也会有某个贵妇人把自己写的东西印出来,那是因为她身份显赫,不怕别人指控,再加上身边拍马奉承者的怂恿,她确实有可能这么做。但是,对于普通女人来说,写作却是犯忌的。人们会说:"天哪,这个可怜的女人一定是疯了。要不然,她怎么会这么荒唐,竟然在写书,还写诗!"当初,纽卡斯尔公爵夫人出版第一本书的时候,多萝西·奥斯本就是这么说的。至于她自己,她说:"就是两个星期不睡觉,我也不会这样昏头昏脑。"真是令人瞠目结舌,说这话的恰恰是一个极有写作天赋的女人。多萝西·奥斯本若生于1827年,她很可能会写长篇小说,而若生于1527年,她可能一个字也不会写。然而,她生于1627年。那时,女人写书依然被认为荒唐,但写信还是可以的,还不是什么见不得人的事。就这样,女性的沉寂开始一点点打破,我们渐渐听到文学丛林中有裙子发出的窸窣声。我们第一次看到英国文学的起居室里有女人和男人一起坐在壁炉前聊天。

不过,书信写作在那时还很幼稚,不像后来那样可以作为一种独立的文学样式，可以结集出版，可以供人欣赏。那时的男人和女人彬彬有礼地互称"先生"和"女士"，书信用语既浮华又做作，写信人很难在短短的书信中自由发挥写作才能；写信往往就是说点有必要说的话而已。尽管如此，至少女人是可以写信的，不会被指控为有失妇道。此外，写信还可以利用零星时间，就是在父亲的病榻旁边，你也可以断断续续地写信，不怕有人会指责你对父亲没有孝心，因为你可以说有重要的事情，必须写信。然而，就在当时的女人所写的许许多多书信里（其中绝大多数如今已无处寻觅），蕴含着多少女性智慧啊！——这智慧后来以不同形式在《埃维莉娜》[1]和《傲慢与偏见》中表现出来。虽然只是书信而已，但在写信时自然也是有自豪感的。多萝西·奥斯本虽未承认，实际上她写信时非常认真，而且对写信还有自己独到的看法："……一流的学者未必是一流的写作者（我指的是写信，写书也许他们很在行）。我觉得，写信应该像谈话一样轻松随意、自然而然。"她的看法和她的一个年老的伯父不谋而合。那老头的秘书不肯说"写信"，偏要说"致函"，气得那老头用墨水瓶砸他的头。不过，多萝西·奥斯本所说的"轻松随意、自然而然"还是有所限定的。

---

[1] 比简·奥斯汀年长二十多岁的英国女作家范妮·伯尼的成名作（此作品和范妮·伯尼的其他一些作品被认为是简·奥斯汀小说的先声）。

如果是"一大堆琐碎的杂事",那还是闲聊为好,不必写信。这就是说,书信在她那里俨然成了一种新的文学样式(如果她允许我们这么说的话)。这是一种很独特的文学样式,遗憾的是,它如今早已过时,早已消失得无影无踪。

多萝西·奥斯本坐在父亲的病榻旁或坐在壁炉边写满一张又一张大号信笺。她为唯一的读者[1]写下了生活的方方面面。她的文笔既严谨又诙谐,既正经又亲切,是小说家和历史学家做不到的。既然把家里发生的一切通报给她的情人是她的分内之事,她自然不会忘记把那位装腔作势的贾斯廷尼安·埃西安爵士——她称作所罗门·贾斯廷尼安爵士——绘声绘色地描述一番。这位爵士自负傲慢,有四个女儿,在诺桑普顿郡有一所阴森的大宅院。他竟然向多萝西·奥斯本求婚!"主啊!我真想把他那封用拉丁语写的信寄给你开开眼界。"她不无夸张地写道。那位爵士在那封信里说,他向牛津的一位朋友说起她时特别称赞她是"可推心置腹的良友"。此外,她自然也不会忘记提一下那个患有疑病症的表亲莫勒,说他一大早醒来怀疑自己得了水肿病,马上就赶到剑桥去找医生。她自然也不会忘记说她晚上独自在花园里散步,闻着素馨花的芳香,"但没有一丝快意",因为没有情人陪伴在她的身边。此外,她还不

---

[1] 即她在海外做外交官的丈夫威廉·坦普尔爵士。

忘把自己偶尔听到的一些闲言琐事告诉她的情人，以博他一笑。譬如，她说桑德兰夫人屈尊下嫁没有贵族头衔的史密斯先生——史密斯先生简直把桑德兰夫人当公主般侍奉，贾斯廷尼安爵士却大不以为然，认为这为女士们树立了一个不好的榜样，而桑德兰夫人逢人就说，因为她心太软，可怜史密斯先生，这才嫁给了他。对此，多萝西·奥斯本说："这是我听说过的最可怜、最可悲的话。"这样，用不了多久，我们就从她零零星星的描述中对她的熟人有了相当多的了解和相当生动的印象。于是，我们就会迫不及待地往下读，想更多地了解那些人。

这也就是在了解17世纪贝德福郡的上流社会，正因为是断断续续的，我们更觉得好奇。那些人——贾斯廷尼安爵士、黛安娜女士、史密斯先生和他的伯爵夫人——来了又去了，下次是否再来、何时再能听到他们的消息，我们永远无法知晓。多萝西·奥斯本的这些堪称天才之作，看似随意，实质环环相扣。我们一页页往下读，只觉得渐渐深入到她的内心，又仿佛有一幅幅生动的画面展现在我们眼前。可见，她毋庸置疑地拥有一种特殊才能。这对书信写作来说，比博学、睿智或者结识大人物更为重要。她在侃侃而谈日常琐事的过程中自然而然地流露出她的个性，毫不刻意、毫不勉强。她的个性很有魅力，却又很难捉摸。不过，只要耐心地往下读，我们就会对她越来越了解。像她那种年龄应该有的种种女性事务,她都避而不谈;什么针线活、烤面包之类,她只字不提。她好像生性有些慵懒;她漫不经心地读过一大堆法国传奇小说。她会跑到野外去看农家姑娘一边挤牛奶、一边歌唱;她会在小河边的花园里独自散步,然后"坐下来,真希望你在我身边",希望有人和她在一起。她会一声不响地对着炉火沉思默想,然后突然听到有人在说,人到底能不能飞。她问他们刚才究竟说了些什么飞不飞的事情,问得她几个哥哥哈哈大笑。这时,她突然想到,要是她能飞,她就可以天天飞到情人身边了。她内心是沉重的、忧郁的。她母亲曾说,别人看她那样子准会以为她没爹没娘,连亲戚朋友也都死光了。她确实觉得人生无常、万事皆空。她母亲、她姐姐和她一样不苟言笑。她姐姐也喜欢写信,喜欢读书,不喜欢社交。她母亲"和大多数英国女人一样精明能干",而且说起话来很刻薄。"我活到这岁数总算明白了,把人想得再坏都不会过分。你们以后也会明白的。"她记得母亲说过这样的话。她为了消解郁闷之气,还真的去过埃普索姆[1],喝过浸泡过刀剑的泉水[2]。

这种性格的人,自然不会太随和,而且喜欢冷嘲热讽。她

---

[1] 英国萨里郡一处旅游胜地。
[2] 古代欧洲人相信,喝下浸泡过刀剑的泉水可解郁闷之气。

对自己所爱的人也会取笑，至于世俗浮华的那套东西，她更是讥诮不断。她嘲笑那些以门第为荣的人，自命不凡的老学究更是她挖苦的对象。有人唠唠叨叨地说教，她会笑出声来。那些聚会宴席、那些客套虚礼、那些人情世故、那些炫耀摆阔，她都看透了。不过，她虽看透一切，有一点却一直没有看透——她很在乎别人会怎么看她，而且几乎神经质地担心别人会看不起她。她的姑姑、姨妈对她稍加劝诫，她的哥哥对她稍有不满，她就又气又恼，简直不可自拔。她说："只是能避开他们，我宁愿住到树洞里去。"在她看来，丈夫在公开场合亲吻妻子"是极其令人恶心的"。有人说她漂亮，有人说她聪明，她都不放在心上，"就像有人叫我伊丽莎、有人叫我多拉"。但是，只要一听到有人说她闲话，她就会紧张得浑身发抖。所以，如果要她在别人面前解释一下她为什么会爱上穷巴巴的坦普尔，还准备嫁给他，那简直会要了她的命。"我承认，我生来就这样，无法忍受别人的取笑。"她写道。她"满足于和自己相同境况的人相处，宁愿生活在一个小圈子里"，也不愿听到有人议论她。她处处循规蹈矩、时时战战兢兢，就是生怕招来流言蜚语。关于这一点，就是她的情人威廉·坦普尔，有时也责备她过于敏感。

随着她的书信一封封往下写，威廉·坦普尔的性格也渐渐显露出来。这再次证明她有一种特殊才能。高明的写信人能把收信人的形象也展示出来——也就是说，阅读他们的书信，我们可以想象收信人是怎样一个人。多萝西·奥斯本在她的书信中时而争辩、时而说理，从她的争辩和说理中我们几乎可以明确推断出，收信人威廉·坦普尔之前说了些什么。在许多方面，他和她正好相反。他责备她过于忧郁，这使她更加忧郁；她说她害怕结婚，他说她毫无道理，这使她更加害怕。对于婚姻，他比她坚定得多、积极得多。不过，他有点生硬、有点自负。她的一个哥哥讨厌他不是没有一点道理，他说他是个"傲慢无理、荒唐古怪的家伙"。不过，在多萝西·奥斯本眼里，威廉·坦普尔比其他追求她的男人都要好，既不像有的乡绅那么粗俗，也不像有的治安官那么古板；既不像有的富家公子那么轻浮，也不像有的法式男人那么落拓。如果威廉·坦普尔是上面任何一种人，她根本就不会和他交往，因为她对男人的那些粗鄙习性特别敏感。在她看来，威廉·坦普尔有魅力、有同情心——这是其他追求她的男人都没有的。所以，她不论有什么想法，都会在信中向他倾诉，心情舒畅地和他通信。她喜欢他、敬重他。但是，她突然说，她不会嫁给他，因为她对婚姻很反感。她还举了好几个婚姻失败的例子，向他证明即使婚前相互了解的夫妻也不会有美满婚姻。她说，男女之情是最不理智、最荒唐的人类感情；譬如，安妮·布伦特夫人沦为"贩夫走卒、侍从仆役的话柄"，就是因为男女之情；可爱的伊莎贝拉小姐误入歧途，嫁给"那个一无是处只有一大片地产的畜生"，也是因为男女之情——她长得再漂亮，又有什么用？她还说，她要是嫁给他，她哥哥会生气，他会后悔，她自己会被人嘲笑，会伤心流泪；所以，想来想去，还不如"早点离开这个世界，躺在墓穴里永享安宁"。最后，还是威廉·坦普尔说服了她，使她打消了对婚姻的顾虑。她哥哥的反对也没能阻止他们。这在极大程度上要归功于威廉·坦普尔的意志坚定。然而，我们却深感痛惜，因为多萝西·奥斯本一结婚就放下了她手里的那支笔，再也不写信了。一夜之间，她精心营造的那个书信世界顿时消失了。这时，我们才回想起来，那是一个多么丰富、多么精彩、有那么多人物的世界！她用她的爱情之火点燃了她手中的那支笔，柔韧自如地写尽了她心中的喜怒哀乐。她曾半梦半醒地坐在父亲的病榻边，随手拿起一封来信，在信笺背面写回信。她写得轻松而流畅，又不失那个时代的庄重典雅。她写到黛安娜夫人，写到埃西安爵士夫妇，写到她的伯父，写到她的姑妈——他们怎么来，怎么走，说了些什么，她觉得他们有多愚蠢、多可笑，或者多可爱、多平常。此外，她在直白坦言的同时还含蓄地写到她对威廉·坦普尔的深切关怀和思念之情；写到她哥哥的专横给她带来的烦恼；写到她后来又怎样得到了安慰。她还写到她内心的忧郁和愁苦；写到她夜晚在花园中散步、在小河边沉思；写到她在等他回信时的心情和收到他回信时的欣喜和欢乐——所有这一切，都使我们情不自禁地深陷在她笔下的那个世界里，体会着她的言外之意和弦外之音。然而，那个世界一瞬间就不见了。因为她嫁人了，而且她丈夫是个调职频繁的外交官。她随丈夫去了布鲁塞尔，去了海牙，去了丈夫任职的每一个地方，和他同甘共苦。他们生了七个儿女，但"大多夭折在摇篮里"。过去，她嘲笑浮华和俗套，喜欢清静独处，甚至希望弃世隐居，"和你爱的人一起共度余生"，而如今，作为外交官夫人，作为丈夫在海牙的外交官府邸的女主人，她不得不面对厨房里的大堆大堆餐具，不得不安排宴席、招待客人，还要做丈夫推心置腹的朋友，当丈夫在外交事务上遇到挫折时给他以安慰；有时，丈夫的薪俸被拖欠，她还要独自留在伦敦和有关部门交涉；有时，他们的游艇在海上遇到风浪，她还要像船长一样镇静而勇敢地保护丈夫。总之，她承担起了无数的责任和义务——先是做一个大使夫人应做的一切，后是做一个退休官员的妻子应做的一切。这还不算什么，可怕的是他们还要丧失子女——他们仅有的一对儿女，女儿先他们而离世；儿子更惨，不知何故，也许是遗传了母亲的忧郁性格，竟然投河自尽了。就这样，岁月在忙忙碌碌和凄凄戚戚中流逝，而她始终默默无语。

许多年过去了，慕尔庄园来了一个古怪的年轻人——她丈夫聘用的一个秘书。那个年轻人举止粗俗、脾气急躁，很难相处,他就是斯威夫特[1]。正是通过他,我们才得知多萝西·奥斯本晚年的一些情况。"多萝西恬静、平和、睿智,是个了不起的女人。"斯威夫特说。但是,就如一束光照在一个幻影上,这个默默无语的老妇人使我们觉得恍恍惚惚。我们无法把她和多年前那个在书信中对所爱之人诉说衷肠的年轻女人联系起来。"恬静""平和""睿智""了不起"——这样的形容词,我们无法用来形容多年前的她。不过,对现在这位以丈夫的外交事业为先的大使夫人,我们还是深表敬意——只是,我们有时会想,我们宁愿牺牲一些外交利益,也希望她能多写一些书信。

---

1 乔纳森·斯威夫特:17世纪末至18世纪初英国政论家、讽刺作家,以《格列佛游记》等作品闻名于世(他到坦普尔爵士家里做秘书时二十多岁,那时多萝西·奥斯本已六十多岁)。

《一位宫廷女侍的日记》[*]

夏洛蒂·伯里小姐是第五代阿及尔公爵之女,18世纪末初次到伦敦,其美貌和才智就在伦敦城里为人人所称道。但是,她富有浪漫思想,不愿和英格兰豪门贵族联姻,而是嫁给了同族[1]的一个贫穷、英俊的"好小伙子"——杰克·坎贝尔。他们大部分时间住在爱丁堡,夏洛蒂夫人是爱丁堡文学界的女王。她写的诗经常受到瓦尔特·司各特、C. K. 夏普[2]和刘易斯修士[3]的称赞。然而,她的家庭生活却从未轻松过。她生了九个孩子,三十四岁时,丈夫就死了,留下一群孩子要她抚养。她凭借自己的贵族地位和亲友关系,在宫廷中谋得一职,而且

---

[*] 《一位宫廷女侍的日记》是18世纪末19世纪初宫廷女侍夏洛蒂·伯里(即坎贝尔夫人)的日记集。本文是伍尔夫为该书再版而写的书评。

[1] 即同为苏格兰族。

[2] C. K. 夏普:与夏洛蒂·伯里同时代的苏格兰诗人。

[3] 刘易斯修士:马修·格利高里·刘易斯,绰号"刘易斯修士",与夏洛蒂·伯里同时代的苏格兰小说家、剧作家。

依她的性格，自然是去为威尔士公主效劳，因为她一直很同情这位不仅和丈夫分居，还受王室冷落的公主。就是从那时起，她开始写日记。本书是她的日记集的再版，其中恢复了原版本中出于谨慎而用"×××"代之的人名，同时删掉了一些不必要的东西。但是，这本书还是厚得令人咋舌，要不是她那种乔治时代[1]的典雅文风很迷人，我们真希望夏洛蒂夫人能克制一下自己，不要有那么多感想。她说"这种瞬间开放的情感之花只有极少数人心中才有，而且只有在性情相同的人之间才能开得持久"——可惜，"这种情感之花"（继续套用她的比喻）如今不仅生长到贫瘠的土壤中，还有批评家的摧残，要是不枯萎凋零，倒反而怪了。

威尔士公主的宫廷（若有资格称为宫廷的话）其实和宫廷极不相称，是个极不舒适宜人的地方。这位公主固然在肯辛顿宫[2]和布莱克西斯[3]还摆着宫廷的排场，但她本人却常常被那些达官贵人傲慢无礼地对待。为此，她以自暴自弃的荒唐行为表示她对贵族礼仪的鄙视；譬如，她正带着侍从端庄地行走在肯辛顿宫的花园里，突然之间，她会"一转身从一扇小门走到

---

1 即乔治一世、乔治二世、乔治三世和乔治四世时代，也就是1714年至1830年。
2 英国王室宫殿之一，在伦敦郊区。
3 伦敦郊区一地名。

花园外面,然后穿过整个贝斯沃特[1],再沿着帕丁顿运河一直走",而且每经过一个人家都要问有没有房子出租,还为自己这种别出心裁的做法高兴得哈哈大笑。路上遇到有礼貌的绅士都会对她和她的侍从脱帽敬礼,但她很不耐烦,等他们走过去后,"心里觉得一轻松"。夏洛蒂夫人在日记中写道:"她总说太没劲儿了,总说'我的天哪!那个人是万能的上帝创造的最没劲儿的人!'""是啊,的确如此,"道德家会说,"和好人在一起总是没劲儿的。"布劳亨和韦特布莱德[2]不断拿文件来让她签字,还要提出种种建议。他们无休止地讨论应该采取什么策略。譬如要不要去看那场歌剧?公主应该接受摄政王提出的条件呢,还是应该提出自己的要求?但是,谋士们的预谋——夏洛蒂夫人猜测,其中恐怕都掺杂着他们的私利——往往都会被公主的自说自话和心血来潮打乱。在无聊的晚餐桌上,他们会说她这个做错了、那个也做错了,说得她忍无可忍的时候,她就开始讲她读过或者没读过的书,或者讲某某人的丑闻,或者讲某某人应该死掉,或者大声唱起歌来,因为她总是把自己幻想成整个宫廷社交圈的核心。夏洛蒂夫人一开始就很痛心。她看到可怜的公主那么痛苦,常常心如刀绞,因为她知道公主是

---

[1] 伦敦一区名。
[2] 布劳亨、韦特布莱德均为威尔士公主的侍臣。

因为痛苦才那么荒唐、那么歇斯底里的。不过,她也明智地看到,只要稍微调整,就不会有这种惨状。公主有时也会表现得极庄重、极高贵,有时面对达官贵人的傲慢无礼——站在一边的夏洛蒂夫人也觉得难以忍受——公主却一言不发,默默地忍受了。有一次,有个朋友告诉公主,说俄国沙皇想来拜访她。这可是莫大的荣耀,公主说为此割掉她的两只耳朵也值得,虽然她的耳朵"长得很丑"。她为此既兴奋又隆重地穿戴好公主服饰,恭恭敬敬等了整整一下午。夏洛蒂夫人一直陪着她,一直等到晚上七点,其间四个小时,她们面对面坐着,东拉西扯地闲聊。最后,沙皇没有来,但公主却不肯承认她的失望。也许,这就是为什么她常常会歇斯底里大发作的原因——为了排解极度的失望情绪。当她感到孤独的时候,她会在晚餐后坐在壁炉前,用蜂蜡捏一个人像,代表她丈夫,然后把那人像挑在一根铁钎上,放到炉火里烧掉。你是应该笑她呢,还是为她感到难言的悲哀?夏洛蒂夫人说,她有时觉得自己侍奉的是一个疯女人。

不管是说道理,还是讲感情,都无法使这个狂躁的女人安静下来。再说,她也太敏感,不能容忍她的下人(按她的说法)来欺侮她;但是,她又太愚蠢,竟然去交一些下三流的朋友以示报复。她的一生就如她在布莱克西斯的那座府邸,据夏洛蒂夫人说,那座府邸是"一个乱七八糟的大杂烩""到处都是俗里俗气、花里胡哨的小摆设，到处都是有样没样、有用没用的小玩意儿，简直就像一场噩梦"。就是在白天，那座府邸也像是一座闹鬼的庄园。就是在阳光下，它也是那么奇形怪状、斑斑驳驳，和黑夜里的妖魔鬼怪没什么两样。夏洛蒂夫人的责任感一次次受到考验。既然她无力回天，也就只好告辞了。为了不得罪公主，她谎称要带孩子去日内瓦，于1814年离开了宫廷。其实，夏洛蒂夫人这个人除了心地善良、品行端正，别无长处。不论对什么人、什么事，不论对艺术，还是对文学，她的认识都很肤浅。既然她的头脑里缺少她特别感兴趣的东西，她的日记也就不免给人平庸乏味之感。威尔士公主虽然不讨人喜欢，但她至少能使我们感兴趣——这不仅仅因为她命运多舛，还因为她有强烈的感情而且毫不掩饰地表现出来。夏洛蒂夫人去了欧洲，坐着帆船在灰蒙蒙的大海上航行，到各地去游览，时而欣赏一幅名画，时而瞻仰一座教堂，时而在凡尔赛宫里重温历史。"我再次凝视着不朽的维纳斯，那永恒的美的象征。我感受到神圣的阿波罗在我心中唤起的灵感与激情……我忘记了时间，忘记了我在何处。"最后，她来到日内瓦，并在这个"文学和科学的都城"安居下来，偶尔会微笑着回想起她刚离开的那个"人生大舞台"。但是，没等她多发感想，就听说威尔士公主一行将要驾临此地。于是，她和一群英国贵妇人忙着为公主殿下安排一场盛况空前大的舞会。不难想象，当她注视着她的前女主人"穿着时髦的舞裙"在舞会上彻夜跳着华尔兹舞的时候，她脸上会有怎样一种表情。那真是一派热闹欢快的景象，但"我内心感到悲哀……我想，她要是发现我又想离她而去，那我就太不应该了"。好在，夏洛蒂夫人是个心地善良的人，她不会对任何人冷漠无情；再说，她还有那么多孩子要抚养。所以，几个月后她在热那亚再次和威尔士公主相会时，就留在她身边再次成了她的女侍。她发现，公主的两位可敬的英格兰朋友[1]克莱温先生和盖尔先生都弃公主而去；公主的名声比以前更坏了；公主的新宠是一个名叫贝盖米的高个子意大利听差。她还发现，公主的马车就像一只贝壳，外面还包着蓝色丝绒，拉车的是几匹花斑小马，公主成天坐着这辆马车到处游览，还说要去希腊，再也不回英国了。对此，她装着没看见、没听见，但她心里很不好受，最后在1815年再次离开了公主，致使公主身边再也没有英格兰女侍了。夏洛蒂夫人去了罗马，威尔士公主也正好带着随行人员到意大利游览，而且她的随行人员中不断有身份可疑的人加入；譬如，某个"没落贵族"、某个"伯爵夫人"，还有某个神父，据说他会讲四十四种语言，而且每一种都讲得很好。威尔士公主的

---

[1] 威尔士公主是威尔士人，不是英格兰人，故而此处特意说"英格兰朋友"。下文提到英格兰也是此意。

身影最后一次出现在夏洛蒂夫人的日记中，是她据一位住在佛罗伦萨的英国夫人说，她在乡下的小村庄里遇见一大队都是花斑马驹拉的马车，领头的那辆大马车上坐着一群"吵吵嚷嚷"的人，有男有女，各国人都有，但都穿得很俗气，就像一个"巡回演出的剧团"；坐在正中的是"一个肥胖的女人"，据说就是威尔士公主。对于夏洛蒂夫人在罗马写的这些日记，大多数读者也许会跳过去不读，因为她写到的都是那个时代的一些趣事，今天看来已毫无趣味。不过，她还是给威尔士公主写过信，而且收到过公主亲笔回信。那些回信写得既不合英语语法，又把所有的"t"按她的发音写成"d"，读起来令人哭笑不得[1]。

1819年，夏洛蒂夫人回到伦敦，为的是带她的一个父母双亡的侄女进入社交界。她那时已经四十四岁，仍和以前一样在日记里无所不记，但那也不过是一个中年贵妇人在上流社会的生活写照。还有对一些名人的回忆，她也写在日记里；譬如，丹汉姆少校对她讲过他当年深入非洲内地时的情景；汤姆·莫尔船长为她唱过那首叫《启航曲》的歌，歌中唱道："孤身驶往大海，／真正驶向自然，／怎不令人感慨！"有一次，她

---

[1] 威尔士公主讲的威尔士语虽然和英语（英格兰语）很相像，但仍有许多语法和拼写区别。此句意为她身为公主，竟然只会方言，不会标准英语。

还遇见了画袖珍画的马伊夫人和"一个叫布莱克[1]的矮小古怪的画家"。布莱克和她谈论他的画,她觉得他很有想象力、很有才气,同时还注意到,托马斯·劳伦斯[2]爵士正满脸不屑地看着他们。她的日记写到加洛琳王后突然驾崩,就没有了。她写到,加洛琳王后驾崩前两天刚去过威斯特敏斯特大教堂做祷告,看来也是徒劳。许多读者都觉得,她写了这件令人遗憾的事情之后,应该再写几句对这位不幸的王后表示同情的话,因为她毕竟是王后的朋友。我们也觉得她应该是想再写几句的——但是她没有写,就这样结束了。

---

1 威廉·布莱克:和夏洛蒂夫人同时代的英国著名浪漫派画家。
2 托马斯·劳伦斯:和夏洛蒂夫人同时代的英国著名肖像画家。

《伊丽莎白·霍伦德夫人日记》*

将近一个世纪后的今天,霍伦德勋爵夫人在1791年至1811年间写的日记终于出版了,上下两卷,大开本、大字号,还有序言、插图和注解,可谓洋洋大观。在此之前,劳埃德·桑德斯先生出版过《霍伦德庄园的社交圈》一书。那本书分了许多章,分别讲述各个社交群体中来自不同阶层和不同行业的男男女女,以及每个群体中通常都有的代表人物。不过,这些人之所以使人感兴趣,主要在于他们都出入于霍伦德庄园的大客厅,都是被霍伦德夫人和她的丈夫从伦敦熙熙攘攘的人群中吸引到他们身边来的。说实话,时隔这么多年后的今天,再让我们回想起当年那个傲慢的勋爵夫人——那个在大画家莱斯利为她画肖像时傲慢地像主人对待仆人一样跷着脚的女人——竟

---

* 《伊丽莎白·霍伦德夫人日记》是18世纪末19世纪初英国贵妇人霍伦德夫人的日记选。本文是伍尔夫为该书再版而写的书评。

然会独自回到楼上的卧室里，悄悄地在纸上写下自己对刚才一幕的感想，这实在使人觉得不可思议。我们听惯了有人说她怎样奚落别人、怎样把扇子一扔、怎样威风凛凛地坐在餐桌前的第一把椅子上、怎样在听全英国最博学的大学者讲话时也会不耐烦地大声说："够了，麦考莱！"——然而，我们却很少想到，她的人生经历不是一般女人所能比的；她就是坐在餐桌前也可能在想另一件事，说不定还在暗暗惊讶自己的一生竟会有这样的机缘和巧遇。在伊尔切斯特把她的日记整理出版之前，我们仅有的材料就是劳埃德·桑德斯的那本书，因而我们只知道别人对她有何印象，至于她自己有何感想，我们就只能凭猜测了。她是牙买加的一个名叫理查德·瓦塞尔的富有绅士的女儿，十五岁时就和住在巴特尔大教堂旁边的高特弗瑞·韦伯斯特爵士订了婚。她生来聪明而任性，没人指导，全靠自己琢磨，竟然也很懂得怎样做人。这并不是因为父母不关心她；恰恰相反，是因为父母太宠爱她，万事都依着她，舍不得管教她。在她长成一个漂亮、高傲的大姑娘后，父母出于同样的宠爱心理，帮她找男人订婚。有个从男爵[1]，年纪虽比她大二十多岁，但在乡村议会拥有议席，是个议员，而且"因为乐

---

[1] 英国爵位，又译"准男爵"，和传统世袭男爵不同的是，从男爵是由英国君主册封的，但也可世袭。

善好施,很受乡民爱戴";这样一个男人,在她父母看来无疑是个不错的女婿,是女儿将来的依靠——至于爱情,那时并不讲究。到他们正式结婚时,高特弗瑞爵士在大教堂附近购置了一幢小房子,让他的姑妈住,他有时也会过去住。年轻的韦伯斯特夫人每天早上都要问从大教堂那边过来的人:"那个丑老太婆死了没有?"——由此可见她的心肠之狠。萨塞克斯乡间的生活单调沉闷,伊丽莎白·韦伯斯特夫人有时会到大教堂那边的那幢小房子附近闲逛,还会像调皮的孩子一样有意发出一些声响来惊吓那个姑妈。她丈夫通常忙于当地事务,虽然只有乡绅常有的一些嗜好,但却不是一个年轻的妻子可以放心的好丈夫。他不仅脾气暴躁,还赌博成性,有时又忧郁消沉,不理任何人。生活在这种环境里,韦伯斯特夫人对乡间生活的印象很恶劣,而且一想起来就不寒而栗。她在日记中写到,真不知哪天能离开这幢乡下的破房子,真不知哪天能"逃离不幸"。不过,她年纪虽不大,心气却不小,只要可以抗争,她从来不会忍耐。她的倔强脾气表现出来,使她丈夫忐忑不安。最后,他同意带她外出旅行。不可否认,他确实做了一些努力来关心她,而且尽可能地满足她的愿望。要知道,在那个时代,即使对一个重要人物来讲,坐马车离开萨塞克斯去长途旅行也不是一件容易的事情。但不管怎么说,韦伯斯特夫人的愿望实现了,但她对丈夫为她所做的牺牲却没有一点感激之意。他们于

1791年动身去意大利，那年韦伯斯特夫人二十岁，也就是在那一年，她开始写日记。对一个18世纪的英国人来说，要珍惜旅途中的所见所闻只有一个办法，那就是每天晚上把自己在白天看到、听到和想到的东西写在纸上——韦伯斯特夫人就是因此而开始写日记的，目的就是想回家后可以看看自己的日记，以此作为一种消遣，同时也可以使自己安心，相信自己做了一件应该做的事情——也就是和其他有知识、有教养的英国女人一样，有了出国旅行的阅历。但是，可以预见，她不会仅仅满足于这些。她的日记越来越倾向于记述她对某些事情的思考，而不是她对某些事情的感受。她和一般人很不一样，似乎一开始就善于思考，因而她的日记不像一般人那样，只是一本空洞的流水账，其中的所谓感受其实幼稚得连自己后来看了也会脸红。她就像十岁的男孩一样，不知感伤为何物；同时又像政治家一样，冷静理智地看待一切事物。譬如，她详细记述了坎普顿地方的亚麻种植情况，还观察到当地的亚麻只有当地人使用，从来不会运往外地，因为"没有可以通航的河流"。她对这种事情到底有多大兴趣，我们不得而知，但她确实认为这种事情很值得注意。既然值得注意，也就值得思考——"也许交通不便不一定是坏事"，因为交通方便会刺激商业发展；商业发展会刺激消费；消费会刺激人的欲望，而一旦物欲横流——这在道德家看来是很可怕的——"简朴的生活方式"也就荡然无存了。毫无疑问，他们在驿车上、客栈里一定有过许多次奇特的交谈，也一定有过许多次尴尬的沉默。年轻的夫人总是固执己见，总是嘲笑丈夫，说他没有头脑，不会思考。

终于到了罗马，情况更严重了。韦伯斯特夫人开始觉得自己不是凡俗之人，而且全世界的艺术都证明了这一点。她毫不犹豫地踏上"艺术之路"，穿行于各大美术馆之间，还遵照"莫里森老头"的指点，仰起头欣赏天顶画，然后低下头在日记本上认真地写下她对那些艺术杰作的赏识与钦佩。她丈夫和她同行，不是催得她来不及看，就是不耐烦地使她没法仔细看。显然，在那些名画面前，高特弗瑞爵士的许多缺点都暴露出来。再说，罗马有一群喜欢说三道四的老女人，她们使韦伯斯特夫人相信她的丈夫是个不可救药的蠢货。受她们的影响，她开始觉得自己真是太凄惨了。她独自黯然神伤、潸然泪下，心里想着不幸的婚姻理应有个尽头，同时又觉得自己不应该有这种想法。但不管谁对谁错，有一点是可以肯定的，那就是她确实很痛苦，谁都会同情她。一个二十二岁的年轻女人，在漆黑的夜晚把头伸到窗外，呼吸着外面的空气，遥望着远处的大海，只觉得心里有一种奇怪的不安与骚动。然而，就是这个女人，又在几天后的日记中写到，虽然她一直很厌恶丈夫，但她终于可以用笑声来应对丈夫的大喊大叫了。人性本来就害怕面对自身的弱点，同时又会对造成自身弱点的环境和经历感到厌恶，因为它们使你显得那么渺小、那么暗淡。贯穿在韦伯斯特夫人日记中的那种苦涩之感，隐含着一种不寻常的心理动机。她知道自己对人太严厉，她知道这是她的生活环境造成的，因而她厌恶周围的一切，但她又是个自视甚高的人，总把自己想象成一个受人崇拜的完人。所以，她在意大利找到了一种她在英国找不到的感觉，一种迷迷糊糊的幸福感。她会一连几个小时恍恍惚惚地迷失在这种感觉之中，只觉得意大利是个妙不可言的神奇国度，而她还很年轻，身上有一种同样妙不可言的神奇力量。她不愿用"孤独者的自我安慰"来定义这种感觉，她要凭着这种感觉"向某一个人敞开心扉"。然而，当"某一个人"出现而且让她知道他对她的帮助别有用意时，她却又慌慌张张地逃避了，还对自己说，幸亏"没有一时冲动"，否则一定会酿成悲剧。"可是，如果我的理智一旦和我的心灵联合起来对付我，那我还会有什么力量可用来支撑？"她这样问自己，既表明她很诚实，同时也表明她并不一定会支撑到底。

就在她写下这句话之后不到一年，她在佛罗伦萨遇到了霍伦德勋爵。那是个二十一岁的年轻人，刚从西班牙旅行回来。她对他的第一印象和平常人一样直截了当："霍伦德勋爵一点也不英俊。"她虽觉得他"言谈生动活泼，举止讨人喜欢"，但特别注意到他的左腿患有一种称为"肌肉硬化"的"复杂病症"。她和其他讲究实际的女人一样，对生理疾病特别关心，而且经常和医生讨论健康问题,还喜欢使用医学术语,似乎觉得自己比一般人更懂医学。她和霍伦德勋爵的亲密交往始于何时,我们不得而知,因为她的日记从来不记她的感情经历,甚至连一个大概的过程也没有,至多像做备忘录似的客观总结一下自己的感觉如何。霍伦德勋爵在和她交往的同时也加入了一个由旅居意大利的英国人组成的著名团体。这个团体从18世纪末到19世纪初一直在意大利很活跃;后来,人们还可以在这个团体中看到雪莱和拜伦[1]的身影。这个团体里的人一起坐马车在意大利四处游览,一起欣赏雕刻和画作,而且在佛罗伦萨和罗马都有他们的驻地。这是因为相同的贵族出身、相同的富裕生活和相同的艺术趣味把他们聚到了一起。但高特弗瑞爵士却开始对意大利之行感到厌烦了(这也难怪)。在他看来,他的妻子就像一个不懂事的大孩子,而他早就不耐烦带着这样一个大孩子在异国他乡到处去看那些废墟和旧画了,只希望快点结束这次无聊的旅游。韦伯斯特夫人在罗马写了这样一段日记,从中可以看出他们在1794年春天是怎样一种情况:

> 我们这些从那不勒斯过来的人几乎都去了……大家一起去游览了蒂伏里[2]。马车是我提供的,同行的有霍伦德勋

---

[1] 雪莱和拜伦均流亡意大利,而且均未回国。
[2] 意大利一旅游城市。

爵、马西先生和波克勒克先生……深夜两点才回来……晚会上，霍伦德勋爵非要我向一位诗人致敬……那诗人姓考珀[1]。晚会很愉快……（我丈夫）因为喝奥维埃托葡萄酒引起痛风，他的脾气一点也没有变好。

他们这些人的意大利之行有个值得注意的特点，那就是非常空闲。所以，在一个无所事事的美好国度里，他们常常会一连几个小时毫无目的地翻阅各种书籍，以此消磨时间。韦伯斯特夫人说她渴望"博览群书"，特别想读历史书和哲学书以增长知识，但霍伦德勋爵却使她对文学产生了兴趣。他不仅为她朗诵了蒲柏翻译的《伊利亚特》和希罗多德[2]的英译本，还和她一起读了"不少彼埃尔·培尔[3]的著作和许多英国诗歌"。她的头脑被文学征服了，而通过文学这一途径，霍伦德勋爵征服了她的心灵。高特弗瑞爵士不再管她，听凭她在意大利逗留了好几个月。后来，在1795年5月，他干脆独自返回了英国。这段时间里，韦伯斯特夫人的日记写得仍像以往一样理智而从容，读者很容易把她视为一个稳重而贤淑的英国女人。然而，就算我们从中看不出她有私情而且想背弃婚姻，我们至

---

[1] 威廉·考珀：18世纪英国诗人，死于1800年，是那个时代受欢迎的诗人之一。
[2] 希罗多德：古希腊史学之父，著有《希腊波斯战争史》。
[3] 彼埃尔·培尔：17世纪法国哲学家、文学评论家。

少能察觉到她有一种不同以往的紧张感。当然，她是从不自我忏悔的，也从不自我分析，她在日记中写的仍是关于柯勒乔[1]的绘画、关于美第奇家族之类的东西。她仍带着一群人在意大利到处游览，这儿住几天，那儿住一周，最后在佛罗伦萨停留下来，准备在那里过冬。霍伦德勋爵的名字频繁出现她的日记中，而且很自然，就像其他人的名字出现在她的日记中一样，一点也不别扭。可见，她全身心都自由自在；她不仅快活而且还不无自豪，一点也没有道德上的愧疚感。4月，她和霍伦德勋爵一起返回英国。1797年7月，高特弗瑞·韦伯斯特爵士和伊丽莎白·韦伯斯特夫人正式离婚。同月，伊丽莎白·韦伯斯特夫人变成了伊丽莎白·霍伦德勋爵夫人。这样的婚姻，总让人觉得非同寻常。（要知道，那是在18世纪！）既然他们以这种不寻常的方式结合，他们之间一定有不寻常的感情——这大概不是三言两语能讲清楚的。譬如，霍伦德夫人究竟出于对丈夫的何种感情，愿意跟随他过那种喧闹而忙碌的生活？这大概没人知道。同样，霍伦德勋爵对妻子的温柔体贴远不是一般丈夫所能比拟的，他妻子究竟为他做了怎样的牺牲？这大概只能猜测。还有，当他看到妻子时常不得不忍受他人的指责和非难时，会有怎样的感觉？这大概也是我们难以体会的。但不管怎

---

[1] 柯勒乔：15世纪意大利画家。

三 关于女性作品

样，有一点是可以肯定的，那就是他们的婚姻不仅表面上不同寻常，实质上也不同寻常，因为他们直到晚年、直到心如古井之时依然心心相印，依然每次相见都会怦然心跳。"哦，我最亲爱的朋友，"霍伦德勋爵夫人会深情地说，"自从我有了你，每一天都多么温馨、那么幸福！"

> 二十四岁时我爱你；
> 六十岁时我更爱你。

这是她在纪念他们结婚三十四周年时写的；这是

> 发自我内心的感激之声，
> 不论用韵文还是散文写
> 都一样真实、一样真诚。

如果真是这样，我们就更应该对他们深表敬意了——要知道，霍伦德勋爵夫人后来的名声有多大，而她又是怎样坦然面对的！

她当初毅然成为霍伦德庄园的女主人，乃是因为她要把浪费的时间找回来，要尽可能使自己和自己所爱的人生活得更充实、更幸福。她一心一意做霍伦德勋爵的助手，帮助他在事业上取得成功。她少女时代虽然学业荒废，但她至少学会了如何做人；后来，她又在欧洲大陆旅行期间冷静观察并认真记下了她所观察到的一切，同时还学会了如何跟各种各样的人交谈和交往、如何用心了解周围人的生活。有了这样一个女主人，整个霍伦德庄园都改变了面貌。你也许会问，为什么那些人会不约而同来到这里？是什么东西、什么原因使这里成了一个"沙龙"？这里的主要原因就是霍伦德勋爵夫人——是她有意把那些人吸引到霍伦德庄园里来的。有她这样一个人，有她这样明确的意愿，松散的人群就有了"凝聚力"，而人群相聚，不管时间长短，总会有某种意义，而且总会被久久地铭记。霍伦德勋爵夫人既年轻又老练，她的经历使她的神情端庄而和善，使她的言谈坦率又机智——和她交谈一次，胜过和其他女人交谈一百次。她读过许多优秀的英国小说、传记和游记，读过尤维纳尔的英译本，还读过蒙田、伏尔泰和拉罗什富科的法语原著。她曾写道："我没有偏见需要克服。"思想再开放的人，也可以在她面前大胆发表自己的观点。她名声日振。没过多久，连政界人士也听闻这位不寻常的夫人，纷纷慕名而来——有的前来赴宴，有的前来做客，有的甚至前来观看这位夫人的晨装。也许，事后他们都一笑了之，但不管怎样，霍伦德勋爵夫人满足了自己的愿望——她希望他们来，他们来了。婚后两年的一天早上，她在日记中写道："今天有五十位客人。"她的日记就如备忘录,从政界动态到小道新闻,不管有用没用,她都记在上面。但是,有一则日记,给了我们一点线索——她说她虽然关心老朋友,但也"热切地"希望结交新朋友,因为"和更多的人有交往对霍伦德勋爵的事业有好处";因为一个人必须经常接触同道,和他们往来;否则,"头脑会越来越简单,最后变成孤家寡人",就像乔治·坎宁[1]那样。她说的话总是很中肯,你很难反驳,但她做起事来常常会过于热情,甚至热情得几近狂热。譬如,她最初关心政治是为了帮助丈夫,但没过多久,她对政治的热情远远超过了丈夫。不过,她胸襟开阔,做事往往很得法。她在政治上的成功如此之大,以致一百年后的今天仍有历史学家认为"霍伦德庄园是一个政治舞台……对于一个贵族政党[2]来说,其重要性简直难以估量"。然而,不管她多么热衷于政治,我们都不能说她影响了首相的决策,或者说她是蓄意改变政局的密谋者。她的成功是另一种成功,那就是她的性格使她在当时具有很大的影响力,从而改变了她周围的人和环境——这一点,即使在今天,我们仍能从她的日记中看出。

不过,我们想起她时,通常很少会想到她的言谈有多么机

---

1 乔治·坎宁:18世纪末英国政治家,曾出任首相。
2 指18世纪几次执政的托利党(即保守党的前身)。

智,而是更多地想到她的态度有多么傲慢、她做起事来有多么冲动、她的有些想法有多么古怪——总之,只有一个任性的贵妇人才会那么无所顾忌。下面几个例子,虽然都是一些微不足道的小事,但读者看了之后一定会感觉到她在客人面前的那种眼神、那种表情、那种摇着羽毛扇的样子。第一个例子是一次早餐会,麦考莱后来写道:"霍伦德勋爵夫人说她做了一个梦,梦见有一只疯狗咬她的脚,她去找布罗迪,但是在圣马丁街上迷了路,找来找去找不到。最后她说,但愿这个梦不会成真。"看来,她有时还很迷信。第二个例子是:她有一次对托马斯·摩尔[1]说:"在我看来,你的《谢里丹》好像是一本很乏味的书。"第三个例子是:有一次,她在晚餐会上对宫廷侍卫官亚伦说:"亚伦先生,今天的甲鱼汤不够,你要么喝肉汤,要么什么汤都没有。"从这几个例子中可看出,她好像自视甚高,既不尊重别人,也不在乎别人有什么感受——是的,她可能有点傲慢、有点冷酷,但她确实有一种不寻常的性格魅力。更为重要的是,她的高傲代表了半个人类的勇气——她唤醒了半个世界的潜力[2]。她无论到哪里,哪里就是她的世界;房间里的一切,家具也好、装修也好、书籍也好,都散发出她的气息,都

---

1 托马斯·摩尔:18世纪末19世纪初爱尔兰诗人。
2 此处的"半个人类"和"半个世界"均指女性。

表明她的存在。所以，我们认为，那个聚在她的客厅里的群体正是受了她的影响而在某种程度上具有了某种微妙的特性——只是，这种影响并不十分明显。之所以如此是因为她并不是真正的离经叛道，而且随着时间的推移，她越来越像一个精于世道的商人。这从她的日记中可以看出。她和各种各样的人交往，而且每结交一个人都要在日记里简要地归纳出这个人的特点，同时注明其价值所在——譬如："此人品格低下，喜欢交友却不会择友，喜欢喝酒却不懂好酒，只会狂饮一通；不论从哪方面看，都粗俗不堪……""此人值得尊敬，为人正直。"——她记录这些人，就像捏一个个粗糙的泥人，左一捏、右一捏就捏成了。但要知道，她捏了多少泥人啊！捏的时候又是多么自信啊！确实，她见多识广——家庭琐事、性格矛盾、金钱纠纷，等等，等等。她见得太多了，如果她再用心一点，很可能会精妙而又不无讽意地描绘出一幅世间众生相来。她写道："堕落之人不管怎样堕落，不管怎样践踏美德，他仍想拥有美德之人的名声。"拉罗什富科是她最常提起的作家。她吸引了那么多人，还能轻松驾驭他们——单凭这一点，就能证明她的头脑不同寻常。她不仅把他们凝聚在一起，还像一道奇异之光把他们照亮，使他们呈现出新的一面——可以说，她重塑了他们。她统治着她的世界，在她那个世界的每个角落里，都烙上了她独有的印记。她可以喜欢小桥流水，也可以面对高山大川；即便山高水深，远不是她所能逾越的，她也绝不会后退。她写信邀请华兹华斯。"他来了。他这个人比他写的诗好多了，言谈举止都是超一流的。我差一点也想去做一个像他一样卓越的谈话大师，就是用尽我的天赋才能也值得。他说到一些比较有趣的话题时所持的观点，我是绝对不敢苟同的……不过，他对自己所住的那个地方的历史掌故倒还是很熟悉的。"

荒唐可笑，是不是？是的。但从中不是可以看出她成功的缘由吗？她是个对任何事物都有主见的人，而且固执己见、从不妥协，因而不免使人反感，被人指责为狂妄自大。但是，反过来说，正因为有这种人，我们才能借助他们看到一个轮廓清晰的世界，才能从他们那里找到自信和沉着。或许，我们应该爱戴这种为我们勾画出一幅世界图景的人。霍伦德勋爵夫人在世之时就因为她的主观武断而备受诟病，而且直到今天，人们依然不承认她有多大影响。不过，我们并不要求人们承认她有多大影响，只要求人们承认她这个人曾经存在过，因为在一百多年后的今天，我们仍记得她。她仍坐在那把椅子上，就像在莱斯利为她画的那幅肖像画中那样。她作为女人也许是强悍了一点，但不可否认，她是个有勇气、有胆量的女人。

《简·爱》与《呼啸山庄》

夏洛蒂·勃朗特出生至今已有一百年了,现在她已成了人们传说、爱戴和著述的中心,而她本人仅活了三十九岁。要是她能活到一般人的岁数,想一想关于她又会有什么样的传说,倒也是一件有趣的事。也许,她会像同时代的有些名人那样,成为经常在伦敦和其他什么地方抛头露面的人物,成为无数图册和小报的描述对象,成为一大堆小说和回忆录的作者;但是,如果她只是作为一个声名显赫的中年女人留在我们的记忆里,那她总不免和我们有点疏远。她可能会很富有,也可能会万事如意。然而,事实却并非如此。我们一想到她,总会联想到现实世界里的某个命运不济的人;我们一想到她,总会追忆到上个世纪[1]50年代,回想起位于约克郡荒原上的那座牧师住宅。她一生都住在那片荒原上的那座住宅里,既受过穷困的煎

---

[1] 即19世纪。

熬，也受过人们的吹捧；但不管是受穷，还是受吹捧，她永远是孤寂的、不幸的。

这样的生活既然会影响她的性格，那么在她的作品中也一定会留下印痕的吧？不妨想一想：一个小说家，要构筑自己的作品，一开始总需要有许许多多的临时材料；这些材料虽然有可能使作品具有真实性，但大多数到后来都会被证明是无用的。所以，当我们翻开《简·爱》时，心里总会想：她想象出来的世界，会不会仍然是那个陈旧过时的维多利亚时代的世界，就像她住过的那座荒原上的牧师住宅？这样的地方，除了怀旧者，谁会保存？除了好事者，谁会去参观？抱着这样的疑虑，我们翻开了《简·爱》。可是，读了两页，我们的疑虑便统统打消了。

起皱的猩红色帐幔挡住了我右边的视线；左边，是明净的窗玻璃，它保护着我，却不能把我和那阴凄凄的11月的天气隔开。我翻动着书页，时不时地抬头张望这冬日下午的景色：远处是一片灰蒙蒙的雾霭；眼前是湿淋淋的草地和风雨中的灌木丛，而那绵绵不停的雨，在久久哀号的狂风吹送下，正唰唰地飘向远方。

再没有什么东西比这本书里的荒原景象、比那"久久哀号的狂风"更变幻不定了;同样,还有什么东西能比她这种一时的兴奋更短暂呢?但它竟然能使我们凝神屏息地把书读完,不容我们停下来思考,也不容我们把目光从书页上移开。我们被小说深深地吸引住了,以至于要是有人正好在房间里走动,我们也会觉得那脚步声好像是从约克郡传来的,而不像在我们的房间里。作者紧拉着我们的手,强迫我们和她一路同行,要我们去看她所看到的一切;她一刻也不离开我们,也不许我们离开她。我们就这样完完全全地被夏洛蒂·勃朗特的才华和激情笼罩住了。一张张各不相同的面孔,一个个相貌迥异、性格鲜明的人物,在我们眼前闪现,而这一切,又都是通过她的眼睛才使我们看到的。她一走开,一切便不复存在。我们想到罗切斯特,马上也就想到了简·爱;想到荒原,又不能不想到简·爱;甚至一想到书里的那个客厅、那些"好像覆盖着鲜艳花环的白色地毯"、那只淡白色的巴洛斯壁炉和壁炉上的"红宝玉一般鲜红的"波希米亚玻璃片、那种"红白相间的混合色",我们都会想到简·爱——要是没有简·爱,这一切还算什么呢?

我们不难发现简·爱的缺点。总是做家庭教师,总是坠入情网——这对世界上许多既不做家庭教师,也没有坠入情网的人来说,毕竟是一大局限。相比之下,简·奥斯丁或者托尔斯泰笔下的主人公就要复杂得多,有无数的侧面。他们是活生生的，对不同的人会有不同的反应，而许多不同的人又像一面面镜子，从不同的角度映照出他们的性格。他们到处走动，作者并不老是盯着他们，审察他们的内心。他们似乎生活在一个真实的世界里——这个世界是和他们相互独立的，一旦他们走进这个世界，我们也就跟着他们进去见识一番。夏洛蒂·勃朗特没有这种塑造人物的力度和宽阔的视野。这一点，她和托马斯·哈代[1]颇为相近。但他们两人也有很大的区别。我们读《无名的裘德》，不会凝神屏息地想一口气读完——我们往往会掩卷沉思，会有一连串题外的想法，会从人物身上生发出一种疑问和一种寓意，而这种疑问和寓意，是和他们毫不相干的。他们尽管只是些纯朴的农民，我们却不由得会向他们提出种种意义重大的问题；所以，哈代小说里最重要的人物，似乎是那些无名的次要人物。像这样的疑问和寓意，在夏洛蒂·勃朗特的书里是一点也没有的。她并不想关注人生的普遍问题，甚至都没有觉察到这类问题的存在；她的全部动力——这种动力越是受到压制，就显得越强大——就在于她要自我申诉："我爱！""我恨！""我在受苦！"

和那些思路宽宏、视野广阔的作家不同，凡是以自我为核

---

[1] 托马斯·哈代：19世纪英国小说家，著有《德伯家的苔丝》《无名的裘德》《远离尘嚣》等。

心、囿于自我申诉的作家，都有这样一种动力。他们所感受到的印象，仅限于他们自身生活的四壁，而且都深深打上了自我的烙印。在他们的心灵里，无处不带有自我的特征。他们很少从其他作家那里吸取什么东西，即使吸取了，也难以融合到自己的风格中。夏洛蒂·勃朗特和哈代一样，其风格似乎也是以那种端庄的，甚至有点僵硬的报章文体为基础的。他们的文笔时常是呆板的、不灵活的，但由于他们各自经过长期的刻苦努力，对自己的每一种构思都不惜费神去找到确切的语言来加以表述，所以他们最后还是锤炼出了各自所需的文体——这种文体不仅能把他们内心的形象完整地表述出来，而且还具有自身独到的美感、力量和敏锐性。我们至少可以说，夏洛蒂·勃朗特有创作成就，但这并不是因为她读了很多书。她无法像职业作家那样写得非常顺畅，也无法像他们那样自由自在地遣词造句。"我无法满意地和那些学识渊博、心思细密、情趣高雅的人交往，不管这些人是男人，还是女人。"她先这么写，读上去好像是外省某家报社的评论员写出来的；但紧接着，就出现了她自己那种急切的，甚至有点浮华的文句："除非我能首先突破传统留下的外围工事，然后越过自卑的门槛，到他们心中的火炉边上去赢得一席之地。"她确实在那里赢得了一席之地，但使她的书熠熠生辉的，却是她自己心中燃烧着的炉火。

换句话说，我们读夏洛蒂·勃朗特的书，不是因为她对人物性格做了深入观察——她的人物性格是单纯不变的；也不是因为她设置了戏剧性情节——她的情节是粗糙生硬的；更不是因为她说出了什么深刻的人生哲理——她的思想不过是一个乡村牧师的女儿的想法。我们读她的书，是因为其中有诗意。像她这样有个性的作家，也许都这样。就像我们平时所说的：这种人把门一开，他们屋里的东西就全让别人看到了。他们都有一种桀骜不驯的气质，和现实世界总是格格不入——这使他们不愿耐心观察，只想挥笔疾书。这样的创作热情，使他们不顾自己是不是半吊子，也不管有什么障碍，甚至不像常人那样左思右想，一下子就去抓住连他们自己也不太说得清楚的内心情感和欲望。这就使他们成了诗人——虽然他们用散文写作，但同样无拘无束。而正因为如此，夏洛蒂·勃朗特也好，艾米莉·勃朗特也好，她们时常会求助于大自然。因为她们觉得，要把人心中深藏着种种情感和欲望表达出来，就必须借助于比普通语言更有表现力的自然象征。譬如，夏洛蒂最好的一部小说《维莱特》，就是用一段对暴风雨的描写来结束的："天空低垂，阴霾密布——一大片乱云从西边飘来；它们变幻莫测，呈现出种种奇形怪状。"她就这样，请大自然把她无法用其他方法表达的心情表达了出来。虽然，无论是夏洛蒂，还是艾米莉，对大自然的观察都不及多萝西·华兹华斯那么准确，对大自然的描绘也不及丁尼生那么仔细，但她们却抓住了和自己的切身感受或者人物的内心感受最为相近的自然现象。她们笔下的暴风雨、荒原和夏日美景，既不是以防枯燥的点缀物，也不是为了炫耀自己的观察力，而是直接用来抒发感情和点明意图的。

常常有这样的情况：一本书的意图既不在于想告诉读者什么事情，也不在于作者有什么话要说，甚至都不在于作者从各种事物中发现了某种联系。这样的书，读起来当然就不太容易。特别是像勃朗特姐妹这样有诗人气质的作家，当她们把自己的意图隐藏在自己的语言中时，当她们只是表现一种模模糊糊的情绪时，要了解她们就更加不容易了。《呼啸山庄》就比《简·爱》难读得多，因为艾米莉比夏洛蒂更有诗人气质。夏洛蒂写作时总带着激情，滔滔不绝地对我们说："我爱！""我恨！""我在受苦！"她的感受固然十分强烈，但是和我们仍然处在同一水平线上。《呼啸山庄》则不然，那里没有"我"，既没有家庭教师，也没有雇家庭教师的人。那里有"爱"，但又不是常见的男女之爱。艾米莉的创作灵感显然来自某种更为混沌的思绪。她的写作动力，既不是她目睹了人间的痛苦，也不是她自己受到了伤害，而是她冷眼旁观，看到了一个陷入极大混乱而四分五裂的世界，于是就觉得自己可以在一本书里把它重新呈现出来。这种雄心壮志，在《呼啸山庄》里处处可见——她在进行一场搏斗，虽然屡遭挫折，却仍然信心百倍，而且还一定要从人物身上表明一番道理。不过，不再是"我爱""我恨"，而是"我们——全人类"，"你们——永恒的力量……"。后面一句话还没有说完，这并不奇怪；奇怪的倒是，她竟然能让我们感觉到她心里真正想说的到底是什么。在凯瑟琳·恩肖[1]只说了一半的那句话里，就透露出这样一种情绪："如果一切都毁灭了，只要他存在着，我就能继续活下去；如果一切都存在，只有他被毁灭了，那么对我来说，这个世界就是完全陌生的，我也将不再是它的一部分了。"这种情绪，后来在死者面前又一次表露出来："我感到一种无论是人间还是地狱都不能将其打破的宁静，我也感到一种对无穷尽的、无痛苦的来世的信念——我相信他们已获得永生——在永生中，生命将无限长久，爱情将无限和谐，欢乐将无限圆满。"由于小说暗示出，潜伏在人性表象下面的力量可将人性提升到崇高的境界，所以较之于其他小说，它具有不寻常的深度。关于这一思想，其实艾米莉·勃朗特早先在她的抒情诗里就已明明白白地表述过，而且她的抒情诗可能要比她的小说更有传世价值；但对她来说，仅仅写几首抒情诗发一通感慨和表示一种信念，当然还不够，因为她不仅是诗人，还是小说家。于是，她就承担起了一件吃力不讨好的工作。为此她必须面对不同的生存状

---

[1] 《呼啸山庄》中的女主人公。

态，必须和各种事物打交道，理清它们的脉络；她要把山庄里的那些房舍建造起来，要建造得看上去就像真的一样；还要创造出一群似乎与世隔绝的男女，并把他们的谈话一一记录下来。我们之所以能在一部小说中登上人类情感的顶峰，并不是因为那里有什么豪言壮语，而往往是因为我们在那里看到有个女孩坐在树枝上，一边摇啊摇啊，一边哼着古老的歌曲，是因为我们在那里看到羊群在原野上静静地吃草，听见风在草丛里轻轻地吟唱。现在，摆在我们面前的是呼啸山庄里的生活，那里发生了一连串荒诞的、简直令人难以置信的事情。我们完全可以把《呼啸山庄》和一座真正的山庄加以比较，也可以把希斯克利夫[1]和一个真实人物加以比较。我们可能会这样问：既然那里的男男女女和我们所熟悉的人如此不同，又怎么谈得上真实性、洞察力，或者说，感情的细腻呢？然而，即使我们这样问了，我们仍然会承认，希斯克利夫若有一个天才的姐姐或者妹妹的话，那她们一定会认出自己的这个兄弟；我们或许会认为他令人厌恶，但在所有文学作品中又有哪个年轻人物比他更有活力？对大小凯瑟琳[2]也一样。我们或许会说，世界上没有一个女人会像她们那样感受生活、对待生活；但我们又不得

---

1 《呼啸山庄》中的男主人公。
2 指凯瑟琳·恩肖和她的女儿（也叫凯瑟琳·恩肖，小名凯茜）。

不承认，她们是英国小说中最可爱的女性人物。艾米莉·勃朗特所做的，似乎是先把我们所熟悉的男男女女都撕成碎片，然后又把那些已无法辨认的碎片重新组合起来，同时赋予它们以不寻常的生命力；因此，她所创造的人物都是超越于现实之上的。这是一种旷世罕见的才能。她使人的生命摆脱了它原本依附着的肉体；对她来说，肉体是多余的，因为她只需寥寥数笔，就能把人的灵魂直接勾画出来；而当她一写到荒原，飒飒的风声和轰隆隆的雷鸣声便随即从她笔下响起。

《奥萝拉·莱伊》*

如今,勃朗宁夫妇[1]其人的名声之大,可能远远超过其诗歌的名声。对于世人的这种嘲弄,这两位勃朗宁大概只好报之以苦笑。他们是一对狂热的情人,一个胡子拉碴、一个蓬头散发;他们遭人压制,但他们敢于叛逆,双双私奔——这大概就是成千上万从来不读他们作品的人所关心、所了解的勃朗宁夫妇。如今,由于有回忆录、书信集,还有照片,诗人往往以其自身形象出现,不像过去那样仅出现在他们的诗句中;如今,他们的帽子比他们的诗句更引人注目。在这些引人注目的诗人中,最引人注目的就是勃朗宁夫妇——至于照片和摄影艺术会给文学艺术带来怎样的不利影响,那还有待观察;至于读者读了有关诗人的书之后有可能不再去读诗人本人的作品,这个问

---

* 《奥萝拉·莱伊》是19世纪英国女诗人伊丽莎白·勃朗宁(即勃朗宁夫人)所作长篇叙事诗。本文是伍尔夫为该书写的书评。

1 即罗伯特·勃朗宁和伊丽莎白·勃朗宁,均为英国维多利亚时代著名诗人。

题还有待向传记作家提出。不过,勃朗宁夫妇也确实值得我们关心和同情,虽然在美国的大学里一年当中大概不会有两位教授读过《杰罗廷夫人的求爱》[1],但我们全都知道那个病榻上的巴雷特小姐[2],知道她在九月的一天早晨逃离温波尔街上的那个昏暗的家,到街角处的那个教堂里去约会健康、幸福和自由,约会罗伯特·勃朗宁。

然而,勃朗宁夫人作为一个诗人的命运却没有那么美好。她写的诗没人读,没人讨论,没人考虑她在文学界应有怎样的位置。只要把她和克里斯蒂娜·罗塞蒂比一下,就可看出她的名声日趋衰微。如今,克里斯蒂娜·罗塞蒂已势不可当地升至英国一流女诗人的行列,而伊丽莎白·勃朗宁呢,虽然生前也曾名声响亮,现在却一落千丈,甚至连初级诗歌读本也傲慢地将她拒之门外。他们说她的重要性"仅仅是历史性的,无论是她所受的教育,还是她和丈夫的关系,都未能使她懂得词语的价值,也未能使她具有形式感"。总之,在英国文学大院里,他们指定她住的地方是地下室里的仆人房间,和赫曼兹夫人、伊莱莎·库克、吉恩·英吉洛、亚历山大·史密斯、埃德

---

[1] 勃朗宁夫人的诗集。
[2] 即勃朗宁夫人,婚前名伊丽莎白·巴雷特,十五岁时骑马跌损脊椎,下肢瘫痪,长期卧床。

文·阿诺德和罗伯特·蒙哥马利[1]等人同住。她在那里吃着粗茶淡饭,穿得邋里邋遢。

因此,我们就是从书架上取下她的《奥萝拉·莱伊》,也不是真的想读,而是观看一件昔日的遗物,而且带着一种悲凉之情,就像观看老祖母的一件绣花边斗篷或者观看一座印度莫卧儿皇后的残存雕像。然而,此书对于当年的维多利亚人[2]来说,却是一部不可多得的杰作,从初版到1873年,《奥萝拉·莱伊》共印行了十三版。而且,从此书的前言中即可看出,勃朗宁夫人自己也非常珍视这部作品,说"这是我最成熟的作品,表达我对生活和艺术的最高信念"。从她的相关书信中则可看出,她写这首长诗酝酿了好多年。当初,她刚见到罗伯特·勃朗宁时就已经在构思,后来他们相恋而且欣然共享创作经验,她由此找到了该诗的表现形式。她曾在书信中写道:

……我目前的主要心愿是想写一部诗体小说[3]……涉及我们传统中的一些最根本的东西,涉足那些"天使不敢涉足"的地方;要冲破老旧的客厅题材,剥去一切伪

---

[1] 此处所列出的均为19世纪英国三流诗人。
[2] 即19世纪维多利亚女王统治时期的英国人。
[3] 长篇叙事诗的别称(如拜伦的《恰尔德·哈洛尔德游记》、雪莱的《麦布女王》等)。

装，直面这个时代的人性，明白无误地说出真相。这就是我的心愿。

后来由于众所周知的原因，她私奔而且在幸福婚姻中度过了不寻常的十年。这期间她一直怀着这一心愿。所以，当此书最后在1856年出版时，她完全有理由说她在此书中倾注了她的大量心血。也许，此书给人的意外效果和她长期的构思和后来的不断润色有关，因为我们只要读上二十页，就会不由自主地被那个老水手[1]吸引住了——不知何故，那个老水手出现在有些书里，却没有出现在另外一些书里[2]。但不管怎样，我们还是像那个三岁小儿[3]一样听得津津有味，而勃朗宁夫人则用九大卷无韵素体诗让奥萝拉·莱伊滔滔不绝地讲述她的故事。她讲得快速而生动、真诚而自信；我们听得心醉而神迷、欲罢而不能。我们得知，奥萝拉的母亲是个意大利人，奥萝拉"只有四岁的时候，/母亲美丽的蓝眼睛就永远闭上，/再也不能亲昵地看着她了"。她父亲是个"严厉的英国人，/在家乡度过多年

---

1 "那个老水手"即柯勒律治的叙事诗名篇《古舟子咏》中的故事讲述者，以此代指所有讲故事的人。

2 此处意为《奥萝拉·莱伊》并没有故事讲述者，"那个老水手"就是奥萝拉·莱伊，即故事是由主人公自述的。

3 即《古舟子咏》中的听故事者，以此代指所有听故事的人。

枯燥的生活，/又在学院埋头研读法律与教义，/后来不知不觉坠入了爱情的罗网"。不过，他也死了。于是，奥萝拉被送回英国由姑妈抚养。姑妈出身名门，穿一身黑色衣裙，站在乡间府邸的大门前迎接奥萝拉。她狭窄的前额上方紧盘着略显花白的褐色发辫；她线条柔和的双唇很少张开；她的眼睛说不出是什么颜色，她的面颊像是夹在书页里的花瓣，"看上去叫人可怜而不是喜欢，/既然它不再是刚刚盛开，/那肯定已经枯萎干瘪"。这位女士悄然隐居在乡间，把基督徒的耐心用于编织袜子和内衣，"因为我们是至亲至爱，/我们需要穿同样的衣衫"。在她的手里，奥萝拉吃尽所谓淑女教育的苦头。她既要学法语，还要学几何；既要知道缅甸王国的法律[1]，又要知道哪条通航的河流通向拉腊[2]；既要知道公元5年在克拉根福特[3]进行过人口普查，又要知道怎样画身穿白色衣裙的仙女；还要知道玻璃是怎样抽成丝的、禽鸟的标本是怎样制作的、蜂蜡是怎样做成花的，等等——因为姑妈要求淑女必须有淑女的修养。奥萝拉实在太累，以至于一天晚上绣花时连丝线颜色也辨不清，绣出了长着粉红眼睛的牧羊女。她怨恨地申诉说，这种淑女教育把有些女孩折磨得消损憔悴，把有些女孩折磨死了。少数一些像

---

[1] 当时的缅甸王国是英国殖民地。
[2] 南美委内瑞拉西部一州，当时英国和南美有贸易关系。
[3] 中欧奥地利古城。

奥萝拉一样"似得上天保佑"的女孩熬了过来，但一个个变得服服帖帖，走路目不斜视，待客低眉垂眼，静心听牧师讲道，殷勤为男人斟茶倒水。奥萝拉还算幸运，有自己的一个房间，墙上糊着绿色壁纸，地上铺着绿色地毯，床边挂着绿色床帷，单调乏味得就像到处是绿色的英格兰乡间。但是还算清静，她可以在里面埋头读书。"我发现一个天大的秘密，/在一个阁楼上有一大堆箱子，/上面写着我父亲的名字，/里面装的是大捆大捆的书，/于是我就常在那里爬上爬下，/……就像小老鼠在大象的枯骨里钻进钻出。"就这样，她读了一本又一本书。实际上，这只小老鼠正在长出翅膀，将要展翅高飞（勃朗宁夫人的小老鼠总是这样），因为"当我们全神贯注到了忘我的境地时，/当我们义无反顾地跃入书的海洋时，/我们会被其中的真理和美所震撼——/就在这一刻我们得到了上天的赐福"。她不停地读，白天黑夜都在读，直到她表哥罗姆尼来找她去散步，或者画家文森·卡林顿来敲敲她的窗户。"人们都刻薄地觉得这位画家有点好笑，/因为他认为画好了肉体也就画出了心灵。"

以上是《奥萝拉·莱伊》第一卷的概述，当然是很粗浅的。不过，如若我们像奥萝拉那样全神贯注、义无反顾地读书，我们还是觉得有必要对我们得到的种种印象尽力做一番陈述。首先，我们得到的最突出的印象是：在这本书里，作者本人无处不在。我们在奥萝拉对其自身境况和遭遇的自述中听到的分明是作者本人的声音。这表明伊丽莎白·勃朗宁无法控制自己,无法隐藏自己,表明她作为一个艺术家还不够成熟,表明她本人的生活对她的艺术创作的影响超过了应有的程度。我们在读这本书的时候一次又一次感到,虚构的奥萝拉似乎就是伊丽莎白·勃朗宁本人。我们知道,伊丽莎白·勃朗宁是在四十多岁时写这本书的,而这种年纪的女人,她们的艺术创作往往和她们的个人生活有着极大关系。因而,就是最注重文本的批评家在评论她们的作品时,也不得不经常考虑到作者本人的生活。就伊丽莎白·勃朗宁而言,她的早年生活势必会影响到她的个人才能。她幼年丧母,靠自己读书成才;她亲爱的哥哥溺水而亡;她长期卧病在床;她父亲严厉专横,以传统方式把她禁闭在温波尔街的卧室里。不过,这些事大家都知道,不必重复,还是来看看她自己是怎么说的:

> 我生活在自己的内心,或者说,只体验到一种由衷的悲哀。早在疾病使我与世隔绝之前,我就很孤独。世上很少有像我这样性格孤僻的女孩,而我那时已经不算小了。我在乡下长大,很少和人交往,独自沉迷于读书和写诗,所有的经历都是幻想中的经历。时间就这样流逝——后来我生了病……(一度看来)好像没希望再能走出房门

了。我觉得这很不公平……我将远离生活、远离世界，一无所见、一无所知——我没有熟悉的人，就是我的兄弟姐妹，我也只知道他们的名字。我更没见过高山大川，实际上我什么都没见过……你知道我的无知对我的艺术有多大的不利？你知道我要是活下去而不逃离牢笼，我的处境将永远对我极为不利——可以说，我是个双目失明的诗人。当然，某种不利往往会有某种补偿。我有很强的自我意识和自我分析能力，我有丰富的内心生活，我对人性做过许多思考。但是，作为一个诗人，我宁愿用这些沉重的内在能力换取欢快的外在生活，换取活生生的人生体验，换取……

她用六点省略号突然结束了，我们正好回头来看《奥萝拉·莱伊》。

伊丽莎白·巴雷特[1]的生活经历到底对她的诗人生涯有何不利？我们不得不承认，很不利。只要同时翻开《奥萝拉·莱伊》和她的《书信集》，我们不难看出，这两本书是彼此呼应的。《奥萝拉·莱伊》节奏急促却又结构松散，所写的又是一些凡间的男女人物，这表明这位女诗人并没有从她的孤寂生活

---

[1] 勃朗宁夫人婚前的姓名（此处用她的婚前姓名是意指她的早期经历）。

中获益。一个笃学而沉静的诗人或许会受益于孤独或隐居,譬如丁尼生就是如此,因为他别无所求,只求在荒野僻乡读书写诗,以此了却一生。伊丽莎白·巴雷特则不然,她的天性是活跃的、入世的,甚至是愤世嫉俗的。她不是隐居的高人。读书不是她的目的,而是用来弥补生活空虚的替代品。她在读书时浮想联翩,是因为她根本没有可能和活着的男人或女人谈论当前的政治。她在病榻上最喜欢读巴尔扎克、乔治·桑等人的"不道德的不朽之作"[1],是因为"它们使我的生活有了点趣味"。她最后冲出了牢笼,我们马上注意到她对现实生活充满了热情。她喜欢坐在咖啡馆门口看来往的行人,她喜欢和人争论政治问题和当代世界的矛盾冲突。昨日世界及其影响,甚至意大利的昨日及其影响,都远远不及当代学者休谟[2]先生的理论或者拿破仑皇帝的施政方案更使她感兴趣。意大利绘画和古希腊史诗在她看来也不过如此,而与此形成鲜明对照的是,她特别关注的是现实生活中的新鲜事物和独创精神。

既然天性如此,也就不足为怪了,她即使身在病榻,脑子里构思的仍是一部现实题材的诗歌作品。她很明智,没有马上就写,而是等她出逃后有了相应的知识和把握后才动笔。但

---

[1] 乔治·桑因大胆泼辣而被责为离经叛道。
[2] 大卫·休谟:19世纪英国历史学家、哲学家。

是，作为一个艺术家，漫长的孤寂生活肯定会对她产生难以弥补的不利影响。她远离生活，外界的一切仅凭想象，这不可避免地会夸大自己的内心感受。家里的小狗死了，她的感受就如母亲失去了儿子；看到窗外的常春藤在随风摇荡，她的感受就如看到阵阵狂风吹倒了参天大树。她养病的房间是那么寂静无声，温波尔街上的生活是那么单调乏味，因而她对那里的每一种声响、每一点动静都很敏感，都会做出夸张的情感反应。最后，她虽然"要冲破老旧的客厅题材，剥去一切伪装，直面这个时代的人性，明白无误地说出真相"，但她实在太虚弱，无力承担这一重任。寻常的阳光、寻常的流言蜚语、寻常的人际交往都会使她兴奋不已、感慨万千，而她所见所闻又如此之多，她的感受又如此夸张，以至于她头晕目眩，弄不清自己到底看到了什么、感受到了什么。

所以说，诗体小说《奥萝拉·莱伊》的构思虽有潜力，结果却未写出一部杰作。它是一部杰作的胚胎，其中虽有天才的种子，但却处于休眠状态，需要有创造力才能使其萌芽和成长。这首长诗时而奋激、时而沉闷；时而机警、时而笨拙；既庞大怪异，又精巧细腻；所有这些特点交替出现，无不使人感到困惑。但是，即便如此，它仍然值得我们关注和重视。因为我们越往下读就越发现，不管勃朗宁夫人的写作有何种缺点，她是敢于想象、敢于探索、敢于涉险的少数作家之一。作家想象中的生活和作家的个人生活是不相干的,理应区别对待。也就是说,勃朗宁夫人的"心愿"并没有完全落空。她的观点还是很有道理的,这一点弥补了作品中的许多缺点。简要归纳这首长诗的第五卷,可将她的观点概述如下:她认为,诗人应该表现他自己的时代,而不是查理大帝时代[1]。较之于罗兰[2]和其他骑士的龙塞斯瓦列斯村[3],现代客厅里发生的事情更激动人心。"忽视现时代的西装领带／而去注意古罗马的大袍阔服,／那是危险至极的愚蠢行为。"因为诗歌艺术所要表现的是真实的生活,而我们唯一能真正了解的真实生活,就是我们自己的生活。那么,她问道,表现当代生活的诗歌应该采用何种形式呢?诗剧肯定不行,因为现在只有写得最奴性、最庸俗的诗剧才受欢迎。更何况,时至今日(1846年),我们要发表自己的生活见解"最好的舞台就是心灵自身,／而不是布景、演员、化妆、台词那一套"。那么,她自己能做什么呢?这是个难题,并不容易做到,但她至少在每一页上都注入了她的心血,至于其他——"让我少想外在形式而注重精神实质,／……只要让火

---

[1] 即公元9世纪法兰克国王查理加冕为神圣罗马帝国皇帝的时代。此处用以代指过去的时代。
[2] 查理大帝十二骑士中最著名的骑士,中世纪歌颂他的歌谣《罗兰之歌》后成为法国的民族史诗。
[3] 《罗兰之歌》中罗兰和其他骑士的驻地。

燃烧，火焰自有它的形状。"于是，烈焰熊熊，火光冲天。

想在诗歌中表现当代生活，并非伊丽莎白·巴雷特小姐一个人的心愿。罗伯特·勃朗宁也说这是他一生所追求的。早于《奥萝拉·莱伊》若干年，帕特莫尔[1]在《家庭天使》中、克拉夫[2]在《若波希》中已做过这样的尝试。这很自然，因为小说家们已经成功地描写了当代生活，如夏洛蒂·勃朗特的《简·爱》、萨克雷的《名利场》和狄更斯的《大卫·科波菲尔》都在1847年和1860年之间相继出版，诗人们受此影响，不免会像巴雷特小姐那样觉得火热的当代生活也是诗歌应该表现的对象。为什么只有小说才能表现当代生活？为什么诗歌不去表现那充满悲喜剧的当今世界？——不去表现当今的乡村生活、家庭生活、俱乐部生活，乃至街头生活，而偏要流连忘返于查理大帝、罗兰骑士和古罗马的大袍阔服？是的，诗歌用以表现生活的传统形式——诗剧——已经过时；但是，就没有别的形式了吗？勃朗宁夫人相信诗歌是永恒的，她苦苦思索，苦苦写作，最后用她的这部诗体小说对小说家提出挑战。她用诗体小说的形式表现当代的肖尔迪奇和肯辛顿，表现活着的姑妈和教区牧师、活着的罗姆尼·莱伊和卡林顿、活着的玛丽

---

[1] 考文垂·帕特莫尔：19世纪英国诗人。
[2] 亚瑟·休·克拉夫：19世纪英国诗人。

安·厄尔和赫奥王爷[1]，还有当代的豪华婚礼和阴暗街道、当代的帽子和胡子、当代的四轮马车，乃至刚刚发明的火车。她大声宣布，诗歌既然可以表现骑士和美女、壕沟和古堡，当然也可以表现这一切。然而，这一切是真的吗？让我们来看看，当诗人扔下颂诗和抒情诗而闯入小说家的领地去偷猎时，当诗人也想编一个故事来表现维多利亚中期纷繁复杂、充满种种利益冲突的生活时，情况究竟会如何。

首先是要讲故事。譬如，诗人必须告诉我们，主人公收到晚宴邀请时的情形。对此，小说家会照直写来："正当我伤心地吻着她留下的手套时，仆人送来一张字条，说她父亲向我致意，还邀请我第二天到她家里去用晚餐。"小说家自然会这么写，但诗人却很可能这么写：

> 我不胜悲哀地吻着她那副手套，
> 此时仆人送来佳人的一纸短简，
> 说她父亲吩咐她代为向我致意，
> 还问我明日可否赏光共进晚餐。

这实在太做作了。用平平常常的词语写出这么装腔作势的句子，读出来简直滑稽可笑！

---

[1] 这些均为《奥萝拉·莱伊》中的人物。

其次是，诗人怎样写人物对话？勃朗宁夫人说"最好的舞台就是心灵自身"，以此暗示当代生活已用语言取代刀剑，人物的激情——无论是惊喜，还是惊骇——都是通过人物的对话表现出来的。然而，诗歌在模仿人们的日常对话时存在着先天缺陷。请看，罗姆尼在说到他的昔日情人玛丽和另一个男人所生的孩子时情绪激动，他是这么说话的：

我愿像上帝养育我一样养育他，
让他觉得自己是个幸福的孤儿，
让他坐在我膝上分享我的酒杯，
让他欢声笑语让他牵着我的手。

这种说话的腔调简直就像莎士比亚时代的戏剧主人公在舞台上念台词，而勃朗宁夫人曾警告过自己，不能让这样的人物进入她笔下的当代生活。事实表明，诗歌是日常语言的死敌。日常对话被赋予了诗歌的节奏，变得抑扬顿挫、字斟句酌，而且感情夸张；再者，由于动作被认为不重要，这样的对话必然会没完没了，结果使读者在单调的五音步抑扬格[1]中昏昏欲睡。勃朗宁夫人自己也追随着诗歌格律而忽视了人物的真情实感，

---

[1] 《奥萝拉·莱伊》所用的一种常见的英诗格律。

结果写出来的是一行行格律严谨而内容空泛的诗句。实际上，她所采取的诗歌形式本身就使她不可能像小说家那样精确而细腻地描述人物的心理状态，尤其是微妙的情感变化。这样，不同人物的不同个性、不同人物之间的相互影响都被忽视了，整首长诗就成了主人公的长篇独白——其中，唯有主人公奥萝拉·莱伊的性格和经历是清楚的，其他人物和其他事情全都模模糊糊。

所以，如果勃朗宁夫人写这部诗体小说是想通过主人公讲述的故事来表现众多人物性格、揭示众多人物关系的话，我们不得不说她是彻底失败的。不过，如果她只是想把当时的生活和当时那些力图解决时代问题的人物，用诗歌的形式比较浓缩、比较强烈、比较鲜明地表现出来的话，她还是实现了她的心愿。奥萝拉实为时代之女，她关心社会问题，渴望获得知识和自由，但同时身为艺术家和女人，她矛盾重重。罗姆尼无疑是维多利亚中期的那种绅士，心怀高尚的理想，为社会问题殚精竭虑，却又不幸地在施洛普郡建立了一个傅立叶[1]式的公社。还有那个姑妈、那些沙发罩，写得相当真实，尤其是那座奥萝拉逃离的乡间府邸，简直可以拿到托特纳姆宫路的房产交易所去出售，而且可以卖出好价钱。这位女诗人总体上抓握住了维

---

1 傅立叶：19世纪法国空想社会主义思想家。

多利亚人的精神面貌,并把它生动地呈现在我们眼前——就这方面而言,她的这部诗体小说丝毫不逊色于特罗洛普和盖斯凯尔夫人的小说。

其实,只要把普通小说和诗体小说比较一下即可看出,普通小说也未必处处占优。有时,小说家零零星星写的十几个场景,诗人可将其凝聚成一个;小说家用好几页篇幅所做的描述,诗人只需写一行诗就行;也就是说,在文体的精练方面,诗体小说肯定胜过普通小说。同样篇幅的诗体小说,其容量比普通小说大一倍还不止。诗体小说中的人物虽然有可能是粗线条的,而且不免夸张,也不是在情节展开的过程中逐渐呈现的,但他们往往具有更为深刻的象征意义,这也是采用渐进手法的普通小说无法比拟的。总之,诗体小说紧凑、简略,避免了普通小说有可能写得冗长、拖沓的弊病。还有,在诗体小说中,景物往往胜过人物,市场、落日、教堂,显得更为突出,给人更深印象。所以,我们说,《奥萝拉·莱伊》虽然有种种缺点,但依然是有生命力的,不像托马斯·贝多斯[1]或亨利·泰勒爵士[2]的诗剧,徒有华丽的外表,其实是一具具冰冷的僵尸。时到如今,就是罗伯特·布瑞奇斯[3]的古典主义戏剧

---

[1] 托马斯·贝多斯:19世纪与勃朗宁夫人同时代的英国诗剧作家。
[2] 亨利·泰勒:19世纪与勃朗宁夫人同时代的英国诗剧作家。
[3] 罗伯特·布瑞奇斯:20世纪初英国剧作家。

也几乎无人问津了。想到这些,我们觉得,当初伊丽莎白·勃朗宁夫人冲进客厅[1],宣布那里也是诗人的领地,那要有多大的勇气和激发这种勇气的天赋才能!不管后来怎样,至少她的大胆尝试还是很有价值的。她那不无俗念的趣味、她那不无犹豫的创意和她那不无迷惘的激情都在这里得到充分的展现而又无伤大雅,尤其是她的赤诚之心、她的夸张笔法和她的冷嘲热讽,把她那种引人发笑的情绪也传染给了我们。我们会笑着提出抗议,我们会抱怨她这儿写得太荒唐、那儿写得太虚假,说她那么夸张的写法实在叫人受不了——但是,我们仍会被她深深吸引住,仍会往下读,一直读到最后一个字。这对一个作家来说不是够了吗?我们读完这部作品后会奇怪地发问,为什么只有这一部作品而没有后继之作?——这是我们对《奥萝拉·莱伊》的最高赞誉。是的,普通的街道和普通的客厅理应成为诗人最好的题材,写当代生活不会使缪斯[2]蒙羞。然而,继伊丽莎白·巴雷特(后来的勃朗宁夫人)从病榻上起身冲进客厅而匆匆完成这部作品之后,却没有一个诗人跟上。诗人们不是太胆怯,就是太守旧,以至于当代生活仍是小说家的狩猎场。所以,在今天的乔治五世在位时期,我们没有诗体小说。

---

1 "客厅"代指现实生活。
2 "缪斯"代指文学艺术。

《爱伦·坡的海伦》*

蒂克纳小姐的这本书中最令人感兴趣的是海伦·怀特曼夫人，不是爱伦·坡写给这位夫人的那些早已出版过的情书。当然，海伦·怀特曼夫人若不是和爱伦·坡有关系，我们根本就不会知道她是谁，但同样真实的是，爱伦·坡和这位夫人的关系既不有益也不有损他的名声和他对世界文学的重要性。蒂克纳小姐把爱伦·坡称为"美国文学中唯一的浪漫派"。不过，如果想使这位"美国文学中唯一的浪漫派"魅力不减当年，最好还是把他的那些情书全部查禁[1]。另一方面，这也好使怀特曼夫人少受一点流言蜚语的侵扰——不过，这位夫人显然和爱伦·坡一样，也是个怪人。

---

* 《爱伦·坡的海伦》是19世纪美国女作家卡洛琳·蒂克纳所著的海伦·怀特曼夫人的传记。海伦·怀特曼夫人是19世纪美国诗人、小说家埃德加·爱伦·坡钟情的女人。本文是伍尔夫为该书写的书评。

1 因为爱伦·坡写给怀特曼夫人的情书一点也不浪漫，还很枯燥（见下文）。

海伦·怀特曼夫人在少女时代就时而会写写诗。后来,她年纪轻轻就成了寡妇,于是决定毕生从事写作,诚心诚意地开始了她的文学生涯。在当时的美国,要做出像她这样的决定并不是一件容易的事。譬如,你就是写了一篇关于雪莱的文章,普罗维登斯[1]的那些最有影响的家庭也会认为你是堕落。如果你像埃勒里·钱宁[2]先生那样,只身前往欧洲而把妻子留在美国,那就更加证明你不是一个"道德完善之人",而真正的诗人、作家,首先应该"道德完善"。怀特曼夫人虽没有什么伤风败俗的言行,但也因为不守淑女之道而招致非议。她不管外面流行什么时尚,也不管什么季节,总是戴着"薄薄的面纱",穿着轻便的浅口女鞋,拿着一把扇子。她总是"把灯罩倒过来放",总是在窗户上挂上厚厚的窗帘,使她的客厅日夜保持一种昏暗状态。那是在超验主义[3]时代,扇子、面纱、昏暗,无疑给人轻灵、朦胧的感觉,使人觉得她的灵魂仿佛摆脱了肉体,在空中飘荡。此外,仁慈的上帝还给了她一张苍白、丰满的脸,一种高贵的表情和一双深陷的、"从不看人一眼而永远凝视着远方"的眼睛。

她机智聪明,文雅而热情,她家里成了当地诗人聚会的地

---

1 美国罗得岛州的首府。

2 埃勒里·钱宁:19世纪初美国基督教公理会自由派牧师、作家。

3 即浪漫主义在美国的称呼(因主要代表人物倡导超验主义哲学而得名)。

方。即使像海约翰、C. W. 柯蒂斯和威尔金斯·厄普代克[1]这样有名望的人，也常把他们写的东西寄给她看，或者给她写长而又长、玄而又玄的信，探讨诗歌的定义之类的问题。那些人或多或少和爱默生和玛格丽特·富勒[2]有联系，他们的共同特点就是热心捍卫个人权利。他们还大胆涉足一个很难用语言说清楚的领域。"那个赋予节奏以思想的领域，"柯蒂斯先生曾说，"就是诗歌。但诗歌又必须通过虚玄的、无法用思想来正确衡量的心灵感悟才会产生。……音乐……一种女性成就，因为它是情感的，而且明显具有本能的性质。"他们即使遇到具体的事情，也始终保持那种高雅的君子风度。譬如，有一次怀特曼夫人忘记给柯蒂斯先生写回信，柯蒂斯先生随即写信问她是不是病了："或者，是不是秋天的凉意从那地平线上渐渐而来，像一条色彩斑斓的蛇一样压碎了夏日的花朵，并用它冷冰冰的眼睛注视着你，使你一时说不出话来？"显然，是怀特曼夫人使他们这样写信的，因为她喜欢。他们就这样交往着，直到怀特曼夫人四十二岁时。那是1845年7月的一个晚上，她在月光下的花园里散步，这时埃德加·爱伦·坡正巧从那里经过，看见了她。"从那一刻起，我就爱上了你，"他后来写道，"……

---

1 海约翰、C. W. 柯蒂斯、威尔金斯·厄普代克均为当时美国政界和文学界要人。
2 玛格丽特·富勒：19世纪美国女作家、评论家、社会改革家、早期女权运动领袖。

三 关于女性作品

好像你那颗我还很陌生的心已经在我的胸膛里跳动——就在那儿,永远在那儿。"不过,那是后来写的,他当时只是写了《致海伦》一诗,并寄给了她。两年后,他发表《乌鸦》一诗而名声大作,这时怀特曼夫人才把自己在情人节写的一首诗寄给他。那首诗的最后一段是:

> 那么,啊,你这面目狰狞的乌鸦,
> 难道你真是一只绝望地拍着翅膀
> 呱呱地叫着要一生一世永远永远
> 忠于我的心灵和我的耳朵的乌鸦?
> 那就让我们在悬崖峭壁上筑一个
> 不让野林里的鸟分享的乌鸦窝吧!

他们没有马上见面,而且也没有书信来往。若不是怀特曼夫人寄给他另一首诗,他们也许永远不会见面。那首诗的最后一句是:

> 希望与等待,与我同在。

收到这首诗之后,爱伦·坡决定前往普罗维登斯。他们见面后的两个星期,一天在公墓里散步时,他向她表白了爱情。

她不同意和他订婚，但同意和他通信。于是，就有了那些著名的情书。

哈里森教授[1]只是把爱伦·坡的情书与阿贝拉尔和爱洛伊丝[2]的情书，以及《葡萄牙十四行诗集》[3]加以比较，蒂克纳小姐则认为，爱伦·坡的情书可以列为世界经典情书之一，但伍德贝里教授[4]却认为，那些情书根本就不应该出版。我们赞成伍德贝里教授的意见。这倒不是担心那些情书可能有损爱伦·坡的名声，而是因为我们觉得那些情书写得枯燥乏味、不值一读。写情书和写评论一样，最重要的是要有你自己的具体想法和真实感情，而爱伦·坡给怀特曼夫人写情书之时，可能就是在他为女装杂志设计时装之际，因而他写的情书简直就像是为他们那次在公墓里的散步所设计了一套"时装"——一套用凋谢的玫瑰和惨淡的月光"制作"而成的情书。实际上，他不久前刚刚埋葬了弗吉尼亚[5]，而且拒不承认自己爱过她。他在

---

1 哈里森教授：20世纪初美国学者、研究爱伦·坡的专家。
2 阿贝拉尔和爱洛伊丝是法国中世纪一对有名的情侣，阿贝拉尔是神学家，但不是贵族，爱洛伊丝是贵族女、阿贝拉尔的学生，但在当时，平民与贵族是不能通婚的，故而只能含恨终身，但他们的情书千古流传。
3 19世纪英国女诗人勃朗宁夫人在与诗人勃朗宁相恋时写的情诗，后结集出版，以此为题。
4 伍德贝里教授：20世纪初美国文学史家。
5 弗吉尼亚·克莱姆：爱伦·坡的表妹，1835年和爱伦·坡结婚，1847年死于肺病。

给怀特曼夫人写情书的同时，还在给安妮写情书，所用的词语也是差不多的。那么，他向怀特曼夫人求婚是不是看中了这个寡妇的钱？那倒不一定，他对婚姻不忠、他的行为卑劣并不等于他不可能真正爱上怀特曼夫人——实际上，如果没有那些情书的话，我们可能会比较宽容地认为，他爱上怀特曼夫人是为赎罪所做的最后努力。但是，当我们读过那些情书后，我们发现他其实是个丧失了真实感情的人，他的世界是一个由幻觉和幻影组成的世界，他所说的那些话，就是用来编故事也有虚假之嫌。他在鸦片和酒精的浓雾中[1]看不见自己，也看不见别人。怀特曼夫人和他订婚是以他发誓改过自新为条件的，但婚约最终还是解除了。怀特曼夫人一头倒在沙发上，用一块"浸过乙醚[2]的"手帕盖住自己的脸，而她的老女仆干脆对爱伦·坡说，去纽约的火车快要开了。

这虽然有点可悲，但我们还是觉得，怀特曼夫人的这段不幸的恋情对她来说还是如愿以偿的。因为她对爱伦·坡的感情其实不是情人的感情，而是女恩人的感情，因为她和她交往的那些人一样，"虔诚地相信，蛇[3]也是可以感化的。只要有耐

---

1 爱伦·坡吸食鸦片，嗜酒成性。
2 一种麻醉剂。
3 蛇在《圣经》中是魔鬼的化身。

心,只要真心祈祷,事情总会好起来的"。但是,这条蛇[1]很难感化。一年后,爱伦·坡被人发现醉倒在大街上不省人事,然后就死了。他身后还留下一大堆小蛇[2],不仅需要怀特曼夫人长期而耐心的关照,还常常需要她为它们祈祷[3]。她成了公认的和爱伦·坡关系最密切的人,不论是传记作家需要找资料时,还是克莱姆老太太[4]需要钱时,都会去找她。她还经常要在几位女士争执起来的时候做裁判,判定谁得到了最多的爱。她还曾经在观点对立的历史学家之间维持平衡,因为对到底是女人对爱情更虚荣,还是作家对作品更虚荣这样的问题,是很难做出明确判断的。有了这样一种地位,她也就有了无穷无尽的机会去做各种各样的好事,去讨论各种各样的文学问题,而她也确实做得很好。她是个关怀亲友的女人,就是到了几近贫困之时,她仍赡养着一个脾气古怪的姐姐。她是个聪明善良的女人,因而她有理由说,"事情总会好起来的"。

---

1 指爱伦·坡。
2 指爱伦·坡的好几个私生子。
3 暗示爱伦·坡的私生子行为不端。
4 即弗吉尼亚·克莱姆的母亲、爱伦·坡的姨妈和岳母。

《莎拉·伯恩哈特回忆录》*

  一位女演员决定向我们讲述她记忆中的往事，我们当然深感兴趣，甚至颇为兴奋。她曾以多种形象出现在我们眼前，时而扮演这个角色，时而扮演那个人物，为我们展示不同的人生经历。现在，只要我们愿意，我们还能想起她一个人坐在一个僻静角落里时的那种若有所思的样子和那种意味深长的神情。也许，正是这种和她扮演角色时截然不同的神情，使她的一举一动都显得不同寻常，从而使她的精彩表演变得更加精彩。我们知道，她扮演的每个角色都对她本人有所影响，最后造就了一个真正的她——一个和她扮演过的所有角色都不同的她。现在，她要在此书中为我们展示这个真正的她，我们怎么会不感兴趣、不觉得兴奋呢？

---

* 19世纪至20世纪法国最有名的女演员莎拉·伯恩哈特所写的一部回忆录。本文是伍尔夫为该书所写的书评。

也许，世上没有哪个女人能像莎拉·伯恩哈特那样把自己的故事和他人的故事讲得那么精彩。当然，她在把故事和盘托出之前，是不会忘记精心设计一番的，就如她在扮演角色时一样，先要设计好许多我们预想不到的动作和姿势。但是，即便如此，她讲的故事仍有她自己的特点，而且，去掉那些表演成分，还有其他无法用角色来表演、无法在舞台上展示的东西。

她很小的时候就被送进凡尔赛大修道院，从那时起她的生活就像一粒粒闪亮的珍珠，只是没有串起来而已。她从小就很有个性，刚接触到外面的世界就会抗拒，就会喊叫。当她第一次看到修道院外面阴森森的高墙时就大声说："爸爸！爸爸！这是牢房。我不要到牢房里去！"这时，"有个胖胖的小个子女人"，脸上戴着面纱，走过来和她说话，她吓得直发抖，那女人不知怎么想的，突然撩开面纱，"一瞬间，我看见一张我想象中的最甜蜜、最可爱的脸……我扑倒在她怀里"。在修道院里，她的举动同样突然、同样冲动。譬如，她的卷发又长又密，早上给她梳头的嬷嬷稍用了一点力，"我转身就扑到她身上，用手、用脚、用牙齿、用胳膊、用脑袋、用我整个小小的肢体，打她、踢她、咬她，一边还不停地尖叫"，其他学生和嬷嬷闻声赶来，捧着圣书在她身边祈祷也没用，直到副院长想出新招，把一盆圣水浇在这个可恶的小魔鬼头上，这才使她平静下来。这之后，还是院长嬷嬷最明白应该怎么做，她说了一句"宽恕她吧",就把事情解决了。不过,她脾气火爆的部分原因是她长得比较瘦弱。所以,我们知道她被同伴称作"怪丫头"。她身上总带着几只小盒子,里面装着小蛇、蟋蟀和蜥蜴。蜥蜴的尾巴很容易断——她有时会翻开盖子看看它们是不是在吃东西,但她一开盖子,蜥蜴就想爬出来,她赶紧啪的盖上,"听见咔的一声——几乎每次总有一条尾巴夹断"。她坐在那里,不听嬷嬷在台上讲些什么,只管自己摆弄那条蜥蜴尾巴,心里想怎样才能把它重新装到蜥蜴身上。后来,她又开始养蜘蛛。有个女孩割破了手指,"我赶紧招呼她说:'快过来!我有新鲜的蜘蛛丝,用它缠住伤口!'"这些小玩意儿和小爱好使她想象力大增,她的想象力集中表现在她把修道院想象成一个剧场,把自己想象成舞台上的主角,一个远离尘世的修女,身穿黑色长袍,周围烛光摇曳,看着其他修女虔诚地痛哭流涕,觉得很有趣。"你看,哦,我的天哪!"她自言自语,"我妈妈哭了,可我还是想做修女!""我爱妈妈,但我希望、非常希望……献身于上帝。"但是,她搞的一次恶作剧加上生了一场病,断送了她"献身于上帝"的希望。她离开了修道院。虽然她心里仍想着她的唯一目标,盼望哪天能戴上修女的面纱,但一次家庭会议却做出了让她去艺术学院的决定。她母亲是个懒散的漂亮女人,有一双迷人的眼睛,喜欢音乐,心脏不太好。她从不相信禁欲修道,但有一个习惯,家里有事总要把亲朋好友叫来开家庭会议。这次家庭会议请来的有一个公证人、一个教父、一个伯父、一个姑妈、一个家庭教师、一个住在楼上的朋友，还有一个叫杜克·德·莫尼的绅士。对这些人中的多数人，莎拉·伯恩哈特不是明显地表示讨厌，就是表示喜欢，而且都有充分理由——譬如，"他头上有一簇红头发竖着，像几根枯草""他把我称作'我的孩子'""他很善良、很慈祥……在法院做很大的官"。他们讨论是不是要把她父亲留给她的十万法郎作为嫁妆帮她找一门好亲事。她一听急了，哭叫着说："我要献身上帝……我要做修女！"然后，面红耳赤地和他们争执起来。他们劝她、哄她，后来她母亲也说话了，"说得慢条斯理，但声音清脆，就像泉水叮咚"……最后，杜克·德·莫尼先生听得不耐烦了，站起身准备走，但在临走时对她母亲说："你想知道让这孩子做什么，是不是？让她去艺术学院吧。"

我们知道，这句话后来对她的影响有多大。但不仅是这句话，整个家庭会议都值得我们回味，因为在这里她表现出了惊人的叙事才能，把这次家庭会议讲述得既准确又生动，而在这部回忆录中，有许多章节都具有这一特点，即讲述得就如彩色照片一样栩栩如生。别人细微的情绪变化，如一个手势或一个表情，都逃不过她的眼睛，都会被她捕捉到，而她捕捉到的东西即便和眼前的事情没有关系，她也会储存在记忆中，到有用的时候拿出来用。正因为这样，在她嘴里，一些微不足道的细节往往会产生惊人的效果。譬如，她说到，她的小妹妹坐在地板上"绞弄着沙发下沿的穗子"；吉拉德夫人进来时"没戴帽子，穿一套靛青色的室内装，上面是褐色的叶状图案"。还有一些场面讲得富有戏剧意味，譬如："我的教父耸耸肩，起身离席，大门在他身后'砰'的一声关上了。妈妈对我不耐烦了，顺手拿起她看戏用的望远镜，对着房间里的每个角落和每个小摆设一个个看过去。我把手帕掉在地上，又不敢捡，德·布拉本德小姐把她的手帕递给了我。"这也许只是个简单的例子，但足以说明一个女演员特有的观察力，虽然她那时只有十二岁。她力求通过具有视觉效果的具体事例把自己的感受充分表达出来，因为她当初就是通过具体事例感受他人的感受的。随着回忆录的继续，我们看到这位女演员越来越成熟——她的观察视角越来越稳定，天才特征也越来越明显。不过，当她使用对她来说是陌生的文学形式（回忆录也是一种文学形式）来发挥她的表演天才时，虽然时而会给人不同凡响的新奇感，却也不免会有失分寸，有时会给人故弄玄虚的感觉。譬如，她当初到艺术学院去考试，回来的路上想出一个逗弄母亲的戏剧性场面，即她故意哭丧着脸走进家门，母亲看她那副样子，肯定会说："我早跟你说过，你考不上！"这时，她大喊一声："我通过了！"然而，预先想好的戏剧性效果却被陪她去考试的吉拉德夫人彻底破坏掉了——她一进大门就叫嚷："考上了！考上了！"不一会儿，整幢楼里已无人不知、无人不晓。"我不得不说这个好心肠的女人总是破坏我预先想好的效果……所以，我每次准备讲故事或者做游戏之前总是先请她出去。"——实际上，我们不止一次发现我们也不得不做吉拉德夫人，尽管我们有我们自己的理由。因为面对书里面那么多故弄玄虚的表演，我们只有两种选择：一是承认莎拉·伯恩哈特演得太过火、太做作，令人厌烦；二是——不就是做吉拉德夫人，被她请出去吗？

她在普法战争[1]中表现出色。战后，她觉得自己应该有点变化，于是就到了布列塔尼。"我喜欢大海和平原……高山和森林使我感到压抑……有种窒息感。"然而，她在布列塔尼看到的却是可怕的悬崖峭壁和拍打着崖壁的"惊涛骇浪"，还要在险峻的崖石上爬行——那些崖石"年代久远，令人不可思议地屹立在那里"。崖壁上有一道巨大的岩缝，叫"普洛高夫崖洞"。她不听导游的劝阻，偏要下到崖洞口去看看。于是，有个渔夫在她的腰间束上一条皮带——那皮带上还得多钻几个孔，因为她的腰围"那时只有四十三厘米"——然后，用一根绳子拴住皮带，把她从悬崖上吊下去。吊到洞口，只见里面漆

---

[1] 即1870年至1871年普鲁士（即德国）与法国的战争。战时，莎拉·伯恩哈特到军医院护理伤员。

黑一片，海水在里面隆隆作响，好像炮声、好像鞭声，又好像是囚徒的嚎叫声。最后，她双脚触到了漩涡中央的一块礁石。她胆战心惊地站在那里向四周一望，突然看见海水中有两只巨大的眼睛在瞪着她；再往前看，又是两只眼睛。"只看见眼睛，不见躯体……有一刻，我以为我一定是经神失常了。"她拼命摇晃绳子，那个渔夫把她慢慢拉上去；"那些眼睛好像也跟着我一起上升……当我吊在半空中时，我看见我脚下有无数只眼睛——还伸出长长的触须，好像要来抓我。""那是沉船遇难者的灵魂吗？……我回到旅馆后听说，那是章鱼。"在这一场景中，如果有人真想写出章鱼、渔夫和莎拉·伯恩哈特所扮演的不同角色，那一定不是一件容易的事；不过，对我们来说，这并不重要。

后来，"我亲爱的家庭教师德·布拉本德小姐"病重，她去看望她：

> 她已经被疾病折磨得不成人样了，头上戴着一顶小白帽，躺在一张白色的小床上。因为疼痛，她的大鼻子好像也扭歪了，眼睛像用水洗过似的，几乎没有一点颜色。只有嘴唇上的那层吓人的绒毛还清晰可见，有时还会因为疼痛而抽动一下。此外，她整个人好像发生了某种奇怪的变化，但我说不出是什么原因导致的。我走到她床前，弯腰

轻轻吻了她一下，然后注视着她。她以为我想问她什么话，而且好像还知道我想问什么，就用眼神示意我，要我注意桌子上的一只杯子。我过去一看，里面是这位老朋友的两排假牙。[1]

她所讲述的所有故事中都有一个共同特点，那就是明显地具有文学性，一眼就可看出这是一个具有文学头脑的人讲述的。她善于把自己观察到的事物累积起来，使其成倍增长，譬如刚才说到的章鱼，有无数条，就是要达到这种效果。但她并不借助于鬼神；否则，她不是可以直接把章鱼说成"沉船遇难者的灵魂"吗？她把世上所有强大而无意识的力量，包括广阔的天空和浩瀚的大海，全都加以浓缩而当作布景，并用这震撼人心的布景烘托出她一个人的身影。正因为如此，她的目光特别专注、特别敏锐。虽然她在此书中很少提到她是如何成为超一流演员的，但不难猜想，她在台上的精湛表演很大程度上得益于她对角色具有敏锐的观察力。她从来不靠碰运气，因为如她所说，"我演技并不好，扮相也不理想，脾气又不太随和"。

---

[1] 这一段引文读起来不像是回忆录，倒像是小说中的一段，因为这里使用的是小说常用的暗示手法（其实要说的是，那个病床上的家庭女教师以为"我"想问她要不要吃点东西，所以让"我"去拿假牙）。回忆录按常规是不应该这么写的，故而后文说她讲述的故事"具有文学性"（这其实是委婉地说她的回忆录是不太真实的，有很多演戏的成分。不过，这也难怪，她本来就是演员）。

可以想象，她在买东西时一定是个最精明、最挑剔、最会讨价还价的女人；她若是上了谁的当，那一定是遇到了一个比她还要精明的对手，她会心甘情愿、无话可说。她的这种务实和精明的个性和她的大明星身份是不太相称的，如果这种个性是天生的，那她很可能自己也知道，这种个性并不有利于她的表演艺术，很可能会影响她的艺术效果；也就是说，如果她的表演艺术需要她在某种程度上牺牲自己的个性的话，她是应该做出这种牺牲的。其实，读者在读这本书的时候也迟早会发现，她选择的角度太精明、太单一；她精心设计的那么多不寻常的场景，都旨在于烘托出她作为女演员的个人形象。她把自己置于她自己营造的那个五光十色的舞台中央，做出各种姿势和动作来吸引观众，而舞台的四周却是一片昏暗，其他人都只是一些似有似无的影子。请看，她在一艘船上拖住了一个想跳海的女人，那女人"用低得几乎听不见的声音说：'我是林肯总统的遗孀。'……我一下子感到恐怖至极……她丈夫遭一个男演员刺杀，现在又有一个女演员不让她去看一看她亲爱的丈夫。我回到船舱里，待了整整两天"[1]。那么，林肯夫人又怎样了呢？没人知道。

---

[1] 此事不知是真是假。美国总统林肯在看戏时遭演员刺杀是在1865年，此时莎拉·伯恩哈特二十一岁，如那时她在美国，不是绝对没有可能遇到林肯夫人，但没有任何材料证明林肯遇刺后林肯夫人想自杀，更没有材料证明林肯生前有这么一个情人，竟然可以不让林肯夫人去看她的丈夫。

她把许许多多所见所闻堆砌在我们的眼前,让我们自己去感受,因而我们读到第一卷快结束时已经疲惫不堪了。不过,还是她赢了,因为我们只是感到疲惫,并不感到厌倦。接着,她好像在晚上拉开窗帘,但展示给我们的不是星光下的大地和海洋,而是"一个新时期"。这是她在第二卷里将为我们讲述的。

这第二卷与其说是回忆录,不如说是启示录,但我们即使被它弄得头晕目眩,还是应该说上几句。只是,恐怕想说也说不出什么——因为你越是被一本书吸引,就越是说不清你对它有何感觉。你只好跟着它转,就像一只被石块砸中脑袋的动物,已不知往何处跑,只会在原地打圈。你读着读着,会觉得你坐着的椅子在往下沉,同时有一股红色的雾气带着一阵阵奇异的香气在往上升,很快就把你团团围住。不一会儿,这雾气散开了,你又看到周围的一切,但四周都泛着红光。在这红光中,你分明看到了战争[1],看到了人们在激烈厮杀;你还听到空中传来法国人的呼声——纯正的法语,但语气那么奇怪、那么单调,简直不像是人的声音。与此同时,还有一阵阵掌声不断传来,还有人在高喊"前进!前进!"。总之,你好像在做梦,

---

[1] 即第一次世界大战,爆发于1914年,此时莎拉·伯恩哈特七十岁(她死于1923年,终年七十九岁)。

而且不知道这梦何时会结束，你何时才能重返现实。终于，在某一章结束时，往下沉的椅子"咔嗒"一声停住了，你从梦中醒来。周围的雾气已经散去，房间里的家具又赫然显现，这时你是不是觉得这些家具很了不起？因为经历那么一场汹涌澎湃的梦幻大洪水的冲击，它们还是安然无恙。是的，我们知道，一个人要吃饭、要睡觉，要按时劳作、按时休息，要平凡地度过一生，要聆听远方的车马声，要头顶天上的太阳和月亮。但是，这样的生活难道是唯一的生活吗？难道就不可以让自己像一轮红日那样光华万丈吗？至少，莎拉·伯恩哈特的一生就如一轮红日，光华万丈！她在未来还会有某种能量保持她的光辉形象，会把某种奇妙的信息传递给未来的人们。总之，不管怎样，她会像恒星一样永远发光，而我们呢，则会消失在时间的长河中。

《克里斯蒂娜·罗塞蒂传》[*]

今年[1]12月5日,克里斯蒂娜·罗塞蒂将庆祝她的百年诞辰——确切地说,是我们将纪念她的百年诞辰。若她活着,这很可能会使她感到困窘,因为我们免不了要关注她,而她是个特别羞怯的女人,对她来说,被人关注简直就像让她出丑。然而,百年诞辰又不可避免,总会无情地到来,所以,我们非关注她不可。我们会读她的传记和书信、看她的肖像、谈论她的病——她的病还真不少——我们还会到她的书房里去翻箱倒柜,看看有没有遗稿留在抽屉里。好吧,现在就让我们来关注她的传记吧——还有什么比读传记更有趣?谁都知道,传记的魅力不可抗拒。是的,翻开桑德斯小姐的这部写得既审慎又精彩的《克里斯蒂娜·罗塞蒂传》,我们就如进入了一个时空幻

---

[*] 《克里斯蒂娜·罗塞蒂传》是20世纪初英国女作家玛丽·桑德斯所著传记。本文是伍尔夫为该书所写的书评。

[1] 即1930年。

境，那些被尘封的昔日景象和昔日之人又神奇地出现在我们眼前，而我们只要仔细看、认真听就可以了。不一会儿，那些小矮人——他们确实比现在的人矮小一点——就开始活动起来、说起话来。只是，他们活着的时候虽然想去哪儿就去哪儿、想说什么就说什么，现在到了传记里，情形就大不一样了；他们的活动都是由传记作家安排好的，他们说的话都是传记作家让他们说的——他们当然不知道，我们也没办法。

好吧，这里就是伦敦波特兰区的哈勒姆街，大约在1830年，这里住着罗塞蒂一家。他们是意大利人，家里有父亲、母亲和四个孩子。那条街一点儿也不热闹，房子也很破旧。不过，家里穷一点倒没什么要紧，因为他们是外国人，不像一般英国市民那样，要顾及习俗、顾及体面。他们过自己的日子，靠上课、抄写和其他一些零星的工作维持生计；他们穿得很随便，却经常接待在街头拉手风琴的意大利流亡者和其他一些倒霉的同胞。渐渐地，我们注意到了克里斯蒂娜。她显然是个既文静又懂事的女孩，对生活有她自己的想法——她要以写作为生——这使她更加敬重她哥哥的才能。不久，我们就看到她有了几个朋友，有了她自己的个性。她讨厌社交晚会，不在乎穿着打扮；她喜欢参加哥哥和他的朋友，即那些年轻的画家和诗人的聚会。他们都雄心勃勃，想改造世界，这使她觉得很有趣，但又觉得很荒唐，因为她虽然性格文静，看待别人还是有点刻薄的,特别喜欢嘲笑那些自命不凡的人。她虽然想当诗人,却不像一般年轻诗人那样故作姿态;她写的诗好像都是从她心中自然而然萌生出来的。她一点也不在意别人会怎么看待她的诗,因为她很自信,相信自己写的都是好诗。她也很有爱心,尤其是对朴实善良的母亲和姐姐玛丽亚,她特别敬爱。玛丽亚既不喜欢绘画,也不喜欢诗歌,也许正因为这样,她在日常生活中比她的弟妹更勤快、更务实、更能干。譬如,她从不去瞻仰大英博物馆里的圣徒遗骸,因为,她说,既然耶稣随时都会降临,到时候竟然要这些尸体跟随耶稣升天而得永生,那真是太滑稽可笑了。克里斯蒂娜虽不会这么想,但她觉得姐姐的想法很了不起。当然,对于玛丽亚的这种说法,我们这些局外人往往会一笑了之,但克里斯蒂娜不是局外人,她身处其中,自然会受到当时的风气和思潮的影响;所以,她认为姐姐的想法是很值得思考的。其实,只要我们用心观察就会发现,克里斯蒂娜·罗塞蒂此时已形成她的精神核心,而她的一生就围绕着这个沉甸甸的核心在转。

这个精神核心就是宗教信仰。当她还是个小女孩的时候,她就对上帝、对灵魂很着迷;后来,灵魂和上帝的关系就成了她终生关注的焦点。她一生六十四年,表面上好像是在哈勒姆街、恩兹莱花园和托灵顿广场度过的,实质上她一直生活在一个奇异的国度里,她的灵魂始终挣扎着要接近冥冥中的上帝,而在她的心目中,上帝是阴沉的、严厉的,宣称世间的所有享乐——剧院也好、歌剧也好、裸体画也好——都是可憎可恶的。她的朋友汤普森小姐画了几幅裸体画,说画的是仙女,并不是真人,但她仍不相信,认为她的朋友在说谎。她生命中的一切都取决于她那个既充满激情又充满痛苦的精神核心。宗教信仰决定了她生活中的方方面面;它教导她说,下棋是有罪的,但打牌是允许的[1];它还干预了她的终身大事。她爱上了一个叫詹姆斯·科林森的年轻画家,他也很爱她。但他是罗马天主教徒,她拒绝和他结婚。他为了她,改信英国国教,她这才同意和他订婚。但他后来犹豫了,又皈依了罗马天主教,她断然取消了婚约——尽管这使她痛苦万分,她也在所不惜。多年后,幸福婚姻再次向她招手,而且比上次似乎要可靠一些。查尔斯·凯利向她求婚。这位精通理论的饱学之士曾身着便装、随心所欲地周游世界,曾把福音书译成印第安人的土语,曾在晚会上诙谐地问一位漂亮女士"您对墨西哥暖流有没有兴趣",还曾把一只浸泡在酒精中的海鼠标本作为礼物送给克里斯蒂娜。不过,他是个不信教的自由主义者。他的求婚被拒绝了。她虽然"爱他之深超过世上所有女人",但她不能做一个怀疑

---

[1] 下棋不靠运气,全凭个人智力决定胜负,这从宗教的角度看是无视上帝;打牌主要靠运气,而运气是上帝决定的,因而是允许的。

论者的妻子。她虽然喜爱所有动物,喜爱那些"毛茸茸、傻乎乎的东西",喜爱袋熊、喜爱蛤蟆,甚至喜爱老鼠,还把查尔斯·凯利喜称为"我的双目失明的鹰,我的目光敏锐的鼹鼠";但是,袋熊也好,鹰也好,鼹鼠也好,查尔斯·凯利也好,统统进不了她的天国。

我们只要这样仔细看、认真听,似乎就可以了;尘封的昔日幻境中似乎有无穷无尽的奇闻趣事。然而,正当我们想进一步探查这奇异幻境中的边缘角落时,我们的女主人公却出了点事。这情形就像我们在看鱼缸里的一条鱼,看它在水草中游进游出,在石头边转来转去,但突然之间,这条鱼猛地一撞,把鱼缸撞碎了。当时好像是在一次茶会上——出于某种原因,她好像参加了福特尔·泰布斯夫人举办的一次聚会——就在这次聚会上,有人漫不经心地谈到了她的诗歌。这是这类聚会上常有的事,但这时"有个矮小的女人突然站了起来,走到客厅中央,郑重其事地说:'我是克里斯蒂娜·罗塞蒂!'说完,又回到了座位上"。这话一说,就等于撞碎了鱼缸。是的,(她似乎是说)我就是那个诗人,你们现在装模作样地纪念我的诞辰,和泰布斯夫人茶会的那些庸人没什么两样!其实,你们想了解的一切都摆在这里,而你们却喜欢谈论无聊的琐事,还要翻我的抽屉,甚至还要拿玛丽亚、拿圣徒遗骸、拿我的恋爱来寻开心!看看这本绿封面的书吧!这是我的诗集,标价四先令六便士,看看吧!——说完,她回到了座位上。

诗人真是古怪,一点不肯随和!他们说诗歌和生活无关。圣徒遗骸和袋熊也好,哈勒姆街和公共马车也好,詹姆斯·科林森和查尔斯·凯利也好,海鼠和福特尔·泰布斯夫人也好,托灵顿广场和恩兹莱花园也好,甚至基于宗教信仰的圣行神迹也好,都不重要,都是外在的、表面的、虚幻的;唯有诗歌本身,唯有诗写得好不好,才是重要的,才值得关心。但是——即使浪费时间说了也白说,我们还是要说——诗写得好不好,谁说得清楚!自古以来,对诗的好坏就没有什么定论,而同时代人的判断又几乎都是错的。就以克里斯蒂娜·罗塞蒂为例,如今收在她的全集中的大多数诗歌当初都被编辑退稿。有好多年,她每年写诗的收入大约只有十英镑,而就如她苦笑着所说,吉恩·英格洛的诗集竟然一连再版了八次。当然,在她的同时代人中间还是有少数几个诗人和批评家对她的诗歌是给予好评的。但是,他们对同样的作品却有截然不同的评价——因为他们的评判标准截然不同!譬如,诗人斯温伯恩[1]读了她的诗感叹说"我总觉得她的诗写得再好不过了",并说她的《新年颂》一诗"仿佛沐浴在火焰里、沐浴在阳光下,仿佛是来自大海的和谐之音,仿佛是来自天堂的清澈而洪亮的回声,其

---

[1] 阿尔杰农·斯温伯恩:19世纪英国诗人,与拉斐尔前派艺术家关系密切。

美妙的弦音和节奏就是竖琴和风琴也不能与之相比"。大学者圣茨伯里[1]教授读了《魔市》一诗后说："她的主要诗作（《魔市》）所用的格律，应该说是集斯凯尔顿体[2]和斯宾塞体[3]之大成，而不是乔叟的后继者所用的那种古板而别扭的诗体。从这首诗中可以看出她有追求不规则诗行的倾向，这种倾向在其他不同时期的诗人那里，譬如在17世纪末18世纪初的品达派诗人[4]的作品中，在赛尔斯[5]的早期作品和阿诺德[6]的后期无韵诗中，都有所表现。"还有诗人兼教授瓦尔特·罗利爵士说："我认为她是当代最优秀的诗人。……可惜的是，你无法讲解真正纯粹的诗，就像你无法分解纯净的水——容易讲解的是那些掺有杂质的诗。读了克里斯蒂娜的诗，我不想讲解，只想哭泣。"由此看来，这里至少有三种不同的"批评流派"：有"天堂回声派""不规则诗行派"，还有"哭泣派"。这实在令人苦恼。如果听信他们，最后只能是不知所措。

1　乔治·圣茨伯里：19世纪英国文学史家、批评家。
2　16世纪英国诗人斯凯尔顿的诗体。
3　16世纪英国诗人斯宾塞的诗体。
4　17世纪末和18世纪初模仿古希腊抒情诗人品达的一派英国诗人，著名的有德莱顿、蒲柏和格雷等人。
5　罗热·赛尔斯：18世纪初英国诗人。
6　马修·阿诺德：19世纪英国诗人、批评家、教育家。

也许，还不如听信我们自己，凭我们自己的感觉去读她的诗。我们的感觉也许只是一时之感而并不全面，但也值得一说。我们可能会有这样的感觉：啊，克里斯蒂娜·罗塞蒂，我们虽然读了你的好几首诗，但我们不好意思地承认，我们没有读完你的诗集。我们也没有详细了解你的生平和你的创作有几个阶段，因为我们怀疑你的创作是否有阶段。你是完全靠直觉写诗的。你总是从同一个角度看待世界。不论是岁月、读书，还是和他人的交往，都没有使你有丝毫改变。那些有可能对你的信仰不利的书，你是不读的；那些有可能干扰你的直觉的人，你是不交往的。这也许聪明至极。你的直觉多么准确灵敏，你凭直觉写的那些诗多么美妙，就如莫扎特或格鲁克[1]的音乐一样余音袅袅。你的诗既工整匀称，又复杂多变，就像同时拨动几把竖琴，发出多声部的谐音。你和所有感觉灵敏的人一样享受世间的绚丽色彩。你的诗中充满金色的阳光和"浓淡分明的天竺葵"；你的双眼凝视着灯芯草"天鹅绒般的花蕊"和蜥蜴"金属般的鳞甲"——你那种拉斐尔前派[2]的感官之乐，一定会使国教派信徒大为震惊，而你就是国教派信徒，你那多

---

1 克里斯托弗·格鲁克：18世纪德国作曲家。
2 19世纪中叶英国画派，旨在于使绘画艺术恢复拉斐尔之前的质朴（即认为拉斐尔之后的绘画丧失了艺术的质朴，变得矫饰而做作），该派的代表人物即克里斯蒂娜·罗塞蒂的哥哥但丁·加伯利尔·罗塞蒂。

愁善感的缪斯[1]就来自你的信仰。虔诚而坚定的信仰支撑着你那娇美的诗歌。你的诗歌之所以坚实，原因也许就在于信仰，但其中的苦涩也同样源于你的信仰——因为你的上帝是严厉的，你的天堂桂冠是用荆棘编制的。每当你的感官感受到世间之美，你的头脑就会警告你，那是虚幻的、短暂的。你的诗歌裹着遗忘、沉寂和死亡的黑色长袍，但有时也会发出和黑色长袍不协调的脚步声和欢笑声，发出小动物的窸窣声、乌鸦的嘈杂声和毛茸茸的大动物的鼻息声。因为你终究不是弃绝尘世的修女。你会碰碰它们的腿、摸摸它们的鼻子。你痛恨欺诈和虚伪。你很谦和，但很自信，相信自己的天赋和眼力。你修改诗稿时毫不手软，你校正音律时无比敏锐——没有任何无关、多余的词句会出现在你的诗歌中。总之一句话，你是艺术家；你就是为消遣而随便写写，就是为好玩而摇摇铃铛，但依然为上帝的降临留好了通道。你等待着上帝的到来，你用你的诗句请求上帝：

> 带给我让人平静死去的罂粟花，
> 带给我缠绕窒息生命的常春藤，
> 还有那朝着月亮开放的草樱花。

1　此处喻艺术灵感。

多么怪异的比喻，多么奇特的诗意！阿尔伯特纪念碑[1]也有倒塌的一天，你在小房间里写的几首诗却永远那么工整、那么完美。我们世世代代都会吟诵：

当我死去的时候，亲爱的，
我的心会像小鸟一样歌唱。

那时，托灵顿广场也许已经变回了珊瑚礁，鱼群会在你当年的卧室里游进游出；也许，哈勒姆街已经变回了森林，那些围栏已经埋在地下，袋鼠和蜜獾在上面的草丛里嗅来嗅去。想到此，我又想到了那部《克里斯蒂娜·罗塞蒂传》。我想，如果我那时也在福特尔·泰布斯夫人的茶会上，当我看到有个身穿黑色衣裙、年长而矮小的女人站起来走到客厅中央时，我一定会激动得手忙脚乱——我会弄断一把裁纸刀或者打碎一只杯子——但我会昂起头来听她说："我是克里斯蒂娜·罗塞蒂。"

---

[1] 19世纪英国维多利亚女王为其丈夫阿尔伯特亲王建于伦敦海德公园内的纪念碑。

《男人和女人》*

如果你想读一本小册子来了解一个大问题,那你读到的往往是一个有点模糊不清、不太确定的大概情况。虽然小册子也有可能是稀世珍品,但大多数情况下很可能只是一座山,甚至一辆马车的大致轮廓。不过,维拉尔女士的这本书虽是一本探讨大问题的小册子,却不是模糊不清、不太确定的——不是大致上的轮廓,而是主题鲜明、细节清晰的论述。所以,我们读她的每一个字都很认真,因为她在每一页里都说得很明确、很具体,有许多地方,我们想知道她说得是否正确。那么,要探讨一个国家在整整一个世纪里的性别问题,怎样才能探讨得既明确又具体呢?维拉尔女士的办法是选择小说作为她的研究对象,因为她虽然读过各种官方资料,但她更喜欢读小说,也更

---

* 《男人和女人》是20世纪初英国女作家维拉尔女士的文学论著,通过对英国女性小说创作的分析,探讨半个世纪以来英国女性状况和女性问题。本文是伍尔夫因报社所约而为该书写的书评。

熟悉小说。她说，正是在小说中，英国女性在19世纪得到了最大的关注，因为那些小说反映了当时英国女性的思想、希望和生活。不然的话，我们完全有可能仍和我们的祖先一样，对人类中的那一半人几乎一无所知。我们虽然知道，有人类就有女人；我们虽然知道女人会生孩子、不长胡子、很少秃顶，但除了这些和其他一些据说男女完全一样的器官，我们对女人知之甚少，更没有什么靠得住的证据来对女人做出判断。再说，我们也从来没有客观冷静地考虑过这个问题。

所谓文学，在19世纪以前几乎完全是男性独白，很少有女性的声音。看来，和一般看法正好相反，多嘴多舌的不是女人，而是男人。你只要到世界各地的图书馆去看看就知道了，那里全是男人的自说自话，说的也大多是他们自己。当然，女人有时也会成为男人幻想的对象，因而女人有时也会出现在文学中。但是，现在我们越来越清楚了，麦克白夫人、考狄莉亚、奥菲莉亚[1]、克拉丽莎、朵拉[2]、黛安娜[3]、海伦[4]，还有其他女性人物，其实都不是真正的女人。她们有的是假装成女人的

---

1 麦克白夫人、考狄莉亚、奥菲莉亚均为莎士比亚戏剧中的女性人物。
2 19世纪英国小说家狄更斯的小说《大卫·科波菲尔》中的女性人物，大卫的"孩儿妻"。
3 19世纪英国小说家乔治·梅瑞狄斯的小说《十字路口的黛安娜》中的女主人公。
4 即后文中的海伦·潘登尼斯，19世纪英国小说家萨克雷的小说《潘登尼斯》中的女性人物，男主人公的母亲。

男人，有的是男人想假装而没有装成的女人；要不然，就是男人在对人生感到悲哀和绝望时用来表达痛苦之情的女人。我们知道，无论是男人，还是女人，都有一种内在的本能，那就是都倾向于把自己的欲望和冲动、不满和厌恶本能地发泄到异性身上。这样，男人发泄了自身，就歪曲了女人；女人发泄了自身，就歪曲了男人。夏洛蒂·勃朗特笔下的罗切斯特是对男人的极大歪曲，就如莎士比亚笔下的考狄莉亚是对女人的极大歪曲。所以，维拉尔女士很快发现了这样一个事实：即使在19世纪的小说中，那些最著名的女主人公所代表的也只是男人所需要的女人，而不是真正的女人。譬如，海伦·潘登尼斯，她更多的是代表萨克雷的意愿，而不是代表她自己。是的，她让我们知道，她从不曾有过自己的一分钱，她所受的教育只使她能看懂祈祷文和菜单。她还让我们知道，既然女人是靠男人为生的，女人就应该喜欢男人——即使不喜欢，也要装得很喜欢。其实，无论是萨克雷，还是狄更斯，他们笔下的女人或多或少都在欺骗她们的男人。她们有时会使男人特别反感，因为她们的欺骗不太成功。总之，我们发现那时的男女是互不信任的。海伦·潘登尼斯很可能等她的男人一下葬，就会脱掉身上的丧服，就会喝下一大口啤酒，还会把腿跷在壁炉架上，掏出一支黏土烟斗抽上几口；对此，她的男主人萨克雷很不放心，所以总是转过身来看看她。不过，到了19世纪中叶，出现了两个犟头倔脑的女人,相形之下,那些卑微怯弱的女人顿时黯然失色。那两个女人就是简·爱和伊莎贝尔·伯纳斯[1]。她们一个勇于说自己不是美女,还很穷;另一个勇于说,宁愿住到荒山野岭里去也不想嫁什么人、成什么家。维拉尔女士认为,这种犟头倔脑的女人和那种卑微怯弱的女人适成对照,而之所以会有这种女人,原因就在于工业革命。因为就在一百多年前,相传几千年的手纺车过时了。

确实,当日常生活不再需要女人那么辛勤劳作之时,纺车、针线、果酱、瓦罐,甚至蜡烛、肥皂……都不要女人那么操心了,女人就有了想要从事其他活动的意愿,就有了自我表现的意识。也就是说,今天的女人已经没有多少家务要做了,明天的女人就会有很多空闲,就会东看看、西想想,就会有女人的自我意识和女人的世界意识——这样,新女性就诞生了。

千百年来第一次,那个弯腰屈背、目光呆滞、指关节突出的女人(不管诗人笔下的美女多么妩媚,真正的女人就是这个样子的)从洗衣盆旁边站了起来,出门散步去了。然后,她走进了工厂。她并不轻松,但这是她走向自由的第一步。

维拉尔女士在这本小册子里探讨了1860年至1914年间的英

---

[1] 伊莎贝尔·伯纳斯:19世纪英国作家乔治·亨利·博罗的小说《莱文格罗》中的女性人物。

国女性生活，可谓字字珠玑、极有见地，要想对此简单下一断语是不可能的。再说，维拉尔女士会第一个赞同下面这种说法：就是目光最敏锐的法国女人注视海峡对面的英伦三岛时，也看不清我们这里的"进化"和他们那里的"解放"[1]到底是不是同一回事。如今，属于社会中层的大量女性虽然已有不少闲暇，已受过不少教育，也有一定程度的自由，可以了解周围世界；但是，要确立女性自身的地位，要充分发挥女性的能力，恐怕不是这一代女性或下一代女性所能做到的。《远离尘嚣》中的芭谢巴说："我有女人的感情，但我只有男人的语言。"这种尴尬处境导致极大的困惑和混乱——能量已获释放，但用何种方式发挥作用呢？各种各样的方式都要尝试，不合适的要摒弃，合适的才能采用——只有完成了这项工作之后，女性才有自由或者成就可言。不过，有一点必须记住：并非1860年才有女人。女人自古就有，女人的一大部分能量早就以某种方式[2]被充分利用了，现在要以何种新方式发挥女人剩余的能量，这对女人来说是个难题。唯一的解决之道是，男人也必须获得进化和解放，这样才有女性的进化和解放。

---

1 意为英国的渐进式社会改革和法国大革命（此句意为各国的女权运动可能各有不同）。
2 指怀孕、分娩、哺乳（这是女人不可能不做的）。

四 关于女性人物

伊丽莎白女王的少女时代[*]

弗罗德在他的《伊丽莎白女王传》的结尾处，在对这位了不起的女王加以总结和评价前，说了一段令人难忘的话，要我们想一想成为一国之王意味着什么。他说，作为国王，他们也有各种杂念"在心里萌生，而且要求得到满足……这些杂念不愿被锁在国王的保密柜里"。但是，作为国王，他们没有闲暇，而是永远在处理公务。国王的职责就像他们的影子一样紧随着他们。即便死了，他们的言行还会被人们提起，还要受到人们的评议——这样的评议，恐怕很少有人会乐意接受。弗罗德说了这番话之后，开始把人们赋予伊丽莎白女王的种种美德一层层撕掉，最后看到的不过是她有点勇气而已。这恐怕是我们评价大多数国王时必然会有的结果，即高居王位之人也有人性，似乎也经不起吹捧。人们最初把国王视为"至高无上"是因为

---

[*] 指伊丽莎白一世（1558年至1603年在位），都铎王朝第五位也是最后一位君主。本文是伍尔夫为弗兰克·蒙毕所编《伊丽莎白女王私人书信集》一书所写的书评。

他们有勇气,而到后来,人们发现国王似乎越来越有俗念,越来越堕落、越来越愚蠢、越来越刚愎自用。当然,豪华的宫廷生活还是人们历来羡慕和赞叹的——不说别的,宫廷中的排场之大,就令人瞠目。但是,更令人瞠目的也许是宫廷主角——国王,他作为一个人,他的内心世界和内心挣扎。实际上,国王就像压在一块巨石下的一只蚂蚁,所受的压力远远大于他的臣民。这样一个人,要真正了解他是很困难的,因为他所遵循的永远是一种与众不同的行为方式。只有在某些极为罕见的瞬间,我们才偶尔瞥见他作为一个人的真实面貌。至于其他,那就只能靠想象了。还有一些使研究古代文献的学者感到头疼的问题,雷特先生在这部《伊丽莎白女王私人书信集》的序言中也提到了。譬如,他们写信所用的那种语言,和我们今天的语言截然不同,不是繁复冗长,就是令人费解;还有,他们在信中所说的可能都是假话,因为他们确实需要说假话,说真话对他们来说反而是不明智的。不过,虽然困难重重,"有一点是可以肯定的,"雷特先生写道,"那就是这些书信中含有历史的精华。"他所谓的"精华",是指某个女人的品格。这个女人从二十五岁起开始统治英国,她的品格造就了光辉灿烂的伊丽莎白时代。如果我们对她的品格和她的生活环境有所了解,我们也就会对这一历史时期有所认识。蒙毕先生所编撰的这部《伊丽莎白女王私人书信集》不仅原原本本为我们提供了最好的原始材料，还用简洁明了的语言为我们做了某些必要的说明。

伊丽莎白女王的身世一开始就很凶险。她一出生就是有些亲属的仇敌——因为她的出生，她的同父异母的姐姐[1]被贬黜，公主府邸被充公。三年后，她自己也被贬黜，没有了母亲，由一个宫廷侍女照管。这个宫廷侍女自己也承认，不知道怎么照管好这个被贬黜的小公主。她曾写道，小公主几乎没什么好的衣服，而对一个牙齿长得又慢又大，因而老是牙疼的三岁小女孩来说，天天要到御膳房去用晚餐并不是一件好事，"因为一到那儿，要阻止公主殿下不去碰餐桌上的烤肉、水果和酒杯，真不是一件容易的事"。她的第三任养母凯瑟琳·帕尔最初注意到她，加强了对她的教育。那时她十一岁，"对一切美好的学问都很热情"，还曾翻译一首题为《心灵之镜》的诗献给凯瑟琳·帕尔。她从小受到种种管教，从这一点我们推测，她是个早熟的、有点傲气的女孩。她的早熟有时还使别人和她自己都很尴尬。十四岁时，她就和养母的丈夫托马斯·塞莫调情，后来还当真，去跟别人说，弄得所有人都哭笑不得，她自己也丢尽脸面。她像她的侍女所说，确实够大胆的。但不妨想想，作为公主，她十五六岁就要到贵族议事会去接受评议，让那些老家伙评头论足，其实也够可怜的。她自我收敛，退居到哈特菲德。在那儿，她的自信促使她努力成材，以期有朝一日君

---

[1] 即玛丽·都铎，当时为公主，1553年加冕为英格兰女王，即玛丽一世。

临天下。她的两位宫廷教师——大学问家威廉·格林多尔和罗杰·艾瑟姆,都曾预言"这位高贵的公主"必成大业。她十六岁时,艾瑟姆就对她的学业大为赞赏,说她的法语和意大利语讲得和英语一样好,还会说一口流利的希腊语和拉丁语;说她不仅读了西塞罗[1]、李维[2]和索福克勒斯[3],还能写一手"简洁得体、明快优美"的好文章,特别是"比喻恰当";又说像她这个年龄的公主,衣着朴素大方,从不"绫罗绸缎、珠光宝气",实在难能可贵。她成熟了,踏上了新的里程。在学识和才能方面,除了格雷家族和塞西尔家族的五六个女才子,当时所有的宫廷女子和贵族女子都无法和她相比。

当玛丽继承王位后,伊丽莎白不得不以她所学到的全部智慧沉着应对,使她"这条小船"在两派势力较量的"惊涛骇浪"中不至于倾覆。清教派对她的拥护不仅使她成了玛丽女王的眼中钉,还有性命之忧。她的一举一动都被监视。怀亚特密谋[4]败露后,玛丽女王大为震惊,不顾众人反对,把伊丽莎白关进了伦敦塔[5]。接下来的三年里[6],伊丽莎白养成了从不说真话

---

1 西塞罗:古罗马政治家、雄辩家。

2 提图斯·李维:古罗马三大史学家之一。

3 索福克勒斯:古希腊三大悲剧家之一。

4 1554年1月,英格兰贵族怀亚特联络法国国王密谋叛乱,试图废黜玛丽女王,立伊丽莎白为英格兰女王。

5 伦敦的一座堡垒,历史常被用来囚禁地位显赫的犯人。

6 玛丽囚禁伊丽莎白三年后病逝,由伊丽莎白继位英格兰女王。

的习惯。不过，这段不幸的经历也使她有一种苦涩的回味，从而使她毕竟还有一点"持久而真实的感情"；所以，弗罗德先生认为，她在数年后把那位苏格兰女王[1]关进伦敦塔时，心里其实还是有一丝怜悯之情的。"冷漠而不动感情"是她最遭人诟病的性格特点，也是她最令人佩服的安全策略——要知道，她曾被密探包围，而她聪明过人，知道怎样保护自己。她永远在冷静思考，永远不会轻举妄动，这使她得以安然无恙，也使别人难以知晓她的真实感情。曾有人写到这位非凡的年轻女王时想为她添上柔情的一笔，说她喜欢孩子，说她被关在伦敦塔里的时候，每次到花园里散步总要和一个四岁的孩子玩上一阵，那孩子时而还会送给她一束鲜花。不过，马上有人怀疑她的动机，说她根本不是喜欢那个孩子，而是在利用那个孩子，因为那束鲜花中藏着一封科特尼[2]写给她的密信。这也许只是一件小事，但通过小事我们最能了解一个人的个性，因为人们在处理大事的时候很少会显露个性，反而在一些小事上常会个性毕露。那么，在不了解历史人物的生活小事的情况下，我们是不是只能靠虚构一些小事来突出历史人物的个性？这也许是个很值得讨论的问题，但不管怎样，我们毕竟有一些较为确凿

---

[1] 即玛丽·斯图亚特，也称为苏格兰女王玛丽，被英格兰女王伊丽莎白一世囚禁在伦敦塔里达十八年之久，后又被其处死，原因是她始终想取代伊丽莎白一世。
[2] 科特尼：当时的宫廷大臣，暗中支持伊丽莎白。

的证据，可证明她的长相如何。她个子很高，皮肤很黑，眼睛很漂亮，"尤其是她的手，特别美，她自己也常给人看她的手"。她喜欢听人说她长得像父亲，因为"她以父亲为豪，以父亲为荣"。至于她的谈吐如何，很可能她是那种话虽不多但说一不二的人，而且"还有点自负"，总是用意大利语和意大利人交谈，因为她姐姐玛丽的意大利语没她说得好。

就这样，她二十三岁时就成了一位出类拔萃的公主。她的聪明才智、她的"言谈举止"使维也纳来的大使先生印象深刻，也使她姐姐玛丽女王深感威胁。在本书所收集的书信中，最有趣的是亨利·贝廷菲尔德爵士写的几封信，其中透露出她被囚禁在伍德斯托克[1]时的一些情况。这几封信，大概弗罗德先生也是第一次读到。从这几封信中可以看出，亨利·贝廷菲尔德爵士并不像人们常认为的那样处处为难她；恰恰相反，他很不情愿接受这样的任务[2]，所以尽可能地照顾她。不过，伊丽莎白是个很难弄的囚徒，非常警觉，稍有怀疑就一言不发，常常使看守她的人也觉得"自讨没趣"。她故意摆出一副公主派头，让你觉得谁也无权限制她的自由。她无事可做，就给《圣经》做一个绣花封套，或者在窗上写几行哀婉的诗句。她说她要看书，要一本西塞罗的书和一本英语版《圣经》。她说她要

---

[1] 伦敦塔所在地。
[2] 伊丽莎白被囚禁在伦敦塔时，亨利·贝廷菲尔德是伦敦塔的主管。

四处走走，还要给枢密院写信提出申诉。亨利·贝廷菲尔德爵士时时提心吊胆，看到外面有人为她送来"一条鲜鱼……两只野鸡作为礼物"，或者看到她和某个仆人说了几句话，他就紧张万分。有时，她甚至对他本人"发号施令"，口气之大就像将军命令士兵，而他也确实不敢违抗，不仅要给她纸和笔，还要听她口授，为她操笔。虽然他的字写得并不好，但也没办法，因为"公主说她从来不亲自写信，都是由秘书致函各位大人的"。他曾上报，说伍德斯托克在冬天不宜让公主居住，因为那里墙体开裂，不避风雪，还有附近的村民对有士兵驻扎在那里也常有怨言。显然，他想尽快送走这位公主。

三年后，玛丽去世，这时的英国找不到第二位像伊丽莎白这样既年轻又成熟老练的公主。她经历过爱，也经受过死亡的威胁；她懂得不可轻信任何人，懂得怎样使他人相互倾轧而自己置身事外。她老谋深算，对最复杂的纷争也能应付自如。她对豪华的排场喜爱有加。她曾寒酸度日，这使她懂得聚富敛财的重要，以及怎样使人为她送礼进宝。总之，她所受的教育和她的不幸经历使她穿上一副冰冷坚硬的铠甲，铠甲里面跳动着一颗大胆无畏的心。就这样，她在加冕为英格兰女王的那天，盛装华服、踌躇满志地驱车穿过伦敦城，一路驶过一座座拱门、一座座塔楼和一座座喷泉，还有一群群孩子为她欢呼、为她高唱。一片片雪花落在她身上，落在她镶满宝石和金银的衣裙上，仿佛她全身都在发出一道道耀眼的白光。

四　关于女性人物

施莱尔夫人

我们知道,鲍斯韦尔曾用尖刻而又真实的笔调描述过施莱尔夫人,他的描述既表现出他自己的个性,又恰到好处,并无夸大歪曲之嫌——这是鲍斯韦尔的一贯作风。不过,詹姆斯·克利福德先生所做的事情[1]比鲍斯韦尔更有价值,也更难。他不仅深化、放大、充实了鲍斯韦尔对施莱尔夫人的描述,还把施莱尔夫人放在中心位置[2],由此而改变了画面的总体结构。

施莱尔夫人的生平资料一直散见于各种历史文献中。这些文献,有的在英美多地零星出版过,有的则从未出版过。克利福德先生经过多年的悉心研究而终于有了可喜的成果——他尽可能收集了施莱尔夫人的所有生平资料,从而描绘出了一个相当完整的施莱尔夫人。要不是施莱尔夫人的日记和笔记至今仍

---

[1] 指詹姆斯·克利福德所著《施莱尔夫人传》。本文是伍尔夫应约为该书所写的书评。

[2] 在鲍斯韦尔的《约翰逊博士传》中,施莱尔夫人只是约翰逊博士的陪衬人物。

在一个美国编辑手里，我们看到的施莱尔夫人形象可能还会完整一些。不过，即便如此，我们现在对施莱尔夫人的了解也许已经超过了我们对大多数朋友的了解。我们虽然不能和这位朋友一起出游，但已经远远地看着她有八十多年了。[1]只是，这样纤毫毕现的描述，总有令人不解的地方，因为你说得越细致，不清楚的地方就越多。这就像把一只鸟抓在手里，你越想抓住它，它越容易逃走。譬如，在克利福德先生笔下，海丝特·林奇[2]既漂亮又聪明，那个亨利·施莱尔既丑陋又愚蠢，但有谁来解释，这样一个姑娘为什么会嫁给这样一个丑男人？海丝特·林奇的父亲是个昏庸、暴躁、穷困的威尔士乡绅，当他发现自己的女儿在和这样一个男人秘密通信时，气得当场昏死过去。这个昏庸的乡绅在这件事情上倒是一点也不昏庸——那确实是一桩荒唐的婚事。海丝特·林奇心地善良、机智灵活，亨利·施莱尔则是个无情无义、固执守旧的生意人，一心想学贵族，却无贵族的身份；浑身都是小市民的俗气，却无小市民的风趣。除了喝酒吃肉，如果说这个施莱尔还有什么爱好的话，那就是喜欢像海丝特·林奇的母亲那样的老女人，而不喜欢像海丝特·林奇这样的妙龄少女。但是，不知怎么一来，海

---

[1] "这位朋友"指施莱尔夫人，她死于1821年，克利福德的《施莱尔夫人传》出版于1905年，其间有八十四年。

[2] 施莱尔夫人的婚前名。

丝特·林奇竟然和他结了婚,随即住进了他在斯特里汉姆的豪宅,而且,如约翰逊博士所说,"像一个被情夫珍藏的情妇"。

然而,正是她的婚姻使她加深了和约翰逊博士的关系。假如她婚姻美满,她是绝不会像这样去结识约翰逊博士的。当然,约翰逊博士给了她所需要的东西——刺激和社交圈,满足了她的好奇心和虚荣心。不过,这个年轻的妻子和这个年长的男人之间的友情并不仅此而已,还有更亲密的关系。约翰逊博士不仅是她餐桌上的客人,还是经常出入她房间的情人。他和她秘密相爱。她每次遭遇不幸——如昆妮[1]不喜欢她了、施莱尔先生又找了新情人,灾难接二连三,她一次次怀孕,孩子一次次出生,又一次次患病夭折——她都哭红双眼求助于约翰逊博士。"我该做什么?我能做什么?是不是朋友们的奉承让我变得忘乎所以了?这些可怜的孩子是不是因为我的罪过而遭天谴?"她伤心欲绝地向他倾诉。他总是给她忠告,使她重新振作。作为回报,她把他当作家庭中的一员,不仅让他分享她的家庭生活,还把她的部分家产转赠给他的子女。据说,有一次约翰逊博士正在斯特里汉姆"菜园的水井边生火炼金",被突然回家的施莱尔先生撞见,随即把火灭了,约翰逊博士就此不再炼金。还有一则传闻很能说明他们的关系:在社交场合,约

---

[1] 施莱尔夫妇的女儿。

翰逊博士对施莱尔夫人和对其他人一样粗暴无礼，旁人都看不下去了，但施莱尔夫人却一笑了之。"哦，一个有趣的好人！"她说。有人把这话传到约翰逊博士耳里，"他显然很高兴……大声说：'哦，一个有趣的好人！'"

那么，当施莱尔先生最终暴食而亡后，施莱尔夫人和约翰逊博士长达十六年而久经考验的友情，又为什么会走到尽头呢？这里的一大原因是，就如克利福德先生所说，施莱尔夫人早先一直在自我克制。她是有自己的个人爱好的：一是对故乡威尔士的景色抱有一种浪漫之情；二是对绘画艺术深感兴趣。但是，当初他们三人同去威尔士旅游，约翰逊博士和施莱尔先生始终都没注意那里的景色，而在巴黎，她曾被约翰逊博士抛下数小时，独自在美术馆里观赏那些名画。此外，她还喜欢写作，而且喜欢标新立异。"她总想知道，为什么要这样写而不能那样写？"她总想知道，为什么不能像平时说话一样写作，想怎么说就怎么写，这样不是更亲切、更顺口吗？所以，她写的东西"几乎全是常用短句和日常口语"，为此而被正统评论家说得一文不值。

显然，她心里隐藏着那个老男人[1]没法满足的强烈欲望和好奇心，而她当初是施莱尔的妻子和斯特里汉姆的女主人，她

---

[1] 指约翰逊博士。

不得不自我克制。现在,丈夫死了,她不再有约束,那些欲望和好奇心便活跃起来。她从施莱尔夫人变回到了那个充满青春活力的海丝特·林奇。也许是因为她的婚姻没有把她的青春活力完全耗尽——她守寡时只有三十七岁。在这之前的某一天,她去听加伯里尔·皮奥齐演奏古钢琴,拜伦夫人曾问她:"我想,你是知道这个男人爱上你了吧?"

这个男人就是加伯里尔·皮奥齐——克利福德先生笔下成功重塑的人物之一。他在斯特里汉姆社交圈里的人看来,不过是"一个来自意大利的乐师"。他们当然可以这么认为,而实际上,加伯里尔·皮奥齐是个富有教养的意大利人,一个热爱音乐、富有音乐才能的作曲家和演奏家。他外出旅行时总带着一架古钢琴和一个凳子,为的是他随时可以弹奏莫扎特和海顿的古钢琴曲。施莱尔夫人曾坐游艇沿布伦塔河顺流而下,一路上听他弹奏古钢琴。他还有节俭端正的好品行,婚后他把夫人原本乱糟糟的财务管理得井井有条。当他结束在威尔士的行程时,他还很有绅士派头地送梅子布丁给当地村民。然而,施莱尔夫人的那些富有的亲戚和家里的常客都大为震惊,觉得像她这样一个富商的遗孀竟然嫁给一个意大利穷鬼,便纷纷和她断绝了往来。约翰逊博士更是愤怒至极,说:"她现在这样子只会使她的仇人高兴万分,使她的朋友失望至极,如若她还有朋友的话。"连王后也忧伤地说:"上帝啊,但愿我不会有这样的女儿!"她最后还以宽容仁爱之心得出结论——施莱尔夫人疯了。约翰逊博士之所以愤怒,他自找的理由当然是他一下子失去了施莱尔夫人家里的美味和施莱尔夫人的关心。实际上,这个老男人是在妒忌——至少,他的愤怒表明他在感情上和面子上都受到了伤害。那么,我们又如何解释其他人的反应呢?唯一可能的解释是,即便是有知识、有学问的人,也很难接受有违传统的行为。因为知识和学问如若不受传统的影响,那么传统就会显得陈腐而可笑。要知道,在18世纪,一个意大利乐师在英国人眼里和今天的黑人差不多。所以,要理解当时斯特里汉姆社交圈里的人对这件事的反应,我们最好想一想,如若今天有个受人尊敬的英国女人嫁给了一个黑人,当今社会的女士们先生们想到她将生出一个黑不溜秋的混血儿时,会有何种反应?

不过,我们越是理解斯特里汉姆社交圈里的人,就越是对皮奥齐夫人肃然起敬。她对皮奥齐的感情是她生来第一次对爱情的执着追求。她写了一封措辞委婉的信给约翰逊博士,对他说:"我的第二个丈夫一点儿也不差,他的出身、他的感情和他的职业都胜过我的第一个丈夫……我想,等您改变了对皮奥齐先生的看法之后我们再交往吧。"她说了这些话之后,本应该坐上游艇沿布伦塔河顺流而下,本应该陶醉在莫扎特的古钢琴曲中,但令人遗憾的是,克利福德先生喜欢谈论她的生活琐事,高雅的音乐反而被他一笔带过了。显然,皮奥齐夫人已失去了她在约翰逊博士心目中的地位。克利福德先生写到这里加快了节奏，旋转木马越转越快，几近失控。皮奥齐夫人不停地探寻和尝试，不停地争吵和唠叨。她既冲动，又敏感；既固执己见，又不通人情，连她的几个孩子都觉得她叫人难以忍受。她想做范妮·伯尼的庇护人，弄得范妮·伯尼大为不快。她想使自己娇小的身材更引人注目，用羽毛、虎皮、假发、缎带打扮自己。她还想为她的一个侄子买一个准男爵头衔，结果上当受骗，白白损失了六千英镑。是的，她的性格中有庸俗的成分，她的思想中有荒唐的一面——这也许可以用来解释，为什么作为旁观者的鲍斯韦尔会对她那么反感。

不过，旋转木马也不无有趣之处。她感兴趣的东西很奇特；她总要找一个人作为自己的崇拜对象——继约翰逊博士之后是西登斯夫人[1]，继西登斯夫人之后是康威尔[2]先生。一旦没有了崇拜对象可以款待，她就拼命读书。读书读得腻了，她就练字。练字练得累了，她就拿出望远镜，遥望地平线。她会一整天望着海面，数到某一天有四十一艘帆船出海。看完海，她还会把望远镜转向附近的庄园。一天，她看到五英里外的约翰·威廉爵士正在自己的花园里找什么东西。他在找什么？她

---

[1] 萨拉·西登斯：18世纪至19世纪之际英国著名女演员。
[2] 康威尔：18世纪至19世纪之际英国著名学者。

很好奇，还派仆人去打听。直到仆人回来报告说约翰·威廉爵士是在找怀表，她的好奇心才被打消。

后来，她在自己八十岁生日晚会上还和侄子一起翩翩起舞，一直跳到天亮，仍不知疲倦。那是在1820年。那时，人们差不多已经忘记了鲍斯韦尔笔下的那个施莱尔夫人——那是她当年的一幅肖像，已经被尘封很久了。她一生爱过许多人；她曾到过许多地方；她曾结识过许多名人。她也曾深深地陷入绝望，但一转眼，她又觉得海阔天空。她晚年的一幅头戴大礼帽的肖像画，画出了她那张仿佛是现代人的面孔，画出了依然炯炯有神的双眼和依然柔和而放松的双唇，但上唇有一道疤痕，那是画师按她本人的意愿如实画上去的——那是1774年她在斯特里汉姆骑马摔伤后留下的疤痕。

伊莱扎·海伍德夫人[*]

在自然博物馆里，有些昆虫小得令人惊讶，只有手指最纤巧的人才能把它们拈起来，然后放到纸板上，而更令人惊讶的是，每只小昆虫的下面都标有长长的拉丁名称，还有详细说明，譬如，这只小昆虫是怎样捕捉的、怎么命名的，等等。看到这些说明，想起那些默默无闻、辛勤工作的人，我们不由得肃然起敬，因为他们的辛勤工作使我们增进了知识。不过，和威切尔先生为写本书所做的工作相比，他们的工作还算是比较轻松的。威切尔先生的工作不是在空气清新的森林里捕捉昆虫，而是在冷僻静寂的图书馆里翻阅积满灰尘的故纸堆，目的是要把一个早已被人遗忘的女人从故纸堆中重新发掘出来，同时还要整理出这个女人生前所写的七十本书。哥伦比亚大学英

---

[*] 伊莱扎·海伍德夫人：18世纪初期最早以写作为生的英国女性之一。本文是伍尔夫为威切尔所著《伊莱扎·海伍德夫人的写作生涯》一书所写的书评。

语文学与比较文学系认为,伊莱扎·海伍德夫人是个值得研究的对象,但至今没人研究,甚至没人称她是作家,所以威切尔先生的这本书值得称道,因为它"为增进知识做出了贡献,它的出版是一件值得庆贺的事"。是的,海伍德夫人并不是作家,她写的东西现在根本没人注意,她的生平几乎没人知道,但他们并不在意。我们呢,只知道她早就死了,但活到了老年;还知道她写过书,但没人写过关于她的书。

威切尔先生所做的当然不是写一篇论文指出海伍德夫人应该在文学史上有一席之地,而是写了厚厚的一本书,不仅对海伍德夫人所写的东西尽可能全面地加以梳理和评论,还在书后附了一份长达204页的文献目录。此外,他还公正地得出结论,认为对这位夫人写的东西不应抱任何希望,她所做的一切只是开了一个先例,表明女性也能以写作为生——譬如,她的"家庭小说",至多只能说预示了伯尼小姐和奥斯汀小姐的出现。在这本书里,威切尔先生时而称蒲柏为"蒲柏先生",时而又称为"亚历山大·蒲柏"[1],有时还把海伍德夫人称为"写个不停的女人"。不管他这么说是不是恰当,相信他都为了读者着想——但好像还不够,要是他把海伍德夫人的生平说得再详细一点,我们就不再有任何怨言了。现在我们只知道,她是个

---

[1] 称作"蒲柏先生"太亲昵,称作"亚历山大·蒲柏"又太疏远。

女人，嫁给了一个牧师，后来离家出走，自谋生路，可能还生过两个孩子。这期间，据说她没有靠任何男人供养，完全靠自己的一支笔赚钱谋生。这样一个女人，在18世纪初期可说是开创新生活的女性典范，一定是一个很有个性的女人。然而，没有人了解她，除了知道她生于1693年，死于1756年，我们既不知道她住在哪儿、怎么写作的，也不知道她有哪些朋友，甚至——这对一个女人来说确实很奇怪——不知道她长得好看不好看。威切尔先生有时称她"这个聪明女人"。由此可以想象，她一定是读了《愚人志》[1]中那些刻毒的诗句后变得很警觉，总是小心翼翼地避开他人的耳目，不让任何人知道她的行踪，最后又悄然离世，只留下一大堆乱七八糟的稿子，而从这堆稿子中，我们无论如何也找不到任何有关她的年龄或者性格的蛛丝马迹。读者若读过纽卡斯尔公爵夫人或者贝恩夫人的书，都知道王政复辟时期[2]那种华丽文风很容易变得矫揉造作，而且当时有不少具有相当自主性和创造性的作家也不免受其影响。现在看看海伍德夫人的传奇小说，里面的人物简直令人厌烦，情节更是杂乱得令人晕头转向。譬如，艾美莉亚在安达卢齐亚漫游，在一个假面舞会上遇到贝林鲁斯，而贝林鲁斯其实是她

1　蒲柏的长篇讽刺诗。
2　即17世纪下半叶（1660年至1688年）。

的哥哥亨利克……唐·雅克·迪摩里勒要把女儿克莱蒙坦妮嫁给红衣主教……克莱蒙坦妮在蒙特卢看到有人为一个年轻女人举行葬礼,而那个女人是被狼咬死的,尸体已被撕成碎片……年轻快活的德兰特经不起凯西娅的诱惑,被她的美貌迷住了双眼……德·托蒂耶男爵年老糊涂,娶了放荡成性的拉·莫特小姐……还有梅里奥拉、普莱森西娅、蒙特兰诺、米莱美拉,都是异国人名,遍及南方和东方,他们不是爬绳越墙,就是暗送情书;不是偷听秘密,就是挥舞匕首;不是忧郁憔悴,就是格斗致死,而所有这一切,都是为了爱情,没完没了的爱情,就如威切尔先生所说,"海伍德夫人笔下的世界是由爱情驱动的"。

但这样的传奇小说总有一些无聊的人愿意看,通常还很受他们的欢迎。海伍德夫人显然具有记者的天赋,善于把握写作时机。当传奇小说流行时,她一部接一部发表传奇小说,而当风向变了,当理查生和菲尔丁[1]倡导比较接近生活的写实小说时,她又见风使舵,写了《粗心的贝茨小姐》和《吉美与吉妮·吉西美》。在此期间,她还创办了一份叫《鹦鹉》的报纸,并把她收集来的社会传闻改写成故事发表在上面,故事内容和我们今天在小报上看到的上流社会秘事丑闻差不多。其实,无

---

[1] 理查生、菲尔丁:18世纪英国四大小说家之二。

论在哪方面,她都不是真正的先驱,甚至连佼佼者也算不上;她曾名噪一时,与其说她有才能,不如说她勤奋而多产。在她写作的那个年代,读书作为一种时尚才刚刚开始流行,读者所希望的仅仅是"读书不弄翻茶杯"[1]。不过,这么多年过去了,现在的读者人数虽没有减少的迹象,但读者的素质好像也没有提高多少。读者所希望的依然是用最简单的方法使人误认为他们有文化、很高雅。唯一的区别是,今天的读者所读的传奇小说大多发生在汽车上,传奇主人公往往就是我们中的一些大佬或名流,而从前的传奇小说是要靠异国风情和奇特人物来吸引读者的。不过,读者的心脏还是一样的,从前读传奇小说时悲伤不已的那颗心,也就是今天在书报亭前看到传奇小说的彩色广告时隐隐作痛的那颗心。

尽管如此,威切尔先生说海伍德夫人"为简·奥斯汀铺平了道路"恐怕是言过其实了。这两位女士毫无共同之处,只不过前一位女士比后一位女士早活了八十年罢了。至于后一位女士,可说世上再没有比她更不像以写作为生的人了。她把小说写在小纸片上,一听见有人来,就把小纸片藏起来;她把写好的小说锁在抽屉里,还拒绝利奥波王子的秘书向她提出的建议,写一部以高贵的考伯格家族为题材的传奇小说——海伍德

---

[1] 英国谚语,意为装斯文。

夫人在坟墓中听到这些，一定会惊讶得想坐起来。生于1775年的简·奥斯汀写的是小说，并不是传奇。这是因为在漫长的历史过程中，生活、读书、写作都发生了某种神秘的变化。如果简·奥斯汀早出生一百年，她写的就不会是小说，而可能是几封措辞精巧但早已失传的书信。在此过程中，海伍德夫人并不会对她有什么影响，因为海伍德夫人自己也是一个随波逐流的人物。写书的人不一定都对文学有贡献。海伍德夫人的那些书很久以前就已出版，时至今日也早已发黄。所以，即便那些书越过大西洋传到了美洲大陆，还被哥伦比亚大学校方认为"为增进知识做出了贡献"，我们依然相信，哥伦比亚大学的学生不会认为英国文学太贫乏，需要海伍德夫人的那些书来为它做点贡献。

海丝特·斯坦诺普女士*

很有趣,《全国人名辞典》的编纂者有个习惯,喜欢在人名后面用一个短语对此人做一概括,譬如:"斯坦诺普女士,名海丝特·露西(1776—1839),性格怪异。"确实,斯坦诺普女士的名字被收入该辞典,就是因为她不同寻常,而且不要求别人和她一样。至于这本最近出版的传记,作者朗道尔夫人虽然不是斯坦诺普女士的崇拜者,但肯定是很赞赏她、很尊敬她的。因此,不难看出,她似乎想掩饰斯坦诺普女士的怪异之处。当然,这就像在茶会上,人们出于礼貌说"斯坦诺普女士很喜欢猫",而在私下里,人们却很容易想到,她不但养了四十八只猫,而且每一只都是精心挑选的,每只猫所属的星座都和她所属的星座相配,都可为她带来好运——不仅如此,她

---

* 海丝特·斯坦诺普:19世纪英国女冒险家,出身豪门,个性强悍,去中东探险,成了贝都因阿拉伯部落酋长的高级顾问,因而有人称她是"沙漠女王"。本文是伍尔夫为朗道尔夫人所著的《海丝特·斯坦诺普女士传》所写的书评。

一到夜里还和它们一起喵喵叫。她的医生说她这样可能会出问题，她说那个医生神经衰弱、性格冷漠、不通人情。不过，不管怎样，朗道尔夫人这本书的最大优点是简洁明了，同时又引用了足够多的资料。其中最值得我们注意、最能唤起我们记忆、最有趣的一本书，就是麦尔温医生所著《海丝特·斯坦诺普女士：旅行和回忆》——一本结构松散，但内容很有吸引力的书。麦尔温医生断断续续为斯坦诺普女士服务了二十八年，而且和我们一样，不会用一个短语去对一个自己服务了那么多年的人做概括——想都不会想。在他眼里，斯坦诺普女士根本不是什么"性格怪异"的女人，而是一个出自豪门的女人，一个肯和他握手就使他觉得万般荣幸的高贵女人；而且，她还是一个了不起的政治人物——只不过，有时会像中了喀耳刻[1]的魔法似的过于冲动。总之，作为一名医生，作为中产阶层中的一员，作为一个因为没有男性勇气而赞赏女性勇气的男人，麦尔温医生对斯坦诺普女士佩服得五体投地。而她对他呢，却像对待一个仆人。但是，他愿意，因为斯坦诺普女士有神奇的魅力，"她周身都笼罩着一层光晕、一层她精心营造的迷雾，即使在日常生活中也是如此"。上世纪[2]30年代，麦尔温医生有幸

1　希腊神话中的女妖。
2　即19世纪。

陪着斯坦诺普女士住在黎巴嫩山[1]上，一边照顾她的健康，一边抽时间写作。他经常听女主人通宵达旦地讲她的经历。到天亮时，女主人的身影隐没在神奇的迷雾中，他回到自己的住处，把他刚才听到的一切——连同他听她讲话时那种沉迷感——全都写进了那本书里。

不幸的是，我们对斯坦诺普女士的早年生活知之甚少。她在威廉·皮特[2]的府邸做女管家时，大概是因为她那种桀骜不驯的脾气，招来了一些人的厌恶。她没受过多少教育，却生来有魄力；她若讨厌别人，不需要任何理由。她以直觉代替理智，却有了不起的洞察力。她"极端高傲、极端苗条、极端镇定、极端独立"——这是她少女时代一位法国贵妇人在舞会上对她的评判。她自己也说，她那时皮肤洁白，就如雪花石；嘴唇红润，赛过康乃馨。更重要的是，她坚信贵族高人一等，应该过高尚生活，因而她的一举一动都让人觉得高不可攀。"什么是原则？"她说，"我是皮特家族的人[3]——这就是原则！"不幸的是，她的性别妨碍她去做那些最合适她做的事情。"海丝特，"皮特先生曾对她说，"如果你是个男人，我就会给你一张地图，让你带六万人马进军欧洲大陆。我相信你不会使我的计

---

[1] 地中海东岸山脉，与海岸平行，因大部分在黎巴嫩境内，故称。
[2] 威廉·皮特：19世纪英国政治家，曾任首相。
[3] 斯坦诺普家族是皮特家族的分支。

划落空。我相信你绝不会让我们的士兵闲着没事。"然而，现实是，她空有勇气和魄力，无处表现。她因此而憎恨自己的性别，对女性的局限似乎存有复仇之心；因为在她看来，要不是普通女人那么无能，她这个非凡的女人怎么会这样被无视、这样被扼杀！无奈之下，她只好在想象中实现自己的雄心壮志，为此她几乎把自己推到了疯狂的边缘。

她的叔叔去世时，她得到了一份一千五百英镑的年金和一幢位于蒙塔古广场的房子。但她有一次出人意料地说，这点家产对一个有身份的人来说恰恰是最不利的，因为你想出去广交朋友，这点家产根本无法维持你的身份所需要的排场，于是你就会作茧自缚，缩在自家的客厅里一事无成，因为你有这么点家产。所以，她宁愿牺牲健康也不愿过平庸的生活，但她又不知道怎样才能不平庸，直到有一天她突然想到，有一种办法可以使自己不同凡响，那就是过一种非常非常简朴的生活——是的，要非常非常简朴，要简朴得让人一眼看出，这不是贫穷，而是有意为之。于是，她就在威尔士的布威斯找了一间小茅屋，一个人住在那里。那间小茅屋"面积不超过十二平方英尺"，她住在那里无事可做，除了"给穷苦的乡民看病"，就是写日记。那年她三十二岁，部分出于真知灼见，部分出于自傲夸张，她宣称英国生活方式只适合驯顺的羊群，有志向的人应该到不像英国那样充满虚伪的国度去过纯洁、自然的生活。她是不是出于这种动机而前往中东的,我们不得而知。我们只知道,她随后就出现在叙利亚,骑着一匹马,身穿土耳其男装。此后,直到去世,她只做一件事,那就是对英国咬牙切齿,斥责英国人无视本国最伟大的人。

和过去一样,她现在的这种孤高傲慢也有点滑稽可笑。譬如,她看到弗赖伊夫人[1]骑马,说这位尊敬的英国夫人破坏了骑士的光辉形象。她说弗赖伊夫人既然穿着男装,就应该像男人一样骑马,为什么还要做出一副贵妇人的样子,采用"英国贵妇人惯用的骑马姿势"[2],这样"弄不好就会摔下来"。还有,弗赖伊夫人想把东方人随意乱叫的名字"统一"为基督教姓名——听上去还要有点像,譬如把"菲力帕基"改为"菲力普·帕克",把"穆斯塔法"改为"密斯特·法"——斯坦诺普女士和麦尔温医生则认为这很无聊,除了证明这位夫人的无能,没有任何意义。他们在黎巴嫩山上买下一座修道院,斯坦诺普女士就在那里施展她的法术。那座修道院在一个小山坡上,她在周围修建了一个既精巧而繁复的花园,从花园的平台上望出去,可以远远地看到地中海的粼粼波光。她在当地的名声越来越大,但她到底为什么而出名,谁也说不清楚。后

---

[1] 即伊丽莎白·弗赖伊,19世纪英国教友派女慈善家,曾推动英国的监狱改革运动。

[2] 19世纪英国贵妇人穿长裙,因而骑马时往往采用侧坐的姿势。

来，连君士坦丁堡[1]周围二十英里内的小孩子也都听说过她的名字。人们说她是个形同鬼魅的英国人，身材高大，脸白得像死人，在英国有非比寻常的背景——这已经够离奇了，而当地人还认为她是个非男非女的神人。于是，酋长们纷纷到她那儿去求签，而她生来胆大，很乐意为他们指点迷津。当地的英国领事对她敬而远之、不闻不问。[2]她高居在山上，认为当地的一切都在她的掌握之中，哪怕是人们的窃窃私语也躲不过她的耳朵。她专门派一个名叫洛格玛基的当地人到各个码头和君士坦丁堡集市上去收集传闻，并从传闻中推测民间有没有骚乱的迹象。此外，她还在她的住处设置了好多密室，挖了好多地下秘密通道。就这样，她把那座修道院变成了一座迷宫。她相信"灾变"[3]迟早会降临，到时候各地民众都会聚集到她那里，她会骑着一头圣骡[4]，带领民众奔向耶路撒冷。为此她还养了两头圣骡，就在她的马棚里，喂得又肥又壮。到时候，她骑上其中的一头，另一头让"一个没有父亲的孩子"[5]骑，他不是别人，就是弥赛亚[6]。莱希斯塔公爵曾被她选中，充当那个未来救世主的

---

1 即今土耳其伊斯坦布尔，在地中海和黑海交界处的博斯普鲁斯海峡东岸。
2 当时叙利亚是英国殖民地。
3 《圣经》称，每隔一段时间上帝就会降罪世人，此时就会有大灾难。
4 《圣经》中耶稣的坐骑。
5 即耶稣（因为他的母亲玛丽亚是"童贞受胎"，故而没有父亲）。
6 即救世主。

角色。后来,莱希斯塔公爵死了,她又"另外找了一个"。

然而,她期待中的"灾变"并没有降临,她只好以空谈来自我安慰。麦尔温医生的《海丝特·斯坦诺普女士:旅行和回忆》一书就是根据她的空谈写成的。她穿着白色长袍,坐在朦胧的夜色中,因而你看不清她的脸上已经"像甜瓜皮一样布满皱纹"。她从碟子里拿起一小块肉干或者甜食放进嘴里,一边嚼一边说。她甚至连她当年在皮特先生府邸里遇到的一些小事也没有忘记。譬如,她曾怠慢过一位海军上将、D公爵夫人穿的是什么衣服、W. R. 爵士的双腿怎么与众不同——尤其是皮特先生怎么夸奖她、怎么喜欢她做的菜,她都记得特别清楚。她细细说来,好像那是昨天晚上发生的,而她此刻却是在叙利亚的深山里,坐在一堆杯盘碗盆中间,和她的医生一起抽着烟斗,在回忆二十多年前的事情。不妨看看,她是怎么说的:

不知什么原因,我现在老是想起G爵士。我想,他要是能做女王的车马官,那一定不错。我还让巴克雷和其他人知道了我的意思;我是说,除了恰塞姆勋爵,谁也比不上G爵士对马车的讲究;没有人的车和马收拾得像他那么好。你是医生,按你的说法,G爵士可以说是那种会使皮特先生感到满意的人。他知书达礼,这正是皮特先生喜欢朗格先生的原因。皮特先生在晚餐桌上也总是穿得整整齐齐，只有我们几个人一起用餐的时候，也是这样，奇怪不奇怪？有一次我问他："你一整天下来为什么不放松一下？"他回答说："哦，我也不知道，海丝特，只是今天放松一次，明天还会放松，这样放松下去，人就变成猪了。"

接着，她情绪低落了，是这么说的：

> 看我这样子，你知道，什么财富啊、名誉啊，都很虚空！你看我这手臂，瘦得皮包骨头了，以前是圆鼓鼓的，一点不夸张，还是结结实实的。那时我的脖子又白又细嫩，比戴在脖子上的珍珠项链还有光泽，不仅傻乎乎的男人，就是聪明绝顶的男人也对我说："上帝给你这样一个值得自豪的脖子，你真是大自然的宠儿，如果有男人只爱上你的肌肤，那也是可以原谅的。"他们哪里知道，我现在成了什么样子，牙齿全掉光了，满脸都是皱纹——我是说，都是那帮可恶的家伙老是惹我生气。我一生气，脸上就会起皱纹，安安静静的时候，我脸上是没有皱纹的。感谢上帝，我看上去还不算太老。我以前看见H夫人总是涂脂抹粉，总是穿得花花绿绿，头却颤抖不停，上下马车要人抬。打扮得像年轻姑娘有什么用，只会叫人恶心。我不知道斯塔福德夫人现在打扮得怎样，她不年轻了，可我真

想象不出她会老成什么样子。

接着,她突然振作起来,开始发泄心中的怒火。不一会儿,她又开始号啕大哭,哭声之大简直就像柏隆娜[1]的怒吼。时间一年年过去,"灾变"一直没有降临,她的名声越来越差,她越来越沉迷于法术。她在世上没能一展身手,英国女王和帕默森勋爵[2]根本没把她放在眼里,但她自认为有超凡的法术,能看见普通人看不见的另一个世界。譬如,普通人看不见树精躲在柜子里,所以才会撞在柜子上,但她能看见。不仅如此,她还能从山上的修道院里直接看到巴黎和伦敦的中心广场。她不仅知道长着人头的毒蛇王住在哪个山洞,还知道世界上第一本用亚当和夏娃的语言写成的书可在哪儿找到,不像所有人都说的那样,那本书已经"失传"。她还说:"我知道世上有吸血鬼,但英国人是看不见的。"

后来,她的活动范围仅限于那个山坡。再后来,她足不出户,整天坐在床上自言自语,不是指责这个人,就是痛骂那个人,时不时打铃叫人,时不时朝地上扔烟斗和碎布片。她永远不可能骑着圣骡前往耶路撒冷了,但她依然执着于自己崇高的

---

[1] 古罗马神话中的女战神。
[2] 即指维多利亚女王和首相帕默森。

幻想。她越来越不想看见欧洲人，最后连麦尔温医生也被她赶走了。1839年6月，有消息传来，说她去世了，临终时只有当地的土著仆人在她身边。她的房间里堆满了为那伟大一刻的来临而准备的各种物品，但都发了霉，贵重一点的都在她行动不便的时候被人偷走了。她死得"安详而平静"，不过她惯于伪装，平静的遗容并不说明她的心情很平静。当地人把她葬在她的花园的一个角落里，那是原先为一个巫师准备的一个墓地，她生前并不希望葬在那里。十年后，那个角落里种满了灌木和玫瑰，后来又种了好几排桑树。那里虽然被多次翻掘，但斯坦诺普女士——最后一位英国贵妇人——就安息在那里。

阿德莱王后[*]

"不要解剖，也不要防腐保存，我希望尽量少一点麻烦。"——这是阿德莱王后临终时写下的关于她死后如何处理遗体的遗嘱。可以说，阿德莱王后的这个遗嘱表现出了她的性格，但在桑德斯女士的这本书[1]里却没有充分表现出来。如果是安妮女王[2]，我们只要知道她死了就行了，但对阿德莱王后，我们必须知道她是怎样离开这个世界的；否则，我们对她的了解就是模糊不清的。读完这部长达289页的传记，我们虽然不能毫不客气地说什么也没有读到，但总的感觉就像去造访一座府邸：走进一幢气派的楼房，穿过豪华的大厅，还踏上宽阔的楼梯到楼上去巡视了一番，结果呢，什么都看到了，甚至还看

---

[*] 阿德莱王后：19世纪英国国王威廉四世（1830年至1837年在位）之妻。
[1] 即玛丽·桑德斯女士所著的《阿德莱王后的生平与时代》。本文是伍尔夫为该书写的书评。
[2] 安妮女王：18世纪英国女王。

到了一只非常讨人喜欢的"红灰相间羽毛的漂亮鹦鹉",但就是不见女主人的身影,只听见裙子的窸窣声和从隔壁传来的低语声。这不能怪桑德斯女士,她已经尽力了。她是尽力想让我们看到阿德莱王后的身影的,只是她笔下的阿德莱王后少言寡语,在一些重要时刻,桑德斯女士就帮我们猜想这位王后有何感受。譬如,当阿德莱公主(那时她还是公主)登上英伦三岛准备和一个她从未见过的男人结婚时[1],她是这么写的:

> 海上波涛汹涌……阿德莱公主的情绪却无疑低落到了极点……新郎新娘会面时的情形,我们不得而知,但我们知道公主体质虚弱,经过两个星期的路途颠簸,肯定极其疲劳。至于她首次见到长相粗俗、说话啰唆、已到中年的新郎时做何感想,我们就只能猜想了。不过,要猜想也不难,她肯定是心里非常不满意,又一点也没有表露出来。她的礼仪举止是无可挑剔的,神态镇定、言语谨慎,这对她来说几乎是与生俱来的。

整本书就是这么写的,给人的感觉就像这位王后刚刚去

---

[1] 阿德莱王后本名阿德莱·阿米莉亚·路易丝·特蕾莎·卡洛林,原是普鲁士萨克森-迈宁根公爵奥尔格一世的女儿。1818年,二十六岁的阿德莱公主嫁给比她大二十四岁的英国王子威廉;1830年威廉王子继位后,阿德莱公主成为王后。

世，我们不仅能回想起她坐着水晶马车沿摩尔大街驶过时从车窗里展示出来的那种表情，还很容易猜出她心里是怎么想的。就拿她坐在马车上来说，她虽然坐得端端正正，腰挺得笔直，心里却很害怕，总担心有人来暗杀她。确实，她对英国人一直有戒心，英国人也从不喜欢她。她的少女时代是在萨克森-迈宁根的闭塞而虔诚的宫廷生活中度过的，后来一直保留着在那里养成的习惯。在那里，政府就像家长，不仅关于棺材、乞讨和星期天能不能跳舞都要政府来管，就是农夫家里的鹅走失了，也会找政府解决，结果又总是解决不了。那里的臣民忠心耿耿，她对此早已习以为常，而且知道要把他们当宠物一样爱护，就是他们犯了错，也只能像对待孩子一样加以教训。像她这种背景的女人成为威廉王子的新娘完全是政治联姻，完全是出于政治上的需要。她知道威廉王子婚前就有一大堆私生子，也知道英国宫廷是全欧洲最腐败、最糜烂、最臭名昭著的宫廷，而她还是要在这样的环境中生活，还是要在这样一些人中间周旋。

当命运注定她成为英国王后之际，英国正处于改革与纷争之时。但她一想到改革就浑身发抖，哪怕改革涉及的仅仅是王宫的通气管道，她也惊恐不已。对她来说，改革就是火药爆炸，就是有人要把她送上断头台。她可以忍受威廉四世和乔治四世¹的荒淫无耻，可以忍受他们那些令人尴尬的、不是叫菲茨就是叫克莱伦斯的私生子，而且还会以天使般的微笑和温情对待他们，因为这是她做女人的本分；但是，要让民众拥有权利，不要说真这么做，就是有人这么说，也足以使她寝食难安，足以使她咬紧牙关，竭力反对。所以，她对国王施加一切可能的影响，要他阻止议会通过《改革法案》。她的反对致使英国民众对她极度仇视，以至于她从歌剧院回来得稍晚一点，威廉国王也会惶惶不安，生怕她在路上遭人行刺。英国报纸更是对她口诛笔伐，所用的字眼之恶毒，就是在今天也不会用在一个女人身上。

然而，《改革法案》还是通过了。阿德莱王后呢，并没有被人送上断头台——也就是说，她的脑袋还在她的肩膀上。但是，她所承受的惊恐和耻辱却使她比斩首还要痛苦。除此之外，据桑德斯女士说，英国王室的家庭生活也总使她饱受煎熬。我们总觉得，狄更斯和乔治·艾略特笔下的那种家庭生活场景似乎令人不可思议，那些舅舅啦、姑妈啦，他们在餐桌上的那副样子好像是故意装出来给读者看的——然而，不幸的是，威廉四世的家庭生活恰恰就是那副样子。譬如，在一次生

---

1 乔治四世：威廉四世的兄长和前任。

日晚餐会上，威廉四世看了看坐在他身边的肯特公爵夫人[1]，阴阳怪气地说："我觉得近来好像有人在说我坏话，很难听的坏话，而此人就坐在这里。"听到这话，维多利亚公主眼泪都流出来了，肯特公爵夫人则二话不说，起身吩咐备车。在另一次晚餐会上，威廉四世对肯特公爵夫人的兄弟不理不睬，不管他说什么，他一概装着没听见；餐后的情形更为可悲，所有人都坐得远远的，相互一句话也不说，就这样听着萨莫塞公爵头靠在廊柱上打鼾——他无聊得睡着了。那么，晚上的家庭聚会[2]，情形又怎样呢？据可怜的格雷夫人[3]说，那沉闷的气氛不见得比吵架好受。她曾一连两个晚上坐在温莎宫[4]里，面对着一张红木桌子，无聊至极，只希望再也不要看到那张红木桌子了。那两天晚上，阿德莱王后埋头编织手套[5]，威廉国王在一边打瞌睡，"时而醒来，不管听到你说什么，他都敷衍一声：'您说得没错，夫人。'然后又睡着了"。在他不打瞌睡的时候，他要么拿出一件古玩给大家看，要么就是来回踱步，然后去签署几份文件，叫公主用吸干纸把墨迹吸干。这时，王后把几个女友招

---

1 肯特公爵夫人：威廉四世的姑妈。
2 旧时英国，上等人家每天晚上一家人都要聚一聚，有时还会邀请朋友。
3 格雷夫人：阿德莱王后的女友。
4 威廉四世一家居住的宫殿。
5 英国旧时风俗，有教养的女子都要会编织，公主、王后也不例外。

到一个角落里，拿出她的画稿给她们看。这样的家庭集会，要体会其沉闷和催眠程度，最好是想象一下三十个人坐在牙医候诊室里的情形——那里只有几张圆桌、几本画册和几把椅子，地毯的图案是菱形的，一切都令人昏昏欲睡——而这里就连牙医叫到你去就诊时的那一点点兴奋也没有。就这样，沉闷的生活一直延续到1837年。那一年，阿德莱王后成了寡妇。她一年的收入虽高达十万英镑，但经常感冒和其他一些越来越感到不适的慢性病症却使她"心情烦躁，待人越来越刻毒"。她最感兴趣的是寻医问药，还有就是如何排除异己、如何维护教会在殖民地的势力。当然，她依然在公众场合露出她那慈爱的微笑，依然喜欢她那只"红灰相间羽毛的漂亮鹦鹉"——但愿她不要讨厌那只鹦鹉，因为这是她仅有的乐趣和安慰。

两位女性[*]

直到19世纪初,出类拔萃的女性几乎都是贵族出身——就是这些贵妇人,占据着重要位置,从事写作,还影响政治进程。市民阶层的女性虽然人数众多,杰出的却少得可怜。她们的生活平淡无奇,不像赫赫有名的伟人或者叫苦连天的穷人那样引人关注。所以,直到19世纪前半叶,她们仍是一个默默无闻的庞大群体,她们的生活就是结婚和生儿育女。直到后来,因为我们对她们觉得有点好奇——她们多大年纪结婚?一般生几个孩子?——这才开始关注她们的生存状况。她们没有空余时间、没有收入来源,也没有受教育的机会,还受到种种有悖人性的传统习俗的束缚——所有这些,都极大地影响了她们的生活,极大程度上决定了她们的素质。我们知道,市民阶层历

---

[*] 本文是伍尔夫为斯蒂芬夫人所著《艾米莉·戴维斯小姐的生平》一书所写的书评。"两位女性"是指戴维斯小姐和斯坦利夫人(两人均为19世纪英国早期女子教育的倡导者和实践者)。

来是产生杰出人物的宝库；然而，这个巨大的宝库却极少产生和男性人物一样杰出的女性人物。

斯蒂芬夫人所著《艾米莉·戴维斯小姐的生平》一书所具有的深刻意义，就在于它有助于我们了解昏蒙黑暗的女性历史。戴维斯小姐1830年出生于一个牧师家庭，父母尽力让儿子读书，却无力承担女儿的教育费，所以她从小就觉得自己所受的教育和其他牧师的女儿差不多："她们上学吗？不上。她们有家庭教师吗？没有。她们只能自学，自己学点东西。"不过，她们也只要学会做家务并懂一点拉丁语和历史[1]就可以了。她们所受的是一种"消极教育"——这种教育不是告诉你该做什么，而是规定你不该做什么。这是一种束缚和阻碍个人自由发展的教育。"也许，只有受过这种教育之苦的女人才能体会到这种教育多么令人沮丧、多么令人绝望，因为她们曾一次次被告诫说，女人要知道自己是没有多大用处的。所以，受过这种教育的女人都知道，这种教育是对女人的束缚，但要挣脱这样的束缚，又几乎是不可能的。"因为统治者和说教者，无论男女，都认为女人是劣等人。譬如，夏洛蒂·扬格[2]写道："我充分相信而且毫不迟疑地说，女人在各个方面都不如男人。同

---

1 懂一点拉丁语和历史主要是为了宗教信仰，因为基督教早期教会使用的是拉丁语，基督教徒必须对早期教会和拉丁语都有所了解。
2 夏洛蒂·扬格：19世纪英国女作家。

四　关于女性人物

时，我也毫不迟疑地说，这是女人自己造成的。"她还用那个令人心酸的故事，即那条蛇的故事[1]，来提醒和她同一性别的人，她们的命运在那时就已注定。还有维多利亚女王，她一听到有人提起妇女权利问题，就会勃然大怒，而且"难以自制"。还有格雷格先生，他写了下面这句话，还加了重点号："女人从本质上说是被男人供养来侍奉男人的。"实际上，女人被允许进入的行业，仅限于做家庭教师或者做缝纫，"而且这两个行业都已人满为患"。如果女人想学绘画，那么在1858年之前整个伦敦只有一个地方为她们提供写生课程；如果她们喜欢音乐，那就总是去学弹钢琴，也就是练习指法，弹出好听的曲子。显然，特罗洛普笔下的那个四女同奏、全都走调的著名场景，和他的其他场景一样是以真人真事为蓝本的。写作好像是一门最容易掌握的技巧，女人也确实写了不少东西，但她们写的书全都带着某种偏见，或者说，她们是带着某种偏见看待世界的。这是因为，她们有一半时间要忙于家务；她们的写作经常被打断；她们虽有不少空余时间，但她们极少用来为自己做点事，原因是——她们没有自己的钱。于是，这一大群无所事事的女人就把大量时间用于宗教活动，以期从中求得安慰，而

---

[1] 即《圣经·创世记》所说的魔鬼变成一条蛇引诱夏娃使其偷吃禁果而堕落的故事。

若宗教也不能帮她们摆脱空虚,她们就会像南丁格尔小姐所说的那样,"没完没了地做那些危险而有害的白日梦"。有些市民阶层的女人甚至会羡慕劳工阶层的女人。马提诺小姐就曾坦率地表示,她对他们一家人都成了穷人感到庆幸:"过去我不得不很早起来,或者趁人不注意的时候,悄悄地写作。现在好了,我想什么时候写就在什么时候写,随我的便,因为我们不必再考虑体面不体面了。"不过,时代终究在改变,有些市民阶层的父母不再那样对待女儿了。譬如,瑞特史密斯先生给了女儿芭芭拉和他的儿子一样多的钱,使她得以进入一所不歧视女性的现代学校;盖瑞特小姐的父母对她去学医虽然感到震惊和忧虑,但他们表示,只要她喜欢,他们还是会接受这个事实的;戴维斯小姐的哥哥不仅赞成她的女子教育事业,还助了她一臂之力。那是在19世纪中期,这三位年轻女性[1]在父母和兄弟的支持下,带领一群无所事事的女人踏上了就业之路。然而,一个性别向另一个性别发起的一场争取权利和财产的战争,却不是一场简简单单、不是你死就是我活的战争。不论是战略战术,还是战争结果,都是说不清、道不明的。譬如,有一种强有力的武器——女性魅力——该如何使用?盖瑞特小姐说,她

---

[1] 即芭芭拉·瑞特史密斯、米莉森特·盖瑞特和艾米莉·戴维斯(均为19世纪英国女权运动先驱)。

觉得很不好意思,因为她卖弄了一点风情才赢得一些男医生的支持。格尼夫人虽说她绝不会那样做,但她承认"马奇小姐在劳工阶层取得成功"主要是因为她年轻漂亮。不管怎么说,只要有用就得用,别的不管了。所以,她们一致认为,要充分发挥女性魅力。于是,我们看到了这样一种既引人发笑又叫人脸红的奇异景象:一群有家有室的正经女人在那里搔首弄姿,一群有头有脸的正经男人被她们哄得稀里糊涂。于是,我们看到在一次集会上,人们竟然允许那"三个可爱的年轻女人"引人注目地坐在前排。盖瑞特小姐不仅坐在那里,还故意装得像那种只想讨男人喜欢、叫她做啥就做啥的傻姑娘。确实,她们不得已采用的迂回战术并没有严格规定什么可做、什么不可做,只要不违背"正派女人的基本品行"就行了。确实,只要男人允许女人学会拉丁语和希腊语,只要女人有了学问,那么女人的洁身自好、天真无瑕、甜美文静、温柔多情,还有勤劳持家等,都将不复存在。1864年的《星期六评论》上的一篇文章清楚地表明,那时的男人害怕女人做什么、希望女人做什么。作者写到,要求地方大学为年轻女士设立入学考试的想法,"几乎使所有人惊讶得目瞪口呆";就算要举行这样的考试,也一定要采取严格措施,确保由"德高望重、学识渊博的男人"担任主考官,而且要确保考生"绝大多数"是有一定年纪的夫人——其实,就是这样,也"很难使人相信这是对高贵的夫人们的足够尊重"；至于那些年轻女人，作者继续写到，实际上"男人有一种强烈的、根深蒂固的直觉，即觉得有点知识、有点小聪明的年轻女人是最令人讨厌的"。这种直觉就如海上的雾气，久久地盘踞在男人的头脑里，而戴维斯小姐与之抗争的，就是这种直觉与偏见。戴维斯小姐的一生是在无数琐碎事务中度过的。她除了要筹款办学，要面对男人的偏见，还要解决一些古怪的心理问题，因为在她事业即将成功之际，学生和家长却提出了许多叫她为难的问题。譬如，有位母亲愿意把女儿的教育交托给她，但有一个条件，就是女儿回家时"不应该有什么不正常的变化"，不能有"任何不正常的言行举止"；而另一方面，有些学生又太过分，她们看惯了爱丁堡快车轰隆隆驶进车站，玩惯了在草坪上滚铁环，竟然踢起了足球；她们不仅穿着男装演出莎士比亚戏剧，还邀请老师去观看，甚至去咨询乔治·艾略特等小说家，怎样才能把戏演好；更为令人啼笑皆非的是，她们后来又认为穿男装演莎士比亚不够女人味——特别是哈姆雷特，应该穿着裙子来演。

当然，戴维斯小姐本人是恪尽职守、严肃认真的。她为创建女子学院筹集了许多钱，但她从来不为学院购置任何不必要的奢侈品。她想得最多的是如何改善住宿条件，因为要让那些在家受娇宠而喜欢挑剔的女孩子住得满意，宿舍总嫌太小——那些女孩子入学前大多做着无聊的青春梦，至多在起居室里偶尔读过几页书，只有一点零星的知识。戴维斯小姐自己的"唯一的奢侈品是一个人静静地坐一会儿。不过，她从来不喜欢奢侈品，所以在她看来，那不是奢侈品，而是必需品"。她只有一个房间，工作、居住都在里边，但她觉得很满足。她的房间里既没有安乐椅，墙上也没有油画之类的装饰，而她就在这个简朴的房间里一直住到八十岁去世。不过，她却生性好辩，就是到威尼斯去出席劳工会议，也没有去看那里的名画和宫殿，而是兴致勃勃地去参加一场关于如何争取女性权利的辩论会。她待人热情，但不拘小节，而且讨厌别人对她彬彬有礼。她第一次见到奥古丝塔·斯坦利夫人就不顾礼仪，冒昧地问她出入上流社会究竟有何意义？还这样写道："我知道了，以后再到斯坦利夫人那里去，要买一顶新帽子。难道花钱买新帽子和小别针之类的装饰品比买几本有用的书更有意义吗？"她很困惑，因为她从来就没有多少女人味。

斯坦利夫人恰恰相反，因为她和戴维斯小姐有天壤之别。确实，斯坦利夫人所受的正规教育并不比戴维斯小姐多，但她从小受到贵族家庭的熏陶，是贵族家庭培养出来的一朵娇艳的贵族之花。她的娘家在巴黎，她从小就随母亲学会了贵族礼仪。她曾接触过许多巴黎最显赫的文学界名人，譬如拉马丁、梅里美、维克多·雨果、圣伯夫、勒南、屠格涅夫，都是她母亲埃尔金夫人的常客。她和她的姐妹总帮着母亲款待这些客人。从那时起,她就逐渐对人、对社会有了一种深切的感受力和持久的关切之心。这种感受力和关切之心在往后的岁月里不断加深、不断加强,而她在少女时代又到肯特公爵[1]那里做过宫廷女侍,并在那里度过了整整十五年的青春时光。整整十五年,她在那个安详、和善但不免沉闷的宫廷里一直是那些老夫人的宠儿,因为她为她们带来活力、带来欢愉。宫廷里从未发生过什么大事。她时而陪那些老夫人驱车出游——她觉得乡下孩子很可爱。她时而陪她们散步——公爵夫人每次都要采几朵石楠花。她陪她们回来——公爵夫人有点累了,但觉得很开心。她时常给她的姐妹写信,信中无话不说,但从未抱怨过宫廷生活,也从未说过一句想换一种生活之类的话。

在她那双特别敏锐的眼睛里,宫廷里的区区小事也非同小可,不是令人悲伤,就是令人兴奋。譬如,阿瑟王子比以往更英俊了;海伦娜公主越来越可爱了;艾达公主骑一匹小马,但还是摔下来了;利奥王子总是调皮捣蛋;尊敬的公爵夫人想买一把伞,要绿色的;麻疹[2]出过了,可是天哪,不知什么时候又会传染开来。要是你看到她有时惊喜地叫出声来,那不难猜测,一定是公爵夫人宣布她看完了一本书;要是你看到她有

---

[1] 即爱德华王子。
[2] 一种儿童传染病,旧时无论中外,99%以上的儿童都会感染,死亡率20%左右,但自愈后终身免疫。

四 关于女性人物

时绝望得想哭出来，也不难猜，一定是这位老夫人的风湿病和头疼病又犯了。她这种对他人的关切之心，表现得确实有点夸张，使你觉得和她在一起就像住在暖房里，温度总要高一点。在这个暖房里，一点点小事也会大惊小怪，满脑子想到的都是疾病与死亡，而且没完没了。确实，在斯坦利夫人的那本书里，不仅她写到疾病和婚姻所用的篇幅远远超过她用于谈论文学、艺术或者政治的篇幅，而且她的写法完全是个人化、情绪化的，只注意细节，不注意分寸。那是一本只有女人才写得出来的书。

然而，就是这样一本书，这样一种生活，这样一种风格，《星期六评论》的评论员、受过严格正规教育的格雷格先生和其他许多男人却认为很有价值，而且具有深远意义。他们也许有他们的道理，但我们总不能相信大学教授就是最了不起的人类精英吧。因为不难看出，斯坦利夫人之所以过度关切小事，刻意掩饰生活的单调，其原因在于她所受到的那种繁复而隐秘的教育。所以，当我们把这两位女性的一生加以比较时，我们毫不犹豫地认为，戴维斯小姐的一生更愉快、更有意义——她活一个月，胜过斯坦利夫人活一年。斯坦利夫人当初在温莎城堡得知戴维斯小姐的一些事情的时候，其实还是模模糊糊的，但也许是做一个贵族夫人要比做一个普通女人难得多，也许是贵族生活并不尽如人意，也许是她多少知道一些其他人的生活,她一直说她最喜欢和文学界人士交往,甚至还令人吃惊地说:"我总想,我要是能到大学里去任教就好了。"——总之,不管怎么说,当戴维斯小姐决心为女性争取受教育权利时,是她第一个向戴维斯小姐伸出了援手。那么,戴维斯小姐会不会用买书的钱去买一顶新帽子呢?当然不会,因为这两位女性有天壤之别。那么,在为女性争取受教育的权利这件事情上,她们两人是不是携手同行了?是的,可以这么说,而且意义非凡。因为请想一想,一个市民出身的普通女子和一个贵族出身的宫廷女侍同心协力,会培养出怎样一代令人瞠目的新女性!——她们会像斯坦利夫人一样优雅妩媚,同时又会像戴维斯小姐一样踏实能干。

图书在版编目（CIP）数据

伍尔夫女性文谈 /（英）弗吉尼亚·伍尔夫著；刘文荣译. —北京：商务印书馆，2023
（涵芬书坊：新版）
ISBN 978-7-100-22452-9

Ⅰ.①伍⋯　Ⅱ.①弗⋯ ②刘⋯　Ⅲ.①散文集—英国—现代　Ⅳ.①I561.65

中国国家版本馆 CIP 数据核字（2023）第 079721 号

权利保留，侵权必究。

伍 尔 夫 女 性 文 谈

〔英〕弗吉尼亚·伍尔夫　著
刘文荣　译

商 务 印 书 馆 出 版
（北京王府井大街36号　邮政编码100710）
商 务 印 书 馆 发 行
山西人民印刷有限责任公司印刷
ISBN 978-7-100-22452-9

2024年7月第1版　　开本 889×1194　1/32
2024年7月第1次印刷　印张 13¼　插页 2

定价：78.00元